書下ろし

TACネーム アリス
尖《せん》閣《かく》上空10vs1

夏見正隆

祥伝社文庫

目次

プロローグ

●イラン・パキスタン国境上空
日本国政府専用機ボーイング747－400

「次席秘書官から、頼まれたわ」

今村貴子《いまむらたかこ》一尉が機内インターフォンの受話器を置くと、振り返って言った。

一階客室のギャレー（調理室）。

離陸して、すぐに実施した食事サービスの片づけが、済むところだ。

「会議が長引いて白熱しているから、コーヒーのお代わりを頼むって」

「はい」

舞島《まいじま》ひかるは、つけていた業務記録簿を置き、エプロンを取った。

「すぐに届けます」

微《かす》かに、揺れている。

この長大な主翼にウィングレットをつけた四発ジャンボ機が、砂塵《さじん》の舞う黄色い空の街——テヘランを離陸して、一時間半。

巡航に入ってから一時間がかりで実施した〈乗客〉への食事サービスも終わり、客室乗務員——特別輸送隊の女子隊員たちも一息ついたところだ。

二階建ての機内の一階部分は、メインデッキと呼ばれる。その後部の空間はすべて客席となっているが、ビジネスクラス仕様の座席の列は見事なくらい、爆睡《ばくすい》する官僚や経団連役員、マスコミの記者たちで埋《う》め尽くされている。

「お願い」

特輸隊の女子隊員たちを束《たば》ねる今村一尉は、宝塚《たからづか》を退団して航空自衛隊に入ったのではないか、と言われるくらいに背が高く、舞台の男役のように押し出しがいい。

そのくらいでないと政府専用機——この747－400の客室責任者は務まらない。〈乗客〉として乗せるのは政治家のほか口うるさい官僚や政府系団体の幹部、マスコミの記者たちだけではない。一朝《いっちょう》海外で紛争が起きた際は、現地から緊急に邦人を引き揚げさせる任務もあり得る。動揺して、いまにもパニックになりそうな人々の相手もしなくてはならない。

舞島ひかる三等空曹は、この〈イラン訪問団〉の帰途のフライトでは、客席の食事サービスをさせてもらえなかった。

二十二歳。新人として、初フライトだ。三年次まで通っていた都内の大学を中退し、曹候補として空自へ入ったのが半年前。三曹に任官し、希望通りに特輸隊客室乗務員に選抜され、養成訓練を修了したのが先週のこと。

今回のように、総理の仕立てた海外訪問フライトの帰路では、官僚やマスコミの記者たちは現地での緊張が解《と》けたことも手伝い、普段よりも扱いづらくなる（今村一尉の言《げん》では『MAX横柄《おうへい》になる』）。その上、テヘランでは三日間、ホテルでも酒が呑《の》めなかった。食事に先立つドリンク・サービスが始まるやいなや「呑ませろ」「呑ませろ」と大騒ぎになる。新人の隊員では「いい加減にしなさい」と、ぴしゃりと言うことができない。

代わりにひかるは、メインデッキ前方のミーティング・ルームへコーヒーを運ぶ役目を言いつけられた。いま、その機内会議室から『お代わり』のオーダーだ。

「舞島三曹、あたしが行こうか」

先輩の、岸本麻里《きしもとまり》一曹が言う。

今村一尉は、『誰か手のあいている者が行って頂戴《ちょうだい》』という口ぶりだった。舞島ひかるを指名して命じたわけではない。

ギャレーのスチーム・オーブンをぱたぱたと閉め、手際のよい身のこなしでコーヒー・ポットを取ろうとする。

「あそこへ持って行くの、緊張するでしょ」

しかし
「あ、いいんです」

ひかるは立ち上がると、麻里の手を制した。

「わたし、行きます」

「ミーティング・ルームのケアは、毎回交替でやってるのよ。遠慮することないって」

「いえ、いいんです」

ひかるは頭《かぶり》を振った。

「行かせてください」


四〇杯分のコーヒーの入ったポットを左手に提《さ》げ、右手でカーテンをめくると、ひかるは通路へ出た。

ごぉおお、とくぐもったエンジンの響き。

人影は無かった。

「――――」

歩き出す。前方——機首の方向へ進む。メインデッキの左側面に沿《そ》うように伸びる通路は、微かに上り坂だ（747はピッチ角二度の機首上げ姿勢で巡航する）。

通路に沿って並ぶ窓は一様に暗い。さっきと違う……。一時間ちょっと前、離陸した直後には、並ぶ窓から金色の西日が差し込んで眩《まぶ》しいくらいだったが。

そうだ。

（東へ向かって、飛んでいるんだ）

747の巡航速度は、マッハ〇・八五。音速の八五パーセントだと教えられた。

地球が自転するのに近いスピードだから、東に向かって飛ぶと地上の倍の速さで背後に日は沈み、飛び続ければ、やがて短い夜が明ける。

こんな速いものを。

（————）

思わず立ち止まって、ポットとバスケットを床《ゆか》に置く。

機体の全容を測るように、ひかるは大きな目で見回した。

こんな大きなものを。

あの時、このわたしが——

——『ミサイルは全部』

ふと蘇《よみがえ》る声。

(――――)

目を閉じた。

――『ミサイルは全部、姉ちゃんが防いでやる。急降下で逃げるんだ』

思わず、手を握《にぎ》り締《し》める。

手のひらに蘇る、重たい感触。

あの時――

三か月前。あの〈事件〉のさなか。無線を通した声の促《うなが》すまま、自分は左側操縦席で掴《つか》んだコントロール・ホイールを左へ回し、前方へ突っ込んだ。水平線が斜めに傾き、ぐうっ、と機首が下がって身体が浮く――凄《すさ》まじい風切り音がコクピットを包み、わけの分からない警告音がそこらじゅうで鳴って……。

その瞬間の感触は、まだ手のひらにある。

必死だった。

「……お姉ちゃん」

なぜ、さっきから気にかかるのだ。

三か月前、空中で死の一歩手前にいた自分を、助けに来てくれた。その姉のことがなぜ頭に浮かぶのだろう。

(お姉ちゃんは)

ひかるは目を開き、しばたたいた。

お姉ちゃんは小松《こまつ》基地だから、大丈夫なはず……。

でも

――『〈対領空侵犯措置《そち》〉で』

さっき通路ですれ違った秘書官の一人が、口にした言葉。

携帯でどこかと通話しながら、慌《あわ》ただしくすれ違った。

それを偶然、聞いてしまった。

――『〈対領空侵犯措置〉で対処し切れない事案、ですか？』

〈対領空侵犯措置〉――わが国の領空へ近づく国籍不明機が出現した時、それに対して航空自衛隊は要撃戦闘機をスクランブル発進させ、警告行動を取る。

領空侵犯を防ぐための措置だ。それだけでは対処できない事態が起きたのか。

場所は、沖縄《おきなわ》の方らしい……。さっきコーヒーを届けた時、会議室で飛び交っていた単語も耳にした。

今度は、何が起きているのだろう。

(…………)

ひかるの肉親は、姉が一人きりだ。

三つ歳の離れた茜《あかね》は、パイロットだ。同じ航空自衛隊でF15Jイーグルに乗っている(空自には数名の女子戦闘機パイロットが在籍していて、その中の一人だ)。

茜は、日常の任務として、スクランブルにも出るだろう。でも勤務しているのは石川県《いしかわ》の小松基地だ。沖縄と南西諸島の空域には行かないはずだ。行かないはずなのだが……。

ひかるは、常装第三種の夏制服のシャツの胸に、手のひらを当てた。

(さっきから、どうしてここが……)

なぜ、落ち着かないのだ。

ミーティング・ルームへコーヒーを届けろ、と言われたら、いても立ってもいられない気持ちになった。あの会議室にいる政府の人たちに『何が起きているのですか?』と質問できたら、どんなにいいだろう。

でもわたしは、特輪隊の隊員だ。

「―――」

唇を噛《か》み、ひかるはスカートのポケットから薄型のスマートフォンを取り出す。

画面は暗い。

特輪隊の隊員は、私物の携帯電話をフライトに持ち込むことはできるが、任務飛行が終了するまでの間、スイッチをONにすることはできない。

機密保持のため、当然のことだ。

政府専用機は国の機密を運ぶ。ミーティング・ルームの政府要人たちと世間話はしてよいが、何かを見聞きしたとしても、それを口外することは許されない。同じ専用機の乗員同士でも話してはならない。

どうせスイッチを入れられないからと、同僚の客室乗員たちは、自分たちの携帯を私物のバッグにしまっている。

でもひかるは、それを身につけている。身につけていると、安心するからだ。三か月前の〈事件〉のさなか、その小さな携帯が自分の生命《いのち》を繋《つな》いでくれた。

お護《まも》りのようなものだ。

「―――お姉ちゃん」

光沢のある黒いガラス面に、自分の顔が映《うつ》り込《こ》む。

姉とは、よくＬＩＮＥで短いメッセージをやり取りする。でも千歳《ちとせ》基地を出発してから四日間、まったく連絡できていない。

（お姉ちゃん、無事……）

ゆらっ、とまた床が揺れた。

いけない。

ひかるはバランスを取り、ハッとしたように周囲を見た。

メインデッキ左側面通路が、湾曲して前方へ続いている。

この先のミーティング・ルームへ、コーヒーを届けなくては。

●政府専用機　機内
ミーティング・ルーム

『総理』

小型の教室くらいの空間の壁に、額縁《がくぶち》のように並ぶモニター画面。その一つで、古市達《ふるいちたつ》郎《ろう》――スキンヘッドの官房長官が言う。

『危機管理監にはいま、横田《よこた》の総隊司令部・中央指揮所《CCP》と連携して情況の把握《はあく》に努めてもらっている。とりあえず私が、代わって当座の報告をしようと思います』

「――――」

「――――」

大勢の視線が、モニター画面に集中する。

薄暗い空間に窓は無く、揺れていないと、飛行機の中であることを忘れるほどだ。

『つい数分前』

画面の官房長官は続ける。

『尖閣《せんかく》諸島の現場空域では電子妨害が解け、レーダーが映るようになりました。ところがニュースに言われる中国の貨物機も戦闘機も、機影が見えないのです』

「う、ううむ」

常念寺《じょうねんじ》貴明《たかあき》は、空間の中央に据《す》えられた会議テーブルの席で肘《ひじ》をつき、唸《うな》った。

政府専用機のメインデッキ前方を占《し》めるミーティング・ルーム。

東京からの情報は、衛星経由で747の二階部分を占める通信室へ届き、光ケーブルでこの空間へ下ろされる。

会議用のテーブルは楕円形《だえんけい》で、九つの席があり、それぞれに個人用情報端末がある。

しかしいまテーブルに着席しているのは、中央の総理席に常念寺と、少し離れて二名の大臣。テーブルの周囲を囲むように多数の補助席が並んでおり、総理秘書官を始め内閣府のスタッフ、外務省スタッフ、国家安全保障局《NSC》の情報スタッフたちが椅子《いす》を埋めている。

「そうですか」

四十六歳の若い総理大臣は、早大弁論部の出身で、議員となる前には経済アナリストとして活動していた。よく通る声が自慢で、ラジオ番組でのニュース解説は人気を博した。当初はＴＶにも出たが、本当のことをずばずば言うのでＴＶのニュース番組からはすぐ降ろされた。組織票を一切《いっさい》頼らず、政策と弁舌だけで国民の支持を得て来た政治家だ。

だが、その声もかすれ気味だ。

機影が、レーダーから消えた……。

常念寺は眉《まゆ》をひそめる。

何が起きている？

内閣総理大臣であるこの自分が、中東からの帰路の機上にいる、この瞬間に——

たったいま、このミーティング・ルームでも衛星経由でニュースを見た。ＮＨＫが〈臨時ニュース〉として盛んに報じていた――いや、中国の華真社《かしんしゃ》通信の発する情報と音声を、そのまま流していた。

『自衛隊機が尖閣諸島周辺の上空で、領空侵犯を理由に中国の民間貨物機を撃墜した』

そう報じていた。

そのようなことが、本当に起きたのか……!?

華真社通信の発表では、『たまたま』近くを飛行していた人民解放軍の戦闘機が現場に駆《か》けつけ、自衛隊機に対して『民間機を撃つのはやめるのだ』と必死に説得をしたが、空自のイーグルは聞く耳を持たずに機関砲で貨物機を撃ったという。

そんなことが。

事の起こりは一時間ほど前。

常念寺率《ひき》いる〈イラン訪問団〉を乗せ、この専用機はテヘランを離陸し、帰国の途についたばかりだった。

機内で常念寺は、NSCの中東専門の情報スタッフから今回の訪問成果の分析と、最新の中東情勢について報告を受けていた。その矢先だった。

遥《はる》か東京の総理官邸の地下、内閣府オペレーション・ルームから『〈拡大九大臣会議〉の召集《しょうしゅう》を要す』という上申を受けた。理由は、沖縄空域で〈対領空侵犯措置〉では対処し切れない事案が発生しているので、海空自衛隊に〈海上警備行動〉を発令する必要があるためだと言う。

発端は、いまを去る一時間と少し前、日本時間のおよそ二〇〇〇《フタマルマルマル》時。尖閣諸島北方のわが国の領空へアンノン——国籍不明機の接近するのが防空レーダーにより探知された。航空自衛隊はただちに那覇《なは》基地から要撃戦闘機をスクランブル発進させた。

Ｆ15Ｊイーグル二機は那覇から長駆《ちょうく》し、魚釣島《うおつりしま》の北方でアンノンに回合、闇夜の中、何とか目視で正体を確認する。まっすぐ南へ機首を向け、領空へ侵入しようとしていたのはイリューシンＩＬ76——軍用輸送機の民間派生型であり、中国の航空会社のロゴマークを塗装していたが、なぜか外部灯火をすべて消して飛行していた。

ここまでの経緯《いきさつ》は、航空自衛隊の要撃オペレーションをすべてコントロールしている横《よこ》田《た》基地地下の中央指揮所《CCP》が、現場のスクランブル編隊の編隊長から直接に音声通信で報告を受け、確認した事実だ。

だがその直後。

無灯火の民間貨物機は突如『日本軍機にぶつけられそうになった』と無線で悲鳴を上げる。すると、その声にただちに呼応して、付近の海面近い低空から二機の中国人民解放軍の戦闘機が出現、急上昇で接近して来た。

現場近くで監視に当たっていた空自の早期警戒管制機によると、現れた中国戦闘機はＪ

15。これはロシア製スホーイSU33をコピーした『艦載機』であり、現在、人民解放軍の空母〈遼寧《りょうねい》〉に搭載されているという。

　待ち構えていたように出現した二機のJ15は、領空へ侵入しかかっているイリューシン輸送機につき添《そ》う空自イーグルの背後に食いつき『ゲット・アウト・オブ・チャイニーズ・テリトリー』と逆に警告して来た。

　そしてこの後。現場の編隊長からの音声報告は届かなくなり、現場周辺の空域には何者かによって強力な電子妨害――ジャミングがかけられ、音声もデータ通信も、レーダーさえ一時的に無力化されて何も分からなくなってしまった。

　横田CCPは情況の把握に躍起《やっき》になった。同時に、異常と感じたのだろう、ホットラインで総理官邸の内閣府危機管理監に事態を通報した。危機管理監は、これを通常の〈対領空侵犯措置〉では対処不可能と判断、自衛隊に対して〈海上警備行動〉を発令するために〈内閣安全保障会議・拡大九大臣会議〉の召集を上申して来た。自衛隊も電子妨害を解消すべく、那覇基地から現場空域へEP3電子戦機を急行させた。

〈拡大九大臣会議〉は、総理が主宰する〈内閣安全保障会議〉の中でも、自衛隊に特別な行動を命じる必要が生じた時に召集される。通常の総理・官房長官・防衛・外務の四大臣に加え、財務・総務・国土交通・経済産業・国家公安委員会委員長の五人の大臣を呼ぶ。遠隔地にいて出席が難しい場合は、中継システムを介して出席してもよい。

飛行中の政府専用機ミーティング・ルームで急きょ開催したから、〈拡大九大臣会議〉は九人のうち六人がモニター越しの出席となった。

常念寺の専門は経済だが、防衛・軍事にも詳《くわ》しい。乏《とぼ》しい情報からもただちに事態の異常さを嗅《か》ぎ取った。『中国が何か仕掛けて来た』と直感した。

アメリカならば、大統領が必要と感じた場合、ただちに軍に行動を命じられる。しかし日本の内閣は合議制なので、九人の大臣全員に事態について理解してもらい、決を取って賛成を得なければ自衛隊に〈海上警備行動〉を命じられない。常念寺はモニター越しに官邸地下の危機管理監に繰り返し情況を説明させ、自衛隊への命令について合議を得た。

その矢先。

未《いま》だ現場空域の電子妨害もクリアされていないというのに、東京ではＮＨＫが〈臨時ニュース〉を流し始めた。『自衛隊機が尖閣諸島魚釣島の周辺で、中国の民間機を機関砲を使い撃墜した』という。

そんなことが、本当に起きたのか。


わが国の陸海空自衛隊は、厳格な規律のもとに行動する。

命令も受けず、現場の指揮官が発砲するようなことはあり得ない。いや、発砲できる法環境にない。

平和憲法のもとに設立されたわが自衛隊は軍法を持たず、特殊な自衛隊法に縛《しば》られて行動する。具体的に言うと、一般の国の軍隊と違って、ポジティブ・リストにより行動する。ポジティブ・リストというのは『この行動だけはしてもよい』と書かれたリストのことで、自衛官はそこに書かれていない行動はしてはならない。アンノンが出現し接近して来た時、〈対領空侵犯措置〉でスクランブル発進した要撃戦闘機が『してもよい』行動は、音声による警告と、中央指揮所の指示による警告射撃（威嚇《いかく》射撃ではない。日本国憲法は武力による威嚇を禁じているので、相手機よりも前方へ出て、前の空間へ向けて撃つという信号射撃しか許されていない）。そして相手機から攻撃されて生命が危ない場合の正当防衛による戦闘と、相手機が日本の国土へ向け急降下するなど明らかな攻撃態勢に入り、このままでは国民の生命に危険が及ぶという『急迫した直接的脅威』が発生した時の戦闘である。それ以外では、〈対領空侵犯措置〉においては一切発砲ができない。

一方、アメリカ軍など通常の国の軍隊はネガティブ・リストで行動する。ネガティブ・リストとは『この行動だけはしてはいけない』と書かれたリストのことで、五項目くらいの禁止事項がある。現場の指揮官は、リストに書かれた禁止事項（例えば、領空へ侵入したアンノンに対して、警告をせずに発砲してはいけない等）さえ守れば、あとは指揮官の判断で必要な行動を取ってよい。

スクランブル発進した空自のイーグルの編隊長には、『この行動だけはしてもよい』と規定された以外の行動は取れない。今夜の場合、アンノンは民間貨物機だから、わが方を攻撃して来るはずはないから正当防衛による発砲はあり得ないし、たとえニューヨークで起きたテロ事件のように陸地へ向け急降下して突っ込もうとしたとしても、接近して行く魚釣島が無人島だから、国民の生命に危険が及ぶわけでもない。

得られた情報から常念寺がどんなに考えても、空自のイーグルが中国の民間貨物機を、たとえ領空侵犯をされたとしても独断で撃墜するはずはない。

だが。

中国当局は、華真社通信を使い、いち早く『空自機による中国民間機撃墜』を発表して来た。日本のＮＨＫが、それを〈臨時ニュース〉としてそのまま流している。続報として現場上空で人民解放軍の戦闘機が空自機に対して『撃つのはやめるのだ』と必死に説得をしているという〈音声〉まで公表された。

何者かによる（何者かは明らかだが）電子妨害によって現場空域との連絡が途絶え、レーダーでも見られなくなった三十分余りの間に、いったい、何が起きたのか。

通常、アンノンが飛来した際、領空へ侵入せぬよう真横に並んで警告するのはスクランブルの一番機――編隊長の役目だ。中国の民間貨物機（本当に民間機だったかはさておき）が『日本軍機にぶつけられそうになった』と訴えたらしいが、そんな事実はあったのか。

悲鳴を聞きつけ、海面近い低空から待ち構えていたように出現した二機のJ15は、なぜそんな近いところにいたのか――

「――」

「――」

無言の視線が、常念寺の顔に集中して来る。

楕円形テーブルに着席している外務大臣の鞍山満太郎《くらやままんたろう》、経済産業大臣の豊島逸人《とよしまはやと》もこちらへ視線を向けている。

壁に額縁のように並ぶモニター画面からも、遠隔会議システムを介して参加する各大臣が常念寺の対応に注目する。

「貨物機は」

常念寺は唇を嘗《な》め、モニター画面の官房長官へ、確認するように訊《き》いた。

「レーダーから消えているのですか」

『消えている』

画面の中で古市がうなずく。

古市達郎は、自由資本党《じゆうしほんとう》の党歴では常念寺よりも古い。事態が切迫したせいか、先輩の語り口に戻ってしまう。

『それだけでなく、わが方のF15二機もだ。現在、シーサー・リーダーというらしいが、要撃機の編隊長と連絡がつかないか、呼び出しているところだ』

「中国機を撃った、と言われているパイロットですか」

『そうだ』

画面の中で古市は、ちらと視線を上げる。古市が詰《つ》めているのは官邸地下のオペレーション・ルームだ。情報スクリーンを見たのか。

新たな変化はないな——という表情。

『スクランブルに出た要撃機が二機とも、レーダーから消えてしまっている。自衛隊では現在、全力を挙げて消えたF15の行方《ゆくえ》を捜《さが》している。那覇からは間もなく、救難隊の捜索機も出動するそうだ』

「分かりました、官房長官」

常念寺も、先輩の古市に対しては言葉遣《づか》いに時々丁寧語《ていねいご》が混じる。役職の上下関係と、個人としてでは上下関係が逆だ。ややこしい。

「しかし古市さん。その編隊長のパイロットからは、まだひと言も報告が得られていないといいます。何とかして、捜し出してもらわないと」

『その通りだ、総理』古市はうなずく。『捜し出して、本人の口から何が起きたのか報告させないと、真実は分からない』

「――」

真実は、分からない。

行方不明のパイロットを捜し出さないと、何が本当に起きたのかは――

常念寺は一瞬、沈黙してしまう。

自衛隊は捜索する、と言う。

しかし、空も海も広大だ。

いま後部の客席で酒を食らって爆睡しているマスコミの記者連中が起き出すまで、あと二時間も無いぞ……。

黙り込む常念寺に
『総理。この〈事態〉そのものもだが』

モニター画面の古市は続けた。

少し声を低め、含むような口調になった。

『我々がさらに気をつけなくてはならないのは、あれだ』

するとーー
「まさか」

常念寺はハッ、と思い出したように顔を上げる。

「まさか、あれですか」

『そうだ、あの女――』

古市は言いかけ、右の方へ視線をやる。モニター画面のフレームの外から、誰かが近づく気配。

言葉を区切ったのは、近づいてきた誰かに応対するためか、あるいは会議の中でオープンに話す内容ではないと気づいたのか。

『とにかく、現場では捜索を続けている。何か分かったら、そちらへすぐ知らせます』

「頼みます」


画面の官房長官が、何か報告でも受けているのか、画面のフレームから外《はず》れて見えなくなると。

常念寺は椅子の背に深くもたれ、息をついた。

周囲から視線が、自分に集中するのが分かる。

いかん。

ここは、はったりでも『大丈夫だ、任《まか》せろ』という顔をしなくては――

スピーディーな対応が自分の売り物だ。これまでもそうして来た。今回のテヘラン訪問も、イランの『核開発中止』の声明を耳にし、いち早く決断した。経済産業省や経団連の幹部たちを引き連れ、経済制裁の解けたイランに対して友好を確認、復興支援の協力と、日本産品の売り込みを行なった。新幹線まで売り込んで来た。

しかし……。

「総理」

右手に座っている鞍山満太郎が小声で呼んだ。

（……？）

目を向けると鞍山は言葉を続けず、ただ視線を向けて来る。眼鏡《めがね》の下の目で何か訴える。

「うむ」

常念寺はうなずき、かすれた喉《のど》を潤《うるお》そうと卓上のコーヒーカップを持ち上げるが、中身が空だ。

「あ、総理。お代わりのコーヒーが来ております」

常念寺の所作に気づいたように、会議室の隅《すみ》からすかさず声がした。

次席秘書官だ。

「客室乗員を、中へ入れてもよろしいですか」

第Ⅰ章　パンダを抱く女

1

●パキスタン領空内　航空路Ｒ６６３
政府専用機７４７－４００

「――死にたくない……？」
燕木《つばめぎ》志郎《しろう》三佐は、左側操縦席から振り返る姿勢のまま、訊き返した。
この人物は、いま何と言った……？
７４７のコクピットは、前面風防に向かって左右二つの操縦席が並ぶ。
その左側が機長席だ。
機長・副操縦士席それぞれの計器パネルには対称の配置で、同じ二つの計器画面が並んでいる。飛行諸元を表示するプライマリー《P》・フライト《F》ディスプレー《D》と、位置を表示するナビゲーション《N》・ディスプレー《D》だ。

PFD画面には、中央に水平線、それに重なるように機体姿勢を表わすカモメ形のシンボルが浮かぶ。

水平巡航中なので、カモメ形シンボルは水平線のやや上（巡航のピッチ角二度）の位置に、水平に止まっている。カモメ形の左右には速度スケール、高度スケールが縦《たて》に配置されている。現在、速度はマッハ〇・八五。高度は三一〇〇〇フィート。

舵輪《ホイール》式の操縦桿《かん》も左右に二つ。二つの操縦席の間の中央計器パネルには、エンジンと機体システムの状況を表示する上下二つの画面がある。中央計器パネルの後方に、センター・ペデスタルから突き出すようにして四本が束になったスラスト（推力）レバー。

その後方にオブザーブ席がある。さしつかえない限り、ここにパイロット以外の者を着席させることができる。

夜の成層圏を巡航するコクピットは、灯《あか》りといえば計器画面の照り返しくらいだ。

いま、オブザーブ席に座るのは三十代の男。蒼白い燐光《りんこう》の照り返しの中、ぎょろりとした目で燕木にうなずく。

「そうです機長、いえ燕木三佐」

男は九条《くじょう》と名乗った。

常念寺総理大臣の、首席秘書官だという。

「正直、死にたくないので、帰りのコースを変えて欲しいのです」

総理首席秘書官は繰り返した。

「そのため、こうして内密に相談に参った」

「――――」

何と応《こた》えて良いのか、一瞬、分からない。

燕木は、今回この機に〈乗客〉として乗せた政府要人たちと、その部下たちの顔ぶれを思い出す。

今回のフライト――テヘランへの往復飛行。これは常念寺が、イランに対する国際社会からの経済制裁解除を見て、急きょ訪問を決めたものだという。経済アナリスト出身の総理はイランの『核開発放棄宣言』をビジネスチャンスと受け取ったのだろう。

しかし特別輸送隊の任務は『運ぶこと』だ。燕木は機長として、この747を予定時刻通りに、無事に目的地へ到着させる。自分の責任はそれ以上でも以下でもない。乗せた要人たちがどのような目的で、どんな活動をするのかは知る立場にないし、それについて質問する権限もない。

だが。

先ほど——離陸のすぐ後、交替の操縦士に左席を任せ、休憩に一階客室へ降りた時。

この首席秘書官と、通路ですれ違った。九条は携帯を手にし、どこかと慌ただしい様子で話していた。『〈対領空侵犯措置〉で対応し切れない事案』と口にするところを、偶然に耳にした。

「三佐」九条は続けた。「私からあなたに、現在日本で起きている事象についてどのくらい説明してよいものか。総理の正式な許可を得ていないので分かりません。最初に申し上げましたが、ここにはいま、私の意志で勝手に来ています」

「——」

燕木は黙ってうなずいた。

遥か遠い日本で、普通でないことが起きている。それだけは分かる。

しかし『死にたくないから帰路のコースを変えろ』……？

「よろしいですか三佐」

「——」

燕木はまた、黙ってうなずく。

隣の右席には、副操縦士の山吹《やまぶき》二尉が座っている。

会話は、聞こえているだろう。だが操縦を任せているから、オート・パイロットが働いている状態であっても、こちらを振り向くことはない。

山吹は二十代の若いパイロットだが、航空自衛隊幹部である以上、機密に関わる会話が聞こえても、聞こえない振りをするだろう。

「この機には、わが国の総理大臣が乗り、ほかに外務大臣と経済産業大臣も随行《ずいこう》していきます。要するに日本の最高意思決定機能が空中を移動しているわけです」

九条はぎょろりとした目で、コクピットの壁から天井を見回す。７４７の機体の大きさを測るような目つきだ。

「さらに別の視点から見れば『近い将来、わが国の憲法を変えることのできる唯一《ゆいいつ》の人物』を運んでいる。それがこの７４７です」

「――――」

「問題は」

無線やレーダーの操作パネルが配置されたセンター・ペデスタルの上には、先ほどから航空地図が広げられている。

西アジアから東アジアまでを包含《ほうがん》する、大きなチャートだ。入室して来た九条から、東京へ戻るコースについて説明を求められたので、燕木が出して広げた。

現在位置は、イランからパキスタン領内に入ったところだ。飛行計画では、これからインド、タイ、ベトナムの領空を通過して南シナ海へ入り、香港《ホンコン》の遥か南を横切って、台湾《たいわん》の高雄《たかお》上空へ向かう。

高雄からは台湾の西海岸に沿ってやや北上、台北《タイペイ》の上空から東シナ海へ出る。後は九州の鹿児島《かごしま》まで、斜め一直線に海を渡る。

しかし

「問題はこの機が、航空路Ａ１を通ることです。ここです。台北から鹿児島へ一直線」

九条は言いながら、地図上の台北から鹿児島までを指し示す。

航空路が通っている。名称表示は〈Ａ１〉。

「このルートは、中国大陸の南岸近くを通る。彼らが、半《なか》ば勝手に〈防空識別圏〉として定めている空域の、ど真ん中を横切るのです」

「民間航空機がフライトプランを提出して、通行するのは問題ないはずだが」

「この機は、民間機ですか？」

「…………」

「いいですか機長」

九条はオブザーブ席から乗り出すと、声を低めた。

「彼らは、少なくとも現在、日中中間線の大陸側は自分たちの『領空』だと思っている。

いや、尖閣諸島の周囲一二マイルの空域も『領空だ』と主張していますが、さすがにそこまでは実効支配が及んでいない、及ばせようと画策はしていますが、少なくともいまは」

「…………」

「しかし航空路A1を通れば、彼らの『庭』の中を横切ることになる。たとえ民間航空用のフライトプランを、国際管制機関に提出していても、『書類が揃《そろ》っていない』と難癖《なんくせ》をつけて無理やり拘留《こうりゅう》するのは彼らの得意技だ。逆らったら殺す」

「…………」

「中国の定める防空識別圏の真っただ中で、『不法侵入だ』と因縁《いんねん》をつけられてスクランブルをかけられ、戦闘機に取り囲まれたらどうなります。中国国内へ強制着陸させる、逆らったら撃墜すると脅《おど》されたら……？　彼らに平和憲法は無い。本当にやりますよ」

「…………」

燕木は、九条を見返す。

財務官僚出身らしい秘書官は、冗談を言う表情ではない。

そのようなことが、あり得るのか。

いや――

燕木は、唇を噛んだ。

中国との間で、何かトラブルが進行中であるなら……。

「三佐。いま、常念寺総理を亡き者にできれば。それは中国の大いなる国益になる。冷静に分析すればそうなります。しかし」

「……しかし？」

「しかし、例えばこちらのコース」

九条は、台北から真横——東の方角へ伸びる別の航空路を指した。

「これはどうですか。A1でなく、こちらのR595という航空路を通って頂《いただ》ければ。日中中間線よりも南側——我々の勢力圏の中を帰ることができる。若干《じゃっかん》、遠回りですが」

●東京　永田町《ながたちょう》

総理官邸地下　オペレーション・ルーム

同時刻。

「官房長官、ありがとうございます」

障子有美《しょうじゆみ》は、同じ官邸地下の一画にある内閣情報集約センターから通路を駆け戻ると、スキンヘッドの官房長官——古市達郎に一礼した。

一七〇センチ。黒のパンツスーツ姿。低いヒールの靴《くつ》。

三十代半ばの障子有美は、防衛省出身の官僚だ。この年齢で、しかも女性の身で内閣府危機管理監を名乗ると、初めて会う人には驚かれる。

十八歳で、初めは防衛大学校に入った。自衛隊の幹部になるつもりだった。ところが横《よこ》須賀《すか》で二年間学んだ時点で『ここにいては日本の安全保障体制を変えられない』と悟り、東大法学部へ入り直した。大学を出て、防衛省の官僚となり、官邸へは国家安全保障局《NSC》の戦略・企画班長として出向した。それが三か月前の〈政府専用機強奪事件〉を機に、常念寺総理から内閣府危機管理監へ抜擢《ばってき》された。

自分でも『早過ぎる』と感じる役職に就いていて、女を前に出すのはどうか――？といつも思う。

しかし『身だしなみ』という観点から見れば、素顔で人前に出るのは、男がネクタイをせずに仕事をするのと同じだ……。考えた末、有美は薄く化粧をすることにした。その代わり服装は、いつでも走れるようにする。

非常の時――いや『本来の役目』を遂行《すいこう》する時に、有美が仕事場とするこのオペレーション・ルームは、官邸の地下空間にあり、国家の指揮中枢《ちゅうすう》だ。

わが国にとって緊急の事態が発生した際、総理以下の主要閣僚がここへ参集し、〈国家安全保障会議〉を開いて対処の指揮を執る。オペレーション・ルーム自体の運営と、総理への補佐は、内閣府危機管理監とNSCスタッフが担《にな》う。ほかに全国から情報を収集し総理へ上げる機関として、内閣情報集約センターが設置されている。

つい一時間前に発生した、尖閣諸島周辺空域における事案——まだ名称もつけられていないが、NHKによって政府発表よりも先に盛んに報道がされている。

スクランブル発進した航空自衛隊機が、領空侵犯したことを理由に中国の民間貨物機を撃墜した——

いま、夜の九時過ぎだ。十時になればNHK以外の民放でも、ニュース番組が始まる。

だが政府はまだ、何も発表できていない。

尖閣諸島周辺の空域では、ようやく何者かによる電子妨害が、我が方のEP3電子戦機によりクリアされたばかりだ。

尖閣で、何が起きたのか。そしていまなお、何が起き続けているのか……？

情報はできるだけ、集めなくてはならない。

ここオペレーション・ルームでは、イランからの帰路にある政府専用機の機上との間に映像回線が開かれ、自衛隊などから入った情報はただちに総理へ伝えなくてはならない。伝えるのは有美の役目だ。

だがどうしても、少しの間、席を外さなくてはならなかった。代わりの報告を、先ほど駆けつけたばかりの古市官房長官へ頼み込んだのだった。

「お陰《かげ》で、何とか」

有美は息を整《ととの》えながら、古市に礼を言った。

会釈《えしゃく》をしながら、自分の背後——地下空間の一方を指す。

お陰で、首尾よく行きました、という身ぶりだ。

「うむ」

スキンヘッドの官房長官は、前の〈政府専用機強奪事件〉でも共に仕事をしたから、有美を信用してくれているようだ。鋭い目でうなずく。

「衛星情報センターとは、話がついたかね」

「はい。情報衛星を一基、現場上空へ回してもらえます。少し時間はかかりますが——赤外線で海面をさらえば、何か分かるかと」

「そうか」

古市はうなずいた。

「座りたまえ障子君、先は長くなりそうだ」

「はい」

有美は促され、ドーナツ型の会議テーブルを囲む席の一つに着く。

オペレーション・ルームの会議テーブルには九つの席がある。総理を筆頭に九人の閣僚が着席できるよう配置されている。しかしいま、ここには官房長官と自分の二人だけだ。〈拡大九大臣会議〉に召集されている閣僚のうち、都内にいる者は、ここへ急行しつつあるのか……？　分からない。

壁のメイン・スクリーンを見上げると、ＣＧで描かれる『空域情報図』がある。航空自衛隊横田基地の中央指揮所《ＣＣＰ》から送られて来ている。尖閣諸島を中心に置き、先島《さきしま》諸島全域の様子がリアルタイムで映し出される。その右上に四角くウインドーを開き、放送中のＮＨＫの映像を出している。音声は消しているが、先ほどから同じテロップが繰り返し流される。

会議テーブルの各席には、個人用情報端末が設置されている。有美ら官僚スタッフは通常、〈国家安全保障会議〉ではドーナツ型テーブルを取り囲む補助席に着くが、座るべき閣僚が来ていないのだから、空席は使わせてもらうことにする。

「障子君、ところで」

有美が、内閣衛星情報センター——わが国の情報衛星を運用している組織に要請をし、尖閣諸島上空へ赤外線観測衛星を至急回してもらうよう算段をして、戻ると。

古市達郎は会議テーブルに着席するよう促し、少し声を低めた。

話がある、という風情《ふぜい》だ。

古市は、〈事態〉は長くなりそうだと言う。

有美もそれは（残念だが）同感だ。

「ところで、君に話しておかないといけないことがある」

「――――？」

有美は、座りながら官房長官の顔を見た。

「何でしょうか」


座りながら、息を整えると。

（――――）

ついさっきのことを、思い出す。

中国が急ぐ……？

そうだ。

確か、この人はそう言いかけた。

遥か離れた機上の総理とやり取りをする、忙しい中で、ふと言いかけたのだ。

我々は、中国を急がせてしまったのかもしれない……？

確か、そういうニュアンスの言葉だった。

「官房長官、先ほど、何かおっしゃいましたか」

そうだ。

危惧《きぐ》していたことがある……。

そうも言わなかったか。

すると
「君は頭の回転がいい、障子君」

古市はスキンヘッドの頭を振ると、自分の席の端末画面を操作した。

「今夜のこの〈事態〉は——ひょっとしたら、ほんの始まりの花火にしか過ぎないのかも知れない」

「……花火？」

「私が、危惧していたことのな。悪いがこっちへ来て、これを見てくれ」

画面に、何か出したのか。

有美は席を立ち、古市の席の情報端末を、後ろから覗《のぞ》き込むようにした。

（……？）

何だ。

「長官。何ですか、これは」

現れた画像に、有美は目を見開いた。

選挙のポスター……？

あるいは、女性政治家のホームページか。

明るい写真だ。四十代だろうか、昔流行《はや》ったようなカールした髪。華やかな笑顔の女性がピンクのスーツ姿で、こちらを見ている。上半身のアップだ。身体《からだ》の向きは斜めで、顔だけをこちらへ向けている。何より目を引くのは、そのスーツの胸に抱かれた、もっこりした白と黒の毛の塊《かたまり》——獣《けもの》の子供だ。

（子熊——いや、子パンダ……？）

有美は目をしばたたいた。

同時に大きな文字が目に飛び込む。『明るい明日を築く　自由資本党　羽賀聖子《はがせいこ》』

羽賀聖子か……。

そうだ、顔に見覚えがある。閣僚ではないから、有美が直接に話す機会は無い。しかし自由資本党の国会対策委員長として、TVにはよく出ている。

元は、在京キー局のアナウンサーだったと聞いている。目立つ容姿は、女優と言われてもおかしくないだろう。身体を斜めにしているのは、胸に抱いた獣——人間の赤ん坊よりも大きい子パンダの顔が、よく見えるようにするためだろう。

「君も知っているだろう、〈パンダ羽賀〉だ」

●パキスタン領空内
　政府専用機　ミーティング・ルーム

「総理、客室乗員を入れてもよろしいですか」

「あ、いや」

常念寺は、次席秘書官へ手を振った。

「待ってくれ」


　空のコーヒーカップが、テーブルの目の前にある。

　常念寺は腕組みをし、息をついた。

　不便だ――

　総理大臣になってしまうと、会議で喉が渇《かわ》いても、自分で立って飲み物を取りに行くことができない。立ち上がれば、場の中のほぼ全員が「何か?」と注目して来る。総理という役職は、それほどに人々の注目を集める。

　隣の席の外務大臣と低い声で話したくても、ここは狭い空間のうえ、自分と鞍山・豊島両大臣の公設秘書、そして外務省、経産省、NSCのスタッフなど官僚たちがひしめいている。

「あぁ、鞍山」

常念寺は両手で顔を拭《ふ》く動作をすると、一つ空席を置いて右隣に座る鞍山満太郎に言った。

通常は、総理が閣僚を呼ぶ時には『外務大臣』と役職で呼ぶものだ。

しかし鞍山満太郎は、早大弁論部の後輩で、学生時代からの付き合いだ。一対一の話をするときは昔と同じ呼び方になる。

「そういえば例のロシアの件で、私に報告があったな」

「え？　はい」

黒ぶち眼鏡《めがね》をかけ、体格では常念寺よりもいかつい印象の鞍山満太郎は、一瞬だけ「えっ？」という表情をするが、すぐ真顔に戻る。

「はい総理。その通りです。そういえば、報告があります」

「新しい情報は、すぐには入りそうにない」

常念寺は、メイン・スクリーンを指した。

そして周囲の皆にも聞こえるよう、はっきりとした声で言った。

「新たな情報を待つ間、向こうで報告を受けよう。北方領土も喫緊《きっきん》の課題だからな」

「はい総理」

「次席秘書官」

常念寺は、ミーティング・ルームの出口近くにいる若い秘書官を呼んだ。

「コーヒーは、私の居室へ運ばせてくれ。皆に注《つ》ぎ終わった後でいい」

2

●政府専用機　機内

ＶＩＰコンパートメント

「例の女ですか」

政府専用機の一階客室の最前方、通路の行き止まりにＶＩＰ用の個室がいくつかある。内部は列車の個室寝台のように手狭《てぜま》だが、横になって休めるベッドと、折り畳《たた》み式のテーブルと椅子、簡単なシャワーもついている。

その一つを、常念寺は自分の居室としていた。

部屋に招き入れられ、椅子を勧められるなり、鞍山満太郎は言った。

「あの女が、東京で動き出した」

「そうだ」

常念寺はうなずくと、居室のドアが閉じられているのを目でちらと確かめてから、簡易テーブルの上にスタンドで立てたアイパッドに指で触れた。

党のホームページが現れ、その中をさらに指で小突くと議員の紹介ページが出る。

「こいつだ。〈パンダ羽賀〉だ」

「ううむ」


常念寺の後輩であり、政治活動の上でも右腕として恃《たの》む鞍山満太郎は、唸った。

鞍山はロシア通の政治家で知られる。大学を出てからは外交官となり、対ロシア外交を専門としてから、常念寺の後を追うように政界入りした。

現実世界で、ロシア共和国と中華人民共和国が国境を接して睨《にら》み合っているように、外務省内では鞍山たちロシア専門の外交官と、チャイナスクールと呼ばれる親中派の外交官たちは仲が悪い。常念寺は総理に就任した際、鞍山に外務大臣をやらせたかったのだが、外務省内でチャイナスクールの勢力が強く、周囲から『トラブルになります』と止められていた。ところが三か月前の〈政府専用機強奪事件〉で自衛隊に史上初の防衛出動を発令して事件を解決すると、支持率が急にアップした。そこで思い切って内閣改造を断行した。鞍山の外務大臣就任は、その目玉だ。

「総理。本当なのかどうか分からないが、沖縄でスクランブルに出た航空自衛隊機が中国の民間機を撃墜した。すると間髪《かんはつ》を容《い》れず、NHKが中国政府の発表を垂《た》れ流し、あの女が『NHKニュースを見ろ』と電話して来ました。これは手回しが良過ぎる」

「俺も、そう思う」

常念寺はうなずく。

「羽賀精一郎《せいいちろう》が、裏で何か糸を引いているかも知れん」

「総理。私がロシア政府経由で入手した情報を、先週お伝えしました」

鞍山はずい、と膝《ひざ》を乗り出す。

「憶《おぼ》えておいでですか」

「あぁ、もちろんだ」

常念寺は腕組みをする。

「中国が、わが党の親中派を支援して、俺を追いおとそうと画策している話だろう」

「そうです」

鞍山もうなずく。

「あなたはいま、支持率も上昇して絶好調です。『省内で軋轢《あつれき》が生じる』という反対論を退《しりぞ》け、この私を外務大臣にしてくださることができるほど」

「お前を外務大臣にしたのは」

常念寺は腕組みをする。

「北方領土をまとめてくれると期待したからだ。後輩だからというわけではない」

「分かっています」

鞍山はスーツの懐《ふところ》から扇子《せんす》を取り出すと、汗ばんだ顔をばたばた扇《あお》ぎ始めた。

「その仕事は、必ずやり遂《と》げます」

「うん、期待している」

「よろしいですか総理」

「うむ」

「いつもお話ししていることですが、念を押させて頂きます」


鞍山は、常念寺の背中越しに窓を見た。

747の機首部分に近い個室には、窓が一つある。濃い紫色の夜。鞍山はその向こうに遠い大陸の国を見るようにした。

「まず、ロシアの現状ですが。あの国は、二十年も前から技術産業が全く育成できず、頭を抱えている状態です。あれだけの大国で、ロケットもミサイルも腐《くさ》るほど持っていて軍事技術も一流なのに、いまだに外国へ輸出して売れるものが石油と天然ガスしか無い。機械も化学も、外国と勝負できるメーカーが無いのです。ロシア製の自動車なんて、総理、見たことありますか？」

「いや、ない」

「ロシア製の自動車は、あるにはあるのですが、日本の十五年落ちの中古車の方が遥かに性能も品質も良いので、庶民はみな輸入された日本の中古車に乗るのです。石油と天然ガスしか輸出できるものが無いから、国際市場で資源価格が下がるとすぐ国が傾くのです。彼らはこれを何とかしたい。油やガスだけでなく、高い技術で造った工業製品や化学製品を売れるようにして国の経済を安定させたい。しかしあの国民性です」

「うん」

「そこで、日本に助けを求めたい。実は北方領土をだしにして、わが国と交渉したがっているのは向こうなのです」

「うん」

「確かに、島を日本へ返すなどとんでもない、というロシア国内の声は根強くある。しかしもう一方で、これは初めてお話ししますが、実際に国後《くなしり》・択捉《えとろふ》両島に住んでいるロシア人たちの一番の望みは何だと思いますか」

「何なんだ」

「彼らの一番の望みは、東京へ出稼ぎに行くことなのです」

「本当か」

「本当です」

鞍山は扇子を動かしながら、さらにずいと乗り出した。

「いいですか、国後島では、日本のTVが普通に映ります。択捉島でもBSならば、日本国内と全く変わりません。『〈笑っていいとも！〉が終わって残念だ』って、択捉のロシア政府の係官が私に言うんですよ。日本語で」

「う、ううむ」

「択捉の中学校を訪問すると、ロシア娘の女子生徒の中でいけている子は『〈乃木坂《のぎざか》46〉に入りたい』と言うのです」

「どうしてAKBではなくて乃木坂なんだ？」

「AKBは、スカートが短過ぎて恥ずかしいそうです」

「う、ううむ……」

「総理。前にもお話ししましたが、私独自のパイプによると、ロシア側からのオファーはこうです。まず北方領土四島の『帰属』は日本にあると認める一方で、ロシア軍の駐留と、すでに住んでいるロシア国民の居住はそのまま我々に認めさせる。ロシア政府の施政権はそのまま残す。そして択捉島に、まず日本の自動車メーカーを誘致し、ロシアと合弁の新メーカーを立ち上げる。これにより、日本の技術を導入したロシア国産車が誕生する」

鞍山は、汗を滴《したた》らせながら弁舌を振るい始めた。

昔から、しゃべり始めると止まらないところがある。

「ずっと以前から、北方四島を始めシベリアの東海岸一帯では、日本の中古車が広く流通して使われて来ました。そこへ『日本の技術を導入したロシア国産車』を投入すれば、彼らの間で爆発的に売れるでしょう。自動車メーカーが成功すれば、段階的に様々な業種の合弁企業を立ち上げていく。いずれ択捉島は新しい〈沿海州《えんかいしゅう》経済圏〉の中心となり発展する。もちろん、日本にも新しいマーケットがすぐ近くにできるのですから、悪い話ではありません。一方で北方四島は『日本国内』となるので、いまの沖縄と同様に観光客が大量に流入するでしょう」

「うん」

「択捉と国後は、ロシア軍の基地は残るけれども、沖縄と似た感じのわが国の国土に戻ります。それも、『重工業を中核とする沖縄』です。沖縄は観光ばかりですが、択捉・国後は重工業が中核となるのです。輸出入が盛んに行なわれ、雇用がばんばん生まれてシベリア東海岸から人が集まって来る。日本からも人が行く。やがて沿海州は日本・ロシア合弁企業によって繁栄する一大経済圏となり、シベリア東海岸にも工場ができて、ロシア全域へ製品を供給するようになる。地下資源もどんどん採掘されて利用される。資源産業も発展するからさらに人が集まる。結果、シベリアの東半分は大いに潤《うるお》って人口が増えます。そうなると、どうなります」

「うむ」

「現在、シベリア東部のロシアの人口は六〇〇万人。国境を接する中国東北部——こういう呼び方は好きじゃありませんが、いわゆる満州《まんしゆう》にいる中国農民は一億人です。一億人の貧しい中国農民が、国境を越えてじわじわとロシア領内へ侵入し、勝手に畑を作って耕作しているのです。中国は、わが国の尖閣へ漁船を送り込むのと同じように、実はロシア領内へは陸伝いに農民を送り込んでいるのです。追い返そうにも、ロシア側は圧倒的に人数が少なかった。しかし〈沿海州経済圏〉が成功すれば、その心配はもうなくなる。劇的に人口が増えて経済活動が活発化することで、中国農民を追い返して国境を保全することができるのです、しかし」

鞍山は、扇子で自分の膝をぱん、と叩いた。

「しかし中国の側から見たら、どうです」

「うん、絶対やらせたくないな」

●東京　永田町
総理官邸地下　オペレーション・ルーム

「羽賀聖子だ」

古市は、画面に現れた写真の女を指した。

「わが党のホームページでも、この写真は閲覧される頻度《ひんど》が高い。四十五歳。政界デビューする前は大手キー局のアナウンサーだった。見た通りの美人だ。ＴＶに出た時の押し出しもなかなかだ。華がある」

「………」

有美は、子パンダを抱いた女性政治家の笑顔に見入った。

自分とは正反対のタイプか――

そう感じた。この白い前歯を全部見せるような笑顔で、ぐいぐいと人の中へ押し入って行くのだろう……。

先ほどは官邸の管理部門へ電話を入れ、権限もないのに会見ルームを開けさせ、マスコミを入れさせたという。

そういう強引さを一種の魅力と感じ、ついて行く者もあるのだろう。

「羽賀聖子は」

古市は続けた。

「かつての道路族で親中派の重鎮・羽賀精一郎の長女、という方が分かりやすい。二十一世紀となり、公共事業が悪者扱いされ、主民《しゅみん》党政権ができた時に先代の親父は引退し娘に跡目を譲った。現在でも聖子は親中派議員たちのアイドルとして、ほぼ同じ地位に君臨している。近畿《きんき》地方の選挙区にある大規模レジャーランドにはパンダが八頭もいる。父親が中国から一番《ひとつがい》もらってきたものが、気候が良いのでどんどん増えてしまった。パンダを抱いて笑っている写真を選挙ポスターに使うので〈パンダ羽賀〉と呼ばれている」

古市の言い方は、冷静で客観的だ。

先ほど、当の羽賀聖子からの電話で官邸の会見ルームが開けさせられ、マスコミが入ってしまったと告げられた時は不快そうにしていたが――

「障子君」

「――はい」

「先ほども、君に言ったな。常念寺は、うまく行きすぎた」

「はい」

「それが、中国を急がせてしまった」

「……はい」

「三か月前の〈政府専用機強奪事件〉は危機一髪だったが、結果的に〈もんじゅ〉から取り出された高純度プルトニウム六十二キログラムは、わが国がしかるべきところに保管している。一方、自衛隊が防衛出動をして国を危機から護り、少しずつだが国民の意識も変わりつつある。常念寺ならば、近い将来に憲法を改正することもできるかもしれない」

「………」

「だがそうなる前に、中国は常念寺を潰《つぶ》すつもりだ」

「……潰す？」

「そうだ」

古市はうなずいた。

「実は、総理がイランで売り込みを指揮しているさなか、私のところに情報が入った。中国共産党が親中派議員たちを操《あやつ》り、羽賀聖子を担《かつ》いで常念寺内閣を倒し、一気に親中政権を立てようと企《たくら》んでいる」

そこへ、

「古市長官」

別の声がした。

（………？）

これは。

知っている声だ――

有美は目をしばたたき、振り向く。

門《かど》君……？

「直接お持ちしました」

いつのまにか、長身の男が背後に立っていた。瘦身《そうしん》を黒服が包んでいる。無精髭《ぶしょうひげ》は相変わらずだ。

有美は思わず「門君」と呼ぼうとして、唇を結ぶ。

いけない、官房長官の前だ。正式な呼び方をしなくては——

同い年の男は、ポケットから出した手を、古市へ差し出す。

「公安からです」

「うむ」

古市はうなずき、差し出されたものを受け取る。

門篤郎《あつろう》の手つきは手品師のようで、そばに立つ有美の目には、何を手渡したのか分からなかった。


「危機管理監」

門篤郎は、有美が目に入っていないようだったが、表情の動きまですべて摑んでいた。

横目で有美をちらと見て、言った。

「また『不意に現れたか』と思われたかも知れませんが」

「——ええ」

かつて大学で同じゼミにいて、学年も同じだ。

門篤郎は同級生だった。しかしいまは、内閣府で有美の方が上位職だ。門も、官房長官を前にして、有美を役職名で呼んだ。

「いつも驚かされます。門情報班長」

「所在を摑まれたら、商売にならない。こちらも大変なようですが」

門はオペレーション・ルームのスクリーンをちらと見て、唇の端を歪めた。

この男は、NSC情報班長——国家安全保障局で情報の収集を任される責任者だ。警察庁からの出向で、不精髭にネクタイを弛《ゆる》めた痩身は、キャリア官僚には見えない。

「しかし私の方もこちらと同様、いま〈実戦〉のさなかでね」

「また本業とかけもち？」

「不可分と言ってください」


門は、東大法学部でも特異な存在だった。学部をトップに近い成績で卒業した後、就職先は警察庁を選んだ。それからの足跡は、有美も人づてに聞く程度だった。外事や公安を渡り歩いたという。

数年前に政権が主権在民党《しゆけんざいみん》から自由資本党へ戻り、常念寺内閣が発足して、NSCがつくられた。有美が門と再会したのは、NSCにおいて戦略班長を任されることとなり、防衛省から官邸に呼ばれた時だった。

「ところで」

門は、疲れたような低い声で、古市と有美に言った。

同時に、鋭い視線で周囲を見た。

「政府専用機——総理を乗せた機は、いまどこです」

「専用機は、テヘランからの帰途にある」

古市が応えた。

「現在、〈拡大九大臣会議〉を遠隔会議システムで実施しつつ、飛行中だ」

「位置を知りたい」

門は短く言った。

「急を要します」

「うむ」


門篤郎が、NSC情報班長を務めながらも現役の外事警察官であり、独自の情報網を維持していることは官房長官も把握しているようだった。

古市は聞き返すことなく、門に目で促した。楕円の会議テーブルへ戻る。

「専用機の位置なら、これで分かる」

席の一つで、情報端末画面を開くと、タッチパネルでメニューを選択した。

ひと呼吸おいて、A4サイズの画面に地図が浮かび上がる。

「これだ。拡大しよう」

「――」

「…………」

門にならって、有美も画面を覗き込んだ。

いまこの時も、映像回線が衛星経由で繋がっている。新たに報告すべき情報も無いので、747の機内ミーティング・ルームはここのスクリーンには出ていないが……。

西アジアの地形図の中に、赤い機影のシンボルが浮かんでいる。

「――パキスタン領内か」

門はつぶやいた。

考え込む表情になる。

（……何だろう）

有美は同級生の横顔を見て、思った。

古市官房長官によると、与党・自由資本党内に常念寺内閣を打倒し、政権を奪い取ろうとする動きが進行中だという。

しかし、有美は官僚だ。国に仕《つか》える身だ。

自分の雇い主は国民であって、総理ではない。政権の主が誰になろうと、自分は国家と国民のために働く。

確かに、危機管理監へ抜擢してくれたのは常念寺貴明だが、だからといって自分は常念寺のファミリーではない。政権の奪い合いが起きようと、自分は中立の立場で見ているだけだ。新しい総理大臣が選出されれば、今度はその下で働くのだ（新しい総理に気にいられず交代させられたら、その時は仕方がない）。

だが。

いま、策謀を巡らせているのは親中派議員たちで、中国共産党が彼らを裏から操っている――羽賀聖子を担いで、新しい総理にしようとしている。親中政権をつくろうとしている。その話は本当なのか。

「インドがいい」

つぶやくように、門は言った。

（………？）

有美は、その横顔を見て訝《いぶか》った。

何を言うのだろう――？

「機は、間もなくインド領内に入ります。インドに降ろしてください」

不精髭の男は、繰り返した。

「デリー、いやムンバイがいい」

「どういうことだね」

古市が訊く。

「専用機を、途中で着陸させるのか」

「そうです」

門は迷いもなくうなずき、画面の一点を指した。

「ここです。専用機を降ろしてください」

「しかし」

「可能ですか」

「う、うぅむ」

「長官。一刻を争います。それもできれば、総理とその側近、同行している記者連中もろもろに悟られぬよう着陸させてください。降りてしまってから、機体の一時的な故障とでも言えばいい。インド政府にはただちに働きかけ、機体周辺の警備を」

「門君、どういう――」

有美も思わず訊く。いつもの呼び方になってしまう。
日本に向かっている政府専用機を、途中のインドに降ろせ……？
門は、そう言うのか。
だが
「一刻を争います」
門は畳みかけた。

●パキスタン領内
政府専用機　機内

（あれ、何だろう……？）

ひかるはコーヒーの入ったポットを提げ、メインデッキ左舷《さげん》の通路を機首方向へ進んでいた。

機首に近づくにつれ、通路は緩《ゆる》く湾曲するので、最前方は見えない。

その様子に気づいたのは、機首近くのコンパートメントの扉が並ぶ辺りへ来てからだ。

ダークスーツの長身の男が二人、一番奥の扉を前に立っている。

その二人は知っている。いや、名は知らないが、総理の身辺を警護するＳＰ――警視庁の警護官だ。

この政府専用機は、空自の特輸隊が運用している。機内の保安は、航空自衛隊の管轄だ。しかし総理の身辺警護については、連続して警視庁が実施する。

実は管轄権がややこしい。総理が地上へ下りている時は問題は生じない。SPが常に常念寺総理の警護をする。もしもテロリストに襲われたら、その時は二名のSPが対処をする。ところが総理が機内に入って、乗降ドアが閉じられると、保安の責任は機長に移る。

もちろんSP二名には、総理についていてもらって構わない。しかし安全確保のため、機内にいる間は拳銃は預けてもらっている。機長の要請で、SPが所持する拳銃は、機内の施錠《せじょう》できる保管庫に一時的に収納する。この措置に警視庁は難色を示すらしいのだが、万が一にも下手に発砲されて窓に穴でも開けられたら搭乗する全員の生命に影響する。

機体に穴が空いて、人間が吸い出されるところを実際にひかるは見ている。この措置は当然だと思う。

当然とは思うが、拳銃を取り上げられた警護官たちは何となく所在なく、落ち着かない感じに見える。体術だけでも十分に強いはずだが――心理的なものだろうか。

「何をしているのですか」

ミーティング・ルームの会議メンバーに、コーヒーのお代わりを注ぎ終わった後。ひかるは前方区画の居室まで、総理と外務大臣にお代わりを届けるよう指示された。

次席秘書官から「室内で総理と鞍山大臣が話し込んでいるはずだから、ノックをして、入ってよいかどうか訊くんだ」と言われた。

半分以上減って、軽くなったポットを提げ、左舷通路を前方へ進んだ。

奇異に感じたのは。腕を後ろに組んで立つ二名のSPの間に、うずくまるようにして扉に耳を押しつけているネズミ色のスーツ姿だ。

誰だろう。

誰なのか分からない。

何をしている……?

ひかるからは、背中しか見えない。

「ちょっと、そこの人」

さらに変に感じたのは、直立不動で扉の左右を護っている二名のSPが、自分たちの間に身体を割り込ませるようにして扉に耳を押しつけるネズミ色スーツを、排除できずにいるらしいことだった。

変だ。

「ちょっと」

ひかるはポットを通路に置くと、扉の前に歩み寄った。

ダークスーツの警護官二名は、どこかの寺の門の仁王像《におうぞう》のように立派に立っているが、横目で嫌そうに見るだけで、ネズミ色スーツの人物に対して何もしない。

だからといって、壁に耳を押しつけるのを許可しているようにも見えない。仮にもそこは総理大臣の居室だ。

「あなた、何をしているのですか」

3

●パキスタン領内　上空
政府専用機　機内

「何をしているんですか⁉」

奇異に感じたひかるは、咎《とが》めるように問うた。

ネズミ色のスーツの男。その後ろ姿の背は皺《しわ》だらけで、ぴしっとした印象ではない。

両脇に立つ二名のSPが、イランでの数日を過ごしてもなおアイロンのかかったダークスーツに白いシャツで決めているのと、対照的だ。

怪しい。

秘書官や省庁のスタッフとも思えない。正規のメンバーなら、総理に用があるならノックをして入るはず。こんなふうに半ばうずくまって、扉にぴったり耳をつけて中の音を聞こうとするなんて──

「あなたは、誰ですか」


ところが。

コーヒーのポットを通路の床に置き、ひかるが歩み寄って問い質《ただ》しても、ネズミ色の男は動こうとしない。

こちらも見ない。

（────?）

何だ、この人は。

ひかるが目を見開くと。

扉の両脇に立ったSP二名が、「何とかしてくれ」と言うような、困った視線を投げて来た。

（え……?）

警護官が、この怪しい男を扉の前から排除できないのか……?

ひかるは不審に思うが、二名の警護官が自分に対して「何とかして欲しい」というように目配《めくば》せをする。

何か、事情があるのか。

「ちょっと」

だが呼びかけても、ネズミ色の男は反応しない。扉に耳を押しつけて、じっとしているのだった。

ひかるは、すぐそばまで近づくと、両手を腰に当てて屈《かが》みこんだ。

「ちょっと、何をしているんですかっ」

小さい頃から、ひかるは姉の茜の後をついて歩き、置いて行かれては泣いていた。

茜はいつも半ズボン姿で駆け回り、男子みたいだったが、ひかるは白いワンピースが多かった。故郷の町では『おとなしいべっぴんさん』と呼ばれた。でも、茜が男の子たちに交じって暴れていたので、ひかるは比べられて『おとなしい』と言われただけだ。

実家は、自動車の修理工場の傍《かたわ》ら、代々続く合気道の道場を経営していた。茜もひかるも三歳から道着を着せられた。中学三年で師範代になった茜ばかりが目立ったが、ひかるも稽古《けいこ》は続けていて、初段の免状を持っている。

実家は福島《ふくしま》県の海岸沿いの街にあった。電車とバスを乗り継いで二時間くらいで行けるところに、茨城《いばらき》県の百里《ひやくり》基地があった。小学校低学年のある年、ひかるは姉と、姉の友達の男子たちと皆で航空祭を見に行った。

それが姉妹の将来を決めるきっかけとなった。頭上の空間を突き破るようなF15の機動飛行を仰《あお》ぎ見て、茜は「凄い、凄い」と興奮していた。「あたし絶対、あれに乗る。どうしたら乗れるの⁉」

一方で、百里基地は〈茨城空港〉として、民間航空のターミナルをオープンさせていた。混雑する航空祭の場内にはスカイアロー航空の宣伝ブースがあって、例によって興奮する姉に置いて行かれたひかるは、宣伝ブースのCA《客室乗務員》の女性に助けてもらったのだった。

その時、制服を着た大人の女性を『すてき』だと感じた。

それ以来、茜は戦闘機パイロットを目指すようになり、ひかるは客室乗務員になりたいと願うようになった。

「あなた、聞こえないのですか⁉」

特輸隊の客室乗員の新人訓練では『自分から前に出るタイプではないが、身のこなしが良く芯が強い』という評価を受けた。十名の新人乗員の中で、自分一人がイランへの首相フライトに選ばれたのも、隊が評価してくれたからだろう。さっきの客席のサービスは、させてもらえなかったけれど――

だが

「うるさい、邪魔するな」

ネズミ色の男は、ようやく半分だけ顔を向けると、ひかるを横目で睨んだ。

（……!?）

何だ。

ひかるは、思わず「うっ」とのけぞりそうになった。

気持ち悪い……。

その男の顔つきは、本当にネズミのようだった。削《そ》げた頬《ほお》に、鉤《かぎ》のような鼻。髪の毛は長くぼさぼさで、特徴的なのは、目が暗い――

皺だらけの上着の襟《えり》に、赤いバッジがついている。社章だろうか？　沈む夕日から放射状に光が出ているような形。

「あっち行け」

暗い目を向け、男は早口で言うと、また扉に耳を押しつけた。

ひかるを無視し、中の様子を聞き取るのに夢中、という表情になる。

こいつ……。

ひかるは、ムッとした。外見から年齢は分からないが、男はおそらく三十代だろう。襟につけた社章は、見覚えがある。有名な新聞社だ。

同行取材の新聞記者の一人か……？　記者たちは全員、後方客室で大酒を呑んで爆睡していると思っていたが――酒を呑まずに起きていた者もいたのか。

「ここは総理の居室です」

しかし、不審な行動を取る乗客を放置するわけにはいかない。

特輸隊の客室乗員は、保安要員だ。火災などの緊急時の対応訓練のほかに、体育では身を護るための武道も必修だ。合気道で段位を持っているひかるは、皆の手本となることも多かった。

総理の随行記者団の中に、不審な者がいるとは考えにくいが。機内で勝手な行動を取らせるわけにはいかない。後方の客席へ戻らせ、座らせなくては。

「そのような行為は止《や》めて、後ろの――」

だが

「うるせぇな、このやろうっ」

ネズミのような新聞記者は、いきなり振り向いて立ち上がると、右手のひらを突き出して来た。

（………!?）

ひかるの身体は、とっさに反応した。

まともに、わたしの胸を突いてくる……!?　その動きを見るなり、反射的に重心を後ろへ下げ、同時に身体を斜めにした。

「うわ」

ひかるの夏制服のブラウスの胸をすれすれにかすめ、突き飛ばそうとした男の手が空振りした。そのまま「うわわ」と声を上げ、通路へつんのめって転《ころ》んだ。

どたたっ

ネズミ色の背広が、飛び込み前転のように床で一回転し、窓の下の壁にぶつかった。

●政府専用機　総理居室

「何だ、いまの音は」

常念寺は、扉の外で何かが転がる響きがしたので、視線を向けた。

鞍山満太郎と話し込んでいたところだったが――

次の総裁選まで一年半。

常念寺は、自由資本党総裁としての任期の半分を残している。

これは、いまの国民の支持率と、高まる中国の脅威という情況を背に、憲法が改正できるかどうかぎりぎりの長さだ。

表だって、口にすることはまだ無い。しかし常念寺貴明の中に『憲法を改正したい』という思いは強く存在する。

でっち上げ、という言葉がある。これは『丁稚《でっち》上げ』と書く説がある。江戸時代の呉服屋で、丁稚奉公の小僧に適当に仕上げさせた品物――本来は売り物にしてはならないでき損《そこ》ないの商品のことを言う。

近年で『丁稚上げ』の表現が最もふさわしいもの――それは終戦直後の昭和二十一年、アメリカ占領軍が憲法の専門家でも何でもない若いスタッフにわずか九日で書かせたという日本国憲法だと常念寺は思っている。

このままでは、中国も韓国も北朝鮮も『平和を愛する諸国民』であり、日本は彼らの『公正と信義』に信頼して、彼らに国と国民の安全を委《ゆだ》ねなくてはならない。何をされても逆らえない。

日本の未来のために、これを何とかしなくてはならない――

自分には、それをできるかもしれない。憲法を変えることができるかもしれない。だがその可能性が見え始めた矢先、この事態だ。

「いまの物音――おおかた、記者が外で〈壁耳〉をしていて、こけたんでしょう」

鞍山も扉へ視線をやって、眉をひそめた。

「マスコミの連中は概して大酒呑みだが、どんな世界にも呑めない奴はいるのです。皆が爆睡しているこの時をチャンスと見て、何か美味《うま》いネタは無いか、ネズミのように嗅ぎまわっている」

「いまの事態、ばれたかな」

「わかりませんが。事態が知れたとしても、記者たち個人個人にはいま現在、東京と通信できる手段はありません」

「厄介《やっかい》だな」

常念寺は腕組みをする。

「〈壁耳〉か……。記者が壁に耳をつけて室内の物音を聞く行為を咎め、警護官に排除させると『国民の知る権利を侵害した』とか言って大騒ぎをするからな」

●政府専用機　通路

「うぅ、こ、この憲法違反の自衛隊がっ」

ネズミのような男は、頭《かぶり》を振りながら立ち上がると、ひかるを指さした。

怒鳴《どな》った。

「お前、国民の知る権利を、侵害するつもりかっ」

「……!?」

何だ……?

ひかるは、気持ち悪い男が何を主張しているのか、理解できなかった。

何を言っているんだ……?

だが
「どけっ」

首を傾《かし》げる暇もなく、男は踏み込んでくると、扉を背にした制服姿のひかるを手でどけようとした。

(………!)

肩を摑まれる——そう感じた瞬間、また身体が反応した。

ひかるはとっさに男の手首を宙で摑み取ると、重心を低くし、体を回転させた。

ブンッ
つっかかる勢いはそのままに、男は横向きに吹っ飛んだ。

また床にぶち当たる響き。

(し、しまった)

つい、投げてしまった……!

男に、摑みかかられる——そう感じただけで、身体が防御の動きをした。

これは仕方ない――

合気道には『攻め』の型がない。『受け』の型があるだけだ。敵の技を受け、かわし、時には勢いを利用し投げ飛ばす。

「こ、この――」

専守防衛の武道と言える。合気道の試合ほど、見ていてつまらないものは無い。攻撃役の襲撃を、いかに巧《うま》くかわして投げ飛ばすか――試合は、その技のキレを比べる競技会であり、選手同士の対決や勝負が無い。

ネズミ男は、顔を真っ赤にして上半身を起こした。

「ぼ、暴力をふるい――この自衛隊員がっ、訴えて」

「警告書を発行しますよ」

だが『訴えてやるぞ』と叫ぼうとする男を遮《さえぎ》り、ひかるは宣告した。

呼吸が速くなっていた。訓練で暗記した〈規定〉を思い出し、告げた。

「あなたたち民間人が、この機内で保安要員の指示に従わない場合、防衛大臣名の警告書が発行されます。警告を受けた人は、政府専用機に二度と乗れません」

「――な」

「よろしいですかっ」

「こ――」

このやろう覚えていろっ、という早口の捨て台詞を残し、ネズミ男は早足で通路を後方へ去った。

ひかるは肩で息をしながら見送った。

新聞記者の背中は、湾曲した通路の奥へ消え、すぐに見えなくなった。

「すまなかった」

SPの一人が、姿勢を崩さずに言った。

「申し訳ない。我々には、記者の〈壁耳〉を法的に排除することができない。また、君が襲われても、助けてやれなかった。何かの陽動かもしれないからな」

「いいんです」

ひかるは頭を振った。

「それより、総理と外務大臣にコーヒーを届けに来ました。入ってもよろしいですか」

「いいとも」

二名のSPは、ひかるが扉をノックできるように、脇に一歩ずつ移動してくれた。

「君、いい腕だ」

もう一人のSPが言う。

「合気道は、三段くらいか？」

「いいえ」

床からポットを取り上げて、ひかるは頭を振る。

「わたしは、才能ないから——高三まで稽古して、やっと初段です」

●東京　永田町
総理官邸地下　オペレーション・ルーム

「ただちに、インド政府に対して政府専用機の受け入れ要請を」

障子有美は振り向き、会議テーブルの脇に控えている湯川雅彦《ゆかわまさひこ》に指示した。

総理の乗る専用機７４７を、緊急に着陸させなければならない、という。

理由は分からない、だが門が『急げ』と言う。

ならば措置を取ってから、説明を聞けばいい——

「インド政府へ、外務省のアジア局経由で要請を」

「はい」

だが
「駄目だ、障子さん」

門篤郎が、思わず、という調子で止めた。

「外務省経由は駄目だ、アジア局はチャイナスクールの巣窟《そうくつ》だ。情報が〈敵方〉へだだ漏《も》れになる」

「――えっ？」


イランからの帰途にある政府専用機を、途中のインドに降ろせ、と要請して来たのは門だ。急を要すると言う。

しかし、外務省経由でインド政府へ受け入れを頼むのは駄目だ……？

門の言う〈チャイナスクール〉とは、外務省の中で研修を受け、中国語を習得した外交官のことを指す。

中国などアジア諸国を担当する外交官は、語学を習得する過程で北京《ペキン》へ留学し、その間に中国共産党から厚遇を受け、親中派にさせられてしまうという。

確かに、門の言うとおり。外務省アジア局には、そういったチャイナスクール外交官がごろごろしている。

「――わかった」

有美はうなずいた。

外務省が〈敵〉だとは、思いたくないが――

リスクは避《さ》けよう。

「湯川君、代替の方法は？」

「あります」

防衛省出身で、有美の片腕である湯川はすぐに答えた。

「海上自衛隊に、インド海軍とのカウンター・パートがあります。横須賀の自衛艦隊司令部から、インド海軍の当局とただちに連絡を取れます。軍経由で、政府専用機の受け入れ要請はできます」

「ありがとう、そうして」

「はい」

「危機管理監」

そこへ、もう一人のＮＳＣスタッフが駆け寄って来た。

「内閣情報集約センターに入電。海保からです」

「海保？」

●政府専用機　総理居室

「総理。今回の事態は」

鞍山満太郎は視線を戻すと、言った。

「この総理の留守中を利用し、中国が一気に親中派政権の樹立を目論《もくろ》んで動き始めた——そうに違いありません」

「うぅむ」

常念寺は腕組みをする。

確かに。

わが国は民主主義の法治国家だ。この日本を属国にしたければ、戦争する必要はない。親中派に金をやって支援し、政権を取らせればいい。実際に戦争をして占領するよりも、遥かにコストは安い。

ただ、国民は賢《かしこ》い。親中派議員の政権など支持しようとはしないだろう。実際、それに近い性質だった主権在民党の政権は国民の支持を得られず、五年ともたずに潰れた。

これまでの環境では、そうだったのだが——

しかし
「総理、奴らは国民の価値観を変えようとしている」

鞍山は続けた。

「これは謀略です。〈当たり屋〉を使って尖閣へ押し込み、多数の中国民間人が自衛隊に殺されたと国際的に喧伝《けんでん》して内閣の責任を追及し、総辞職に追い込む。代わって総裁選に名乗りを上げるのは羽賀聖子だ。『いま、中国との間で武力紛争になろうとしています。このままでは戦争になってしまいます。いま、わが国と中国との間に入って、戦争が起きないように交渉できるのは選挙区でパンダを八頭も飼っている私しかいません。若者を戦場へ送って死なせないためにも、是非《ぜひ》私を総理総裁に』とぶち上げる。すると即座に連携して、これまで表だって何もして来なかった外務省が動き始め、羽賀聖子と中国国家主席の緊急トップ会談を実現させる」

「が、外務省が――って、お前」

常念寺が指すと。

「総理」

鞍山は、一息つくと両手で顔を拭いた。

「総理。実は今回、外務大臣にして頂いて、初めて分かったことがあります」

「初めて分かった？」

「外務省内部のことです」

「お前は、元外交官じゃないか」

この後輩は、何を言うのか。

外務省内部のことが、初めて分かった……？

いま、そう言ったのか。

「そうです。私はロシア担当の外務官僚でした。その私でも、いままで分からなかった。最大の疑問——なぜロシアとの北方領土交渉が、これまでまとまりかけては潰れて来たのか」

「……？」


「私でも分からなかった」

「何がだ」

「総理」

鞍山満太郎は、視線を戻すと、またずいと乗り出した。

室内の間接照明に、黒ぶちの眼鏡が光る。

「大臣になって、省内の最高機密に触れる権限ができた。それで初めて分かったのです。これまで長い間、ロシアとの北方領土交渉が何度もまとまりかけ、なぜその度に頓挫《とんざ》して来たのか」

「うむ」

常念寺も腕組みをして、訊く。

「なぜ、進展して来なかったんだ。ロシアが二十年も前から、産業が育たなくて困っていたなら。択捉での日本との合弁事業が有効な解決策と分かっていたなら、もっと早く交渉を進展させても良かったはずだ」

「そこなのです、総理」

鞍山はさらにずい、と乗り出すと、眼鏡を光らせた。

「実はこれまでに、四島の帰属を確認し、ロシア側の施政権や永住権を残すことを条件に段階的に島を返させる交渉は、何度もまとまりかける寸前までいったのです。代表的なのは九八年の本橋《もとはし》・エリツィン会談です」

「うん、確か伊東《いとう》市の川奈《かわな》だった」

「あの会談での合意を間際になって潰したのは、エリツィンの側近だったと言われていますが。これは嘘です。側近は『もっと金を取りましょう』と言っただけです。潰したのは、実は我々の側、日本の外務省です」

「な」

何……!?

常念寺は、息を呑んだ。

鞍山の話すことは、本当なのか。

わが国の外務省が、北方領土の交渉を潰した……?

いや、それよりも北方領土交渉の進展しなかった理由と、羽賀聖子を外務省が支援するだろうという観測と、どう関係するのか。

常念寺は、政策通を自認している。外交についても同様だ。大東亜《だいとうあ》戦争の前にまで遡《さかのぼ》り、何がまずかったのか、どうすべきであったかを研究して来た。日露間の交渉についても、経緯は熟知しているつもりだった。

しかし
「いいですか総理」鞍山は続けた。「九八年のその時。外務省内のある勢力は、川奈での交渉がまとまりかけていると察知するやいなや、慌ててロシア国内のマスコミに情報をリークして『エリツィンは日本に領土を渡そうとしているぞ、国賊《こくぞく》だ』と大キャンペーンを張らせた。それで潰れたのです」

「な、何」

「また同時に日本国内で『本橋首相は二島返還で手を打とうとしている、国賊だ』というキャンペーンを中央新聞などのマスコミに張らせた。その後の参院選でわが党が惨敗したのは、記憶に新しいところです」

「う、うぅむ――」

「その後も、交渉が進展しようとすると、その度にマスコミを使って『北方領土は四島即時返還でなくては駄目だ』という世論を盛り上げ、ことごとく潰して来た。やったのは、日露が結託するのを阻止したい中国共産党の命《めい》を受けた外務省チャイナスクールです」

「…………」

「いいですか総理。大臣になってみて、省内の機密を目にして確信しましたが。わが国にとって最大のガンは、中国共産党に操られる外務省のチャイナスクールどもです」

「ううむ」

常念寺は唸ってしまった。

「チャイナスクールの中に、そういう、中国に操られる徒輩《とはい》がいるということか」

「いいえ総理」

すると鞍山は、またずいと乗り出した。

「中にはそういうのがいる、と思っては駄目です。外から見ただけでは、そのチャイナスクールが国のために働くまともなチャイナスクールか、汚染されたチャイナスクールか区別がつきません」

「し、しかし」

「総理。外見が真面目《まじめ》そうかどうかなんて、全く参考になりません。奴ら中国共産党は、ハニートラップを使います。奴らのやり口はこうです」

鞍山が身ぶりを交えながら説明しようとした時。

扉が外からノックされた。

「客室乗務員です」

声がした。

「コーヒーをお持ちしました」

「あ、あぁ、ちょっと待ってくれ」

常念寺は、反射的に手を上げていた。

「ちょっとだけ、待ってくれ」


常念寺は呼吸を整えると、小声で訊いた。

「鞍山。どういうんだ。その手口は」

「いいですか総理」

鞍山は続ける。

「日本の官僚や政治家が、留学や出張で中国へ行くと。奴らは、あらかじめその人間の好みを調べておき、ジャスト、どストライクな女の子を案内係や通訳につけます。もちろん工作員です。しかし見た目には初々《ういうい》しく清純で、とてもそうは見えない」

「う、うむ」

「そして、日程の押しつまったある晩。夜中に宿舎やホテルの扉がノックされる。こんな夜更《よふ》けに何だろう——？　そう思って覗き穴から見ると、廊下に昼間のその女の子が花束を抱えて立っているそうです。何をしに来たのか……？　官僚や政治家は優秀ですから、あっ、これは罠《わな》だなと気づきます。最初は誰でも『帰りなさい』と言って、追い返そうとするそうです」

「——うむ」

「すると女の子が、その場で『よよ』と泣き始めるそうです。しくしく泣いて、いつまでも帰ろうとしない。真面目で、責任感の強い官僚ほど困ってしまい、最後はつい扉を開けて室内へ入れてしまうのだそうです。入れてしまったら、おしまいです」

「——」

「翌朝、中国政府側の係官が近寄って来て『昨夜の先生のハッスルぶりは、しっかり撮影させて頂きました』と囁《ささや》くらしいです」

「——」

「奴らの言うことは、だいたいこうです。『悲観することはありません。いずれ日本が中国の一部になれば、あなたは中国共産党日本支部の幹部です。いまの事務次官なんかより、遥かによい暮らしができます。我々に協力し、楽しみにお待ちなさい』」

「——」

常念寺は絶句してしまった。

何ということか。

ひょっとしたら、いわゆる親中派や、チャイナスクールと呼ばれる外交官たちの中には、そのようにして中国共産党の手におちている者が数多くいる、というのだろうか？

本当か。

では鞍山が大臣としてトップにいたとしても、外務省は——

唾《つば》を呑みこむ常念寺に

「ひとまず安心してください、総理」

鞍山は言う。

「とりあえずこの専用機には、チャイナスクールは一人も乗せていません」

4

●パキスタン領内　上空

政府専用機　機内

「入ってくれ」

扉の向こうから、声がした。

常念寺総理の声は、すぐに分かる。声優の山寺宏一《やまでらこういち》のしゃべりに似ている、と特輸隊の女子隊員の間でも評判だからだ。つまり、いい声だ。

しかし、扉の向こうでした「入ってくれ」は、少ししわがれた感じだ。

何か、違う……？

「失礼します」

実際に扉を開けたのは、両側に立つダークスーツの二名のSPだ。ひかるのノックと呼び掛けに総理が応じたのを確認し、一人が周囲に目を配り、もう一人が開けてくれた。

ひかるはコーヒーのポットと、新しいカップの入ったバスケットを提げると、入室した。


あれ……？

最初に思った。

やはり、様子が変だ。

コンパートメントの空間は、奥の壁に窓が一つ。壁際にベッドと、引き出し式のテーブルに椅子が二脚ある。ここは７４７の機首レドーム隔壁のすぐ後ろであり、旅客機ならばファーストクラスの座席が並ぶあたりだ。

ただ、空間は男二人が差し向かいで話し込むには狭《せま》い。まるで、雪山の雪洞《せつどう》に二人の登山者が差し向かいでうずくまっているかのようだ。

「総理?」

ひかるは思わず口を開いた。

「あの——」

一瞬『大丈夫ですか?』と訊きかけて、やめた。

大丈夫ですか? は失礼だろう。

総理大臣が疲れているのは、当然だ。イラン訪問の疲れが出ているのだろう。

でも
「待たせて、すまなかったな」

常念寺は椅子からひかるを見ると、笑った。

目で、テーブルの上を指した。

「注いでくれ。喉がからからだ」

「はい」

「外で、少し待ったかね」

「話しこまれているご様子だったので——ちょっとの間、ノックをためらいました」

「そうか、すまん」

やはり、声がかすれている。

急に、この憔悴《しょうすい》したような感じは何だろう。

疲れた感じとは、違う……？

ひかるは、常念寺と鞍山外務大臣のそれぞれの前に新しいカップとソーサーを置き、ポットから黒い液体を注いだ。

香りが立つ。

うぅむ、と腕組みをした総理大臣が唸った。

（――何か、凄い心配ごとでも持ち上がったのかな）

ひかるは思った。

ついさっき、ミーティング・ルームへ最初にコーヒーを届けた時は、もっと快活な感じだった。総理はわたしに冗談も言ってくれたのに。

それが、まるで――差し向かいの外務大臣もそうだが、二人は吹雪《ふぶき》の夜を雪洞を掘ってしのぐ山男たちのように、一つ間違えば遭難してしまいそうなやつれ方だ。

ひょっとして、沖縄で起きているという、何かの事態のせいだろうか。

深刻なのだろうか。航空自衛隊が〈対領空侵犯措置〉で対処し切れないという――いったい何が起きているのだろう。

「舞島三曹、だったね」

常念寺は腕組みをほどくと、ポットを持つひかるを見上げた。

会見などで、カメラに見せるのとは違うまなざしになる。

「君は強い子だな」

「は？」

「その腕」

「？」

「三か月前、その細腕で、この機を操縦して私を——いやわが国を救ってくれた」

「大げさです、総理」

笑って答えながら『やっぱり憔悴されているな』とひかるは思った。

女の子に話しかける声が、自分では意識していないのだろうけど、ため息交じりだ。

「姉さんは、元気かね」


それは、さっきも訊かれました——

でもひかるはそうとは言わず、笑ってうなずく。

「はい、小松にいるんです。ここ一週間、連絡していませんけれど」

「そうか」常念寺はうなずいた。「小松か」

(……?)

ひかるは、常念寺のうなずき方から、『ならば姉さんは無事だろう』――そう言われたような気がした。

総理は、何か教えてくれたのかもしれない。

三か月前、〈政府専用機強奪事件〉で。プルトニウムを積んだ政府専用機を操縦する羽目になったのはひかる、そして専用機をたった一機のF15で北朝鮮の戦闘機の大群から護ってくれたのが姉の茜だ。そのことは、常念寺総理もよくご存じだ……。

あの〈事件〉の結末は、すべて『国の機密』にされた。たまたま自分は、その渦中《かちゅう》にいたので経緯を知っているが――

今度の事態は。わたしのような一般の隊員には、話せないのだろうな……。

「舞島三曹」

「――はい」

「私は、君と」常念寺は人差し指を上げ、どこかを指した。「君と姉さんと――いや君たちだけじゃない、すべての自衛官に対して、感謝し、リスペクトしている。いまの、このようながんじがらめの法制度のもと、マスコミには悪く言われ『憲法違反の居てはいけない集団なのだ』と子供たちに教える教師も数多くいる中で――ごほ」

「総理」

差し向かいの鞍山が言った。

「大丈夫です、今回も我々は切り抜けますよ」

「──────」

ひかるは、聞いているしかない。

常念寺が息をつく。

「あぁ、そうだな」

四十六歳の総理大臣は、かれた喉にカップから中身をすすり込んだ。

「済まない舞島三曹。でも私は、一刻《いっこく》も早く法を改正し、君たちが胸を張って任務に邁進《まいしん》できるようにしたい」

「──はい」

「わが国は、変わらなければならないところへ来ている。問題は、どう───」

その時
ピッ
壁のインターフォンが短く鳴った。

『総理、ミーティング・ルームです。東京から報告が入っています』

常念寺は手を伸ばし、返答のボタンを押した。

「分かった。すぐ戻る」

●政府専用機　コクピット

「説明した通り」

左側操縦席――機長席から振り返る形で、燕木が言った。

「この機はいま、総理をお乗せしているが、総理の指揮下にあるわけではない。もちろん、要請があれば伺《うかが》いますが」

「ええ、機長」

オブザーブ席で腕組みをする九条圭一《けいいち》は、うなずいた。

「お互い、組織の人間です。仕組みのことはよく分かります」

「結構。あなたの言われた危惧については、電文には入れ込めないので、ただ単に総理の側から出されたコース変更の要望として、特輸隊の千歳の司令部へ送りました」

燕木志郎は、センター・ペデスタルのキーボードを指した。

そこに、衛星経由のデジタル通信専用キーボードと、小さなディスプレーがある。アイパッドくらいの大きさだが、このキーボードから司令部等へ電文を送ることができる。本国からの返答は画面にメッセージで表示されるか、必要なら小型のプリンターへ出力できる。電文だけでなく、ネットに繋ぐことで、気象情報なども関係機関から入手できる。

さっきからの、九条秘書官の言によると。

沖縄方面で何かが起きていて、中国との間で緊張が高まっているらしい。

ミーティング・ルームには、すでにその情報が入っており、総理以下の閣僚たちが対応に追われているのかもしれない。ただ、まだレベルの高い国防機密なのか、特輸隊の機長で三佐の自分には『何が起きているのか』を教えてはくれない。

そればかりか、命が惜しいから中国沿岸の航空路を避けてくれ、と首席秘書官は言う。

わざわざコクピットへ来て、小声で相談するのだから事態は深刻なのだ。

しかし、自分にも詳しい内容を知らされていないのに、その『何か』を理由に司令部へコース変更の許可を上申するのは難しい。

燕木は考えながら、千歳の特輸隊司令部へ宛てて電文を組み立て、やっと送信し終わったところだった。

「この機の直接の指揮権は、もちろん機長である私にあるが。指揮系統としては、この機は千歳に本拠を置く特別輸送隊に属している。特輸隊はさらに航空支援集団に属している。本部は航空総隊と同じ横田です。さらに今回のイラン訪問フライトを統括するのは防衛省内局だ。コースの変更は、緊急時はやむを得ないが、時間的余裕のある場合には航空支援集団を経由して市ヶ谷《いちがや》の本省運用課まで申請しなければならない」

燕木は、センター・ペデスタルのキーボードを指して説明する。

だが本当は、この計器パネル自体もあまり部外者に見せたくはない。

キーボードのすぐ横には、赤いガードのかかったスイッチもある。〈ACTIVE〉という表記がある。これなどは、政府専用機の機密中の機密にかかわっている。

「コース変更が運用課で検討され、承認されれば、いずれこのディスプレーに返答が来ます」

「ありがとうございます、機長」

「しかし」

燕木も腕組みをした。

「もし、あなたの言われるような事態が沖縄方面で起き、中国との緊張が高まっているとしたら。当然、本省の運用課でもすでに検討が――」

チン
言いかけた時、キーボードのディスプレーが赤く発光し、チャイムが鳴った。

ディスプレーには『SECRET』の文字。

来た。

俺の送った電文に対する返答にしては、早いな……。

「失礼、首席秘書官」

「返答ですか」

「たぶん、そう思うが。ここに『SECRET』の表示が出ている。規定上、このメッセージを開く前に、部外者のあなたにはコクピットを出てもらわなくてはならない」

「分かりました」


日本から、衛星デジタル通信経由で指示が来た。〈秘密〉の扱いだ。

自分の送った『コース変更の要望』への返答にしては、早い気がする。しかし秘文メッセージを開くときには、部外者は同席させられない。

総理秘書官といえど、コクピットでは部外者だ。もとより見学者の来訪をあまり好まない燕木は、これを潮時に九条には出てもらうことにした。

「メッセージを開いた後、内容に支障がなければお知らせします。とりあえず、あなたは出ていてください」


大柄な九条圭一は「了解です」とうなずくと、立ち上がった。

「ベルトを直しておきましょう」

律義なのか、総理首席秘書官は屈むと、自分が座っていたオブザーブ席のシートベルトをきちんと置き直してからコクピットを出て行った。

九条が出て行き、コクピットの出入り口扉が閉まる。

電磁ロックのかかるカチリ、という響きがした。

「――いいだろう」

燕木はうなずくと「そのまま頼む」と右席の山吹二尉に操縦を任せたまま、キーボードの受信ボタンを押した。

●政府専用機　ミーティング・ルーム

『総理。たったいま、海保から内閣情報集約センターへ報告が入りました』

常念寺がミーティング・ルームへ戻り、会議テーブルに着席するなり、壁のモニター画面の一つから障子有美が言った。

壁に、額縁のようにずらりと並ぶ各モニターにも、閣僚たちが顔を出している。

新たな動きだ。

『読みます。「第十一管区所属の巡視船〈くだか〉が、尖閣諸島・魚釣島北方約五〇マイルの海域、日中中間線の北側より、多数の艦影が南下しつつあるのを確認」以上です』

「――――」

席についたばかりの常念寺は、一気に読み上げられた報告に、眉をひそめた。

最初に、違和感を覚える。

何だ。

「――あぁ、障子危機管理監」

『はい』

壁のモニター画面で、障子有美――常念寺が日頃から『無駄に美人』と思っている女性危機管理監はうなずく。

頭は切れ、能力もある。何より日本という国の歴史や成り立ちについて的確に理解している。だからこそ、NSCの戦略班長から、危機管理監へ抜擢した。しかし美人であることは、いまの彼女の職責には何の役にも立っていない……。

「ちょっと待ってくれ。海保から、官邸の集約センターへ報告か？」


海上保安庁からの通報。

引っかかる。

その内容もだが、情報の入って来た『経路』について、常念寺はまず引っかかる。

海保が、官邸の情報集約センターへ……？

『はい総理』

障子有美は、こちらを見返して、うなずく。

『海保から、集約センターへ直接です。二分前です』

女優のような美貌は、淡々とうなずくが。

それは、彼女が官僚だから、自分の考えや論評を口に出すのを控えているのか。

口には出さないが、画面の中の眼が『総理の感じられている違和感は、その通りです』と言っているようだ。

「ううむ――」

思わず、常念寺は壁に並ぶ額縁のようなモニターの一つを見やる。

その画面だけ、白い。〈VOICE　ONLY〉と文字が出ていて、通信環境は生きていると分かるが――

国土交通大臣・吉富万作《よしとみまんさく》のモニターだ。

東京のどこかにいて、遠隔会議システムで『参加』している。

白い画面の向こうには、おそらくこの会議に参加すべき吉富本人はいるのだろう。だが先ほどから呼びかけても、返事をするのは秘書だ。

「総理、また吉富万作です」

隣の席から、小声で鞍山が言う。

「海保から大臣官房へ報告が上がって来ても、おそらく」

「うむ」

常念寺はうなずき、鞍山に『それ以上、言うな』と目で促した。


海上保安庁という組織は、海の警察、あるいは沿岸警備隊としての機能を果たすが、警察庁でも防衛省でもなく、国土交通省に属する組織だ。

全国を十一の管区に分割し、それぞれに本部がある。それを霞《かすみ》が関《せき》の国交省本省内にある海保の本庁が統括する。通常であれば、各管区から上がった情報は、まず本庁から国交大臣へ伝えられる。当然、この安全保障会議へまず知らせて来るのは、国土交通大臣本人のはずだ。それが国交大臣・吉富万作のモニターは白いままで、代わって官邸のオペレーション・ルームから危機管理監が報告をしてきた。

常念寺の覚えた違和感は、それだった。

国土交通大臣が、機能していない――？

（――くそ）

当然だが、最初に報告は吉富のところへ上げられたはずだ。

常念寺は唇を噛む。

おそらくだが、報告をしても大臣官房から何ら反応がなく、指示も出ないのか。海保の組織としては、止むにやまれず、本来の命令系統とは違う官邸の内閣情報集約センターへ直接に通報して『どうすればいいのか』と訴えているのか。

いまの政権は、自由資本党と立教党《りっきょうとう》との連立で維持している。残念だが、自由資本党だけでは過半数が取れない。

内閣では、常念寺は利権の大きい国交相のポストを立教党に渡している。選挙への協力の見返りと、一方では親中派で道路族の羽賀聖子にこれ以上の権勢を持たせないことが意図だ。組閣の時には『聖子さんを国交大臣に』と働き掛けて来る道路族議員があまりにも多かったので、辟易《へきえき》した常念寺は、国交大臣ポストを政治献金を受け取らない立教党へ渡してしまった。選挙の礼だと言えば、名分も立つ。

その代わり、今日のような中国を相手にした緊張の場では、国土交通大臣が機能しないかもしれない、という危惧はあった。立教党の支持母体である宗教団体の立教科学会は、中国国内での布教活動が間もなく認められる、と噂《うわさ》されている。大陸の十三億人のうち、仮に一パーセントでも新たに信者となれば——

『総理っ』

別のモニターから、声がした。

『私から、一つ提案があります』

見ないでも分かる。熱のこもる畳みかけるようなしゃべり方は、防衛大臣の猪下和男《いのしたかずお》だ。

猪下は、デリー市内のホテルの一室から会議に加わっている。わが国の誇る新型救難飛行艇を、インド政府へ売り込むため現地へ乗り込んでいるのだ。

「うむ、何だ。防衛大臣」

このように仕事熱心な防衛大臣を、常念寺は見たことがない。愛国派として知られる猪下を防衛相に据えたのも、さきの内閣改造の目玉の一つだ。

猪下は四十代半ば。若い頃は、大手商社で防衛装備の輸入を手掛け、のちに独立をして軍事ジャーナリストとして活躍した。選挙区は持たず、知名度を利して参議院の比例区で当選している。『放っておけば、世界は中国製の武器だらけになる』というのは、常念寺と猪下の一致した見方だ。兵器を売るのは〈死の商人〉だからやめた方がよい、というのは古い考え方だ。特にアジア・アフリカ諸国に中国製の武器が広まれば、その部品補給やメンテナンスで世話にならざるを得ないので、どこの国も中国に逆らえなくなる。

そうなる前に、まず救難用の装備からでも外国へ売っていこう。そのために適任なのが猪下和男だった。

『総理、いまの海保からの通報が、この会議に参加しておられる吉富大臣でなく、官邸スタッフからもたらされました。これは本来の指揮系統、情報伝達経路と違うわけです』

「――うむ」

『失礼な言い方かもしれないが』

猪下は、壁に並んでいるモニター画面を、横目で見るような仕草をした。

『これは、無理もない。国土交通省は、もともと国家間の緊張を伴う事態に対処するようにはできていません』

「うん、そうだ」

常念寺はうなずく。

猪下は早口だが、賢明だ。吉富万作本人を責めるような言い方を避けている。たとえ、この事態を乗り切れても、立教党がへそを曲げたら政権は維持できなくなり、やはり日本はどうなるか分からない。

猪下はモニターの向こうから続けた。

『国土交通省に、海上保安庁をこれ以上指揮するのは難しいと思われます。一方、自衛隊法では「有事や緊急の場合には海保を自衛隊の指揮下に置くことができる」とされている。私は、いまがまさにその時だと思います』

「うん、俺もそう思う」

常念寺はうなずいた。

速い決断が、俺の内閣の売り物だ。決めてしまおう。

「皆、聞いてくれ」

●東京　永田町
総理官邸地下　オペレーション・ルーム

『諸君。総理として提案したい。海保の第十一管区を、一時的に防衛大臣の指揮下に入れようと思う』

遠く隔《へだ》たった西アジア上空の政府専用機の機上から、映像回線を介して、常念寺貴明の話す姿がモニター画面に現れている。

若い総理大臣は、閣僚たちの出ている画面を見回すようにしたが。最後にモニター越しに有美へ視線を向けて来た。

『危機管理監』

「は、はい」

障子有美は、集約センターに届けられた海保からの通報に対して、総理がどう動くのか、会議テーブルから立ち上がったまま待っていた。

一瞬、まともに目が合う感じだ。

「何でしょう、総理」

『自衛隊法に基づき、海保の一部を防衛大臣の指揮下に置く。そのような措置を取る場合のマニュアルはあるか』

「はい、あります」

有美は即答する。

かつて、そのマニュアルを作ったのは有美自身のチームだからだ。

「総理。NSC戦略班が、すでに策定済みです。有事などにおいて、海保を自衛隊の指揮下に組み入れる際の手順・臨時の規定類など、すべてあります」

『よろしい』

常念寺はうなずく。

心なしか、その声が少しかすれている感じだ。

『少し待て』

「はい」


モニター画面の中で、動きがある。

常念寺が『諸君』と、閣僚たちに呼びかける。

総理は、まず、急ぎ海保を防衛大臣の指揮下へ入れる閣議決定をするつもりだ……。

（――――）

有美は、自然と腕組みをして、右の人差し指を無意識に動かしていた。

海保の知らせて来た情報に対しても、対処を決めてもらわないといけない。

だが『待て』と言われた。待つしかない。

まず海保の指揮権から整理しなければならないとは――

「やはりな」

横で、声がした。

「吉富万作が、まず足を引っ張ったか」

見なくても分かる。門篤郎だ。

「門君、マイクに声が入る」

有美は低く、門を制した。

そこへ
「危機管理監」

NSCの若いスタッフの一人が、メモを手に駆け寄って来た。

「防衛省運用課を通し、政府専用機の機長に対して――」

「しっ」

有美は、唇に指を当てる。

「小さい声で報告して」

「は、はい」

若いスタッフはメモを読む。

「たったいま、機長に対して、インド国内の空港へ臨時着陸させる方針であることをまず一報しました。詳しい指示は追ってするので、準備しておくように。なお現時点ではまだ、運航に関わる乗員以外の者へは『秘』にせよと」

「それでいいわ」

「危機管理監」

湯川雅彦が早足で戻って来ると、耳打ちした。

「自衛艦隊司令部を通し、インド海軍へ伝えました。あちらのカウンター・パートによると、日本の首相特別機の臨時着陸を拒否する理由は何もない、調整を待って欲しいと」

「助かる」

「障子さん、これは自衛艦隊司令部の意見ですが」

湯川は言葉を区切って、言った。

「専用機の安全を重視するのであれば、ムンバイの民間用空港よりも、その近傍《きんぼう》にインド海軍の航空基地がある。そちらへ着陸させてはどうか、と」

「それがいい」

有美に代わって、すぐ横で門が口を挟んだ。

「インド海軍の基地ならば、セキュリティーは万全だ。我々は、専用機の機内の問題だけに集中できる。是非そうしてくれ」

「機内の問題……？」有美は訊き返す。「どういう――」

「危機管理監」

だがそこへ、もう一人のＮＳＣスタッフが声をかけた。

ＴＶ放送のモニターを頼んでおいた一人だ。

「民放のニュースが始まります。ＴＶ中央です」

「――えっ」

思わず、手首を返して時刻を見る。

21：45――

「まだ早いわ」

「臨時の特別番組と称して、〈報道プラットホーム〉が始まっています」

「映して」

5

●東京　横田基地　地下
航空総隊司令部・中央指揮所

「先任」

広大な地下空間に整然と並ぶ管制卓の最前列から、南西セクター担当管制官が振り向いて告げた。

劇場のような地下空間――中央指揮所《CCP》は、正面に巨大なスクリーンを仰ぎ、その下に数十名の要撃管制官が空域監視の任に就いている。

薄暗い、静かにさざめく空間。

航空自衛隊は、日本列島の周囲に配置した二十七か所のレーダーサイトと、滞空する早期警戒管制機からの監視情報を集約して、不法にわが国の領空へ侵入しようとする未確認の航空機をいち早く探知し、領空侵犯に対抗する措置を取る。ここＣＣＰは、その任務の指揮を執る中枢だ。

雛壇《ひなだん》のように配置された管制卓の列の後方で、高い位置からＣＣＰ全体を俯瞰《ふかん》できる席が、先任指令官・工藤慎一郎《くどうしんいちろう》のポジションだ。

「先任。那覇救難隊のＵ１２５が、間もなく現場空域に入ります」

各管制官は、実際には頭に付けたヘッドセットで、インターフォンを介して先任指令官へ報告をする。先任席を振り返る必要はないのだが、南西セクター担当管制官は思わず、という感じで工藤の顔を見た。

「よし」

二佐の階級章を肩につけた工藤も、席から立ったまま応える（先ほどから、立ったままだ。着席していても指揮は執れるのだが）。

「シーサー・ワンかツーからの救難信号は、発信されているか」

「報告はまだです」

「――――」

工藤は、正面スクリーンを振り仰いだ。

唇を嚙む。

くそっ……。

自分自身を責める気持ちは、依然として重しのように、工藤の両肩にのしかかる。

あの時。

シーサー・リーダーへ『もっと接近して確認しろ』と指示したのは俺だ……。

（……舞島茜）

思わず、心の中でつぶやく。

何が起きたんだ。

君は、無事でいるのか。

いったい、どこへ消えた……？

ＣＣＰの情況表示スクリーンは、大規模な映画館に匹敵する大きさだ。通常は、日本列島とその周囲の全域をＣＧで映し出すが――いま、そこには大きくウインドーが開き、尖閣諸島・魚釣島を中心とした先島諸島一帯の空域が拡大されている。

先ほどまで――そうだ、つい三十分と少し前までだ。

何者かによる強力な電子妨害でスクリーンがフリーズし、通信もできなくなる前までは、その中央には五つの飛行物体が浮いていた。

一つは、赤い三角形のシンボルで表わされていた。スクリーン上方の大陸沿岸から真下――南向きに飛来し、魚釣島北方の領空へ侵入した国籍不明の航空機。

それに対し、工藤が命じて那覇基地から緊急発進させた要撃戦闘機Ｆ15が二機。

二機のＦ15――シーサー・ワンとツーは二つの緑の三角形となってスクリーン上を動き、赤い三角形に回合すると、並走する形で警告を行なった。その編隊長の報告では、国籍不明機はロシア製イリューシンＩＬ76輸送機であり、軍用でなく民間仕様――中国の貨物航空会社のマーキングを塗装しているという。

つまり、一応は民間貨物機だ。

そして『日本機にぶつけられかけた、助けてくれ』という民間貨物機の悲鳴に呼応し、付近の海面からまるで湧くように出現した二つの赤い三角形——

この赤い二つは、魚釣島南方で空域監視に当たっているE767早期警戒管制機からの報告によると、中国人民解放軍所属のJ15戦闘機だという。二機のJ15は、F15シーサー編隊一番機・二番機それぞれの後尾に、食らいつくように接近していた。

だが今、それらはすべて消えてしまっている。


(俺に分かっているのは)

工藤は、スクリーンの先島諸島を仰いだまま、心の中でつぶやいた。

ジャミングがかけられる前、中国貨物機が『撃たれた、撃たれた』と無線に叫び、人民解放軍戦闘機が『日本機、民間機を撃つのはやめるのだ』と制止し、それにもかかわらず『ギャァアアアッ』という悲鳴が響いた。

こちらから、シーサー・リーダー——F15一番機のパイロットに説明を求めても、返答は来なかった。

何が起きたのか。

民間貨物機に最も接近していた一番機が、何かの理由で本当に撃ったのか。

あるいは何らかの突発事態が起き、シーサー・リーダーは報告をする余裕も無かった。

その直後に電子妨害で通信もできなくなって……。

「……客観的事実は」

思わず、つぶやくと。

「えぇ」

横で、同じように立ち上がってスクリーンを仰いでいる補佐役の笹《ささ》一尉がうなずく。

「そうです。客観的に言えるのは、中国貨物機が助けを求め、撃たれた撃たれたと騒ぎ、なぜか近くにいた中国戦闘機が止めるのだと制止して、最後に悲鳴が響き渡った——それだけです。それ以上は何も確認できていません。シーサー・リーダーからは、依然として何の報告もない」

「——」

「音信不通です。どこへ消えたんでしょう」

「——」

「我々には、何も分からない。ジャミングが解消されたら五機が消えていた——その事実だけです」

「——お前の言う通り」

工藤は、口を開いた。

あの時——民間貨物機が『ぶつけられかけた、助けてくれ』と無線に中国語でわめき、現場が混乱し始めた時。横で笹一尉は「いったん要撃機を下げましょう」と提案した。

それを却下したのは、工藤だ。

考えてもみろ。

中国機に言いがかりをつけられ、それでF15を逃げ帰らせていたら。

わが国の防空は、領空の守りはどうなるのだ……？

シーサー編隊の指揮を執っていた舞島茜三尉を、信用する気持ちもあった。あの子は、いや『あの子』なんて失礼だ。あのパイロットは前に、わが国を危機から救っている。任せても大丈夫だと思った。

それが――

「やはり、お前の言う通りに、下げればよかったか……」

息をつくと
「そんなことはないです」

笹は、頭を振る。

「先任の言われた通りです。那覇のF15を下げたりすれば、中国機はあそこに居座ったでしょう。やはり――」

「先任」

別の声が、横から遮った。

「先任、これを」

反対側から、小声で呼んだのは情報担当の明比《あけび》二尉だ。

「地上波のTVです、もう報道されてる」

「……何だと？」

一瞬、言われたことが分からない。

何を言っている……？

眉をひそめる工藤に
「これです」

明比正行《まさゆき》二尉は、目立たぬように自分のコンソールを指した。

（……………？）

何だ。

情報担当幹部のコンソール画面に、小さなウインドーが開いている。

立ち上がった工藤の眼の位置からしか、それは見えない。

（……TV放送？）

見ると、明比は自分の通話用ヘッドセットに放送の音を出しているのか。片耳を押さえながら、メタルフレームの眼鏡で工藤を見返した。

「これはちょっと、皆に聞かせると――」

混乱する、と言いたいのか。声をひそめる。

「貸してくれ」

工藤は屈むと、明比からヘッドセットを借り、片方のイヤフォンを右の耳に当てた。

(――!?)

目を見開いた。

明比の席の情報画面。防衛省のデータリンクに接続し、あらゆる情報を素早く収集して先任指令官をサポートするのが情報担当幹部だ。

いま、大型の液晶画面の右下に、五インチほどの小さなウインドーが開いて、そこに揺れ動く映像が出ている。

「今回は、中国が何か仕掛けて来た気がします」

明比は小声で言う。

「情報戦を仕掛けるつもりかもしれない、よもやと思って」

情報担当幹部ならば、地上波や衛星のTV放送を自分の画面に引っ張って来るのも可能なのだろう。

「――いつからだ」

画面の隅のロゴマークに眼が行く。

ＮＨＫ……!?

「うっ」

工藤は息を呑む。

画面下のテロップが、目に飛び込んで来た。

〈自衛隊機、中国民間貨物機を撃墜〉

同時に音声が耳に入る。

（……これは!?）

わめく中国語。

これは――

また眉をひそめた。

これは、ついさっき、俺たちが無線を介してじかに聞いた声じゃないか……!?

音声には日本語で同時通訳が被《かぶ》さる。画面にも訳語がテロップで出る。『日本機、日本機、民間機を撃つのはやめるのだ』

「私が各局をスキャンしてみた時には、すでに流れていました。ＮＨＫは、華真社通信の発表をそのまま訳して流しているようです」

「――」

さらにテロップ。〈自衛隊機、機関砲を使用〉そして〈乗組員一七名　絶望か〉

撃墜……!?

工藤は、目を見開く。

それは確かなのか……!?

工藤は思わず、屈んだ姿勢から上体を起こすと、ＣＣＰの空間を素早く見回した。

整然と、任務につく部下たち。

（――――）

固まってしまう。

「先任」

明比が続けて言う。

「民放も、夜のニュースを始めました。いつもより早い」

「先任」

さらに前方の席から、連絡担当幹部が振り向いて告げた。

「総隊司令官から、先任へ通話が入っています。赤1番です」

「――わ、分かった」

●東京　永田町
総理官邸地下　オペレーション・ルーム

「………！」

障子有美は、目を見開いた。

オペレーション・ルームのメイン・スクリーンに、新たにもう一つのウインドーが開き、地上波TV放送の映像が出ている。先ほどから隅に出しているNHKの映像のウインドーと並ぶ形だ。

いつもより早く、民放のTV中央が夜の報道番組をスタートさせたという。

TV中央といえば――

（――⁉）

五インチほどのウインドーの中で揺れ動くのは、夜の空撮シーンのようだ。

暗闇の中で強いライトを浴び、ガラス張りの建築が浮かび上がっている。

（――この画……ここじゃないか⁉）

間違いない。旋回する空中の視点から、見降ろして撮影している。

ガラス張りの直方体――地上五階建ては、有美の立っているオペレーション・ルームを地下に擁する、総理官邸だ。

かなり近いアップ。窓の一つ一つが見える。

「ヘリまで出しているの。低いけど、大丈夫かしら」

つぶやくと
「ドローンかも知れません」

横で、湯川雅彦が言う。

「航空法で、ヘリコプターは離着陸する場合を除き、都心上空では一〇〇〇フィート以下、つまり東京タワーのてっぺんの高さよりも下には滞空できません。ところが撮影用にカメラを載せた無人の超小型ラジコン・ヘリなら、いまのところ規制する法律が整備し切れていないから――」

「そうね」

有美は腕組みをする。

最近、ドローンと一般に呼ばれる小型の無線操縦ヘリコプターが様々な用途に使われている。比較的安価に入手でき、便利らしいが、犯罪やテロに使われる危険性がある。

一度は、この総理官邸の屋上に正体不明のドローンが一機、おちているのが見つかった。有美はただちに、民間の個人所有のドローンについて規制する法案を出すよう意見具申し、法案の作成にも協力している。地上にいる人に害を加えたり、政府機関や自衛隊の施設へ接近しないように規制したい。しかしまだ作業中の段階だ。

「――報道取材に使うな、とは言えませんが」

湯川も腕組みをしてスクリーンを見上げる。

「警備する側から見れば、すぐ頭上を旋回《せんかい》しているドローンが撮影をしているのか、それとも爆弾を抱いていていまにも襲って来るのか、区別がつかない。警察には撃ちおとす手段もありま――」

「しっ」

有美は指を唇に当て、遮った。

スクリーンでは夜の官邸の空撮に、ＣＧのタイトルロゴが合成され被さった。

派手に立体文字が起きて、光る。

〈報道プラットホーム〉

〈特別報道番組〉

「オンエアの音を出して」

有美が指示すると

「はっ」

背後でスタッフが応え、すぐに耳慣れた、せわしないリズムのジャズのようなテーマ曲が天井スピーカーから降った。

画面が、スタジオに切り替わる。

（――――）

こちらをまっすぐに見ている。

キャスターらしき人物の上半身が、アップになる。

この男は。

例の人気キャスターか……。

TV中央の夜のニュースで、ここ数年、高視聴率を稼《かせ》いでいるといわれる人物だ。

『今晩は、射手山《いでやま》俊太郎《しゅんたろう》です』

四十代か。ジャケットは羽織《はお》っているがネクタイはせず、崩した印象にしている。

有美は、周囲に対してある印象を与えようとしている人間は、すぐに気付く。過去にアメリカのCIAに派遣され、研修を受けた。その中に人間の行動学もあった。

キャスターの男は、女性受けしそうな男優のような容姿だ。

有美は習性として観察しかけるが。

次の瞬間、画面の下に重なったテロップに息を呑む。

〈中国民間機、自衛隊機に撃墜される〉

〈乗組員一七名　絶望か!?〉

声が重なる。

『今夜は開始時刻を繰り上げてお届けします。全国の視聴者の皆さん、大変な事態が起きました。沖縄県・尖閣諸島に近い上空で、航空自衛隊の戦闘機が中国の民間貨物機に対して機関砲を発射し、これを撃墜してしまいました。いったい、どうしたのでしょうか』

「――」

「――」

カメラの視野がやや広がり、テーブルの左隣に座るアシスタントの女性キャスターが画面に映り込む。

二十代とみられる女性アシスタントは、手にした原稿を読む。

『中国華真社通信によりますと、今夜八時過ぎ、沖縄県・尖閣諸島の北方で、航行していたサウス・チャイナ・カーゴ社の所有するイリューシン貨物機に対して航空自衛隊のF15戦闘機が機関砲を発射し、これを撃墜しました。イリューシン貨物機には一七名が搭乗していましたが、現在のところ、生存は全員絶望とみられています』

「――ひどい」

後方で見ている若いスタッフの一人が、思わず、という感じでつぶやいた。

「領空侵犯したことを、ひと言も言わないぞ？」

「しっ」

まずい。

有美は読み上げられるニュースの内容と、民放TV局のスタジオの様子を、耳と目とで観察した。

これは、華真社通信の発表をそのまま流すNHKよりも、たちが悪い……。

中国機が、明らかに故意に領空侵犯をし、それに対して空自機は警告行動をしていたという『前提となる事実』を意図的に省き、自衛隊機が中国民間機を撃墜した、乗員一七名の生存が絶望だ、としか言っていない。

〈報道プラットホーム〉は視聴率の高い番組らしい、スタジオは明るく、キャスターの男は男優のようなルックスで、愁《うれ》いのこもった真剣そうな表情と口調だ。

何も知らない全国の視聴者は、きっと、言われたことを『事実』と思い込む……。

『この事態に対し、日本政府からは、まだ何も、全く発表がありません。番組の取材スタッフはすでに総理官邸へ出向き、政府側の会見を待っているところですが――総理官邸を呼んでみましょう。官邸の木村《きむら》さん』

画面が切り替わる。

記者らしい若い男の上半身が映る。

『はい、こちらは永田町にある総理官邸の前庭です』

背景は、多数の撮影用ライトに照らされ、ライトアップされたようなガラス張りの五階建て——有美の危機管理監室の窓も、画面の中に見えている。

報道陣、たくさん来ている……。

有美は唇を噛む。

あのパンダ羽賀が——

先ほど、羽賀聖子代議士が、電話で強く『要請』して官邸管理部に会見ルームを開けさせ、報道陣を中へ入れてしまった。おそらく会見ルーム内では、すでに撮影準備が行なわれているだろう。

しかし、発表できることはまだ何もない。

(何が起きたのか、私たちはまだ事実の確認さえ——)

そこへ

『障子危機管理監』

別の声がスピーカーから響いた。

常念寺総理だ。

モニター画面で、政府専用機の機内にいる若い総理大臣が再びこちらを見て呼んだ。

『危機管理監、聞こえるか』

「は、はい」

有美は我に返って、応える。

同時に左手で合図し、TV中継の音量を絞らせる。

「聞いております、総理」

『うむ、待たせた』常念寺はうなずく。『海保の指揮権の問題についてはいま、整理した。これより第十一管区は一時的に防衛大臣の指揮下に入る。では報告を頼む』

●東京　横田基地　地下
航空総隊司令部・中央指揮所

『工藤二佐か。敷石《しきいし》だ』

赤1番――赤い受話器を取るなり、しわがれた声がした。

航空総隊司令官の敷石巌《いわお》空将補だ。

『悪いが、私はそちらへは降りて行けん。いま、ヘリの中だ』

「は、はい」

工藤は立ち上がったまま、司令部専用回線の受話器を耳に当てていた。

赤い受話器は、ここCCPと、市ヶ谷の防衛省本省や総理官邸地下のオペレーション・ルームなど、有事の際に空自の行動方針を決める上級指揮系統と直接に繋がる。いわゆるホットラインだ。

返事をしながら、工藤は背後をちらと振り向く。

（――――）

そこに、トップダイアスがある。

劇場のような構造の中央指揮所は、巨大な正面スクリーンを仰ぎ、雛壇のように管制卓が並ぶ。

工藤の先任指令席は、雛壇の後方、最上段に近いポジションだが。実は工藤の席の背後にもう一列、ひときわ高い位置に設置された座席がある。

トップダイアスと呼ばれる。重要な事態が生じた際などに、総隊司令官が幕僚たちを引き連れて着席する壇だ。

いま、そこは空だ。

『市ヶ谷に呼ばれた』

受話器の向こうのしわがれた声に、タービンエンジンのノイズが重なる。

敷石空将補は、ヘリの機内にいるらしい。受話器ではなく、ヘルメットのイヤフォンとマイクを使って通話しているのか――？

しわがれた独特の声は『いいか』と続ける。

『詳しい報告を聞きたいところだが』

「は、はい」

『まだ何も分からんのだろう』

「その通りです」

『そちらの指揮所のスクリーンは、私のＰＣでも見られる』

　敷石空将補は、通常は横田基地の地上の司令部棟にいて、執務室で航空総隊の実務を統括している。国防機密にアクセスする資格を持っているから、地下へ降りなくとも、ＣＣＰの正面スクリーンに映し出される情報は個人用ＰＣで見られるらしい。

『やったのは、空母か』

　空将補は単刀直入に訊いて来た。

『Ｊ15が二機だったな』

「その通りです、司令」

　工藤はうなずく。

「ここしばらく、停滞前線の雲のため〈遼寧〉の所在が不明でした。不覚です」

『よし』

　受話器の向こうで、定年近い総隊司令官もうなずいた。

『いいか工藤二佐、よく聞け。今回の〈海上警備行動〉は海自との共同オペレーションになる。私は調整のため統幕に詰めねばならない。そこの指揮は任せる』

「は、はい」

総隊司令官は、市ヶ谷へ向かうのか──

工藤は、また背後をちらと見る。

空席のトップダイアス。

何か事が起きた時。重大事態であれば、総隊司令官が取り巻きの幕僚たちを引き連れて地上の司令部から降りて来て、そこにずらりと座る。

そうなると。はっきり言って、現場指揮官としてはやりにくい。トップダイアスに幕僚たちが座ると、工藤が発する指示の一つ一つに、すぐ背後の頭上から「それは違うだろう」とか「もっと慎重にやれ」とか、「判断が遅い」とか「拙速《せっそく》に過ぎるぞ」とか、いちいち口を出されるからだ。中には、先任指令官の行動一つ一つに細かい文句をつけるほど、それが自分の点数になると勘違いしている幕僚までいる。総隊司令官の前で、いい恰《かっ》好《こう》がしたいのだ。それで出世できるとでも思っているのか──

総隊司令官が、市ヶ谷の本省へ出向くとなれば、取り巻きの幕僚たちも残らずついて行くに違いない。工藤は少しほっとした。

これで、指揮を執るのに余計な気を使わなくて済む……。

その代わり。

いまから、後ろに総隊司令官がいない状態で、俺の判断で指示を出すことになる。
下手をすれば切腹ものだ――

(――――)

唇を結ぶ工藤に

『尖閣の北側を哨戒《しょうかい》しているのは海保だ』

空将補は続けた。

『迅速に、情報が得られればいいのだが、いまのところ海保と海自の間に直接のデータリンクは無い。もともと仲の悪い間柄だ。最近は改善したが』

「――はい」

『我々のCAPは、どれだけ出せる?』

「は」

(………!?)

工藤はハッ、とした。あらためて気づいたように、魚釣島上空で旋回している二つの緑の三角形――〈SR3〉、〈SR4〉を見やる。

しまった。

指揮を執りやすいかどうかなんて、そんなことに気を取られた。

司令の言う『ＣＡＰ』とはコンバット・エア・パトロール――戦闘空中哨戒をいう。後から応援に出した二機のＦ15――シーサー・スリーとフォーは、いま、武装した状態で尖閣の上空を押さえてくれている形だが……。あの二機の燃料には限りがある。どのくらい、あそこにいられるか。

「申し訳ありません司令」

工藤は受話器を手にしたまま、思わず頭を下げた。

「シーサー・スリーとフォーの残燃料につき、至急確認します。加えて、那覇からさらに応援を」

『うむ』

6

●パキスタン領内　上空

政府専用機

「報告を、繰り返してくれ」

ミーティング・ルームの暗がりで、常念寺は壁のモニターの一つを仰ぐと、促した。

まったく、時間がかかる……。

くだらない手続きに、何分を浪費したか……？

ちらと壁の世界時計を見やると、東京は間もなく『22：00』だ。

立教党副総裁の吉富万作が、国土交通大臣として機能しない――海上保安庁を指揮して中国に対抗する気がないと分かり、一時的に第十一管区の指揮権を防衛大臣へ移すことになった。自衛隊法に基づく措置だが、これにも〈拡大九大臣会議〉の決議が必要だ。

このミーティング・ルームに、遠隔会議システムも介して『出席』している九人の閣僚のうち、常念寺を含めて八人の賛成はすぐ得られた。反対される理由も、特に無い。

問題は吉富万作だ。

当の吉富とて、海保の指揮権を防衛大臣へ渡してしまえば、自分の責任で中国の機嫌を損ねることをしないで済むのだから、異存は無いはず……。ところが、賛成を得るのに手間がかかる。吉富は、例によって自分はモニターに顔を出さず、秘書を介して『指揮権を渡すのではなく無理やり取り上げられたことにしてくれ』という意味の要求をして来て、ごねた。

では『国土交通大臣は中国とは無用の衝突を避けるべきと主張して、海保に通常以上の行動はさせないと意思表示したのに、総理大臣が無理やり指揮権を取り上げた』と議事録に書くから、と常念寺が確約した。それでようやく『賛成でも反対でもありません』という、また例の返答を取りつけたのだった。

常念寺は、よほど吉富を大臣から罷免《ひめん》して、自分がこの際、国土交通大臣を兼務しようかと考えた。しかしそれをしてしまうと、次の総選挙で立教党と立教科学会の支援が受けられなくなってしまう——

唇を噛む常念寺に、

『はい総理』

モニター画面で、障子有美がうなずいた。

女性危機管理監は、画面の中で手元のメモを読む。

『繰り返し、読みます。海上保安本部からの通報です。「海上保安庁第十一管区所属の巡視船〈くだか〉が、尖閣諸島・魚釣島北方約五〇マイルの海域、日中中間線の北側より多数の艦影が南下しつつあるのを確認」以上です』

障子有美は目を上げ、モニター越しに常念寺の返答を待つ表情になった。


「——」

「——」

ミーティング・ルームの他の二人の閣僚と、テーブルを取り巻くスタッフたち全員が息を呑む。

「――障子君」

常念寺はごほん、と咳払《せきばら》いすると、モニターに聞き質した。

「その報告では『艦影』と言っているのか？」

『はい総理』

障子有美はうなずく。

ミーティング・ルームが静まってしまったので、モニター画面からの音声がよく響く。女優のような危機管理監の背景に、官邸地下のオペレーション・ルームのざわつく空気と、ＴＶ放送の音声のようなものが流れている。

『現時点で、それらに対して〈くだか〉がどのくらいの間合いにあるのか、不明ですが。巡視船に乗り込む海上保安官たちは、プロです。たとえ闇夜であっても、民間船やいわゆる公船と、軍艦の違いは見分けられるのだと思われます』

「うぅむ」

『総理』

すかさず、別のモニター画面から猪下和男が口をはさんだ。

『中国は、わが自衛隊機が民間貨物機を〈撃墜〉したと騒ぎ立てています。これは「その乗員を捜索し救助する」という名目で、人民解放軍の軍艦を尖閣周辺の領海へ侵入させる絶好の口実です』

「――」

「――」

『ただちに、私から市ヶ谷の統合幕僚会議へ達します。所定のマニュアルに従い、海保第十一管区を自衛艦隊司令部の指揮下に置いたのち、所属の全巡視船、全航空機を非常の警戒態勢に入らせます』

「猪下大臣、分かっているだろうが」

常念寺は腕組みをした。

「わが国は、尖閣においてはできうる限り、海保に対処をさせる方針だ。いや、そうしなければいけない。中国との間で『軍vs軍』の衝突は避けねばならない。先に軍隊を出し、先に手を出した方が、相手に『武力で攻撃された』という口実を与え――」

そこまでしゃべりかけ、口が止まった。

おい、ちょっと待て。

(…………)

なんてことだ。

空自機が機関砲を撃ったということは……。

固まる常念寺に

「総理」

　横から、鞍山満太郎が小声で言う。

「やばいです。このままでは、日本が先に武力を行使したことにされる。しかも無抵抗の民間機を撃墜――」

『本当に空自のイーグルが民間貨物機を撃ったとは、私は信じておりません』

　聞こえていたのか、モニターから猪下和男が言った。

『総理。私は、海保が指揮下に入った以上、まず二つのことに注力します。一つは魚釣島北方に巡視船による阻止線を設け、中国艦隊を身体で止めます。領海へ接近させないようにする。現場の保安官たちには我慢するように頼み、こちらからは決して撃ちません』

「う、うむ」

　海保の巡視船が装備する武装は、大口径だが機関砲だけだ。

　対する人民解放軍の軍艦は、どのような艦がやってくるのか分からないが、ミサイルや大砲など、強力な火器を有している。もともと、まともに交戦すれば巡視船はひとたまりもない。ここはこちらからは決して撃たず、相手に撃たせる口実を与えずに、身体を張って止めるしかない……。

『もう一つは』猪下は続ける。『魚釣島周辺の海面において、捜索救難活動を全力で実施させます。もしもいまこの時、本当に中国の貨物機が海に突っ込んでいるとしたら――どういう原因でおちたにせよ、海に突っ込んで沈みつつあるならば、ただちに巡視船搭載のヘリに駆け付けさせ、生存している乗員を救助させる。人民解放軍の軍艦が、当該海域へ侵入する口実を、可能な限り潰します』

「うむ」

常念寺はうなずく。

「頼む、防衛大臣」

『では、私は市ヶ谷へ必要な指示を出し次第、ホテルを引き払って、インド空軍の基地へ移動します。航空総隊のガルフストリームを待機させてあるので、その機内で引き続き、今後の指揮を執ります』

「デリーへは、自衛隊機で行ったのか」

『当然です。ガルフストリームなら、通信装備も充実しているので、世界中どこからでも指揮が執れます』

猪下和男の姿が、画面から見えなくなる。

ミーティング・ルームは、わずかだが一息つく空気になる。

これでとりあえず、海上保安庁が現場で動き始める——

「危機管理監、ところで」

豊島逸人経済産業大臣が、常念寺の横で口を開いた。

「君の後ろに流れている音声だが。それは民放のニュースじゃないのか」

●政府専用機　一階客室　ギャレー

「ご苦労様」

空のポットを提げてギャレーへ戻ると、今村一尉が独りで折りたたみ椅子にかけ、タブレット端末で報告書をつけていた。

「ずいぶん、時間かかったのね」

「はい、すみません」

舞島ひかるはポットを戻し、ぺこりと頭を下げる。

「難しいお話を、されているみたいで──」

「しっ」

今村一尉は眼を上げると、人差し指を唇にあてた。

「私たちは『難しいお話』という表現も、口にしては駄目」

「は、はい」

「この機は機密を運んでいる」

「はい」

そうか――とひかるは思った。

何気なく口にする言葉が、聞く人によっては何かの情報を得るヒントになるのか。

「あの、先任」

そうだ、報告をしなくては。

仮にも、新聞記者らしき男を投げ飛ばしたのだ。

ひかるは、長身のチーフ――三十代になろうとする先輩客室乗員に歩み寄ると、小声で報告をした。

びっくりされ、叱《しか》られるのを覚悟した。ちょっとした言動も注意されるのだ。

しかし
「――あぁ、〈壁耳〉ね」

総理の居室の扉に張り付いていたネズミ色の男について報告すると、今村一尉はこともないようにうなずいた。

「よくいるわよ、『知る権利を侵害するつもりか』って言う、偉そうな新聞記者。横柄にしたら、投げ飛ばしてやればいいのよ」

「はい、あの」

「まさか、本当に投げ飛ばした？」

「――――」

　黙って、うなずくと。

　今村一尉は「くっ」と笑った。

「そう、なかなかいいね。舞島ちゃん」


　ひかるは、近しい先輩からは『舞島ちゃん』と呼ばれるが。

　先任の今村一尉からも、初めてそう呼ばれた。

「あなたも、すぐに慣れそうね」

「はぁ」

「それから、その電話」

「え」

「携帯、ポケットに入れてるでしょ」

「は、はい」

「なぜそうしているのか、話は聞いたけれど」

　今村一尉は、ひかるの眼を覗き込んだ。

「身体から離したくないって、あなたの事情は」

「はい」

「だから、持っていてもいいけれど。決して」

「任務中は、スイッチは入れません」

「いいわ」

今村一尉はうなずくと、ギャレーのコーヒーメーカーを指した。

新しいコーヒーが、ポットにできているようだ。

「よかったら、あなたもお飲み」

「はい」

「それから」

「はい」

「他のみんなは、先に仮眠に入らせたの。いまから一時間――」

今村一尉は、自分の腕時計を見た。

「みんなは後部仮眠室へ行ってる。起きてきたら、交替で、あなたにも仮眠に入ってもらうから」

「はい」

そうか。食事サービスの片づけが終わったから、休憩か。

休憩は有難いけれど――

うなずきながら、ひかるは思った。

いろいろ体験して、神経が昂《たか》ぶっている。

眠れるだろうか……？

息をつくひかるに
「あぁ、でもその前に」

今村一尉は言うと、今度は天井の方を指した。

「悪いけど。コクピットへもコーヒーを出して来てくれないかしら？　私は報告書が、もうちょっとかかる」

「分かりました」

●政府専用機　コクピット

「山吹、これを見てくれ」

７４７のコクピット。

機は、暗闇の成層圏――三一〇〇〇フィートを巡航し続けている。

前方窓は星明かりだけだ。

先ほどから雲海の上を飛び始めた。前方の視界は、頭上に星空、下方は一面が星明かりにぼうっ、と光る灰色の雲の絨緞《じゆうたん》だ。

ゴォオオ、という唸るような響き。

比較対象物が無いので、マッハ〇・八五の速度も実感は無い。

薄暗がりの中、コクピットの左右の操縦席のナビゲーション・ディスプレーには、間もなくパキスタン領を抜けてインド国境へ近づきつつある様子が映し出されている。

ディスプレー画面の中心は、機の現在位置を表わす白い三角形のシンボル。

三角形は、航路を表わすピンク色の線の上にぴたりと乗っている。その画面上方から、縦スクロールのように、国境線を表わす不規則な曲線がゆっくり下がって近づく。偏西風の追風に乗って飛んでいるので、対地速度の表示は六〇〇ノットを少し超えている。

相変わらずコクピットの照明は、計器画面の照り返しだけだ。

その燐光に、燕木志郎はセンター・ペデスタルのプリンターから吐き出されて来たばかりの電文をかざし、読んだ。

「さっきの、第一報の電文に続いて『着陸先』を指示して来たぞ」

遠く北海道・千歳基地に本拠を置く特別輸送隊の司令部から、衛星データリンクを通じて送られて来た電文。

いまから十分ほど前、まず第一報があった。

もともと、九条首席秘書官からの求めに応じ、燕木は『コース変更の提案』を司令部へデータ通信で上申していた。

上申の電文を送るのと、ほぼ前後して、司令部から『インド領内へ臨時の着陸を命ずるかも知れないので、用意しておくように』との指示が来た。

燕木は、自分の上申に呼応したにしては、反応が速過ぎると思った。

おそらく。

沖縄方面で起きているらしい、何かの事態の影響で、このまま日本へ直行するのは適当でないと判断されたのか……。

判断をしたのは、もちろん特輸隊司令部ではなく、もっと上級の組織だろう。

「臨時着陸の空港が決定された。ムンバイ近郊の、インド海軍基地だ」

「海軍基地、ですか?」

「そうだ。これを見ろ。『極秘。インド領に入り次第コース変更、ムンバイ海軍航空基地へ進入し着陸せよ。受入側との調整はすでに完了、ただし機内の乗員・乗客に対しては、臨時着陸を行なうことは着陸直前まで知らせぬこと』」

「ムンバイ海軍航空基地……」

山吹二尉は、右席からプリントアウトされた電文を覗く。

「……皆に知らせずに降りろ、というのはともかくとして──この機の降りられる滑走路は、あるのでしょうか」

「うん、調べてくれ」

●政府専用機　二階客室　通信機器室

「────」


ボーイング747─400は、エコノミークラス仕様ならば六〇席を設置できる長大な二階客室を有している。

しかし政府専用機においては、二階客室の空間はほとんど通信機器や電子装備の収納に充《あ》てられ、客席は無い。

一階からの階段を上がると、二階客室の最後部に出る。そこから機首コクピットの方向へ、一本の通路が伸びる。通路の両側は壁になっている。壁には数か所に扉があり、電子機器室や通信機器室へアクセスできる（もちろん扉にはキー・パッドがあり、暗証番号を打ち込まなければ電磁ロックを解除できない）。

いま、扉を閉ざした通信機器室の一つに、スーツ姿の男が入り込み、立っている。

電子機器を整然と収めたラックに挟まれ、窮屈そうだ。

ぎょろりとした目の大柄な三十代の男は、窮屈そうに立ったまま、左耳に差し込んだイヤフォンに注意を向けている。

「──さて問題です」

その男──九条圭一は、ぼそりとつぶやいた。

「私はいま、何をしているでしょう」


九条圭一は、東大法学部の学生だった頃、全国各地のTV局のクイズ番組を荒らし廻って賞金を稼ぎ、〈クイズ王〉の異名を取っていた。

学業でもトップクラスだったが、思索することそのものが趣味という性向があった。クイズ番組は、限られた時間の中で正解を考えるという、九条にとっては最高に面白い遊びだった。のめり込んで来ると、大学には最小限の出席をし、あとはサークル活動などには入らずに全国のTV局を独りで廻っていた。そのような生活の中、いつしか、独りでいる時につぶやく癖がついた。

「正解は」

通信機器室は、誰かが席について操作するような部屋ではなく、無人が前提の設備だ。人間はメンテナンスのために立ち入るだけだ。

したがって、座る椅子も無い。

九条は十分ほど前に燕木機長のいるコクピットを辞した後、メインデッキへは戻らず、この部屋へ入った。

手にしているのはスマートフォンだ。イヤフォンは、その携帯に繋がれている。

「正解は、盗聴です」

『――ありました。インド海軍・ムンバイ航空基地の進入航空図が、電子チャートのライブラリにあります』

『見せてくれ』

音声が、イヤフォンを介して九条の耳に入る。

先ほど、コクピットのオブザーブ席のシートベルトを直す振りをして、わざと座面に『置き忘れて来た』一本のシルバーのボールペン。

それはきちんと、説明された通りの機能を果たしているようだ。コクピット内の会話の音声を拾い、ワイヤレスで九条の携帯へ届けている。

「――そうですか」

九条は、つぶやいた。

「インド領内に、臨時着陸ですか……。困りますね」

●政府専用機　二階客室　通路
（ここ、ちょっと苦手だ……）

ひかるは、一階客室からの狭い直線階段を上がると、二階客室の通路の端に立った。

手には、またコーヒーポットを提げている。

今村一尉から、今度はコクピットの二名のパイロットへコーヒーを届けるよう、言いつかった。

もちろん、引き受けたけれど。

実は、偉い人たちがたくさんいるミーティング・ルームへ行くより、ひかるはこちらの方が苦手だ……。

747のコクピットは、二階客室の最前方にある。入口は電磁ロックのついた防弾扉で、二階客室の通路の一番奥、突き当たりにある。

一階客室のギャレーからは、まず通路を前方へ歩いて、ミーティング・ルームの先にある狭い階段を上る。ミーティング・ルームの前を通る時、先ほどの二名のＳＰが扉の前に立っていた。顔見知りになってしまい「ご苦労様です」と挨拶《あいさつ》して通った。

二名の警護官は、やはり所在無げな感じに見えた。慣れない機内での任務と、拳銃を取り上げられてしまったことも心理的に作用しているのかもしれない。

コーヒーポットを提げて階段を上がると、急に周囲は暗くなる。

ゴォオオオ――

人気《ひとけ》はない。

ここは二階通路の、始まりの位置だ。

見回すと、薄暗がりだ。二階客室（アッパーデッキと呼ばれる）は人員を乗せる場所ではないので、最小限の常夜灯がポツ、ポツと通路の天井にあるだけだ。

「――」

暗がりの奥へ、細い一本の通路がまっすぐに伸びている。

両側は壁で、数か所に窓のない扉がある。扉の内部は、通信機器や電子機器を収納する区画にされているらしいが、内部は見たことがない。

十五メートルほど前方の突き当たりに、コクピットの防弾扉が小さく見える。その手前の両脇には、二階専用の非常脱出口と、アテンダント・シート（客室乗員が離着陸の時に後ろ向きに着席するシート）がある。

二階のアテンダント・シートには、通常は座ることはない。だが、コクピットに用事で入室している時に緊急事態となる可能性もあるので、ひかるも訓練中はその席で衝撃防止姿勢を取ったり、非常口を開放したり非常用の装備品を取り扱う実習はした。ここには、電子機器の区画があるから、電気火災に対処するための消火訓練も行なった。

訓練のつらさを、ちょっと思い出す。

でも――

ここへ上がってくるのが『苦手』な理由。

それは別にある。

蘇ってしまうからだ。あの時の光景が――


(――ここを、逃げたんだ……)

立ち止まって、見回す。

ここの空気……。

空気の匂いすら、一階客室とは違う。電子機器が多いせいだろうか。

三か月前だ。ここを、ひかるは逃げていた。必死に走った。

あの時、政府専用機はアメリカ海兵隊の反乱兵たちに奪取され、プルトニウムを積んで朝鮮半島へ向かう途上だった。その機内に自分は一人、紛れ込んでいた――

コトッ
「………!?」

背後で物音がした。

思わず振り向く。

(――――)

背中がぞくっ、とする。

しかし、振り向いた背後には何もない。

使われていない二階ギャレーのカーテンが、空調の風が当たっているのか、揺れているだけだ。

「ふう」

息をつく。

嫌《いや》だ、こんな暗い時に、ここを通りたくない。

脳裏《のうり》には浮かんでしまう。

あの時――

ドスドスという足音を響かせ、追って来た巨漢――セイウチのような巨体の戦闘服が、

三日月のような形のナイフを手に、背中に迫ってくる。にやにや笑う円《まる》い顔が、迫り来る

巨体の上に……

「……あぁ、嫌だ」

ひかるは頭を振る。

思い出したく、ないのに――

「行こう。さっさと、済ませよう」

●政府専用機　ミーティング・ルーム

『――政府からはまだ、何も発表がありません』

メイン・スクリーンには、TV放送の映像が出ている。ミーティング・ルームの人々には目に馴染《なじ》んだ建物――ライトアップされた総理官邸を背に、若い男性記者の上半身が映っている。マイクを手に、時おり背後の建物を指す。

『われわれ取材陣は、いまか、いまかと会見の開始を待っているところです。取材スタッフはすでに会見ルームに入り、準備を終えています。情報では古市官房長官が先ほど羽田から官邸へ到着しており、官房長官の会見が開かれるものと期待しています』

「――――」

「――――」

室内の全員の視線が、スクリーンに注《そそ》がれている。

映像は、NSCのスタッフが衛星経由で引っ張ってきたリアルタイムのものだ。

東京でいまこの時、オンエアされている民放TVの報道番組――〈報道プラットホーム〉だという。

『それでは、スタジオにお返しします』

「…………」

常念寺は、腕組みをしたままスクリーンを見る。

あの連中か……。

画面はスタジオの内部へ切り替わる。

白っぽく、明るい映像。

『視聴者のみなさん』

別の声。

四十代の司会者が、愁いのこもった表情でこちらを見る。

『どうしたことでしょう、航空自衛隊の戦闘機が中国の民間機を撃墜し「一七名の乗員が絶望」と言われているこの事態に、日本政府からはまだ何の釈明もありません』

「――」

「――」

『お聞きください、これは現場に駆けつけた中国人民解放軍の戦闘機が、自衛隊機を必死に止めている音声です』
『――ジャパニーズ・エアクラフト、ジャパニーズ・エアクラフト！　ストップ！　ストップ・ファイアリング』
「――くっ」
常念寺は唇を噛む。

TV中央の〈報道プラットホーム〉は、予定を繰り上げて放映を開始したらしい。

先ほどのNHKの臨時ニュースが、華真社通信の発表をそのまま流していたのに比べ、画面はさらに派手な印象だ。

『お聞きになった通りです。自衛隊機は、中国軍機が必死に制止するのも聞かず、罪もない人たちが乗った無抵抗の民間貨物機を撃墜――うぅむ、ついに本性を現したか、という印象も受けますが。三宅坂《みやけざか》さん』

司会者は、左隣を見る。

『これは、どういうことなのでしょう』

するとカメラの視野がバックし、テーブルの左横に座る銀髪の人物が映り込む。

中央新聞編集委員、という肩書きのプレートを前にしている。

『そうですね』

銀髪の人物は、司会者に向けて話す。

『現在の沖縄は、もともと琉球《りゅうきゅう》王国であった島々を江戸時代に薩摩《さつま》藩が占領し、明治時代から日本国の一部とさせられている地域です。しかし最近になって、本当に日本の一部にされていていいのか、という議論が沸き起こっているところです』

『三宅坂さんは、中央新聞を代表して、先ごろ北京で開かれた〈沖縄独立問題研究会〉に出席されて来ましたね？』

『その通りです』

銀髪の人物はうなずく。

『沖縄県知事などと共に、向こうの研究者たちの話も聞き、大変有意義な研究会でした。沖縄が、いえ琉球諸島が日本の施政下にあったのはわずか百数十年に過ぎず、振り返ると現地には千年以上に及ぶ尊い歴史があるわけです。琉球諸島は、本当は誰のものなのか。現在は本土の人々からはいわれない差別を受け、多数の米軍基地を押しつけられ、日本と米国に二重に占領されている。そのような環境のもと、日本政府は那覇基地に航空自衛隊機を常駐させ、外国の航空機が近づいて来ると「領空を護る措置」とか言って、追い出しに行くわけです。今回も、その一環として自衛隊機は中国民間貨物機に「出て行け」と、追い出しに向かったと見られます』

『中国の、それも民間機が、ちょっとくらい島に近づいて来たからといって、ひょっとしたら航法を過《あやま》ったのかも知れない。それをいちいち戦闘機で出かけて行って「出て行け、出て行かないと撃つぞ」と脅すのは、これはどうなんでしょう』

『まったくです』

「――あぁ、障子危機管理監」

スクリーンからの声を遮るように、常念寺は言った。

「現場海域での、シーサー編隊のパイロットの捜索はどうなっている？」

『はい総理』

官邸地下のオペレーション・ルームでも、〈報道プラットホーム〉を見ているのか。少し苛立《いらだ》ったような顔の障子有美が、モニター画面から応える。

『つい数分前、那覇基地救難隊のＵ１２５捜索機が現場空域に到達、非常救難信号のサーチを含め、あらゆるセンサーを使用して捜索にかかっています』

「うむ」

常念寺は息をついた。

「頼む。その編隊長のパイロット――シーサー・リーダーというのか、その男を見つけ出さないと、我々は手の打ちようが無い」

『いえ総理、「その男」ではなくて――』

障子有美は何か訂正しようとするが

『総理』

横から、古市達郎が画面に割り込んだ。

オペレーション・ルームに詰めている官房長官は、鋭い目で言う。

『この事実確認には、どう見ても時間がかかる。ここは私が階上へ出て、とりあえずの会見をしようと思うが、どうだろうか』

「それは有難いですが」

常念寺はまた腕組みをする。

「古市さん、手持ちの材料はまだ何も無いですよ」

『無くはない。現在、当該F15のパイロットを全力で捜索中──いや、現場空域に強いジャミングがかけられ、電波障害がクリアされてみると関係する五機がすべて消えていた。中国側は音声を根拠に空自機による民間機撃墜を主張するが、ジャミングが誰によって、何故《なぜ》なされたのか不明だ。確かな証拠はまだ何も無い。確認できていない、と包み隠さず話そうと思う』

「──そうですか」

常念寺は思わず、モニター画面へ頭を下げた。

「頼みます」

●政府専用機　二階客室　通信機器室

「――私です」

九条圭一は、今度は携帯そのものを耳につけ、どこかと通話していた。

首席秘書官は、自分の所有する携帯電話を機内のネット環境へ接続し、衛星経由で世界中どことでも通話することができる。インターネット接続も可能だ。

「ご報告いたします。政府専用機は先ほど司令部の命令を受け、飛行を中断してインド領内の海軍基地へ着陸する模様。プランAの通りには行きません。ご指示を」

数秒後。スマートフォンの受信部に、声が返って来た。

「――はい」

九条はうなずく。

しかし
「あ、お待ちください」

小声で、通話の相手を制した。

大柄な男は口を結び、ぎょろりとした両目を横へ――壁の向こうへ向けた。

足音の気配がする。

「――――」

九条圭一は動作を止め、聴覚に神経を集中する表情になった。

身体の側面を押しつけている扉の、すぐ外側――二階客室通路を、誰かが通る。

7

●東京　お台場

大八洲《おおやしま》ＴＶ　報道部

同時刻。

「新免《しんめん》さん」

『――日本政府の正式見解では、中国と日本の間に領土問題は存在しない、ということにされています』

大八洲ＴＶの局舎四階の報道部、第一スタジオ副調整室。

ここでは他の民放、ＮＨＫなど国内すべての地上波・衛星のＴＶ放送が、ずらりと並ぶモニター画面に映し出される。

壁の電光時刻表示は、間もなく二十二時ちょうどになる。

「新免さん、本番です」

『これは、国際的に見て正しいのでしょうか？』

モニターの一つ、ライバル局であるＴＶ中央のオンエアを映し出す画面には、予定より早く放映をスタートさせた〈報道プラットホーム〉の映像が出ている。司会者の横で、五十代らしいコメンテーターが話している。その上半身がアップになる。

「――――」

『最近、アフリカの諸国の代表などは「尖閣諸島を含む沖縄はもともと琉球王国であり、琉球王国は本来、中国の一部ではないのか」と国連で発言したりしているわけです』

『国連で話されている、ということは』

ノーネクタイの司会者が、横で話を受ける。

『その方がむしろ、世界の常識だと言えるわけですね』

『そうなのです』

『ううむ、ということは』

「――――」

新免治郎《じろう》、四十六歳は立ったまま腕組みをして、壁面のモニターを睨んでいたが
「――いい加減に」

ぽつりとつぶやいた。

「いい加減にしろ、このやろう」

「新免さん」

フロア・ディレクターが台本を手に、スタジオへ通じる防音扉から駆け寄った。

「時間です、本番です。出てください」

「分かった」

フリーのジャーナリスト新免治郎が、大八洲TVの夜の報道番組〈ニュース無限大《むげんだい》〉のキャスターを務めるようになって、二年になる。

新免は、もとは関西のTV局で、局所属のアナウンサーだった。しかし関西のローカル報道番組で司会をしているうち、次第に自分の意見が言えるキャスターになりたくなり、フリーに転身をした。

関西の報道番組は、首都圏の番組に比べると自由にものが言える。そのため、気鋭の言論人が多く出演する。新免はそれらに影響を受け、いつしか自身もみずからの考えでものを言うキャスターとなっていった。もともと遠慮の無い性格だった。歯に衣《きぬ》を着せない司会ぶりが評判を呼び、新免の司会する番組は高視聴率を叩き出し、それを目にした東京の大八洲ＴＶ報道部から『是非に』と請《こ》われ、移って来たのだった。

目下のミッションは、ライバル局であるＴＶ中央の〈報道プラットホーム〉、その司会者・射手山俊太郎に視聴率で勝つことだ。

「分かったが――おい、チーフ」

新免は、きちんとスーツを着て、ネクタイを締めている。

あんな男優きどりの、エリート新聞記者上がりの射手山俊太郎がわざと崩した服装で、主婦層の人気を取ろうとしている。けしからん。世間様に向かってニュースを読んで、自分の主張も述べるのならネクタイくらいしろ。

それが新免の持論であったが、服装がきちんとしている割りに、言葉遣いと人使いは荒いのだった。

「やっぱり、オープニングは差し替えるぞ」

「えっ」

いきなり呼びつけられたチーフ・ディレクターが、放送管制卓から振り返って、目を丸くする。

「だって、もう――新免さん、オープニングは華真社通信の音声と、過去の自衛隊スクランブルの記録映像で行くって、構成会議で」

「やっぱり、やめだ」

新免治郎は、頭を振った。

「確かに、迫力はある。どこの局でも使いたくなるだろう。しかし中国の通信社の言うままを垂れ流して、それで報道機関と言えるのかっ」

「しかし、時間が」

そこへ

「新免さん、官邸からです」

外の取材班との連絡を受け持つサブチーフ・ディレクターが、携帯を耳に当てながら呼んだ。

「連絡が入りました。二十二時ちょうどに、官房長官の会見が開かれるそうです」

「よし」

新免はうなずいた。

「ちょうどいいぞ。オープニングは差し替えだ、いきなり会見の中継から入れ。テロップも替えろ、TV中央みたいな『自衛隊機が撃った』『中国機の乗員絶望』とかは無しだ。決め付けはやめ、会見の内容を見る」

「は」

「はい」

「中国から、報道各社が飛びつきたくなる〈餌《えさ》〉が撒《ま》かれているだけだ。本当のことは、まだ何も分からない。俺たちは食いつかない」


「新免さん」

女性の制作スタッフが、別のデスクから呼んだ。

携帯を耳に当てている。

「やはり、八重山《やえやま》ＴＶの与那覇《よなは》記者は出ません」

「沖縄か」

「はい」

女性スタッフは、携帯を肩に挟み、進行表のボードを取りあげて言う。

「今夜は後半の特集で、沖縄の基地問題に関連して『反対派の活動家の中にかなりの数の外国人がいる』というレポートを、中継で入れる予定でしたが――」

「連絡がつかんのか」

「はい。先ほどから電話に出ないのです。このままでは中継が」

「それより、記者の身柄は大丈夫なのか。トラブルに巻き込まれてはいないか？」

新免は訊くが
スタジオへ降りる防音扉が開いて、フロア・ディレクターが丸めた台本を振り「急いでください」と促す。

「分かった」

新免はフロア・ディレクターに応え、防音扉へ向かいながら振り向いて指示した。

「いいか。沖縄県警にコンタクトして、記者が行方不明だと通報しろ。呼び出しは続けてくれ。特集は差し替えのネタも用意しつつ、ぎりぎりまで待つ」

●インド国境付近　上空
政府専用機

ゴォオオオ――

「――――」

ひかるはポットを提げ、二階客室通路を最前方まで進んだ。

微かに揺れている。

薄暗い中、通路の突き当たりにはコクピットの茶色い防弾扉。その手前の横に、乗員専用の化粧室と、さらに手前には左右に非常口がある。非常口前のアテンダント・シートは壁に畳まれた状態だ。

コクピットは、ＶＩＰを運ぶフライトでは常時施錠される。防弾扉にはキー・パッドがついていて、暗証番号でロック解除ができる仕組みだが、その番号はひかるたち客室乗員にも知らされていない。入室するにはキー・パッドに隣接したカメラ付きのインターフォンに来意を告げ、顔を見せた上で、内側からロックを解除してもらう。

「………？」

コトッ

呼び出しチャイムを押そうとして、背後でまた物音を感じた。

思わず、手が止まる。

何だろう。

ひかるは振り向くが

「───」

誰もいない。

ゴォオオ、というエンジンと空調の唸りが静かに響いているだけだ。

（……気のせいかな）

と

──『ぐふぉ』

「う」

ふいに何かの〈声〉が、耳に蘇った。

嫌だ……。

──『ぐふぉおおっ』

「……うっ」

ひかるは思わずポットを床に置くと、両手で耳を塞《ふさ》いだ。

嫌だ、思い出したくないのに──

目をつぶる。

こんなところへ、独りで来たせいか。

記憶が、蘇ってしまう。

ドスッ、ドスッという足音。セイウチのような巨体──異様に細い眼をした海兵隊員がよだれを垂らし、背後から両腕を広げて襲いかかって来る。

頭を振り、ひかるは記憶のリフレインを振り払う。

嫌だ。

消えろ、消えろ。

（あの化け物は）

化け物は、お姉ちゃんが退治してくれた。もう、この世にはいないんだ……！

そうだひかる、目を開けるんだ。

恐怖の体験に、いつまでも囚《とら》われていちゃ駄目だ。

「はぁ、はぁ」


ひかるは自分に言い聞かせた。

もう、化け物なんかいない。誰もわたしを襲っては来ない。

後ろを見てみるんだ、さっきのように、誰もいない……

「…………」

だが、背後の通路を振り返った時。

（………!?）

ひかるの大きな目が見開かれた。

すぐ鼻の先に、何だ……!?　灰色の壁のようなもの——ひかるよりも大きな人間の胸部が立ち塞がっていた。

「……き」

きゃあっ、と悲鳴を上げる暇もなかった。正面から二本の腕が襲い、ひかるの頭を掴むと同時に口の中へ何かを押し込んで来た。

うっ……！

口の中から鼻へ抜ける、強烈な刺激。

目がくらむ。

何だ、何をされた⁉　苦しい、息が――！

どんっ

胸を突かれ、押し倒される。駄目だ、かかとが滑《すべ》る……！

後ろ向きにおちる感覚とともに視界が上から下へ吹っ飛び、次の瞬間、背中と後頭部を激しく打ちつけた。

「うぐ」

衝撃。

な、何に襲われた、防がなくては。

目がくらんで、前がよく見えない。

道場では、相手にのしかかられ押し倒された時の反撃法も習っている。しかし

「ぐはっ、ぐはぁっ」

荒い呼吸の息が顔に吹きかけられると

（………！）

ひかるは、身がすくんだ。

「ぐは、ぐはっ」

非常口脇の装備品ラックの陰から襲いかかり、制服姿のひかるを押し倒した男は、興奮した息を吐いた。

「ぐはは、さっきは、よくもやってくれたなぁ小娘っ」

●政府専用機　二階客室　電子機器区画

「――大丈夫のようです」

九条圭一は、狭い電子機器区画の壁に耳を押しつけ、すぐ外側の通路で人の気配が去るのを確かめた。

おそらく、コクピットに用のある誰かが、前を通ったのだろう。

数秒後、通路の機首方向でどたたっ、と何かが転ぶような響きがしたが。

耳を澄ませると、十分に遠い。十メートルは離れている。

扉の前には誰もいない。

小声で話しても大丈夫だ――

「繰り返し、ご報告します」九条は小声で、携帯に告げた。「専用機は、このままですとインド領内へ無事に着陸してしまいます。ご指示を」

スマートフォンの通話先の声が、九条の耳に何か指示をした。

「――はい」


「了解しました。プランBで」

九条は通話を切った。

狭い区画の中を見回す。

もう一方の壁に、電気火災消火用の小型炭酸ガス消火器と、防煙フードが取りつけられている。

それを目で確かめる。

アクションを開始するなら、時間の猶予《ゆうよ》は無い――

九条は頭の中で、ミーティング・ルームを留守にしている時間をカウントする。そろそろ自分がいないことを不自然に感じ、捜そうとする者が現れるかも知れない。

「さて、問題です」

大柄な首席秘書官の男は、通話を切った携帯に目を戻すと、メニュー画面を開いた。

つぶやきながら、画面に並ぶアイコンの一つを指で押した。

「〈中国人〉とは、何でしょう」

黒い長方形の中に、横向きの飛行機——７４７の断面図が現れる。

ピッ
さらに画面の中のアイコンを選択すると、『ＡＩＲＣＯＮ』という表示が現れ、断面図の中を水色の矢印がたくさん、アニメーションで動き始める。全長七〇メートル余り、二階建ての巨大な機体の中の、それは空気の流れを表示している。

「——ふん」

男はうなずくと、指で画面を切り替える。

アプリに似せた画面のアイコンをもう一つ、指で選択する。

ピッ
黒い長方形に、今度は『ＦＭＣ』という表示が出て、いくつかのボタンが並ぶ。九条が『ＮＡＶ』というボタンを選ぶと、画面には世界地図が現れる。指でその一部を押すと、西アジア地域が拡大される。さらに指で開いて拡大すると、小さな赤い飛行機形のシンボルが浮いて出る。飛行機形シンボルは、地図上を右へ——東方向へ移動している。

「間もなくインド領ですか」

まずいですね、とつぶやく。

●政府専用機　二階客室　通路前方

「ぐははぁっ」

ひかるを仰向《あおむ》けに突き倒し、のしかかって押さえつけている何者かは、なま温かい息を吹きかけた。

動けない。

「思い知らせてやる小娘えっ」

ぶちっ
制服のシャツの胸のボタンが一つか二つ、弾け飛んだ。

押さえつけられている。

「……………！」

叫びたいが、声が出ない……………！

目がくらむ。

手が、動かない……!?

ひかるはもがきながら、何とか手を動かそうとした。

だが

（うっ）

息を吸おうとすると、目がくらむ。口の中へ突っ込まれているこれは何……⁉　液体を含ませたタオルのような物。刺激臭《しゆう》が強い。消毒剤……？　それとも強い酒――？

息が――

「ぐふぉおおっ」

臭《くさ》い。

なま温かい呼気を吹きかけながら、声の主が顔すれすれに近づく。

「お前は、俺の言うなりになるんだ。いいか、写真を撮ってやるぞ、せっかくついた仕事をふいにしたくなければ、この先ずっと俺の言うことを聞くんだ、ぐははは」

ばりっ

シャツの前を、引き開けられた。

（――お姉ちゃん……！）

ひかるは思わず、固く目をつぶった。

――『お姉ちゃん』

一瞬、脳裏を光景がよぎった。

何だ。
同じように仰向けに倒されて見上げた、光景。
海に近い松林。
両腕をぶらぶらさせながら、迫って来る大きな影。
嫌だ、怖い……。
口を開けて叫ぼうとする。
お姉ちゃん、助けて――

小さい頃の記憶だ。
ひかるが心の奥の奥に、閉じ込めていた。
そんな『傷口』まで、開いてしまった。

――『お姉ちゃん、助けて』

だめだ。
姉ちゃんは、助けに来てくれない。男の子たちと、どこかで遊んでいる。わたしがここで叫んでいるのに、気づいてくれない……。

（お姉ちゃん）

駄目だ、姉ちゃんに頼ってちゃ駄目だ。

自分で、何とかするんだ。

そう思って、客室乗員に――

「――くっ」

ひかるは息を止めたまま、動かない手を頭上へ――仰向けに押し倒されている床の上へ伸ばした。

右の指先に何かが触れた。

だが同時に
「ぐふぉあっ」

荒い息を吹き、何者かがひかるの胸にむしゃぶりつく。

（……うっ！）

こ、このやろう……！

息ができない。タオルか何かを、口へ突っ込まれている。これは食事サービスの時に出したおしぼりか……!?　それに強い酒の原液か何かを含ませて――

ひかるは酒が呑めない。

頭がくらくらする。

それでも、指先に触れた何かを確かめた。ここは非常口前のスペースだ。

ひかるの指に触れたのは、アテンダント・シートの下側の壁に装着されている救急用の酸素ボトルだった。

（……くっ）

左の指先も、それに届いた。

見なくても分かる、非常時にすぐ外して使えるように、クイック・リリース式のストラップ二か所で壁に取りつけられている。

最後の力を振り絞り、右と、左の手の指先でストラップの留め金を探した。

どこだ……？

第Ⅱ章　コード７６００

1

●東京　永田町
　総理官邸地下　オペレーション・ルーム

『危機管理監。障子さん、工藤です』

オペレーション・ルームの天井スピーカーから、声がした。

工藤だ。

『聞こえますか』

横田ＣＣＰからのホットラインは、向こうで受話器を取ればすぐにスピーカーから声が出るよう、湯川雅彦に指示して設定させたばかりだ。

「はい、障子」

早速、役に立ったか——

障子有美は会議テーブルの席の一つで、受話器を取る。ホットラインの会話はそのまますべてスピーカーに出る。

情報は、全員で共有した方がいい。ここにいるメンバーには、隠すことなど無い。

「聞こえているわ。何か動いた？」

『はい。尖閣の現場空域に入ったU125から報告です。「一二一・五メガヘルツと二四三メガヘルツにて、非常救難信号を二件探知」とのこと』

「——！」

有美は、目を見開く。

見つけたか……!?

しかし
「……二件？」

訊き返す。

非常救難信号……。

ということは。少なくとも二機の航空機が、海面に突っ込んで自動発信機を作動させている——

航空機の非常救難信号は、機体（通常は衝撃を受けても原形を留《とど》めやすい尾部）に内蔵された発信機が、強い衝撃を受けたり、水に浸《つ》かったりすると自動的に起動して、国際緊急周波数で断続的に信号を発信する。

このくらいの知識は、有美にもある（防大では教養課程の段階で習う）。

国際標準では一二一・五メガヘルツを出すのは民間機、二四三メガヘルツは軍用機の周波数だ。

「信号の発信源は、一つは民間機ね。もう一つは？」

『シーサー編隊のものと思いたいですが、信号だけではそれ以上のことは』

「分かった」

目を上げる。

オペレーション・ルームのメイン・スクリーンには、尖閣諸島を中心とする空域の拡大図が、映し出されたままだ。

画面の右端から、緑色の三角形が一つ現れ、左手へゆっくり移動する。

あれがＵ１２５救難捜索機か……。

ビジネスジェットを改造した機体だ。その三角形のすぐ上方にウインドーが開き、二つのＴＶ局のオンエアをモニターしている。音声は小さくしてある。

ＴＶのオンエアの映像は、二つともほぼ同時に切り替わって、同じ空間の内部の様子を映し出す。白く瞬《またた》くフラッシュ――テロップが出る。〈官房長官　記者会見〉

その映像も眼の端で捉《とら》えつつ、有美は訊く。

「信号の発信源の位置は？」

二四三メガヘルツを発信しているのは、シーサー・リーダーか。あるいは、二番機かもしれないが――

やはり、海に突っ込んでいたか。

搭乗員から情報は得られるか……!?

『いまから、滞空中のＥ７６７の助けを借りて、クロス法で発信源の位置を割り出すそうです。そんなに時間はかかりません』

「分かった」

有美は即答した。

「位置が判明し次第、Ｕ１２５を、軍用周波数の発信源へ向かわせて。後続の救難ヘリもそっちへ」

『いいんですか――いえ、あの』

工藤の声は、民間機の方は放っておいていいのですか……？　と訊く感じだ。

「民間機は」

民間用の周波数で信号を出しているのは、中国が盛んに『撃墜された』と言い立てているイリューシン貨物機だろう……。

それはいい。

構っていられない。一刻も早く、那覇からスクランブルに出たF15のパイロットを海面から拾い上げ、報告をさせなくては。

「そっちには、海保に行ってもらうわ。海保に救助を任せる」

『しかし現場では、海保の巡視船が何隻《せき》、どこにいるのかも分かりませんし、直接の連絡手段もありません』

「大丈夫。第十一管区は、ついさっき自衛艦隊司令部の指揮下に入った」

有美はスクリーンを仰いだまま言う。

「そっちから、データリンクで海自へ位置情報を回してやって。後は横須賀に任せて」

『分かりました』


「障子さん、シーサー・リーダーでしょうか」

受話器を置いた有美に、湯川が訊く。

「軍用周波数の信号は、一つだけなのですか」

「そうみたい」

有美は唇を嚙む。

スクリーンを見上げる。二つのウインドーでは、撮影用の照明に照らされ、スーツ姿の古市達郎が壇上に上がり、国旗に一礼するところだ。

「海面にパイロットを見つけ出して、ヘリに拾わせ、話の聞ける状態になるまで――」

手首を返し、時刻を見る。

会見の間に報告を得るのは、難しいか……？

そこへ
「危機管理監、集約センターから報告です」

別のスタッフがメモを手に、駆け寄った。

「海保から、また通報です」

「見せて」

総理が閣議決定をし、いま、海保の第十一管区は自衛艦隊司令部の指揮下に入っている。横須賀に司令部がある。

海保からの通報は、まず真っ先に、自衛艦隊司令部へ入るようにされているはずだ。

しかし有美は、指揮権を移す手続きのマニュアルで『海保は現場から報告する際、内閣情報集約センターへも同時に同じ通報を入れること』と定めておいた。横須賀へ入った情報が、ワンクッションをおいて官邸に入るのでは、遅いからだ。

早速、マニュアル通りに機能しているな――

うなずきながら、メモを受け取る。

(――巡視船〈くだか〉より)

だが、メモを読みかけた有美は目を見開く。

何だ……。

「障子さん?」

横で湯川が、顔を覗き込む。

「どうされました」

「いや」

有美は頭を振り、声に出してメモを読む。

「巡視船〈くだか〉より。接近する中国艦隊は『撃墜された民間機の乗員を救助するため釣魚台《ちようぎよだい》へ急行中である、進路を空けよ』と要求。指示を乞《こ》う」

「――な」

湯川が絶句する。

「総理」

有美はモニターを見上げる。

「総理、聞こえますか」

●インド国境付近　上空
政府専用機747－400

二階客室。

暗い。

「ぐはぁっ」

暗がりの通路に人気は無く、仰向けに押し倒されたひかると、のしかかっている何者かが揉《も》み合っているだけだ。

コクピットの防弾扉は頭上――すぐ近くにあるが、音も通さない。誰かが気づいて出て来てくれる可能性は――

「ぐははっ」

荒い呼吸で、何者かはシャツを引き開けたひかるの胸にむしゃぶりついている。

こいつは……!?

（……息が）

呼吸ができない、さっき振り向きざま、隙をつかれて口におしぼりを突っ込まれた。強い酒のような液体を含まされ、息を吸おうとすると強烈な刺激で頭がくらっ、とする。取ろうとしても両腕を押さえつけられている。

「さっきはよくも」

何者かは言葉を吐いた。

「よくもやってくれたな、小娘ぇっ」

こいつは。

まさか……。

でも、目がくらんで見えない。息が続かない。

考える余裕もなく、ひかるは床の上に押さえつけられた腕を頭上へ伸ばした。

右の指先に、ストラップの留め具が触れる。続いて左の指先にも。救急用酸素ボトルをアテンダント・シート足下の壁に取り付けている、クイック・リリース式ストラップの留め金だ。

（くっ）

右の中指で、片方を外す。

パチ

もう片方……！

左の中指が留め金を弾《はじ》く。

パチッ

途端に

ゴロン

重たい金属の、消火器に似た酸素ボトルが壁から外れ、ひかるの両の手のひらの上に転がり込んだ。

（――痛っ）

指が、潰れる……

だが痛覚はかえって意識をはっきりさせてくれる、ひかるは仰向けに押し倒された姿勢のまま、左右の手のひらの上に転がり込んだ重たい金属製のボンベを潰されそうな指で摑んだ。

「くっ！」

●政府専用機　ミーティング・ルーム

『総理。那覇救難隊の捜索機が、海面に突っ込んだ機体のものと思われる非常救難信号を検知しました』

　壁のモニターで、障子有美が告げる。

『救難信号の発信源は二つ。一つは民間機、一つは軍用機のものです』

「むう」

　常念寺は、思わず乗り出す。

「民間機は、中国の貨物機か？」

『推測の段階ですが、そう思われます。彼らの言う通りに「撃墜」されたのかどうかは分かりませんが、海面に突っ込んでいるのは事実のようです』

「軍用機は、自衛隊機か」

『それも、直接に目視《もくし》で確かめる必要があります。急がねばなりません。私の一存で、那覇の救難捜索機は軍用機の信号の発信源へ向かわせました。救難ヘリもです。民間機の方の救助活動は、海保に頼もうと思います』

「分かった」

　常念寺はうなずく。

海に突っ込んだ機体が、見つかった。

信号が二つだけというのは、疑問だが……。

シーサー編隊の編隊長を拾い上げられるかも知れない。急げば、古市官房長官が会見をしている間に、パイロットから報告を得られる。

「判断は、それでいい」

『信号の発信源の位置情報は、横田の空自CCPを経由して、横須賀の自衛艦隊司令部へ届くようにしてあります』

「うむ」

常念寺はうなずいた。

海保の第十一管区の指揮権は、自衛隊へ移管させている。

ということは、実質的に横須賀の自衛艦隊司令部が巡視船の指揮を執る。艦隊司令部へ命令するのは防衛大臣の役目だ。

「早速、猪下防衛大臣には海保の救助活動について指示を出させよう。九条」

防衛大臣は、デリーのホテルから空軍基地へ移動中だ。

電話には出られるだろうか？

「九条、防衛大臣を電話で呼び出せるか」

常念寺は首席秘書官を呼ぶが
「総理」

代わりに、次席秘書官がミーティング・ルームの隅から応えた。

「首席秘書官の姿が、そういえばさっきから見当たりません」

「何？」

『総理』

モニター画面からも障子有美が呼ぶ。

『実はもう一つ、判断を頂かなければならない問題があります』

●政府専用機　二階客室　電子機器区画

「さて問題です」

九条圭一は、手にしたスマートフォンに視線をおとしながら、つぶやいた。

「私は、何をしようとしているでしょう」

ピッ
指で画面に触れる。

〈GAS〉という文字と共に、小さな赤い髑髏《どくろ》の形のアイコンが現れる。

さらに指で、その髑髏を押す。

ピピッ

「答えは」

●政府専用機　コクピット

プシッ

「……ん？」

燕木は、振り向いた。

何だろう。

背中で微かに、空気の噴《ふ》き出すような音がした。

操縦席の、すぐ後ろからだ――

だが

「気のせいかな」

燕木は首を傾げる。

飛行中は、わずかな異音にも神経がいく。いま、コクピット内の後方で、何か変な音がしたと思ったが……。

空のオブザーブ席と、防弾扉の内側が見えるだけだ。

「機長、どうされました」

「いま、音がしなかったか？」

「さぁ――」

右席で、山吹二尉も首を傾げる。

「私は、べ」

別に、と言おうとしたのか。

しかし副操縦士席で、後方を振り向こうとした山吹は急にしゃべるのを止め、上半身をひねりかけた姿勢のまま頽《くずお》れた。

どさ
「お、おい山――」

センター・ペデスタルへ突っ伏すように崩れた山吹二尉の肩を、燕木は手を伸ばして摑もうとするが
「――う」

その姿勢のまま、燕木もスイッチの切れた電気人形のように崩れてしまう。

どさっ

二名のパイロットが崩れるように意識を失っても、自動操縦は正常に働き続け、操縦桿を微かに動かしてコースと速度・高度を維持し続ける。

●政府専用機　二階客室　通路

「このアマっ」

のしかかった何者か——臭い息の男は、ひかるが床の上に伸ばした両手で金属製酸素ボトルを摑んだことに目ざとく気づいた。

ひかるが顔をしかめ、渾身《こんしん》の力を込めて金属製のボトルを持ち上げ、男の頭部へ向けて振り上げるのと、男の手が突き飛ばすように払いのけるのは同時だった。

ガキンッ
ひかるにとって、重量挙げのような不利な体勢だ。力負けし、酸素ボトルは男の手のひらで弾かれ、頭上の壁にぶつかって転がった。ゴン、ゴロッという響き。

し、しまった……！

「生意気な真似《まね》をっ」

怒鳴り声と共に、頬に衝撃を受けた。がつんっ、という衝撃。

な、殴られたのか……!?

「げほっ」

前が、よく見えない。

だが殴られた拍子に、口の中に突っ込まれていたタオルのような物——刺激性の液体を含ませたおしぼりが吹っ飛んで取れた。

「げ、げほっ」

取れた……！

必死に、息を吸おうとするが
「どいつもこいつも、どいつもこいつも」

男はひかるの口を手で塞ぎ、もう片方の手で喉を上から絞《し》め上げて来た。

「どいつもこいつも俺を小馬鹿にしやがって」

●政府専用機　二階客室　電子機器区画

「——ふん」

九条圭一は、切り替えたスマートフォンの画面を一瞥《いちべつ》し、息をついた。

〈ＡＩＲＣＯＮ〉と表示された画面。

７４７の横向き断面図で、機首のコクピット部分から流れ出る矢印の群れが、水色から赤に変わった。赤い矢印は増えながら、機内空間を後方へ広がっていく。

それを確かめると、九条は携帯を胸ポケットへ入れ、振り返って、壁から消火活動用の防煙フードを取り外した。

「さて問題です。これは、どうやって使うのでしょう」

つぶやきながら、大柄な秘書官の男は透明なパッケージを破ると、銀色の角型フードを頭から被《かぶ》った。

「使い方は、予習済み」

首元の紐《ひも》を引く。

シュッ
小さな音がして、フード内部に化学生成された酸素が放出される。

取扱マニュアルでは、これで約十分間は、密閉されたフード内で呼吸ができる。九条はあらかじめマニュアルを見て、使用法を調べていた。

〈プランB〉を実行する場合の備えだ。

「さて」

空気漏れが無いよう、フードのネック部分を確かめてから、大柄な秘書官は胸ポケットの携帯を取り出し、画面を開く。

透明なフェース・プレート越しに覗く。

〈ＡＩＲＣＯＮ〉の画面では、赤い小さな矢印はどんどん増え、伝染するように機内空間を後方へと広がる。水色の矢印は、機体尾部へ追い出されるようになくなっていく。

「特殊ガスが機内空間を一巡するまで、何分かかるでしょう」

2

●インド国境付近　上空
政府専用機

「どいつもこいつも俺――」

のしかかり、首を絞めていた男の力が、ふいに緩んだ――というか、抜けた。

「うぐ」

「………!?」

まるで電池の切れたロボットだ。

のしかかっていた男は、なぜか次の瞬間、すべての力を抜くとひかるの顔の上へ倒れかかってきた。

どさっ

な、何だ……⁉

「げほっ」

息が──

（息ができない）

ひかるは激しくむせた。

刺激性の液体のせいで喉が灼《や》け、息が吸えない。

「げ、げほ」

気が遠くなる──

窒息《ちっそく》してしまう……！

反射的に、指で床を探った。

硬いものが指先に触れる。転がっている救急用酸素ボトル──その付属マスクが左の中指に触れた。とっさに摑み取り、覆いかぶさっている男の頭を払いのけ、口に当てた。

（……さ、酸素）

右手でマスクを口に押し付け、吸った。でも、エアは出て来ない。

そうだ、バルブ……！　左手で床を探って指先が転がっているボトルに当たると、ネック部分にあるバルブを人差し指と親指でつまんで回す。

シュウッ

●政府専用機　二階客室　電子機器区画

「——正解は、二分です」

九条はつぶやきながら、防煙フードのフェース・プレート越しに、手にした携帯の画面を見た。

７４７の二階建ての機内断面図——機首部分から後方の空間へ、赤い小さな矢印が増殖し、流れていく。

機体の断面が、前方から赤く染まっていく。

「さて次は」

●東京　永田町

総理官邸地下　オペレーション・ルーム

「総理。実はもう一つ、判断を頂かなければならない問題があります」

有美はモニター画面の常念寺に呼び掛けた。

もう一つ、早急に〈方針〉を決めてもらわなければ――

尖閣諸島の北方海域を護っている巡視船からの通報についてだ。

中国艦隊が来たら『身体で止めろ』と防衛大臣から命じられているはずの巡視船〈くだか〉。

その〈くだか〉からの通報が、内閣情報集約センターに届いた。

同時に、横須賀の自衛艦隊司令部を経由して、防衛大臣へも伝えられるはずだが。

当の猪下大臣は、いまデリー市内をホテルから空軍基地へ向け移動中だ。

有美が代わって総理へ報告し、内閣の方針を決めてもらわなくてはならないだろう。

「総理。魚釣島北方で警戒に当たっている巡視船に対し、中国艦隊が要求して来ました。『撃墜された民間機の乗員を救助するため釣魚台へ急行中である、進路を空けよ』と」

『何』

モニター画面の中、『九条はどこへ行ったんだ?』と周囲のスタッフに問うていた常念寺は、こちらを見た。

『それは本当か、危機管理監』

「はい」

有美はうなずく。

「現場では、あくまで中国艦をブロックするのか、あるいは相手の言う〈人道上の事由〉をかんがみて通すことにするのか、判断がつかないと思われます」

『やはり予想した通りです』

画面の中で、常念寺の横から鞍山外務大臣が言う。

『総理、ここは決して中国艦を領海へ入れてはいけません。入れたら、救難活動のためだとか理由をつけて島へ上陸し、実効支配されてしまう』

『う、うぅむ』

四十六歳の総理大臣は、唸る。

その表情は、モニター越しだが『ついに来たか』と言うようだ。

『――――』

考え込む常念寺に

『総理、進言します。ここは急行可能な全巡視船を投入し、あくまで、ぶつけられてでもブロックすべきです』

鞍山が主張する。

黒ぶち眼鏡が光っている。

『百歩譲って、もし中国民間機を空自機がおとしたのだとしても。尖閣海域での救助活動はわが国が責任を持って実施する。お前らは来る必要無い、来るな帰れと言うべ――』

ばたっ

「……!?」

有美は、目を見開いた。

何だ……?

何が起きた。

画面の中、鞍山外務大臣が、ふいにしゃべるのを止めて前のめりに倒れた。

『お、おい鞍山!?』

ドーナツ型テーブルへ突っ伏すように倒れた鞍山満太郎。

どうしたのか。

だが

『どうし——』

驚いて、助け起こそうと手を伸ばす常念寺も言葉が途中で途切れる。

その瞬間

プツッ

ふいに信号の途切れるような音と共に、モニター画面が真っ暗になった。

音声も途切れてしまう。

「総理……?」

「おい、どうした」

有美の横で、門がスタッフへ振り向いて問う。

「専用機とのモニター回線が切れたぞ」

●政府専用機　二階客室　電子機器区画

「これでよし」

九条は手にした携帯の画面を見ながら、電子機器ラックのずらりと並ぶ回路ユニットから、いくつかの回路キーを引き抜いた。

せわしなく明滅していた動作表示の緑のランプが、次々に赤く変わる。

携帯の画面には、回路配置図が拡大されている。

それはネット経由で、九条の携帯へ送られて来たものだ。

「これで、ミーティング・ルームから一切のデータ通信はできません。東京から、こちらの様子も分からない」

●総理官邸地下　オペレーション・ルーム

「ほかの画面を見せろ」

門篤郎がスタッフに指示する。

「別のアングルで、ミーティング・ルームを見られないかっ⁉」

「予備のモニターカメラがあります」

「切り替えろ」

「は、はい」

「総理」

その間にも、有美は暗くなった画面へ呼びかける。

「総理、どうされました⁉」

だが
「駄目です、情報班長」

スタッフが叫んで来る。

「予備のカメラも、映像が来ません。専用機とのデータ通信が、一時的に途絶しているのです。音声も駄目です」

データ通信が、途絶……!?

（……!?）

そんなことが。

あの747からは、映像や音声など大量のデータを暗号化したデジタル信号に変換し、衛星経由で送って来る。こちらからも送れる。政府専用機が就航してから二十年以上にもなる。通信装備はアップデートされ続け、信頼性は高い。

何が起きた。

モニター画面が暗くなる直前、ミーティング・ルームで鞍山外務大臣が倒れるのを見た。何かが起きている。総理は、無事か……!?

「……そうだ」

有美は、ジャケットの胸ポケットに手を入れる。

携帯を取り出す。

電話は、繋がらないか。

データ通信のほか、あの専用機にはやはり衛星経由で、インターネットと電話の繋がる環境がある。政府が閣僚や官僚などへ貸与した特殊な携帯端末でなければ通話はできないが――

画面を開く。

つい一時間とちょっと前、この事態が始まった時に、政府専用機の機内にいる秘書官と話したばかりだ。

有美は画面で番号を選び、発信ボタンを押す。

同時に
「障子さん」

湯川雅彦が背中から呼んだ。

「障子さん、横須賀からホットラインです」

「代わりに出ておいて」

有美は言い置いて、携帯を耳につける。

●政府専用機　二階客室

「……くっ」

ひかるは仰向けになったまま、口につけたマスクで酸素を吸い込んだ。

シュウッ、シュッッとレギュレータが鳴る。

吸い続ける。刺激物で灼けた喉に、冷たいエアが入り込む。肺が酸素で満たされると、次第に身体が楽になる。

息はできる。大丈夫だ——

これは……。

まだ自分の身体の上に、灰色の背広がある。重い。男がのしかかったままだ——のしかかったまま動かない。気を失っているのか?

いったい、どうしたんだ。

(でも、いまのうちだ)

助けを、求めなければ。

ひかるは仰向けのまま目を動かす。

二階客室の通路。

湾曲した天井が見える。

ここは、二階非常口の横——アテンダント・シートのすぐ前だ。目を上げると、頭の上に化粧室のドア、そして奥にコクピットの防弾扉がある。

あそこだ。

機長の燕木三佐が、あの中にいる。

「…………」

ひかるはマスクの酸素を吸い込むと、両腕に力をこめ、のしかかっている背広を押し上げた。

重しのようにのしかかっている男の上半身が、少し動く。

この男が、気を失っているうちに……。

●二階客室　電子機器区画

「そろそろですね」

九条は左腕の時計の秒針と、右手の携帯の画面を見比べた。

経過した時間を目で測る。

この携帯の画面で、髑髏のアイコンを押してから間もなく三分……。

画面は、〈ＡＩＲＣＯＮ〉と表示された機内断面図に戻している。

７４７の断面図は、いったんすべて赤い無数の矢印に埋めつくされたが――やがて機首部分から徐々に、青い矢印が現れ、同じように後方へ向け広がっていく。

空気が入れ替えられていく。

旅客機の機内は、与圧されているが、缶詰のような密閉空間ではない。

与圧の仕組みは、まず四基のエンジンで圧縮した高圧空気を配管に通し、連続的に機内へ注入して循環させる。余った空気は尾部の調節弁から外部へ逃がす。常に空気を注入し、尾部から少しずつ逃がすことで機内空間を〇・八気圧に保っている。

機内は常に換気されているのだ。

しかし
「全員、寝てくれましたね」

九条圭一はつぶやく。

「一度深く吸い込めば、十二時間は目が覚めません。中国がイスラエルから手に入れた、特殊催眠ガスですからね――スペック通りの性能ならば、ですが」


「さて、次の段階です」

九条は画面の断面図がすっかり青色に変わるのを確かめると、首筋の紐を緩め、両手で防煙フードを外し取った。

くんくんと空気の匂いを嗅ぐようにすると、防煙フードを放り捨て、ネクタイを直した。

「私は、どこへ行くのでしょう」

携帯を上着のポケットへ収め、電子機器区画の狭い空間を外の通路と仕切っている扉に手をかける。

カチ

内側からロックを外す。

「正解は、コクピット——」

その時、九条の上着の胸ポケットが振動した。

「——おっと」

●二階客室　通路

「うっく」

力を込め、さらに押し上げると、のしかかっていた男の身体は転がった。ごろん、と横へどく。ひかるの胸の上から重しがなくなる。

「——はぁ、はぁ」

もう、呼吸もできる。

酸素マスクを口から外した。

あちこちが、痛む——顔をしかめながら上半身を起こした。

（………！）

目をこする。

身を起こしたすぐ横に、男が転がっている。

こいつは――

灰色の背広。ネズミのような風貌は、あの新聞記者の男だ。

「はぁ、はぁ」

はっ、と気づき、制服のシャツの前を合わせた。

ボタンがいくつか、飛んでいる。

ひかるは唇を嚙み、床に手をついて立ち上がった。

「う」

くらっ、と眩暈《めまい》がする。

頭を振り、見回すと。


ゴォオオ――

二階客室の狭い通路は、後方へまっすぐ伸びている。

ひかるは肩で呼吸を整える。

(この倒れている新聞記者の男が、わたしを暗がりで襲って来て――乱暴しかけて、勝手に気を失った)

報告しなくては。

機内での暴力行為――いや犯罪だ。機長に報告して、この男は拘束してもらい、羽田へ到着し次第、警察へ引き渡してもらおう。

「はぁ、はぁ」

呼吸も、正常に戻って来る。

よし、コクピットだ。

ひかるは前方へ向き直り、化粧室前にかかっているカーテンをめくると、防弾扉の脇に設置されたインターフォンのコールボタンを押した。

（――――）

数秒、待つ。

返答が無い。

もう一度、押す。

コールボタンの横に、小型のカメラがある。コクピット内部からは、このカメラで来訪者の顔が見られるはずだ――

返答は無い。

「――――？」

どうしたのかな。

カメラのレンズを、覗いてみる。

返事が無いのは、インターフォンの故障だろうか。

もう一度押してみる。

ひかるには、呼び出し音が内部で鳴っているのかどうか、分からない。

防弾扉は頑丈で、音も通さないらしい。

「あの、燕木三——けほっ」

インターフォンへ呼びかけようとして、せき込む。

いけない、喉が。


喉が灼けたようになって、声が出ない。

どこかに水は……?

(そうだ)

コクピットへの入口のすぐ横に、化粧室がある。事実上、コクピットの操縦要員専用のトイレだ。

水が欲しい。

ひかるは真ん中で谷折りになる構造の扉を手で押し、化粧室へ歩み入る。

●二階客室 電子機器区画

「おっと、いけませんね」

九条は、振動する携帯を胸ポケットから取り出すと、画面に現れた名を一瞥して表情を曇《くも》らせた。

〈障子内閣府危機管理監〉

発信者の名を表示して、携帯は九条の右の手のひらで振動し続ける。

あの女性危機管理監からコールだ。東京から呼んで来ている。

おそらく、ミーティング・ルームからの映像回線が切れたから、この携帯を呼んで来たのだろう。

専用機の機内の情況を知りたがっている。

九条は息をつく。

「面倒ですね。いっそ、電話とネットも繋がらないようにしたいが——そういうわけにもいかないのです」

つぶやきながら、九条は画面を切り替え、『着信拒否』の操作をする。

おとなしくなった携帯を上着のポケットへ戻し、電子機器区画の扉を開ける。

3

●東京　永田町
総理官邸地下　オペレーション・ルーム

『――ただいま、電話に出ることができません。しばらくたってからおかけ直しください』

自動音声が、有美の耳につけた携帯で繰り返す。

聞こえる。

繋がりは、した……。

「コール音が、何度か鳴ったわ」

電話は通じる。

首席秘書官の携帯に、着信はした――政府専用機の機内に電話は通じるのだ。

なぜ着信拒否になったのかは分からないが……。

「みんな、聞いて」

有美は振り向くと、オペレーション・ルームの全員へ呼びかけた。

「いま、電話が繋がりかけた」

「――」

「――」

視線が有美に集まる。

「いいこと。情況は、専用機とのデータ回線が切れています。原因は分からない。しかし総理と至急にコンタクトを回復する必要があります。携帯は、機内に通じる」

言いながら、有美は自分の携帯を高く上げて見せた。

注目を集めると、続けた。

「いまから、みんなで、専用機の機内にいて携帯を使える人――閣僚、官僚、ＮＳＣスタッフたち全員に対して電話をかけて。湯川君」

そばの湯川を呼ぶ。

「機内の、携帯の使える全員の名簿と、電話番号を――」

「いま、送る」

しかし応えたのは門だ。

黒いジャケットの内ポケットから自分の携帯を取り出し、何か操作している。

「名簿を、あんたの携帯へ送るよ、危機管理監。機に乗っているのは全部で一四三名。うち政府貸与の携帯を所持しているのは三三名だ。総理も含めて」

「分かった、総理には私からかける」

有美はうなずく。

うなずきながら、片手で自分の携帯を操作し、受信されたばかりのファイルをオペレーション・ルームのプリンターへ転送する。

「みんな聞いて。いまから、名簿をプリントアウトします。誰か、かける相手を割り振って。手が足りなければ、階上から手の空いている事務官をかき集めて」

「は」

「はっ」

スタッフたちが動き出す。

「一四三名の中に、チャイナスクールは一人もいない」

門は言う。

「外務省スタッフも含めてだ。俺が確認済みだ」

「門君、どういうこと」

「こんなことが起きるのは――やはり機内に、俺にマークされなかった〈敵〉がいる」

「これが、妨害工作だとでも？」

「断言はできないが。現に、あんたは非常に困ってる、危機管理監」

「――――」

そこへ

「障子さん」

湯川が声をかけた。

「横須賀の自衛艦隊司令部の連絡担当幹部《リエゾン》が、どうしても話したいと」

赤いホットラインの受話器を差し出す。

「分かった」

「はい、危機管理監の障子です」

受話器を受け取り、耳につけた。

すると

『自衛艦隊司令部・官邸リエゾン、末鶴《すえつる》二佐です』

緊張感のある声。

二佐――声が若い。防大の後輩か……？

「ご苦労さま。ご用件は」

『当方で指揮下に入れたばかりの巡視船から、通報がありました』

「聞いてる」

『ならばお聞きの通り、中国艦隊は「人命救助のため魚釣島へ向かっている」と主張しています。一方、防衛大臣からは「全巡視船は総力を挙げ、中国艦隊の領海侵入を阻止せよ。ただし武器は使用するな」という指示が出ています。このままでよいのか、大臣へ報告をして指示の確認をしようとしましたが、電話が繋がりません』

「分かっています。猪下大臣はデリー市内を現在移動中のはず」

『はい。市内の通信環境が、よくないのかもしれません。現在、海保は経験のない事態に直面し、困っています。彼らは犯罪取締まりが主任務であり、安全保障は専門外です』

「はい」

有美は、うなずくしかない。

政府の方針で、尖閣では軍隊――自衛隊を正面に出さないことにされている。軍事力を先に行使した方が、国際的に不利になる。

しかし海の警察官である海保に、国防をやらせるのは酷《こく》だ。自衛隊の指揮下に入っても、彼らには交戦規定もないし、訓練もしていない〈巡視船は日常から『不法行為をする船舶に対する射撃』の訓練はしているが、撃ち返してくる〈敵〉との『交戦』訓練はしていない〉。

いや、もともと『武器を使うな』と命令されている。そう命令されたまま、放置されている。

「こちらではいま、専用機の総理に対し、海保からの通報について報告をしたうえで指示を待っているところです」

有美は、データ回線が途絶したことは除いて、そのほかの事実だけを言った。

専用機との通信の途絶を言えば、説明するのが長くなる。

電話で連絡がつけば、言う必要はない――

「新しい命令を、待ってください」

『分かりました』

「障子さん」

受話器を返すと、湯川は訊いて来た。

「海保には、どうさせるんです？」

「いまのままよ」

有美は頭を振る。

「とりあえず総理にも防衛大臣にも、連絡が取れない」

「でも」

湯川は、自衛艦隊司令部のリエゾン――連絡担当幹部から「このままでいいのか？」とさんざん言われたのだろう。

人命救助という大義名分を押し立て、中国艦隊が押し通ろうとする。

それを、海保は『身体で止めろ』『武器は使うな』と命じられている。しかも海上保安官たちは、戦闘には素人《しろうと》だ。

自衛艦隊司令部が心配するのは、当たり前だ――

「言いたいことは分かってる」

有美は唇を嚙む。

「でも、これを決めるのは政治よ。私たち官僚に、〈方針〉を決める権限は無い」

「それでいい。もしも海保に『撃っていい』なんて許可したら、かえって危ない」門が言う。

「巡視船が機関砲を向けたりしたら、向こうに撃つ口実を与えてしまう。相手は軍艦だ、ひとたまりもない」

「そうね」

有美はうなずきながら、自分の携帯を開くと、登録してある常念寺貴明の電話番号を選択して、発信した。

耳に当てる。

「――――」

衛星経由で繋がり、コール音が聞こえ始める。

そこへ
「危機管理監」

技術スタッフが、通信機器のコンソールから呼んだ。

「やはりデータ回線の途絶は、専用機側の機材の何らかの不具合です。地上基地局も衛星も、システムはすべて正常に稼働中」

「――分かった」

有美は携帯を顎《あご》に挟み、うなずく。

そのはずだ。

耳につけた携帯では、呼び出しのコール音が続いている。

インド国境へさしかかっている７４７の機内ミーティング・ルームでは、常念寺貴明の胸ポケットかどこかで、携帯の呼び出し音が鳴っているはずだ。

「危機管理監」

今度は別のスタッフが、またメモを手に駆け寄る。

「内閣情報集約センターへ、また海保から通報です」

「見せて」

●インド国境付近　上空
政府専用機
「ほう」

九条圭一は二階通路を機首方向へ進んでくると、足を止め、つぶやいた。

「効《き》き目は、充分のようです」

コクピット手前の通路の床の上。

何かが転がっている。

人間だ。

非常口に面したアテンダント・シートの前、灰色の背広姿が倒れている。

仰向けになり、口をあけたまま意識を失っている。

そのネズミのような風貌は、中央新聞の記者だ——確か、官邸記者クラブでも〈ネズミの霜村《しもむら》〉と呼ばれ、秘書官から見ても胡散臭《うさんくさ》い存在だった。

「——」

九条はただうなずくと、歩を進めた。

通路のつきあたりのカーテンをめくる。

内ポケットから、また携帯を取り出した。

目の前に茶色い防弾扉がある。

閣僚やNSCのスタッフなどは、自身の携帯を端末ごとコピーされて悪用されるリスクを避けるため、わざと旧型の携帯電話を使う者が多い。

だがそれは強制された規則ではない。政府貸与の携帯を受領する時に、旧型携帯でなくスマートフォンを選択することは可能だ。業務でどうしても必要な者は、スマートフォンを使える。九条もスマートフォンを選択している。

「――さて、暗証番号です」

九条は手にした携帯の画面をめくり、ネット経由で受け取った資料のファイルをめくった。

この政府専用機――特注仕様の７４７－４００に関するあらゆる機密情報が、九条のスマートフォンには何処《どこ》からか送られて来ていた。

「番号は」

見つけた数字を、扉のキーパッドで押す。

赤いランプが緑に変わり、電磁ロックの解除されるカチャッ、という響きと共に分厚い扉が少し手前に動いた。

「では、入室します」

扉を引いて開き、前方に向けて窓のある狭い空間へ、足を踏み入れる。

ゴォオオオ――

星明かりの下、灰色の雲海が手前へ押し寄せる光景。

その前面風防に向かった左右の操縦席で、二人のパイロットが上半身を突っ伏すようにして、倒れている。右席の副操縦士は、背後を振り向こうと身体を捻《ひね》ったところで意識を失ったのか、中央の計器パネルへ上体を覆いかぶせるようにしている。

「ふん」

大柄な首席秘書官は、鼻を鳴らした。

視線を下げると、先ほどまで自分が座っていたオブザーブ席の座面に、銀色の細い物体がある。ボールペンの残骸《ざんがい》だ。内蔵していた高圧ガスのカートリッジを、遠隔操作で破裂させたので、上半分はなくなっている。

「説明を受けた通りの機能、か」

九条はつぶやくと、ポケットからハンカチを取り出した。

「もう、後戻りはできませんね」

ボールペンの残骸を包むようにして取り上げると、脇の屑籠《くずかご》へ放った。

「さて」

腕組みをする。

操縦席の二名のパイロットを見やる。

「あなたたちに、どいてもらわねばなりません」

左右、どちらかの操縦席を空け、自分が座らなくてはならない。

飛行機の操縦などはできないが、フライトマネージメント・コンピューター――FMCのキーボードを操作するためだ。

右席の若い副操縦士の方が、倒れている姿勢からして、引きずり出しやすそうだ……。

九条は自分にうなずくと、二等空尉の階級章をシャツの肩につけた二十代のパイロットの上半身に手を掛けようとした。

「いや、待て」

つぶやいて、手を止める。

「万一、ということもあります」

身体を動かして、席から引きずり出す際、万一にでも目を覚ますことがあれば。

相手は自衛官だから、腕力では敵《かな》わないだろう――

「備えを、しておきましょう」

九条はつぶやくと、コクピットの狭い空間を振り向き、右側面後方の書類ラックを見やった。

マニュアル類を収納するためのラックの横に、スチールの『蓋《ふた》』が見える。A4サイズくらいか。小型のキーパッドが表面にある。

「あぁ、これです」

またうなずくと、携帯を取り出して画面をめくる。

「操縦席の右後方、壁に備えつけの小型ロッカーに、SPから預かった物品が保管されている――待ってください、暗証番号は」

●政府専用機　二階客室　通路前方

(――燕木三佐に、報告しなくちゃ)

化粧室で紙コップに水を注ぎ、二杯飲むと、喉の痛みも和《やわ》らいだ。

声はまだ、あまり出そうにないが――

ひかるは、ついでに鏡に向かい、乱れた髪の毛を指で直す。髪を耳にかけ直す。

制服のシャツの前ボタンが三つも飛んでいた。手で、前を合わせる。

(困ったな)

取れてなくなったボタンは、後でギャレーへ降りて、付け直さないと……。

手で合わせても、シャツの前から下着は見えてしまう。

唇を噛む。

とりあえず——あの倒れた男を、意識が無いうちに拘束してもらう。それが先だ。

機長に報告しよう。

ひかるは中折れ式の扉を押し、通路へ出た。

「…………?」

あれ、と思った。

何だろう。

すぐ目の前で、コクピットの防弾扉が少し開いている。

隙間ができている。

(……開いている……?)

どうしたのだろう。

誰か、出たのかな。

さっきはコールボタンを押しても、内部から応答は無かった。

わたしが化粧室で水を飲んでいる間に、扉が開いたのだろうか。

誰かが出たのだろうか……？　だが、人員が出入りする時は、防弾扉は開けたならば速やかに閉じてロックする。

それが決まりだ。

燕木三佐や山吹二尉が何かの用事で出たにしても、それをしないはずは無い。半開きのままで放置するなんて……。

おかしいな——

ひかるは「失礼します」と呼び掛けてから、中を覗こうとしたが。
声がうまく出ない。
咳払いしようとした次の瞬間
（う⁉）
手前側へ少し開いた隙間から、コクピットの内部が覗ける。
ひかるは思わず、息を止めた。
（……何だ……⁉）

のそり、という感じで、大柄な影が動いている。

普通のスーツだ。乗員ではない。

しかしそれより眼を引くのは、大柄なスーツ姿の男が右手に握っている黒い物——

その形だ。

(——拳銃……!?)

暗がりの中、こちらに背を向けている。大柄なスーツ姿。

間合いは数メートル。

誰だろう。後ろ姿の男はコクピットの中央に立ち、一丁の自動拳銃を手にしている。

男のさらに前方に、左右の操縦席があり、そこには——

「!?」

ひかるは、両手で自分の口を押さえた。

ぼうっとした計器の照り返しの中、その様子が見える。

左席の燕木三佐、右席の山吹二尉が、シートについたまま上半身を突っ伏して倒れている……。

何だ。

後ろ姿の男は、あろうことか手にした黒い拳銃を、右席で突っ伏している山吹二尉の頭にゴリッ、という感じで押しつけた。

（…………⁉）

ひかるは眼を見開く。

「ふん」

男は鼻を鳴らす。

「起きないか。よろしい、そのまま寝ていなさい」


この声は……。

扉の隙間から覗き続けると。

男は上着をはだけ、拳銃を自分の腰の後ろのベルトに差し込んだ。

それから、突っ伏すように倒れている山吹二尉の上半身へ屈む。

横顔が、ちらと見えた。

（…………！）

反射的に、ひかるは扉の陰へ身を隠す。

何が起きているんだ――⁉

異様な光景だ。

中にいる男は、確か、総理の首席秘書官だ。

さっき、携帯で話しながら通路をすれ違った。声を覚えている。

その首席秘書官が、コクピットで拳銃を手にして……。


開きかけた防弾扉に背中をつけ、ひかるは二階客室の通路を見回す。

あの秘書官は、初めからコクピットの中にいたのだろうか。それともわたしが化粧室で水を飲んでいる間に、この通路を来て、入ったのか……？

非常口のアテンダント・シートの前に、灰色の背広が倒れている。

わたしを襲った新聞記者だ——でもなぜか、あの記者は急に意識を失って動かなくなった。


「————」


音がしないように大きく肩を上下させ、呼吸を整えた。

いったい、何が起きている……？

息を止め、もう一度扉の隙間から、コクピットの空間を覗き込む。

「重いな」

男は、山吹二尉の両脇へ手を入れると、後ろ向きに引っ張っている。少しずつ右側操縦席のシートから引きずり出そうとする。

何をしているのか。

やがて男は、山吹二尉をシートから引きずり出すのに成功した。「ふんっ」と息をつき、操縦席後方の床に転がす。

どさっ、と音がする。

「さて、問題です」

「……‥…!?」

ひかるはびくっ、と固まるが。

スーツの男——首席秘書官は、独り言をつぶやく癖《くせ》でもあるのか。背後から覗いているひかるの存在に気付いたのではないらしい、そのまま空いた右側操縦席に入り込む。

「私はこれから、何をするでしょう」

見ていると。

男は右側操縦席に座り、上着の内ポケットから携帯——スマートフォンを取り出す。

コクピットの視界には、灰色の雲海が前方から押し寄せる。

「正解は、まず報告です」

つぶやきながら男は、携帯の画面を指でタッチする。

どこかを、呼び出しているのか。前方の光景へ目をやりながら、携帯を耳につける。

（…………）


その様子を目にして、ひかるは思わず、自分のスカートのポケットに触れた。

スイッチを切ったまま、ひかるの『お護り』はそこにある。

「――九条です」

男が、誰かと話し始める。

秘書官だから、機内から衛星経由で外部――世界中と繋がる携帯を持っているのだ。

「予定通り、機内は制圧しました。コクピットにいます」

●東京　永田町
総理官邸地下　オペレーション・ルーム

「これは、いつ？」

障子有美は、携帯を耳につけたままで受け取ったメモを一瞥すると、スタッフに訊き返した。

海保から新たにもたらされた、通報。

メモ用紙を握る指に、知らぬうちに力が入る。

「この通報が、集約センターに入ったのは？」

耳には、呼び出しのコール音が繰り返し続いている。

しかし総理は、出ない……。

「たったいまです、危機管理監」

メモを運んできたスタッフは応える。

「つい一分前に、海保の本部から集約センターへ入りました」

「分かった」

有美はうなずくが、立ったまま固まってしまう。

どうする……。


「どうした」

横で、門篤郎が覗き込む。

いつの間にか、同級生の口ぶりに戻ってしまっている。

だが
「………!?」

門もメモを覗くなり、絶句する。

有美の受け取ったメモには、短い文面が記されていた。

『第十一管区巡視船〈くだか〉より。中国艦隊から以下の警告を受けた。「日本軍機により撃墜された民間機の乗員を救助するため急行中である。進路を妨害する場合は中華人民共和国の主権侵害とみなし、武力を行使する」』


「危機管理監、どうするんだ」

門は訊く。

「奴らは『撃つぞ』と言って来た。巡視船を、下げるのか」

「――――」

有美は唇を噛むが
「――新しい命令は、無いわ」唇を噛んだまま頭を振る。「現状のままよ」

「うぅむ」

門も唇を噛み、腕組みをする。


海保は全力を挙げ、中国艦艇の領海侵入を阻止せよ。ただし武器は使用するな――

内閣の〈方針〉として出された命令を、有美には変更する権限が無い。

どうするんだ。

現場の海上保安官たちは、それでも、どんな命令であっても、命じられた以上は真面目に任務を果たそうとするだろう。このままでは体当たりをしてでも中国艦を止めるだろう。しかしその前に、中国艦から撃たれてしまう――

だが武器で脅されたからと言って、いま海保の巡視船を下げたりすれば、魚釣島はほぼ確実に占領される。救助活動のためと称して、魚釣島に人民解放軍が上陸して基地を築き、居座るだろう。

海保に対して『中国艦を通すな』『でも武器は使うな』というのは、つまり「領土を護って死ね」という意味だ……。

でも、領土は護らなくていいから、あなたたちの生命を優先して中国艦を通しなさい、と命じる権限も自分には無い。

(私は官僚だ)

自分には、海上保安官たちに対して『憲法を守り、国も護って死んでください』と命じる権限はない。そう命令できるのは政治家――為政者だけだ。そして一度命令したことを変更できるのも為政者だけだ……。

「……くっ」

耳につけたままの携帯では、先方を呼び出しているしるしのコール音が続いていたが、ついに相手は出ず、自動的に留守電に切り替わってしまう。

「――みんな聞いて」

応答メッセージに切り替わった携帯を耳につけたまま、有美はオペレーション・ルームの全員へ向けて声を上げた。

「誰か、専用機の機上へ電話の通じた人はいる……!?」

4

●東京 永田町
総理官邸地下 オペレーション・ルーム

「誰か、電話の通じた人はっ？」

有美は自分の携帯は耳につけたまま、地下空間を見回す。

「――」

「――」

こちらを見返す者。

頭を振る者。スタッフたちは皆、それぞれの携帯電話を耳につけているが、電話に注意は向けたまま『応答しません』と動作で示すばかりだ。

（――くそっ）

有美は、自分の耳につけた携帯が『メッセージをどうぞ』と言うので、口を開いた。

「総理、危機管理監です。魚釣島沖にて、海保に緊急事態。至急、ご連絡願います」

とりあえずメッセージを吹き込み、携帯を閉じた。


「障子さん」

湯川が寄って来ると、言った。

「防衛省運用課を通し、飛行中の政府専用機の機長に対して、機内の状況を報告するように要請しました」

「――あぁ」

有美はうなずく。

機長か。

そうだ。政府専用機は、空自のパイロットが操縦している。機内に異状があれば、機長が把握し、対処していてくれるはず……。

「そうね、ありがとう。気づかなかった」

焦っては駄目だ。焦ると、視野が狭くなる――

「海保は」

横から門篤郎が言う。

「つまり彼らは『自分たちではもう手に負えない、海自を出してくれ』と、嘆願《たんがん》しているんじゃないのか？」

「そうかもしれないけど」

有美はまた唇を噛む。

「尖閣では、『軍vs軍』――つまり自衛隊と中国軍との直接衝突にならないようにする。挑発され、先に撃たされた方が『戦争を仕掛けた』とされ、国際社会で不利になる。これは常念寺内閣の方針よ。日頃から、定例の安全保障会議で総理ご自身からもしつこいほど言われている」

「先に撃たされた方が不利――って」

門は苦笑のような表情になる。

「もう、俺たちの側は撃たされているじゃないか」

「………！」

有美はハッ、とする。

目をしばたたき、思わずメイン・スクリーンを見上げる。

二つのウインドーの中、ちょうどフラッシュが盛んに焚《た》かれ、古市官房長官の発言に注目が集まるところだ。

『いまの質問にお答えするが』

「音量、上げて」

有美はスタッフに指示する。

●総理官邸地上階　会見ルーム

「いまの『航空自衛隊機が中国の民間人を虐殺《ぎゃくさつ》した、この責任をどう取るつもりか』という質問に対してだが」

古市達郎は、演壇から記者席を見渡して、ゆっくりと言った。

フラッシュが焚かれ、数十人の視線がまともに集中する。

自分ひとりに向けられる強い視線の集中というのは、物理的な圧力だ。これは体験した者にしか分からない――

最前列に陣取った中央新聞の記者が「自衛隊機が中国の民間人を虐殺したわけですが」と既成事実のように言うのを、古市は我慢強く押し返すように話した。

「仮定の質問にはお答えできない。わが航空自衛隊機が領空を侵犯した中国民間機を機関砲で撃墜した、というのは中国の通信社が一方的に流している『報道』であって、わが国としてまだ事実の確認はできていない」

だが言葉を区切るなり、記者席はざわっ、と反応する。

「では、自衛隊機は撃っていないと言われるのですかっ」

「音声による〈証拠〉があるわけですが」

「それは私も聞いたが」

古市は我慢強く続けた。

「中国民間機が一方的に悲鳴を上げ、中国戦闘機が一方的に警告しているだけで、自衛隊機の音声も何も入っていない。当の民間機と言われる大型機が、魚釣島周辺の領空を侵犯したのは確かめられている事実だが、現場ではその直後、わが方のレーダーや通信に対して何者かによる妨害が行なわれ——」

「中国による電波妨害が行なわれたと、決めつけるんですかっ」

中央新聞の記者が口を挟《はさ》んだ。

「官房長官は、いえ常念寺政権は逆に被害者である中国を非難するというのですか⁉」

「まだ、何も確かな証拠は確認できていない。わが国でも現在、急いで鋭意調査中ということです」

「その当の、中国民間機を銃撃して撃墜したパイロットから、報告を受けたのですか」

「現在、鋭意調査中です」

「そのパイロットはいま、どこにいるのですかっ」

「それも現在」

古市は言葉を区切り、頭を振った。

「現在、確認中だ」


「確認中と言うのは」

最前列で、〈TV中央〉という腕章を巻いた別の記者が問うた。

「居場所を確認中なのか。それともいま現在、本人に対して尋問している最中なのか、どっちなんです」

「確認中としか、申し上げられない」

●総理官邸地下　オペレーション・ルーム
『口裏を合わせているんじゃないんですかっ』

『居るのなら、そのパイロットに会見させなさいよ』

『証拠を隠滅《いんめつ》している最中なのかっ』

『中国の民間人を虐殺しておいて、日本政府が不誠実な、いい加減な対応を取り続けると本当に向こうは怒りますよ。中国と戦争になりますよっ』

「――――」

スピーカーから、放映される報道番組の音声が響く。

有美はスクリーンを見上げ、手にした携帯を握り締める。

中国と、戦争……。

『マスコミの皆さん』

ウインドーの中で、古市が言う。

その壇上の姿を、二つのカメラが微妙に違うアングルで映し出す。

『いや、国民の皆さん。この機会だ、官房長官を拝命している者として申し上げる』

その顔を、カメラがアップにする。

記者たちの注目も集まっているのか。

『私は、個人の見解だが、わが国の自衛隊は厳格な規律のもとに行動している。自衛隊員たちは、組織の成り立ちが中途半端であることも、不自由であることも、すべて承知の上で任務についてくれている』

『――』

『――』

『私には、彼らが、理由もなく勝手に外国の民間機に対して発砲するとは、どうしても考えられない。現在、調査中だが、中国の「報道」は何かの間違いではないかと――』

だが
プツッ
急に、ウインドーの画面は切り替わった。

二つとも、ほぼ同時だ。

『会見の途中ですが、ここでいったんスタジオに戻ります』

『会見の途中ですが、ここでスタジオです』

眼を引くのは、左側のウインドー――民放のＴＶ中央のスタジオだ。

画面で『うぅむ』と大きく息をつき、腕組みをするのはキャスターの男。

俳優のような仕草は、視聴者の眼も引くだろう。

『何を言っているんでしょうねぇ、この人は。三宅坂さん』

『そうですね。呆《あき》れますね』

〈編集委員〉というプレートを前にした銀髪のコメンテーターもうなずく。

『あれで、いい恰好でもしたつもりなのでしょうか』

『まったくです』

キャスターの名は、射手山俊太郎といったか。

視聴率を取る男だという。

愁いのこもったようなまなざしを、画面に向けて来る。

『全国の皆さん、私はいま、非常に恐怖を感じています。そうです。日本は、この国はいま、私たちの知らぬうちに〈いつか来た道〉を進んでいるのではないでしょうか』

『いつか来た道、ですか』

コメンテーターも息をつく。

『そうかもしれません。日本軍が、本来は中国人民のものである土地に「進出」と称して入り込み、幅を利《き》かせ、偶発的に中国側を撃つことで戦争状態になる――確かに、〈いつか来た道〉かもしれない』

『三宅坂さん、私はね』

射手山俊太郎は、苦渋に満ちた表情を作って、言った。

『最近、自衛隊の幹部たちが、こう話しているらしいのを耳にしているんです。「やるならいまだ」と』

『やるならいまだ……？』

『そうです』

射手山はうなずく。

『中国の国力が高まり、人民解放軍が整備され、あちらの防衛力が強固になりきる前に、自衛隊の方から攻めて行けば。いまなら、まだ勝てると』

『それは恐ろしい考えだ』

『実は皆さん』


「――――」


ウインドーの中のキャスターは、視聴者へ呼び掛けるように話すが。

有美は、別のことを考えている。

たったいまの記者会見の映像の中で、記者の一人が発した言葉が、頭の中に妙に引っかかった。『証拠を隠滅している最中なのか』という問いかけだ。

証拠を、隠滅……。

（……証拠……）

そうか。

ある考えが浮かび、目をしばたたいた時。

「障子さん」

湯川が歩み寄った。

「本省の運用課からです。衛星デジタル回線で、現在専用機のコクピットを呼び出し中」

「分かった」

「危機管理監」

別のスタッフが呼んで来た。

「自衛艦隊司令部のリエゾンから、またホットラインです」

「…………！」

振り向くと、スタッフの一人が会議テーブルの端で、赤い受話器を手にしている。

「ちょうどいいわ」

有美は言った。

「そのホットラインも、天井スピーカーに出して」

●政府専用機　二階通路

（………‥!?）

防弾扉の陰から覗きながら、ひかるは眉をひそめた。

ほの暗い空間――コクピットの、右側操縦席に入り込んだ総理大臣秘書官の男。

その大柄な背中。

名は、よく知らない。

ただ一週間近くも、総理のイラン訪問に随行しているから、顔と役柄は憶えている。


制圧しました……？

いま、その背中はそう言ったのか。

操縦席で、携帯を手にして、どこかと話している。

(あの人は、常念寺総理の秘書官のはずなのに……？　何をしているんだ)

制圧した――って……。

「はい」

男――首席秘書官は、通話の相手にうなずく。

「はい先生」

誰と話しているの……？

ひかるは、耳に神経を集中する。

「予定通りにコースは変更します――はい、お任せください」

話している首席秘書官の左隣には、燕木三佐がシートベルトをしたまま、突っ伏して動かない。

（………）

ひかるは素早く、目で探る。

手前のコクピットの床に転がされた副操縦士の山吹二尉、そして左側操縦席の燕木三佐……。二人とも、撃ち殺されたのではなさそうだ。出血している様子は見えない。

あの首席秘書官はさっき、意識のない山吹に「寝ていなさい」と言った。

何らかの方法で、眠らされた……？

でも、どうやって秘書官はコクピットに——？

わたしたちだって。

内部からロックを解除してもらわないと、自分たち客室乗員だってコクピットへは立ち入れないのだ。あるいは、防弾扉のキーの暗証番号を知らなければ……。

（……？）

ひかるは、大きな目をしばたたいた。

何をしている……？

右席におさまった秘書官は、どこかとの通話を切ると、手にしたスマートフォンの画面をめくった。何かを表示させ、ぎょろりとした目で読み取っている。

その横顔が見える。

「さて問題です。私はこれから、何をするでしょう」

（うっ）

反射的にひかるは顔を引っ込め、身を隠す。

しかし
（だ、大丈夫だ）

いまのは、わたしに質問したんじゃない……。

小さく、肩で息をする。そうだ……。ここで覗いていることが、ばれたのではない。あの秘書官はそれが口癖なのだ。さっきも聞いた。

呼吸を整えると、ひかるは再び、扉の陰からコクピットを覗く。

「——答は、コースの変更です」

大柄な男はつぶやくと、上体をひねり、副操縦士席の左斜め下のセンター・ペデスタルにあるディスプレー付きの小型キーボードに向かう。左手に持った携帯の画面を見ながら、右の人差し指で何か操作し始める。

何をしているんだ……？

男の手元は、よく見えない。星明かりと、計器の照り返しだけの空間だ。

眼を凝《こ》らすと

チン

男が身を屈めるディスプレー付きキーボードの横で、短い呼び出し音が鳴る。

「おぅ」

男は手を止め、表示ランプを点灯させている別のディスプレーを見やる。

「司令部からの呼び出しですか――でも、お応えできませんね。ここでは一人残らず、寝ているのですから」

一人残らず、寝ている……。

その男の言葉に、ひかるはハッ、と気づいた。

今村一尉は、どうしている……？

（そうだ、メインデッキ――）

一階客室は、いま、どうなっているだろう――？

●政府専用機　コクピット

「――ん」

九条圭一は、右側操縦席から背後を振り向いた。

いま、何か物音がしなかったか。

気配のようなものを感じた。

フライト《F》・マネージメント《M》・コンピュータ《C》のディスプレー付きキーボードにコースの変更を打ち込む手を止め、振り返ってコクピットの後方を見やる。

防弾扉が、半開きのままで放置してある。

その隙間の向こうに、薄明るい二階通路が少しだけ見えている。

「誰か、いたような――気のせいですかね」

確かめた方が、いいかも知れない。

どのみち、コースが変わるのは、日本への行程のだいぶ先の方だ。

台北上空までは、オリジナルのコースを飛行する。打ち込み作業は急がなくていい。

「ガスがイスラエル製でも、調達してきたのが中国ですからね」

つぶやきながら、九条圭一は操縦席を立つと、腰のベルトの後ろに差し込んだベレッタ自動拳銃を引き抜いた。

それは総理を警護するSPから、燕木機長が離陸前に預かり、コクピットのロッカーに保管していた銃だ。

ロッカーの場所も、開けるための暗証番号も、九条の携帯へ情報ファイルの形で提供されていた。

銃の使用法は、マニュアルをネットで調べて読んだ。もともと財務官僚だから、射撃の経験は無い。だが撃ち方を知っているだけで十分だろう。発射するには、グリップの横にある安全装置を解除し、遊底を前後にスライドさせて、最初の一発を薬室へ送り込む。

ジャキッ

銃を使える状態にし、右手に保持したまま、床に転がっている副操縦士の身体をまたぎ越すと同時に防弾扉を蹴って開けた。

「────」

重たい防弾扉は、九条に蹴られて外側へ開いた。

一杯に開き、跳ね返るように戻る。

それを、銃を保持した右腕の肘《ひじ》で受け止める。

ゴォオオオ──

細長い空間が、後方へ伸びている。空調と、くぐもったようなエンジンの唸り。

まっすぐに伸びる二階通路に、動くものは無い。

「──気のせいですか」

九条はつぶやく。
誰もいない。
九条は、銃を下げる。
しかし。
後で一階客室まで、機内をすべて見回る必要はあるだろう。
ガスの効果を、完全に確かめたわけではない。
この機を、自分が制圧できているかどうか。
〈目的〉を果たすために重要なことだ。
カチ
安全装置をかけ直すと、大柄な秘書官は拳銃を腰の後ろへ差し込む。
「──ですが」

ふと、考えが湧《わ》いて、九条はぎょろりとした目をしばたたいた。

見回って、もしも寝ずに起きている者がいたら、その時はどうする……？

「その時は、仕方がありませんね」

唇を噛み、頭を振った。

「邪魔をされるわけには、いきません。その人にとって、どうせ八時間後に死ぬか、いますぐ死ぬかの違いです」

そこへ

『――ジャパン・エアフォース〇〇一、ディス・イズ・ムンバイ・コントロール』

コクピット内のスピーカーに、声が入った。

『ジャパン・エアフォース〇〇一、ドゥ・ユー・リード』

アジア人特有のアクセントの英語。

地上の管制機関からの呼びかけか。

ムンバイ・コントロール――インド国内の管制機関が、無線で呼んで来たらしい。

ジャパン・エアフォース〇〇一とは、この政府専用機のコールサインだ。

パキスタン領からインド領へ進入したから、交信を求めているのか。

「面倒ですね」

九条は、操縦席へ戻ろうとする。

と

「……ん」

何かが、目に入った。

防弾扉のすぐ手前の床だ。何か、おちている。

白い小さな物だ。

「何でしょう」

九条は屈むと、片膝をつき、白い物をつまみ上げた。

「……シャツのボタン……？」

膝をついたまま、あらためて周囲を見回すが、人の影はない。

『ジャパン・エアフォース〇〇一、ドゥ・ユー・リード・ミー』

無線の声が立て続けに、スピーカーから響く。

通常ならば、国境線を越えて進入する際、パイロットはその国の管制機関へ無線で申告をするのだろう。

その国の領域へ入るのだから、仁義を切るのは当然のことだ。

飛行計画《フライトプラン》は出発前に、国際管制機関へあらかじめ提出してあるはずだから、申告をしなくても未確認機としてスクランブルをかけられる心配は無いが……

「うるさいですね」

九条は操縦席へ戻ると、また携帯を取り出した。

「さて管制機関から、無線で呼ばれた時は――」

情報ファイルをめくり、対処法を見つける。

「――あった。これです」

FMCのキーボードの後方に、航空管制用識別コードを設定するパネルがある。小窓があり、そこに四桁《けた》の数字をセットするように、ダイヤルがついている。

いま、２４３７という数字がセットされていたが、九条はダイヤルを回して、７６００という四桁の数字にセットし直した。

●東京　永田町

総理官邸地下　オペレーション・ルーム

「末鶴二佐ですか。ちょうどいま、こちらから連絡しようと思っていたところです」

有美は赤い受話器を受け取ると、コールして来た自衛艦隊司令部のリエゾン――連絡幹部に言った。

「ちょっとお訊きしたいことがあって」

だが

『総理からの新しい指示は出たのですか⁉』

遠く横須賀の自衛艦隊司令部にいる連絡幹部は、畳みかけるように訊いて来た。

『海保への命令に変更は？』

「いえ、それはまだですが」

有美は、メイン・スクリーンにウインドーを開いて映し出している民放の報道番組と、スクリーンに拡大されている尖閣諸島一帯の空域の様子を横目で見ながら応える。

「一つ、お訊きしたいことがあるのです」

しかし
『危機管理監、実は、大きな声では言えませんが、防衛大臣と連絡がつかない』

連絡幹部は、強い調子のまま言った。

『我々は、早急に総理の指示を頂きたい』

「それは――もう少し待ってください」

有美は頭を振る。

この自衛艦隊司令部とのホットラインの会話も、技術スタッフに指示してオペレーション・ルームの天井スピーカーへ出させている。

スタッフ全員が、有美と連絡幹部との会話に注意を向けている。

「内閣の方針はいまのところまだ、海保による現状維持です」

『では総理へ、至急お伝え頂きたい。我々がインド海軍から知らされた速報です』

「……速報?」

『まだそちらでは、全く把握されていないでしょう。大きな声で言えないが、数分前、デリー市内で爆弾テロがありました。インド海軍からの速報です。まだ確認されたわけではないが、猪下大臣を乗せたと見られるインド政府の公用車が、前後を警備のオートバイに挟まれて進行していたところへ手投げ弾が投げ込まれた。現場では数台の車が巻き込まれ、大破・炎上している模様です』

「――え？」

『聞いておられますか、危機管理監』

5

●インド領　上空

政府専用機

「すべてキー入力か。参りましたね」

総理首席秘書官の男――九条圭一は、コクピットの右側操縦席で舌打ちした。

機の航法を司《つかさど》るFMCに、コースの変更を打ち込もうとしていた。

しかし

「私は飛行機にはまるで素人でしてね」つぶやいて、顔を曇らせる。「こうもパソコンとやり方が違うとは――」

旅客機のフライト・マネージメント・コンピュータは、独特の構成だ。入力をするのにマウスや画面タッチという方法は無い。

すべて、キーボードのキー操作で入力する。

九条は、手にしたスマートフォンの画面を参照しながら、操作を続けた。


「――これでよし」

どうにか操作を完了すると。

「さて次は」

今度は携帯の画面を繰《く》って、別の情報ファイルを表示させる。『司令部デジタル通信』という表題。

「この機の所属する輸送隊の司令部宛《あ》てに、連絡です」

たったいま入力したFMCのキーボードの後方、センター・ペデスタルの上に、別のディスプレー付きキーボードがある。

先ほど、チンというアラーム音とともにメッセージを表示し、付属するプリンターから自動的に紙を吐き出して来た。

左席で昏倒《こんとう》している機長――燕木三佐が、一度はこの司令部デジタル通信を使い、帰路のコース変更を上申してくれていた。

防衛省の上層部が『機をインドに降ろせ』などと命じて来なければ、乗っている人々はまだ眠らずに済んだのだ――

「――――」

九条は、吐き出されたままのロール紙を左手でちぎる。

送られて来たメッセージは『機長は機内の状況につき、至急調べ報告せよ』だ。

簡潔に命じて来ている。

東京では、データ回線が途絶したので、情況を知りたがっている。

しかしメッセージの中に『総理との連絡ができなくなっている』というような文言は、入っていない。この電文を打ったのは千歳にある特輸隊の司令部だ。

おそらく官邸では、データ回線の途絶という重大事態を航空自衛隊の末端組織にまでは知らせたくない。まだいまの段階では、機密にするつもりだ。だから『機長に機内の状況を報告させろ』と簡潔に命令した。あの障子有美という、女の危機管理監の判断か。

「――まぁ、いいでしょう。安心させてあげましょう」

携帯の画面で、やり方を参照しつつ、九条はキーボードでメッセージを打ち込む。

要領が分かると、人差し指を休め、携帯を通話画面にした。

通話先を選び、耳に当てた。

コール音を聞きつつ、再びキーボードで指を動かす。

通話先に繋がった。

「先生、九条です」

九条はキーボードを操作しながら話す。

「〈プランB〉の初期段階の作業は、ほぼ完了です」

大柄な秘書官の男は、操縦席から上半身をひねった姿勢のまま、通話先の人物へ報告をした。

「間もなく、電話の回線も通じなくします。ネットだけを残します。最終の重要ファイルを送ってください――はい、そうです。万事、順調です」

●東京　六本木《ろっぽんぎ》
路上

同時刻。

「そう」

黒塗りのセダンの後席で、女はうなずいた。

「万事順調……何よりだわ」

街路のネオンが、窓ガラスを流れていく。

黒塗りのセダンは、六本木通りを進んでいる。〈TV中央通り〉という案内標識が頭上に現れ、すぐ後方へ見えなくなる。

磨《みが》かれた車体は日産《にっさん》プレジデントで、白い帽子に手袋のドライバーが運転してはいたが、公用車ではない。

国会議員でも、国から公用車を貸与されるのは、閣僚のような政府の役職についている者だけだ。一般の議員は、歳費の範囲内で自前で交通手段を確保する。

先代の父親が何度も閣僚を経験し、現役時代は国の車を使うのが当たり前だった。その権勢を誇る姿を、彼女は女子大生時代から見て来た。

だから羽賀聖子は、ツーボックスのバンにだけは乗ろうとしない――自分の移動手段としては絶対に使おうとしなかった。『先生』と呼ばれる身分の者は、黒塗りのリムジンの後席に座るものだ。

いいか、聖子。車は運転手の真後ろの席が上席なのだ。

代議士は、運転手の真後ろの席に座り、秘書がその横に座る。そうすれば秘書が運転手に指示を出しやすい。

そう教えたのも父——羽賀精一郎だった。自腹でハイヤーを雇《やと》わなくてはならないとは。

女優と言っても通る、派手な顔だちの唇をきゅっ、と結んだ。

(この私が)

この羽賀家当主を引き継いだ私が、自腹でハイヤーを雇わなくてはならないとは。

羽賀聖子は都内のミッション系の女子大を出てから、大手キー局でアナウンサーとして活躍した。親中派で道路族のボスと言われた父・精一郎の威光も背中にあったが、本人の実力も十分だったので、TV中央に在籍した時代には大きな番組も任されていた。

全国的に顔が売れ、人気もあったから、イメージを壊さないように人当たりはよくしている。車に乗り降りする時も、ドライバーにドアを開けてもらうと必ず「ありがとう」と笑顔で言う。

だが、自腹のハイヤーの後席に座る度《たび》、聖子ははらわたが煮《に》えくり返っている。

(この私が国会対策委員長なんかで冷や飯を食べさせられて、どうして立教党の副総裁が国土交通大臣なのよ……!)

常念寺め。

「……あの、くそ野郎」

『は。先生、何と言われました』

「ごめん、こっちの話よ」

羽賀聖子は、カールした髪の頭を振る。そうだ、電話の最中だった——数千キロの空間を隔てて通話している相手に「気にしないで」と言った。

「気にしないで九条。万事順調、結構です。そちらに渡した情報ファイルは役に立ったのね」

『はい先生』

電話の向こうの男はうなずく。

『機体各システムの表示も、装備の使用法も暗証番号も、すべて正解です』

「そう」

女性代議士は手首を返し、時刻を見る。

「もうじき、すべて片がつくわね」

『はい。先生の時代が来ます』

「九条」

羽賀聖子は頭上の夜空に目をやった。

「あなた、うちの子飼いでも何でも無いのに、よく働いてくれるわね」

『日本を、本来の正しい道へ進ませるためです』

通話の音声はクリアだが、時折ノイズが混じる。

この話し相手はいま、インドの上空か……。

『そのためです』

「そういう理想のために、あなたは生命の危険を賭《と》して〈任務〉を果たしてくれるの」

『私は生還できる計画です』

「でも、危険は大きくてよ」

『いまの日本は、歪んでいるのです』

通話の相手——九条圭一は言った。

『正さなければならない。そのために、自分の意志で働いています。私は、金にも興味はありません』

「報酬《ほうしゅう》は、用意されているわ」

『貯金しておきます。それか、どこかへ寄付します。学生時代から、賞金はそうしているのです』

「ふふふ」

すると聖子は、携帯を耳につけたまま、発作のように笑い始めた。

「ふふふははは」

「お嬢様。間もなくTV中央でございます」

左側のシートにおさまり、周囲に目を配っていた秘書が告げた。

映画に登場する執事のような、初老の男だ。

「迎えの者が参ります。お支度《したく》を」

●インド領　上空
政府専用機　一階客室

「大丈夫ですかっ⁉」
階段を駆け降りるなり、ひかるは目を見開いた。
初めは、通路に黒いものが転がっている――そう思った。
しかし
何だ……？
メインデッキ――一階の客室へ駆け降りると、最初に目に入ったのは通路に倒れている
ダークスーツだ。
黒いスーツ姿が二つ。
警護官……⁉

二名のSPが、ミーティング・ルームの扉の前で倒れ、動かない。

その様子は寝ているというより、電池で動いていたロボットが急にスイッチを切られたかのように倒れ、転がっているようだ。

「し、しっかりしてくださいっ」

ひかるは駆け寄ると膝をつき、二人の警護官を次々に揺すった。

動かない。

(…………)

でも、死んでいるのではない。

顔を近づけると、微かに呼吸はしている。

どうしたんだ――


通路に膝をついたまま、顔を上げる。

「…………」

ゴォオオオ――

空調とエンジンの唸りの中、左舷通路は湾曲して、後方へ続いている。

ハッ、と気づいたように目をしばたたいた。

(……今村一尉は)

チーフは、どうしている……!?

ギャレーへ行こう。

ひかるは立ち上がり、走った。

●政府専用機　コクピット

『最終の情報ファイルは、入手次第、転送します』

通話の相手は最後に言った。

『その機体の、最大の機密らしいから。入手に手間取っているらしい——あぁ、もう切るわ』

その声の背後に、急に複数の人の声や、ざわめきが被さる。『先生』『先生』『お待ちしておりました』という声。街のノイズ。

通話の相手は、おそらく車に乗っていて、どこかへ着いたのか。ドアが開き、大勢の出迎えに囲まれたのだろう——

『じゃあね、よろしく』

切られる直前、通話していた相手は誰かに向かって『あらぁ、おひさしぶり』と華やかに声を上げた。

「――――」

九条は、切れた携帯を見つめると、上着のポケットにしまった。

ゴォオオ――

女の声がしなくなると、コクピットは風切り音とエンジンの唸りばかりだ。

最終の情報ファイルは、入手次第、転送する――か。

九条の使う情報ファイルは、いまの通話の相手――現在の『雇い主』とも言える女性代議士から、これまで何度かに分けて送られて来ていた。

政府専用機に関する機密を、誰が、どこから入手しているのか――それは九条の知るところではない。最終の最も重要な情報ファイルは、この後で送られて来るという。

「私は、歴史を造る」

つぶやいた。

「しかし、だからと言って、無駄に死ぬつもりはない。頼みますよ羽賀先生」

プリンター付きのキーボードに向き直ると、九条はまた作業に戻った。

●東京　永田町
総理官邸地下　オペレーション・ルーム

「…………」

猪下大臣が、爆弾テロに……!?

まさか。

障子有美は、ホットラインの受話器を置いた姿勢のまま固まってしまう。

たったいまの、海自の連絡幹部の言葉が頭の中を駆け巡る。

デリー市内をインド空軍の基地へ向かう途中、車列に爆弾が――

（――――）

爆弾テロ。

これはインド国内の騒乱に、巻き込まれたのか。元々テロは頻発《ひんぱつ》する国情だという。

それとも、爆弾は猪下和男そのものを狙った……？

「分からないよ、障子さん」

そばで門が、有美の疑問に答えるように言う。

「狙われたのか、偶然なのかは分からない。しかしいま言えるのは、自衛隊を指揮する者がいなくなってしまった。一時的にかも知れないが」

「――――」

「内閣で、総理大臣と防衛大臣に代わって自衛隊の指揮が執れるのは、あとは官房長官だけだ」

「――そうね」

有美はちらと、メイン・スクリーンに眼をやる。

ウインドーは、NHKもTV中央も、スタジオで解説者がしゃべっている様子だ。

音声は出しているが、有美の耳には入って来ない。

「とにかく官房長官には、すぐ会見を切り上げ、戻ってもらいましょう」

「いや、それは駄目だ」

門は頭を振る。

「会見を、切り上げさせては駄目だ」

「どうして?」

「見ろ。いま、あそこの会見ルームの官房長官のもとへメモが届いて、長官が慌てて会見を切り上げたりしたらどうなる? 〈敵〉に攻撃が効いていると、知らせてやるようなものだ」

「じゃ、どうしろ――」

有美が言いかけた時。

「危機管理監」

スタッフの一人が、プリントアウトされた紙を手に駆けて来た。

「専用機からメッセージです。防衛省運用課が転送してくれました。たったいま、千歳の特輸隊司令部へ届いたという電文です」

「見せてっ」

有美は紙片をひったくるように受け取る。

文字のメッセージだけだ。

眼を走らせる。

「読んでくれ」

門が言う。

「読みます。発、政府専用機機長・燕木三佐。宛、特別輸送隊司令部——」

有美は周囲の皆にも聞こえるように、電文を読み上げた。

「——以下本文。『本機は現在、通信システムに障害を起こし、データ通信の一部と音声通信のすべてが使用不能。原因は、テヘランにて屋外に長時間駐機したため、砂塵が機構内部へ侵入したものと推察する。我々乗員には、飛行中に修復は困難である』」

「――」

「――」

オペレーション・ルームの全員の注目が集まる。

有美は続ける。

「『現在、このデジタル通信回線にてメッセージを送ることだけが可能。本機は飛行自体は正常に行なえている。このまま予定通りのコースで東京へ向かう。通過各国の管制機関と調整を願いたい。到着予定時刻にも変更はなし』」

「おい」

門は言いかける。

「ムンバイへの着陸は」

「『総理からは、各組織とも心配せず、当初の方針通り事態に対処するようにとのご指示である』本文以上」

有美は、紙を下ろす。

「これは、どういうこと」

「怪しい」

門は「貸してくれ」と断り、有美から紙片を受け取る。

「文面は、機長の燕木三佐を名乗っているが——本人なのかどうか分からない。おまけに総理からの伝言つきだ。ご丁寧に」

「待ってください」

横から、湯川が言う。

「先ほどから門情報班長は、機内でのテロ発生を懸念しておられるようですが。この通信途絶の事態が、トラブルなのか、テロ発生によるものなのか、現時点ではまだ判別はついていません」

「悪い方へ考えるのが普通だ」

「でも、燕木三佐本人からの連絡かもしれません」

「それは分からん」

「しかし、単なるシステムのトラブルであるならば、です。この通じる唯一の回線を使って総理に対して現状の報告を行ない、海保に中国艦隊を止めさせるのかどうか、その判断を頂くことができます」

「——」

「——」

有美も門も、一瞬は絶句する。

「どうします。事態は、一刻を争います」

「いや駄目だ」

門は頭を振る。

「顔が見えないんだぞ。メッセージだけだ。電文で現状を説明してお伺いを立て、それで向こうの『総理』と称する奴が『やはり当初の方針通りに海保だけで当たれ』と指示してきたら、どうするんだ」

「………」

「この電文の向こうにいる奴に『総理』の役目などさせたら、自衛隊はどうなるんだ」

「待って。電話はまだ、通じるはずよね」

有美は言う。

「コール音が鳴るのに、向こうが出ないのは確かにおかしい。もう一度全員で、機内の携帯所持者に対して電話をかけさせて――」

そこへ
「危機管理監」

別のスタッフが、各省庁との連絡を受け持つコンソールから呼んだ。

その手に、受話器を握っている。

「外務省からです。インド政府から、『政府専用機が管制機関の呼び掛けに応えない』と通報して来ていると」

外務省……？

有美は眉をひそめる。

そう言えば、そういう組織もあった――

「――忙しいのに」

有美は鼻で息をつきながら、省庁連絡席へ早足で歩み寄った。

受話器を取る。

「はい、危機管理監」

『あぁ、こちらは外務省アジア局、当直課長補佐です』

電話の声は言った。

当直課長補佐――？

声は、若い男か。

有美よりも年下には違いない。どことなく、のんびりしている。

『実はインド政府から、ただいま、通報がありまして。官邸に連絡したら、こっちへ電話を回されまして』

「どのような通報？」

『あれ？　いま、言いませんでしたっけ』

「繰り返してください」

『ええとですね、いまイランから帰国途中の政府専用機、これがですね、インド領内へ入る時に管制機関と連絡を取らず、地上からの呼びかけにも応えないと』

「はい」

有美は、我慢強くうなずいた。

「それは、承知しているわ」

『あ、そうなんですか』

当直課長補佐と名乗った相手は、拍子抜けしたような声を出した。

『故障か、何かですか』

「あなたは、当直の課長補佐ですね。そちらにアジア局の担当課長か、局長はいらっしゃる？」

『局長……？』

電話の相手は、あきれたような声を出した。

『いるわけないじゃないですか。いま、何時だと思ってらっしゃるんですか』


これだ。

心の中で舌打ちする。

いま、中国との間で、衝突寸前の事態となっているのに——アジア局の局長も課長も帰宅して不在……？

「いいわ。とにかく、政府専用機の状況なら、こちら官邸で把握しています。通信機器に一時的なトラブルが起きている。でも、飛行に支障は無い」

『ならば、いいです。危機管理監のおっしゃる通り、インド政府の担当者の話によると、管制機関のレーダーには専用機の反応の上に〈通信機器故障〉を示すコードが、表示されているらしいです』

「コード……？」

『専門でないので、よく知りませんが、専用機からは７６００というコードが発信されているそうです。これは、通信機器のトラブル発生を知らせるコードだそうです。７６００を発信している機は音声通信ができないので、管制指示に従えない。でも国際法上、出発前にファイルした飛行計画に沿って飛行している限り、各国の管制機関は通信ができなくても上空通過を許可するそうです』

「——分かった」

『やぁ、心配して損しました』

課長補佐だという若い男は、笑った。

『じゃ、総理も、あの外務大臣も無事に帰って来られるんですね』

あの外務大臣……？

外務省アジア局は、チャイナスクールの巣窟……。

門が言う通りならば。

「――そうよ。心配いらないわ」

有美は、専用機の内部で起きているらしいことについては、言わないことにした。

「専用機は、予定通りに戻ります」

『あ、でも』

若い課長補佐（キャリア外交官には、なぜか『三代続いて外交官の家系』というような者が多い）は、電話の向こうでのんびりと言った。

『インド政府の担当者が、一つ心配していました。専用機の飛行する航空路の先で、いま雷雲が発達中らしいのですが。交信できないから、警告ができないって』

「分かった、こちらから伝えます」

『通信手段、あるんですか？』

「なんとかします」

のんびりと話す課長補佐を振り切るように、有美は受話器を置いた。

「みんな」

有美は振り向くなり、室内に指示した。

「手の空いてる人。全員で、もう一度専用機のミーティング・ルームへ電話をかけて。湯川君、特輸隊のデジタル通信回線を、こっちへ引っ張れる？　ここから直接、専用機と電文で交信できるかしら」

「時間をもらえれば」

「急いで」

「焦ると、罠にはまるぞ」

門が言う。

「あんた、その電文の送り主を相手にするのか？」

「とりあえず」

有美は息をつく。

「専用機のコクピットにいる燕木三佐――あるいは燕木三佐を名乗る誰かと、コミュニケーションできるようにするわ」

6

●インド領　上空
政府専用機　一階客室　ギャレー

「――今村一尉……！」

ギャレーのカーテンをめくり、中を覗くなり、ひかるは目を見開く。

今村一尉だ……。

長身の女性自衛官は、タイトスカートの制服のままギャレーの床に倒れている。

作業用の折り畳み椅子から、転げおちたのか。横向きになり、その右手からは報告書をつけていたらしいタブレット端末がこぼれ、転がっている。

「一尉、しっかりしてくださいっ」


ひかるは膝をつくと、今村貴子を抱き起こそうとした。

動かない。

呼びかけても反応しない――

「起きて。起きてくださいっ」

でも、その彫りの深い顔に耳を寄せると、微かな呼吸を感じる。さっきミーティング・ルームの扉の前に倒れていた、二名のSPと同じだ。

「起きて」

ひかるは、抱き起こした今村貴子の頬を、ぺちぺちと叩くが。

（──駄目か）

目を覚まさない。


みんな、寝ているのか……？

ギャレーの中を見回す。

ほかの客室乗員の仲間は──先輩たちは、どこだ。

（そうか）

仮眠中だ。

一階客室を最後部まで行くと、女子休憩区画がある。垂直尾翼の真下に当たるところに、狭い扉と階段があり、下りると、三段ベッドを組み合わせて据え付けた乗員休憩用の空間がある。女子専用だから、扉には暗証番号のロックがある。

先輩たちも、あそこで寝たままか。もともと仮眠をしに休憩区画へ行ったのだ──

(――――)

ひかるはカーテンをめくり、通路へ出た。

ゴォオオオ――

くぐもったエンジンの唸り。

通路にかかっているパーティション――蛇腹《じゃばら》式のカーテンの後ろは、後部客室だ。

先ほどの食事サービスの時間は、カートを通すために、このパーティションは開放してあった。

ひかるはマグネットで閉じられている蛇腹式カーテンを、自分の通る幅《はば》だけ開けた。

後ろの空間を覗く。

暗い。

後部客室は照明がおとされ、暗がりの中にビジネスクラス仕様の客席が二列―三列―二列の配置で、後方へ目の届く限り続く。食事サービスの後、うるさ方の〈乗客〉には寝て頂こう、と今村一尉の指示で暗くしたのだ。

目を凝らすと、ほぼすべての座席を埋めた〈乗客〉たちはシートにもたれ、その姿勢のまま動かない。

「――――」

ひかるは後部客室の通路へ出ると、左右の座席列を見回しながら歩いた。

座席を埋める〈乗客〉たちは動かない。ところどころ、読書灯が細いスポットライトのように天井から真下を照らしている。

誰も動かない……。経済人か、記者か、中には不自然な姿勢の者もある。

最後部の女子休憩区画まで、行ってみよう。

ひかるは思った。

先輩の誰かが、起きてくれるかも知れない。

と

（………？）

ひかるは、足を止めた。

何だろう。

背中に、空気の震えのようなものを感じた。

何か聞こえる……？

振り向いて、蛇腹式カーテンの向こう――自分の出て来た前方客室の方を見やる。

何だ。

目を凝らす。いや、耳を澄ます。
聞こえる——
（……何だろう？　たくさんの物が、一斉に細かく振動しているみたいな）
異様な光景を目にしたせいで、感覚が鋭敏になっているのか。
普段ならば聞こえないような音や、空気の微かな震えが分かる気がする。
どこかでブーッ、ブーッと何かが振動するような響き。
「——携帯……？」
ハッ、として目をしばたたいた。
この振動は。
そうか。
ミーティング・ルームの人たちは、携帯が使えるんだ……！
次の瞬間、ひかるは踵を返すと、通路を前方へ向かった。
走った。

●政府専用機　ミーティング・ルーム

ギャレーの前を走り抜け、側壁に沿って緩く湾曲した通路を、機首の方向へ。
走って行くと、前方の床に黒いスーツ姿が二つ、転がっている。
さっきの二名のSPだ。
ミーティング・ルームの扉は閉まっているが、ロックがかかっているわけではない。
「くっ」
ひかるは立ち止まると、両開き式の扉を真ん中からスライドさせ、開けた。
蒼白い光。
（………!?）
思わず、目をすがめた。
室内空間は、この機のメインデッキでは最大の広さだ。小型の教室くらいある。
奥の壁にメイン・スクリーン。蒼白い光は、壁に投影するプロジェクターからだ。
ここへは、コーヒーを届けに、二度入室したが――
（――――）
いま、スクリーンは何も映し出していない。
それよりも、扉を開けた瞬間から無数のブーッ、ブーッという響きが耳を打つ。

大勢の人々が床に倒れている。あるいは補助席でのけぞっている。官僚たちか。そこらじゅうでマナーモードにした携帯が振動し続けている。

「電話が」

どこか外部から、一斉に、この室内にいる人々に対して携帯のコールがかけられているのか……!?

(……総理!?)

空間の中央に据えられたドーナツ型の会議テーブル。

こちらから見て真ん中の席に、常念寺貴明と、その隣の鞍山外務大臣が二人ともテーブルに突っ伏して動かなくなっている。

「総理っ」


ひかるは空間へ足を踏み入れると、ドーナツ型テーブルへ走った。

床に何人もの若手の官僚たちが倒れているから、すぐには行けない。飛び越したり、足の踏み場を見つけながら急いだ。

「総理、しっかりしてくださいっ」

テーブルに駆け寄ると、突っ伏している総理大臣を揺すり起こそうとする。

上半身を起こすが

「う」

どさり、と今度は回転椅子の背もたれにのけぞってしまう。

寝ている。

（――いったい）

いったい、何が起きているのか。

どうしてみんな寝ているんだ……!?

「どうして、わたしだけ」

ブーッ

常念寺の上着の胸ポケットからも、振動が伝わって来る。

誰かが、かけて来ている。

ひかるは急いで、仰向けにのけぞった総理大臣の上着をめくり、内側のポケットに手を入れた。振動する携帯が、指に触れる。

摑んで、取り出す。

機密保持のためか、常念寺の携帯はガラケー――つまり旧型の二つ折り式の携帯だ。

「すみません総理」

ひかるは携帯を開く。

誰かが、外からかけて来ている。誰だかは分からないが——

開いた画面に〈障子内閣府危機管理監〉という文字が浮かび出る。

東京から……？

ひかるは着信ボタンを押す。

「——はい、こちら総理の携帯」

だが

プツッ

次の瞬間。

一度は繋がった通話は切れ、耳につけた受話口からも何も聞こえなくなった。

（……え？）

同時に、ざわめきのように周囲に満ちていたブーッ、ブーッという振動音も止んだ。

静かになる。

●政府専用機　二階客室

電子機器区画

「これで」

段々になった電子機器ラックから、新たにいくつかの回路キーを引き抜くと、九条圭一は自分のスマートフォンを開いた。

画面の表示――回線は『圏外』になっている。

「これで電話も、もう通じません。あとはネットだけです」

「――――」

九条は壁にもたれると、息をついた。

コクピットでコースの変更も打ち込んだ。

〈プランB〉を実行する作業は、ほぼ完了した。

「あとは」

あとは、最終の情報ファイルを待つだけだ。

「お待ちしています。頼みますよ先生」

九条はまた息をつくと、壁から背を離し、右手を腰ベルトの後ろへやった。

念のため、見回りに行くか……

●東京　永田町
総理官邸地下　オペレーション・ルーム

「切れた……!?」

障子有美は、耳につけていた自分の携帯を見た。

画面は〈常念寺総理　かけ直す〉と出ている。

一度、確かに繋がったのだ。

「繋がったのに、切れた」

「どうした」

横から、門が覗く。


いま、長いコールの後、回線の向こうで常念寺の携帯がカチリと繋がった。声がしたと思ったら、次の瞬間、切れてしまった。

しかも、電話に出た声は——

「——女の子が出て、一瞬で切れた」

「何」

「いま、繋がった。それも女の子の声」

「女の子？」

「『こちら総理の携帯』って応えた瞬間、切れた」

有美は、驚く門をおいて、周囲へ「みんな」と声を上げる。

「みんなは⁉　繋がった人はいる……⁉」

だが
「――」

「――」

携帯を手にしたスタッフたちは、頭を振るばかりだ。

「駄目です危機管理監、コール音もしなくなりました」

「こっちもです」


「…………」

いったい、どういうことだ……。

有美は唇を噛む。

「どこか、違う相手へかけたんじゃないのか？」

門は言う。

「女の子が出たんだろ」

「これ」

有美は、切れたままの通話画面を門に見せる。

〈常念寺総理　かけ直す〉

「番号は、間違えてない。それに本人なら『総理の携帯です』って言う?」

「うぅむ」

門は腕組みをする。

「それでは、出たのは、専用機のミーティング・ルームにいる他の誰かか」

「私の記憶では、今回のイラン訪問では女子のスタッフや官僚は、あの機に乗せてない。女子には難しい国よ」

「じゃ」

門が言いかけた時
「危機管理監っ」

連絡を受け持つスタッフが、またメモを手に駆けて来た。

「情報集約センターに、また海保から通報です」

「読んで」

「はい」

「読みます。『中国艦隊、領海線外側一五マイルへ接近。わが方は第十一管区〈くだか〉を旗船として五隻の巡視船で阻止線を形成、船腹を中国艦隊に向け、領海侵入を止めるよう勧告。中国艦隊からは「進路を空けなければ攻撃する」と繰り返し通告』以上です」

「…………」

「どうする」

門が言う。

「このままでは、海保が攻撃される。海上保安官から死人が――」

そこへ

「危機管理監、自衛艦隊司令部からです」

別のスタッフが、また赤い受話器を手にして呼ぶ。

「緊急に、お話ししたいと」

「わかった、出る」

●政府専用機　ミーティング・ルーム

（……切れた）

ひかるは、ふいに通話の切れた携帯の画面を見た。

『圏外』の表示。

回線が――

「――――」

周囲を見回す。

たったいままで、周りでうるさいほど響いていた振動音が、鳴りやんでいる。

閣僚や、政府の人たちの携帯は使えるはずなのに。

衛星経由で来ているはずの回線が、わたしが取ると同時に切れてしまった……？

もう一度、画面を見ても。『圏外』の表示のままだ。

（――あ、でも）

ひかるは、常念寺総理の携帯の画面に『留守電』のアイコンが出ているのに気付いた。

誰かからのメッセージか……。

スマートフォンではないが、操作は分かる。

「総理、すみません」

ひかるは、回転椅子でのけぞるように意識を失っている常念寺に断ると、留守電の録音を再生させた。

耳につける。

『総理、危機管理監です。魚釣島沖にて、海保に緊急事態。至急、ご連絡願います』

「――――」

低い女の人の声……。

危機管理監……。

そうか。

留守電メッセージを残した相手――この人は、内閣府危機管理監だ。三か月前の〈政府専用機強奪事件〉で、官邸で事態に対処した内閣府の危機管理監は女性だったと聞いている。国の緊急事態が起きた時に、官僚組織の指揮を執る人だ。

やはり、尖閣諸島で何か起きている。

総理も、それを心配されていた。

「総理」

ひかるは、あらためて回転椅子に屈むと、意識のない総理大臣の様子を見回した。

眠らされている。

この異常な事態が起きたのは、わたしが二階のコクピットの前で、あのネズミのような新聞記者に襲われている最中だった。

（――そうか、ひょっとして）

ハッと気づく。

ひかるは、自分の顔に手をやる。

口の周りに、マスクをつけた感触がまだ残っている。

あの記者に、強い酒を含んだおしぼりを口の中へねじ込まれ、喉が灼けて息ができず、救急用の酸素ボトルからエアを吸った。

たまたま、その何十秒間かだけ、自分は機内に循環する空気を吸わないで済んだ——

——『寝ていなさい』

ひかるの脳裏に声が蘇る。

先ほど、コクピットを扉の陰から覗いた時、耳にした声。


——『起きないか。よろしい、そのまま寝ていなさい』

山吹二尉のこめかみに拳銃の銃口をゴリッ、と押しつけながら男は言った。

首席秘書官の男……。

あの男は、何をしているんだ。

あの男が、何らかの方法で、この７４７の機内の全員を眠らせた……？

何のために……⁉

「何とか、しなくちゃ」

ひかるは、肩で息をした。

周囲を見回す。

機長の燕木三佐も、副操縦士の山吹二尉も眠らされ、機内にいる全員が眠らされ、首席秘書官が拳銃を手にしてコクピットにいる――

東京からは、盛んに呼びかけて来ている。電話をかけて、連絡を取ろうとしている。

何かが、起きているんだ。

「どうしよう、でも……」

見回すひかるの目が、入口の扉の辺りで止まる。

自分の開けて来た扉の外だ。床に倒れている、体格のよいダークスーツ姿が二つ。

（そうだ）

何とかして、あの人たちに起きてもらえないか。

警護官は、テロリストに対抗するプロだ。

「くっ」

ひかるは立ち上がると、また足の踏み場を探しながらミーティング・ルームの出口へ急いだ。

扉の外へ出る。

ゴォオオオ——

くぐもったエンジン音の下、後方と、前方へ伸びる通路。前方には、二階客室と通じる狭い階段がある（さっき自分は、そこから駆け降りて来た）。

「起きてもらうには」

ＳＰの一人の横に膝をつくと、ひかるは三十代の男の顔に触れてみた。

体温はある。微かに、呼吸もしている。

「どうすれば……」

膝をついたまま、通路を見回す。

わたしは、酸素を吸っていて助かった。

ではこの人に、酸素吸入を試してみるか……？

（……！）

通路の前方に、Ｌ２（左舷２番）ドアがある。通常は搭乗に使用するドアだ。そこにもアテンダント・シートがあり、シートの横や下には非常用装備品が壁に固定されている。

緑色の救急用酸素ボトルもある。

そうだ、酸素を吸わせて、試してみよう――

ひかるは自分の思いつきにうなずくと、立ち上がってL2ドアのアテンダント・シートへ走った。

緑色の救急用酸素ボトルは、二階客室の非常口前と同じように、シートの下の壁にベルトで固定されていた。

また膝をつき、取り外そうとする。

(でも)

ベルトをリリースする金具に指をかけ、ふと思った。

すでに、催眠ガスのようなものを吸わされているのなら。

いまから酸素を吸わせても、意味が無いのではないか。

「…………」

そうだ……。

唇を噛み、見回す。

警護官は眠らされている。生命に別状はなく、意識が無い……。

と

(……これは)

オレンジ色のものが目に入った。

折り畳み式シートの横の壁に、角ばった防水ビニール製の、オレンジ色のパッケージが固定されている。

三文字のアルファベットが目に入る。

〈ＡＥＤ〉

除細動器か……！

ひかるは反射的に、そのオレンジ色のパッケージを壁から取り外した。

ＡＥＤは、心臓が停止している人に対して、電気ショックを与えて心停止の原因となる細動を取り除く装置だ。ひかるも訓練中に取り扱いを教わった。

これで電気ショックを与えれば。

(目を、覚ましてくれるかも知れない)

ひかるはパッケージを抱えて駆け戻ると、床に倒れた二名のＳＰの横に膝をついた。

どちらを、先に――？

先ほど『君、いい腕だ』と言ってくれた方の人。この人の方が、より体格がいい。心臓に無用な電気ショックを受けても、耐える力があるだろう。

「ごめんなさい、ちょっとショックを」

つぶやきながら、ひかるはSPの横で、オレンジ色のパッケージを開く。

途端に
キュィイイ
非常用の装備品だから、パッケージを開いただけで自動的に電源が入り、電撃パッドのチャージが始まる。

(使い方は——そうだ、まず胸を開くんだ)

ひかるは、SPの上着の前を開け、さらにワイシャツのボタンを外しにかかる。

だが指が、うまくボタンをつまめない。この人の胸板が厚いので、シャツがぱんぱんなのだ。

引きちぎってしまうか……？

「………」

ふと、自分の胸にも目が行く。

ひかるのシャツの前ボタンも、あの記者に引き開けられ、ボタンが飛んでいる。

同じことを、人にはしたくない。

気は焦るけれど、丁寧に外そう。

ひかるは『おちつけ』と自分に言い聞かせ、SPのネクタイを横へどけて、一番上からシャツのボタンを外しにかかる。

その時

ギシッ

ふいに背後の頭上から、音がした。

音というか、気配。

（………!?）

何だ。

反射的に、通路を振り返る。

機首方向――たったいま、ＡＥＤを外し取って来たアテンダント・シートの先に、階段がある。狭い階段だ。

その二階と通じる階段からギシ、ギシと音がした。次いで、スーツのズボンの足が降りて来るのが目に入った。

「――う」

誰かの下半身が見えて来る。二階から降りて来る――その右手に、黒い拳銃が握られている。

キュィイイッ

ＡＥＤが、ひかるの横で自動的に赤ランプを点滅させ始める。

７

●東京　永田町

総理官邸地下　オペレーション・ルーム

「――だからと言って」

有美は赤い受話器を耳に当てたまま、頭を振る。

「総理からまだ指示が無い以上、『海保を前面に出して対処させる』という〈政府方針〉は変えられません」

『しかし危機管理監』

ホットラインの相手――横須賀にある自衛艦隊司令部の連絡担当幹部《リエゾン》だ。その電話の声は食い下がる。

前回の『防衛大臣が爆弾テロに遭った』という通報から数分もしないうち、またホットラインがかかって来た。『緊急にお話ししたい』と言う。訴えたい内容は分かる。

声は、有美よりも少し若い感じだ（防大の後輩だろう）。

『このままでは、海保の巡視船五隻が攻撃され、沈められます。海保から死人が出ます』

だが
「やむを得ません」

有美はまた頭を振る。

「それは、やむを得ない」

そう応えるしかない。

『――――』


受話器の向こう、連絡幹部が一瞬、息を呑む。

それが分かる。

でも、仕方ない……。

自衛隊と人民解放軍が直接に衝突することは避け、海保に対処をさせる――というのが日頃からの内閣の〈方針〉だ。常念寺が不在で、連絡も取れない状態では、官僚である有美には勝手に変更はできない。

それがいいか、悪いかという問題ではない。

『危機管理監』

ホットラインの向こうで連絡担当幹部は繰り返す。

『よろしいですか。お話しした通り、依然として防衛大臣と連絡が取れません。現在、我々は防衛大臣から「海保に対処を任せ、魚釣島よりも後方にて待機」と命じられている。我が方にはすでに訓練の名目で当該海域へ出動させている〈ちょうかい〉以下四隻の護衛艦で構成する第八護衛隊があり、これらは魚釣島南方一五マイルに展開しています。ほかに位置は申せませんが〈そうりゅう〉型潜水艦が一隻——しかし命令が変更されない限り、動けません』

「分かります」

『内閣からは、〈海上警備行動〉はすでに発令されている。総理の命令さえあれば、第八護衛隊の四隻はただちに魚釣島の北側へ進出し、島と中国艦隊の間に割り込んで「治安の維持」が行なえます。いますぐに命じて頂ければ間に合う』

「はい」

『しかし現在、魚釣島沖の〈ちょうかい〉からの報告では、待機する第八護衛隊の四隻の周囲に、中国漁船と思われる小型船が群れをなして集結しつつある。放っておけば、多数の漁船に周囲を固められ、護衛艦は身動きが取れなくなります。事態は急を要する』

「——」

『総理は何と言われているのですか!?　防衛大臣がこのような状態では、自衛隊としては総理ご自身に指示を仰ぐしかありません』

「――ですから」有美は唇を嘗める。「現在、政府専用機の機上におられる総理へ緊急に連絡を取り、指示を仰ごうとしているところです」

有美は、ぎりぎり『嘘《うそ》ではない言い方』で返した。

「問題は処理中です。もう少し、待ってください」

受話器を置くと。

「大変だな」

横で、門が言った。

「なぁ障子さん。ところであんた、海保の巡視船の体当たりで本当に中国艦隊が止められると、思っているか？」

「――――」

「奴らは巡視船を沈めて、押し通るだけだぞ」

「――だからといって、官僚の私が」有美は頭を振る。「政府方針を変えられないわ」

「官僚の権限をはみ出すのと、わが国の領土を獲られるのとどっちが悪いんだ」

門は声を低めた。

かすれた、小さな声で言う。

「俺から一つ提案するが。この際、総理と連絡がついたことにしろ」

「？」

「もう一回」

門は顔を寄せると、有美が左手にまだ握っている携帯を目で指した。

「それで総理にかけて、向こうが出た振りをしろ」

「どういうこと」

有美も声を低くする。

「出た振り……？」

「一度は、繋がったんだろう。もう一度かけて『繋がった』と言えば、みんな信用する。指示を受ける振りをしろ」

「ここのみんなを相手に、芝居しろって――？」

「そうだ」

「だって、誰かに『総理』の役をさせるなんて危険だって、あなた」

「テロリストなんかに『総理』の振りをさせるより」門はさらに声を低める。「あんたの方が、千倍も増しだ」

「――――」

有美は唇を噛み、顔を上げた。

「なら、官房長官に戻ってもらうわ」

「おい」

「会見を切り上げてもらう。〈敵〉にどう思われるかなんて、この際関係ない」

目を上げる。

メイン・スクリーンに開いた二つのウインドーは、NHKもTV中央もスタジオ内の解説の様子だが――二局とも映像の隅にワイプを抜き、会見ルームの壇上の古市を映し出している。

会見は続いている……まだ次々に、記者席から手が挙がる。

「いま総理が不在で、職務を遂行できない。ならばその代行が務められるのは官房長官だけよ。至急ここへ戻ってもらい、情況を話して、対処方針を新たに決めてもらう」

有美は言いながら、会議テーブルに歩み寄ると、コンソールの一つからメモ用紙を引きちぎって取った。

「誰か」周囲に呼んだ。「ただちに会見ルームへメモを届けて」

●都内　お台場
大八洲TV〈ニュース無限大〉スタジオ

「現在までの情況を総合しますと」

中継される官邸会見ルームからの映像を見ながら、新免治郎は言った。

「はっきり言って、まだ何も分かっていないようです」

「そのようですね」

横で、アナウンサーの乾《いぬい》さやかがうなずく。

新免治郎は、〈ニュース無限大〉のスタジオで、隣のアシスタント席に女性の局アナを座らせている。

それも新人の子だ。

アシスタントには、ニュース原稿を読む役目も与えるが。若い女子アナを座らせておく目的は、新免がキャスターとして話す内容を一般の視聴者が聞いて理解できるかどうか、判断の目安とするためだ。

世慣れていない二十代の普通の女の子が聞いて、話の内容がよく分からないような様子なら、解説を易しくしたり、つけ加えたりする。

そのため新免は『〈ニュース無限大〉のアシスタントには性格が素直で、できない子をつけろ』と局に要望している。下手に頭が良かったり、勉強し過ぎていたりすると判断の目安にならない。一番いけないのは知ったかぶりをするやつだ（一度でも知ったかぶりをしたら、新免はそのアシスタントは次回から降ろしてしまう)。

「結局ねぇ、『やられた』『やられた』とわめいているのは中国側で、通信社を介して公表された現場の音声と言われるものにも、わが国の航空自衛隊のパイロットの音声などは一切、入っていないわけだ」

「そうですね新免さん」


やはり、これでいい。

現場空域で何が起きたのか。本当のところは、まだ何もはっきりしていない……。

あんな華真社通信の『発表』など鵜呑《うの》みにし、NHKやTV中央と同じ方向へ舞い上がらなくて良かった――

そうは思ったが。

しかし……。

新免は、官邸の中継に出ている報道記者に「引き続き官房長官の説明を聞いてください」と指示しながら、ふと思った。

あいつらのやることだ。

中国の民間機が、自衛隊機に撃墜されたというのが〈大嘘〉だとしても。

中国政府――この事態を演出しているのは中国共産党だろう――あいつらのことだ。これだけの大風呂敷を広げるからには、すぐにばれるような嘘はつくまい……。

「いやしかし」

新免は頭を振りながら、言った。

「最近のね、相次ぐ中国機による領空接近といい、尖閣諸島周辺の中国船による領海侵入といい、沖縄はいま非常にホットな状態なわけですが」

「はい」

「私が見るに、迫り来る中国の脅威《きょうい》について熱く報じて議論しているのは本土のマスコミばかりで、なぜか沖縄の地元メディアは、いっこうに『中国がやって来る。怖いぞ』とか言いませんよね」

「そうですね」

隣で、育ちの良さそうなおっとりした感じの乾さやかはうなずく。

「そういえば、海兵隊の基地移設反対運動に関することとか、そういう報道は多いようですけれど。他県から警備の応援に来た機動隊が問題を起こした、とか」

「そうだねぇ」

そこへ
『新免さん』

新免治郎が耳に入れているイヤフォンに、チーフディレクターの声が入った。

『いま、ＴＶ中央の〈報道プラットホーム〉が、ゲストに羽賀聖子を出します。おそらく何か仕掛けて来ます。臭《にお》います』

●東京　横田基地　地下
航空総隊司令部・中央指揮所

『――それでは、ここでゲストに参加して頂きます』

地下空間にずらりと並ぶ、管制卓の列の後方。

情報担当幹部席のコンソール画面に、ウインドーが開いて、映し出されているのは民放の報道番組だ。

「――――」

「――――」

工藤慎一郎は、補佐役の笹一尉、情報担当の明比二尉とともに画面を覗き込む。

もちろん、情報席の画面は〈対領空侵犯措置〉の指揮に当たる際、必要な情報を防衛省のネットワークから呼び出すためのものだが……。

いまは、民放の報道番組の映像をリアルタイムに取り込んで、参考のために見ている。

音声は自分たちのヘッドセットのコードを情報席の予備ジャックに繋ぎ、イヤフォンで聞いている。

『さて、準備ができたようです』

愁いを含んだ表情で解説者の話を聞いていたキャスターの男——射手山俊太郎がカメラに視線を向け、言った。

『今夜のこの事態を受け、我々番組サイドから急きょ出演をお願いしました。視聴者のみなさんにはお馴染みでしょう、かつてはＴＶ中央で看板を張っていました。現在は衆議院議員で自由資本党の国会対策委員長でいらっしゃいます。羽賀聖子さんです』

『あらぁ』

カメラのフレームがバックすると、小さな長方形の画面の中、キャスター席の右側に華やかなピンク色が映り込む。

この人物——

（————）

工藤は立ったまま画面を見つめ、思った。

女だ。

カールした長い髪。

ピンクのスーツの上着の襟に、議員バッジを付けている。四十代か。

この顔には見覚えがある。

確か、元アナウンサーの女性議員だ。

『いやですわ射手山さん、看板だなんて』

笑った。


どことなく昭和のバブル時代を思い起こさせる、派手な美人——女優と言っても通るかも知れない。

だが
(ゲストはいいから、官房長官の会見をもっと見せてくれ)

工藤は、腕組みをしながら思った。

腕組みをした右手の指を、無意識に細かく動かす。

政府は、本当にこのまま、海保に中国艦隊を止めさせるつもりなのか……?

「…………」

報道番組の音声をイヤフォンで聞きながら、視線を上げると。

頭上にのしかかるような巨大な正面スクリーンには、先ほどから変わらず、尖閣諸島を中心とする空域が拡大され投影されている。

いや、さっきまでと少し違うのは――

「動きませんね、第八護衛隊」

すぐ横で、同じスクリーンを見上げ、笹一尉が言う。

正面スクリーンの、広大な空域を拡大する視界には。

魚釣島を中心とする尖閣の島々、そして滞空する早期警戒管制機E767と、戦闘空中哨戒中のF15二機を示す緑色の三角形のほかに、海面に張り付くようにして小さな舟形のシンボルがあちこちに散在する。

〈海上警備行動〉が発令され、しばらくして海自との間にデータリンクが直結した。自衛艦隊司令部の情報がダイレクトに入って来ている。

おそらくは市ヶ谷の本省で、敷石空将補が尽力してくれたのだろう。海上自衛隊の護衛艦隊のそれぞれの位置、海自P3C哨戒機が探知した海面の船舶の情報がリアルタイムで表示されるようになったのだ。

同時に、横須賀の自衛艦隊司令部ともホットラインが開通し、海自の連絡担当幹部から必要に応じて情況のブリーフィングを受けられるようになった。

いま魚釣島の北方、領海線まで一五マイルほどの位置に、赤い舟形のシンボルが多数、尖端を真下に向けている。海自の連絡幹部からの説明では、赤い舟形はP3C哨戒機その他の手段で捉えた中国艦隊の位置と陣容だという（数は正確ではない、と言われた）。

中国艦隊は『民間機の乗員の救助』を名目として、魚釣島へ接近中だという。赤い舟形の群れはくさび形の隊列を組み、スクリーン上をゆっくりと進む。

その前方、島の北側の領海線に沿って白い舟形が五つ、赤い群れを阻止するかのように横向きに並んでいる。海保の五隻の巡視船だ。

一方、魚釣島を挟んで南方一五マイル程の位置には、四つの青い舟形シンボルがあり、尖端を真上――北へ向けた状態で静止している。

こちらはイージス艦〈ちょうかい〉を旗艦とする、佐世保《させぼ》所属の第八護衛隊の四隻だ。『訓練』の名目で、海自は常時、一個護衛隊程度の戦力を尖閣の近くへ進出させているという（ただ、普段は尖閣の島々の護りには海保が当たっているから、護衛艦隊は存在がクローズアップされない）。

「〈ちょうかい〉を旗艦に、〈きりさめ〉、〈すずつき〉、〈しまかぜ〉の四隻か」

笹一尉が言う。

「〈ちょうかい〉はイージス艦、〈すずつき〉も確か、最新鋭の護衛艦です。迫って来る中国艦隊が空母〈遼寧〉を主軸とする機動部隊だとしても、十分に対抗できる」

「命令があればな」

工藤は腕組みをしたまま言う。

「『海保に代わって前へ出ろ』という命令さえ出れば。〈海上警備行動〉はすでに発令されているから、『治安の維持』を目的とした行動は取れる」

「そうですね」

情報席に座った明比二尉が言う。

「ただし、武力行使はまだできない。やはり身体を使って止めるのが精一杯です。〈海上警備行動〉でも、口頭での警告や命令はできますが、武器が使用できるのは正当防衛の場合のみ。総理から〈防衛出動〉が発令されて初めて〈敵〉に対して武器が使える」

「それでも、海保の巡視船が体当たりで止めるよりは――」

工藤が言いかけた時
「先任」

最前列の管制卓から、南西セクター担当管制官が振り向いて呼んだ。

「CAP中のシーサー・スリーからです。水上艦からのものと思われる射撃管制レーダーの照射を受けつつあり」

「何」

同時に
『スカイネットよりCCP』天井スピーカーに声が入る。『中国艦隊がSAMのレーダーを使用。イルミネーターでシーサー編隊を照射している』

ざわっ

それらの声に、中央指揮所の暗がりの空間が一瞬、静かにざわめいた。

「分かった」

工藤はうなずくと、ヘッドセットのコードを情報席の予備ジャックから抜き、自分のコンソールに差し込み直した。

立ったまま指揮所の空間を見回し、命じた。

「戦闘機を接近させ、こちらから挑発していると見られてはまずい。シーサー・スリーとフォーは魚釣島の上空まで戻し、島の上空で旋回。引き続き警戒に当たらせろ」

「はっ」

担当管制官が、ただちにシーサー・スリーとフォー――二機のF15の編隊長へ指示を出す。

どのみち、中国艦隊へ接近させても、F15には対艦攻撃能力が無い……。

工藤は思った。もしも、仮定として中国艦隊を相手に武器が使えるとしても、イーグルの携行しているAAM3は赤外線誘導の空対空ミサイルであり、威力も小さく、水上艦を照準する能力も無い。

だが、いまの段階で二機のF15が島の上空を旋回していれば。中国艦隊の中に空母〈遼寧〉がいたとしても、簡単に艦載機を発艦させて島を上空制圧することはできないだろう。そのような動きがあれば、こちらはシーサー・スリーとフォーを使って〈対領空侵犯措置〉か、あるいは〈海上警備行動〉に則《のっと》った措置を取れる。

「明比」

スクリーンを仰ぎながら訊く。

「シーサー編隊の残燃料は、あとどのくらいだ」

「は。現空域に留まれるのは、あと四五分です」

明比二尉も民放の番組をモニターするのは止め、自分のコンソールの画面に情報を表示させる。

「しかし、これでもし格闘戦のような、燃料を食う機動をすれば。那覇へ帰投するのは困難になります」

「やむを得んな。その時は海水浴だ――那覇基地の準備情況は？」

「はっ」

連絡担当幹部が、振り向いて報告する。

「現在、非番のパイロットを緊急呼集中。追加のＣＡＰに発進できる態勢まで、あと三十分程度を要します」

「まずいな、魚釣島上空のＣＡＰに穴が空くぞ」

「先任、シーサー編隊の帰投先を下地島《しもじしま》へ変更してはいかがでしょう」

明比が眼鏡を光らせて、言う。

「そうすれば、滞空可能時間を延ばせます。下地島は宮古島《みやこじま》の隣ですから、那覇まで帰るよりもイーグルの燃費で五〇〇〇ポンドくらいは少なくて済む」

「分かった、そうしよう」

「先任」

また別の管制官が、振り向いて報告した。

「救難隊のＵ１２５より報告。救難電波発信ポイント上空へ到達。目視捜索により、海面上に救命浮舟を発見」

「何」


再び地下空間がざわっ、とざわめいた。

第Ⅲ章　海戦　魚釣島沖

1

●東京　永田町
総理官邸地下　オペレーション・ルーム

（――急いで……！）

障子有美は、メイン・スクリーンを見上げて唇を噛んだ。

スクリーン上にウインドーを開いて表示させた、ＮＨＫとＴＶ中央の地上波放送。スタジオでの解説が続いている様子だが、両局ともその画面の片隅にワイプと呼ばれる小窓を抜いて、官邸の会見ルームを映し出している。

壇上で、古市達郎官房長官が質問に答える様子が見える。ただし放送の音声は、ＮＨＫ

もTV中央もスタジオでの解説だ。

官房長官に、一刻も早く、このオペレーション・ルームへ戻ってもらわなければ。

そう思い、スタッフにメモを託して走らせたところだったが――

(私が行けば、良かったか……!?)

唇を嚙みながら、思う。

会見中の官房長官は、携帯をサイレントモードにしてしまう。本人に何か緊急に知らせる連絡事項がある場合、事務官に伝言のメモを届けさせるしか、方法は無い。事務官に頼むのでなく、有美が自分で直接、エレベーターに乗って走って会見ルームへ向かっていれば――古市長官を廊下へでも引っ張り出し、すぐに話ができる。

しかし、その間に別の事態が起きた時、危機管理監として対応ができない……。

有美は、腕組みした指を小刻みに動かしながら、スクリーン上に小さく見えている会見ルームの壇上にメモが届けられるのを待った。

まだか。

官房長官に、〈政府方針〉を変更してもらわなければ。

「障子さん、羽賀聖子だ」

そばで門が言った。

「TV中央のスタジオに、出ているぞ」

「――えっ」

有美は、目をしばたたいた。

羽賀聖子……⁉

しまった。

小さなワイプの画《え》にだけ集中して、放映の画面は目に入っていなかった。

『いやですわ射手山さん、看板だなんて』

ピンクのスーツ姿の、女優のような華やかさの女――年齢は四十過ぎで、髪型のセンスも昭和のバブル時代のようだが、容姿は人目を引くだろう。

いつの間にか、ＴＶ中央〈報道プラットホーム〉の画面に映っていたのは、先ほど自由資本党のホームページで見せられた写真と同じ人物だ。

羽賀聖子。自由資本党の国会対策委員長だ。

「――――」

有美は、スクリーンを見上げながら『でも意外だ』と思う。

事態が起こった直後、羽賀聖子は総理官邸の管理部へ電話をかけ、権限もないのに強く求めて、会見ルームを開けさせたという。

きんきん怒鳴って、ごりごり押していくタイプかと思っていたが……。

〈報道プラットホーム〉のスタジオに現れた羽賀聖子は、キャスターの射手山俊太郎の横で、控えめな感じで笑う。

『本当に、アナウンサー時代はお役に立てなくて』

『いまでも、ファンは多いらしいですよ』

愁いを含んだ語調で話す射手山は、羽賀聖子と目を合わせるその時だけ、弛《ゆる》んだ感じになる。

しかしすぐに表情を引き締める。

『さて今夜、急きょお呼び立てしてスタジオに来て頂きましたのは、他でもありません。いまこの時にも、沖縄の海で大変な事態が進行中です』

「――――」

「――――」

有美を含め、周囲のスタッフたちもスクリーンの中のウインドーに見入る。

派手な印象の羽賀聖子が『はい』とうなずく斜め下に、小さく会見場の画がある。まだ質疑が続いている様子だ。

『実は私は、いま非常に危惧しているのです』

羽賀聖子が言う。

最初に画面に登場した時は微笑んでいたが。聖子は『沖縄の海』と言われた瞬間、さっと表情を悲痛な感じに変えた。

『先ほど、国内では最初にNHKが報道しましたが。華真社通信の発表、これを私も見ていました。「大変なことをしてくれた」というのが第一の印象です。あぁ、ついに起きてしまったかと』

『うぅむ』

射手山が唸る。

『その辺りのことを、詳しくお訊きしたいのです』

「――――」

「――――」

全員の視線が画面に集中する。

『羽賀さんは、お父上の代から、中国とは太いパイプをお持ちですね。地元の選挙区のレジャーランドでは、パンダをたくさん飼われている――あぁ、写真があります』

射手山が格好よくパチン、と指を鳴らすと。

画面が切り替わり、写真が映った。

静止画像。どこかの公園のような場所か……？　開放感のある青空の下、緑の芝生の上に座る羽賀聖子の周りに、白と黒のぶち模様の毛の塊がいくつもコロコロと転がり、たわむれている。小さな一つを、聖子が自分の胸に抱いている。

（会見場の画を出せ……！）

有美は、思わず拳《こぶし》を握った。

写真が出ている間、画面の斜め下に抜かれていた小窓が隠れてしまう。

まだ、メモは届かないのか。

地下のオペレーション・ルームから、地上階の会見ルームへは、エレベーターで上がった後もセキュリティー・ポイントを数か所、通過しなくてはならない。そのせいで余計に時間がかかってしまう。

『メルヘンチックですね』

数秒で、画面がスタジオに戻る。

射手山俊太郎は写真の印象を語る時だけ、表情を柔和にした。

『パンダの国のお姫様、というところですか』

『いやですわ』

羽賀聖子は頭を振る。

『どこでこんな写真、見つけて来られたの』

『パンダはいま、何頭いるのですか』

『先代の父が、国家主席からお借りして来た一番《ひとつがい》が、いつの間にか増えてしまって。いまは八頭です』

『八頭。ほう』

射手山はうなずく。

『東京の上野《うえの》動物園では、ぜんぜん増やせずに苦労しているのに。羽賀さんの地元では、どうして増えるのでしょう』

『別に、特別なことはしていないのです』

聖子はまた頭を振る。

『放っておいても子供を産んで、この子たちは増えていきます』

『上野と、羽賀さんの地元では、何が違うのでしょう。やはり環境ですか』

『よく、分かりませんが』

聖子はカメラ目線になり、言う。

『うちの地元では、友愛の心で育てている、ということでしょうか。東京とは、その点が一番違うと思います』

『中国との友愛の心、ですか』

『写真に出ていた子たち――子パンダたちは日本と中国との友情の象徴です。うちの地元では、それを育てているということです』

『しかしですね』

うんうん、という感じでうなずきながら、射手山は言う。

『いま、日本の国内では羽賀さんのお父上や、もちろん羽賀さん本人のように「中国と仲良くしていこう」と努力される政治家を、弾くと言いますか、時には〈国賊〉みたいに言うことがありますね？』

『はい』

羽賀聖子は、また悲痛な表情に戻る。

『とても悲しいことです』

『いまの政権は、羽賀さんのように能力があって、人望もある政治家を閣僚に起用しない。その一方であなたを国会対策委員長に据えているのは、実は羽賀さんの能力を頼りにしている証拠じゃないですか』

『お前は横にどいてろ――っていう意志を、感じますね』

『重要な隣国である中国。それと仲良くせず、いまの政権はむしろ衝突しよう、衝突しようとしているように見える』

『それは総理が――いいえ』

羽賀聖子は、カールした長い髪の頭を振る。

『あぁ、ごめんなさい。仮にも与党の役職にある者が、こんなことは口にできないわ』

『言ってください、羽賀さん』

射手山は強く求める。

『日本と中国が、ひょっとしたら戦争になるかもしれない』

「――――」

「――――」

戦争になるかもしれない、という言葉が出るのと同時に、カメラが射手山と羽賀聖子の上半身をアップにする。

見上げる全員が、息を止めて見入る。

射手山が真剣な表情で続ける。

『中国と戦争になるかもしれない、大事な時ですよ。国民みんなに、どうしなければいけないのか、考えてもらう時です。手遅れになる前に』

『そうですね』

女優のような美人の政治家は唇を結び、うなずく。

その顔が、さらにアップになる。

『あまり、言いたくはないのですが――総理が』

『常念寺総理ですね？』

『はい。総理がいつも二言目には「自衛隊すごいぞ万歳」みたいに言う人ですから。周りも、そういう人たちで固めていますから』

『なるほど』


メモは、まだか……⁉

有美は唾を呑みこんで、スクリーンに見入る。

画面では、アップになった羽賀聖子が続ける。

『閣僚の人たちが話しているところを、耳にしたことがあるのですが。時々恐ろしいことを口にしているのです』

『どんなことです？』

『ちょっと、言えないわ』

『言ってください、羽賀さん』

『――「まだいまなら勝てる」とか、「三万人くらい死ぬけどいまなら勝てるぞ」とか』

『えっ』

射手山俊太郎が、大げさに驚く。

『そ、それは――こちらから中国へ、戦争を仕掛けようという密議ではないのですか』

『分かりませんけれど』

羽賀聖子は、横の射手山を見て言う。

『実は、射手山さん。沖縄の事態について、ついさっき私のところへ良くない情報が入ったのです』

『何です』

『自衛隊機が撃墜した中国の民間機——その乗組員を救助するため、いま、中国の救助隊が現場へ向かっているそうなのですが。海上保安庁の巡視船が、その救助隊の船を墜落現場の海域へ近づけないように、妨害していると言うのです』

『何ですと⁉』

『巡視船が、あろうことか、救助隊へ機関砲を向けて「来るな、帰れ」——あぁ』

羽賀聖子は、うつむいて頭を振る。

『中国側は、必死に「撃墜された民間機の乗組員を救助させてくれ、大けがをしていまにも溺《おぼ》れかけている人たちがいるから、救助させてくれ」と訴えているのですが。海上保安庁は聞く耳を持たず「来るな、帰れ」の一点張りで』

『ううむ、それは』

射手山が唸ると同時に、カメラの視界がぐうっ、とバックして広がる。

同時に、インカムをつけたディレクターが画面の横から紙を差し入れる。

『——おぉ』射手山は受け取った紙を一瞥し、思わず、という感じで声を上げる。『たったいま、華真社通信から入った緊急ニュースです。羽賀さん、あなたの言われた通りだ。尖閣諸島の北方で、海上保安庁の巡視船が中国救助隊の進行を妨害している』

『あぁ、やはり』

羽賀聖子は唇を噛む。

『いくら寛大な中国政府でも、こんな仕打ちが続いたら……』

『常念寺政権は、いったいどういうつもりなんでしょう。何を始めるつもりなんだ』

射手山はつぶやくように言うと、急に気づいたようにカメラに向いた。

『そうだ。ここは私が、政権の代表である官房長官に直接、質問をしましょう。どういうつもりなのか問い質しましょう——官邸の木村さん』


射手山俊太郎が中継先の記者の名を呼ぶと。

画面が会見ルームの中継映像に切り替わる。


「……………!」

有美は目を見開く。

画面は、会見ルームを後方の撮影席から捉えている。固定カメラの映像だ。

手前に記者席。大きく映された画面の中、ちょうど壇上の古市達郎のもとへ、横から事務官がメモを差し入れるところだ。

●インド領　上空
政府専用機７４７－４００

ギシッ
大柄な九条圭一が、一階客室へ続く狭い階段を降りて行くと。

アルミ合金製の段々は、微かにきしむように鳴った。

（――――）

この階段は、こんな音を立てたか……？

普段なら、そんな音を意識したりはしない。階段のきしみが耳についてしまうのは、機内に動くものが無く、静まり返っているせいか。

あるいは九条の神経が昂ぶっていて、普段は意識していないような音まで、耳が拾ってしまうのか――

「――――？」

九条は、足を止める。

ぎょろりとした目で見回す。

きしみとは別の『奇異な音』を耳に感じた。

何だ……?

キュイイイ――

降り立った一階客室の、通路。

その後方――機首からミーティング・ルームの横を通って尾翼の方向へ続く、左舷通路の先だ。

キュィイイッ、とかん高い響き。


音源は、すぐに分かった。

ミーティング・ルームの前だ。

通路の床に、ダークスーツ姿が二つ、転がっている。

そのすぐ横――倒れた警護官の一人の身体の脇に、角ばったオレンジ色のパッケージが開かれ、赤ランプを明滅させながら音を立てている。

「………!」

九条は右手の自動拳銃を水平に構えた。重みを支えるように左手を添え、通路の先の方へ向ける。

緩く湾曲した視界。動くものは見えない。

ゆっくりと進み、倒れた二名のSPの前まで行く。

踏み締める床が、微かに上下する。気流の変化か、機体が微かに揺れている。

足下へ、ちらと目をやる。

オレンジ色のパッケージ。〈AED〉の文字が見える。横へ放り出されたように、銀色のパッドが二枚。

知っている。この救急用具の名称は何でしょう……。

正解は電気ショック器ではない。『除細動器』というのだ。だいぶ昔、クイズの問題に出た。電撃を与え、停《と》まった心臓を再び動かす機械だ。なぜ細かい動きを取り除くと心臓が動くのか、その辺りのメカニズムはよく分からないが。

「ふん」

振り返って反対側、通路の機首方向へも銃を向ける。

動くものは見えない。

しかし——

「さて、問題です」

ゆっくりと銃を下ろしながら、九条はつぶやいた。

「このAED——電気ショックの機械を使おうとしたのは、誰でしょう」

倒れた二名のＳＰを、九条は検分するように見下ろす。

横のＡＥＤの、開けられたパッケージの蓋の裏を、銃口でめくり起こした。取扱法が書かれている。

読もうとすると、グラッと床が傾いだ。

「――――」

少し揺れた。

気流のせいか……？

顔を上げ、見回すが、動くものは見えない。


第一の可能性としては。

先ほど催眠ガスをコクピットで噴出させ、機内全域へ循環させた。

その際、例えばここでＳＰのうち一人がガスを吸って先に倒れ、驚いたもう一人が、相棒を心臓発作が襲ったと判断してＡＥＤを使おうとした……？　そうしているうちに、ＡＥＤを使おうとしたもう一人もガスにやられ、眠ってしまった。

そうも考えられる。

しかし……。

（…………）

見ると。仰向けにされたSPの一人は、ネクタイを脇にどけられ、ワイシャツのボタンを二つ、上から丁寧に外されている。ということは——

AEDを使われようとしたのはこちらの仰向けの男。使おうとしたのは、あっちを向いて転がっている男だ。

一メートル半も間隔を空け、向こうを向いている。もしも相棒のシャツのボタンを外しながら寝てしまったのなら、覆いかぶさっていてもいいはず——どうしてあんな位置に、あっちを向いて倒れている……？

「違いますね。正解は」

九条は再び、左舷通路の前後を素早く見渡した。

動くものは見えないが……。

しかし

「誰か居ますね」

誰か、起きている者がいる。

姿は見えないが、いる。

そういえば。さっきコクピットの操縦席で気配のようなものを感じた。あれは、錯覚ではない……。

（誰だか分からないが）

　起きて、俺を見ていた者がいる。

　そいつは、なぜか眠らなかった……。そして、自分以外の機内の全員がガスで眠らされたと知り、そいつはこのＳＰたちを起こそうとした。そのためにＡＥＤの電気ショックを使おうとした。

　何者だ。機転がきく。

　ＮＳＣに訓練された工作員でもいて、普通のスタッフを装って乗り込んでいたか？

（いや）

　俺は首席秘書官として、今回の訪問に同行する人間の身辺データはすべて調べた。総理の知り得るレベルの情報では、特殊工作員など乗り込んではいない。それに、日本のＮＳＣに特殊工作員はいない。在籍するのはアナリストだけだ。対テロの行動訓練を受けているのは、機内にこのＳＰ二名だけだ――

　眠らされた人間が、ＡＥＤの電撃で目覚めるのかどうかは俺も知らない。イスラエル製の軍用特殊催眠ガスなど、取り扱うのは初めてだ。

　だが、そいつ――眠らずに動いている何者かは、おそらくは俺が階段を降りて来る直前までここにいて、ＳＰに電気ショックを与えようとしていた……。

「――――」

九条は通路の前後、周囲をすべて見回す。

目の前にはミーティング・ルームの扉がある。半分、開いたままだ。

「ふむ」

九条は息をついた。

誰だか分からないが――

手にした黒い自動拳銃を見た。安全装置が外れていることを、確かめる。

「とりあえず、面倒の種は潰しておくか」

つぶやき、銃口を足下へ向けた。

●政府専用機　ミーティング・ルーム

ドンッ
頬をつけた床を伝わり、衝撃波が来た。
（………⁉）
いまのは。
ひかるは薄目を開け、入口の方を見た。

半分開いた扉の向こう——外の通路に、大柄な男の姿が見え隠れする。あの首席秘書官だ……。手にした黒い拳銃を床に向けている。

ドンッ

数秒おいて、もう一回衝撃。

（……くっ）

思わず、目をつぶる。

ひかるは横向きに寝そべったまま、半開きの扉の向こうにいる男の動きを耳で探った。いまのは、床に向けて銃を発射したのか……？

蒼白いプロジェクターの光が、深海のように辺りを満たす。

ミーティング・ルームの空間には、床を埋めつくすように官僚やスタッフたちがスーツの上着をはだけて寝転がり、動かない。足の踏み場も無いほどだ。

その中に隙間を見つけ、ひかるは自分も寝そべっていた。

目をつぶり、気を失っているように装った。

とっさに、そうしたのだ。さっき大柄な男の姿が階段を降りて来た時——最初は通路を走って逃げようとしたが『間に合わない』と感じた。逃げても、後ろ姿を見られる。首席秘書官の男は銃を持っている……。

倒れている人たちに紛れよう。とっさに思いつき、ミーティング・ルームへ飛び込むと、スペースを見つけて寝そべった。身体を横向きにしたのは、入口の扉の方が見えるようにするためだ。薄目を開ければ、男の動きが分かる。

そのまま、じっとしていた。

床に身体をつけていると、微かに床全体が上下する。この７４７の機体が、大気の中でわずかに揉まれながら飛んでいる様子が分かる。

気流の状態は、テヘランを出た時よりも少し悪くなったか――

時折グラッ、と床全体が傾ぐ。

ひかるは数秒間に一回、薄目を開けては通路の様子を探った。しばらくして大柄な男の影が、半開きの扉の向こうに現れた。

ＡＥＤを見つけられた……。

男は素早く、通路の前方と後方を向き、見渡す。

ひかるは目を閉じ、息を殺した。

早く。

頭の中で念じた。

早く、通路をどっちかへ行ってしまって。

だが次の瞬間。

男が何かつぶやくと、動きの気配がしてドンッ、という衝撃波が来た。衝撃はひかるの床につけた頰にじかに伝わって来た。

驚いて、薄目を開けて見やると。首席秘書官の男は右手の銃を床に向けている。すぐにもう一発、撃った。

(……撃った⁉)

頰に伝わる衝撃に、ひかるは目をつぶった。曹候補の訓練で、小銃と拳銃の取り扱いは習っている。実弾も撃った。威力は知っている。

何を撃ったんだ……。

また薄目を開けるが
(………!)

ひかるは息を吞んだ。

銃を右手にぶら下げ、大柄な影はこちらを向き、歩き出す。

AEDを使おうとした人間を追い、通路をどちらかへ行ったりはしない。

半開きの扉から、こちらへ――ミーティング・ルームの空間へ入って来る。

2

●東京　永田町
総理官邸地上階　会見ルーム

「官房長官」

超満員の場内。

メモを手にしたNSCスタッフが、警護官の了解を得て、小走りに入場する。会見中の演壇へ駆け上がる。

「長官、これを」

「――あぁ、ただいまの『航空自衛隊のスクランブル機が、日頃から中国の軍用機を過度に挑発しているのではないのか』という質問に対してだが――」

官房長官の古市達郎がいま、壇上で対峙《たいじ》しているのは。

会見ルームを埋め尽くす報道陣だ。

中規模の講堂くらいの広さがある空間は、腕章をつけた記者たちが席にぎっしり並び、その後方に撮影スタッフたちが隙間なくカメラを据えている。フラッシュが絶え間なく瞬き、撮影用ライトが演壇に当たっている。

　質問は切れ目なく続いていた。

「――そのような事実は無く、自衛隊機は常に憲法と自衛隊法に厳正に則って、領空へ接近する外国航空機に対しては警告行動を実施しているのであります」

「しかしですね」

　記者席では、立ち上がった一人の記者が食い下がっている。

　赤い腕章は〈中央新聞〉だ。

「今回の事態を見ると、とてもそうは思えない。いいですか、現場で〈対領空侵犯措置〉に向かう戦闘機のパイロット、リーダーの編隊長がですね。その場でカッとなったりして『中国機を撃とう』と思ったら、これは可能なわけですね」

「そのようなことはあり得ない」

「しかし、それを止める手段は、地上の司令部には無いわけですよね？　現場の編隊長がもしも何者かに思想的に感化されたりし、テロリストのような意志を持って、中国機を攻撃してやろう、目の前に飛んでいる中国民間機の乗組員を『皆殺しにしてやろう』とか決心してしまったら」

「そのような仮定の話は」

「いままさに、起きているじゃないですか。華真社通信の報道では、人民解放軍の戦闘機が必死に止めているのに、自衛隊機は民間機を撃って、乗組員を皆殺しにしているっ」

「だからその報道には、事実関係を意図的にねじ曲げている可能性がある。さっきからも繰り返し述べているように――」

古市はふと『これは〈作戦〉か？』と思った。

先ほどから繰り返し、同じような質問をぶつけられる。訊いて来るのは主に中央新聞、ＴＶ中央、そしてＮＨＫの記者だ。

その度に、自分は同じことを繰り返し答えている。

これは、俺を苛立たせる作戦か。

何か、失言でも引き出そうとしているのか……？

「――繰り返し答えているように」古市は咳払いし、続けた。「現在、事態の起きたとされる尖閣諸島周辺の空域には機影が無い。わが方の自衛隊機二機、人民解放軍のものと思われる戦闘機二機、そして中国側が『撃たれた』と主張している民間貨物機もレーダーから消えている。いま、自衛隊と海上保安庁が協力し、全力で捜索に当たっている。自衛隊機二機も消え、連絡が取れない状態である以上、わが方から一方的に撃ったという中国側の主張は、そのままでは到底、受け入れることはできない」

「全力で捜索中というのは、全力で証拠隠滅中ということではないのですか」

「な――」

何を言うか、と言い返しそうになった時。

古市達郎は、自分の左横から差し出されているメモに気づいた。

「長官、これを」

小声の早口で、NSCの若いスタッフが言う。一生懸命に差し出す姿勢を保ったまま、受け取ってもらうのを待っている。

「危機管理監からです。これをご覧の上『ただちにお戻り頂きたい』と」

「――う、うむ」

古市は「ちょっと失礼」と記者席に断り、メモを受け取る。

ちょうどいい、頭をクールダウンさせよう。

メモは二つ折りにされた白い紙片だ。

地下の障子危機管理監からか。

何か、急な進展か……？

だが懐から老眼鏡を取り出そうとすると
「官房長官、官房長官っ」

記者席から別の声が上がる。

●総理官邸地下　オペレーション・ルーム

『官房長官っ』

「…………」

障子有美は、スクリーンを見上げながら苛立つ自分を抑えていた。

メイン・スクリーンの隅に開いたウインドーでは、〈報道プラットホーム〉の画面が官邸会見ルームの中継に切り替わっている。

（…………）

早く……！

有美が見上げていると、ようやく演壇の古市達郎は横から差し出されたメモに気づく。受け取り、そのままでは読みづらいのだろう、懐から老眼鏡を取り出そうとする。

そうよ。早く読んで。

だがそこへ

『官房長官、全国民を代表して質問ですっ』

手を上げて立ち上がり、叫んだのは最前列の記者だ。

その腕に〈TV中央〉の赤い腕章。

『質問、質問ですっ』

『あぁ、ちょっと』

壇上の古市達郎は、眼鏡を取り出しながら、うるさそうにする。

『ちょっと待ってくれ』

しかし
『待てませんっ』

立ち上がった記者は、手を上げたまま食い下がる。

その右手にはスマートフォンが握られ、画面が演壇の古市へ向けられている。

『長官、海上保安庁がいま、現場海域で大変なことをしているのです。知らないのですか、緊急の情報が入っているのです。このままでは国際問題、いや戦争になりますよっ』

ざわっ

会見ルームがざわつき、最前列の記者の背中に注目が集まるのが分かる。

（海上保安庁が大変……？）

それはそうだけど。

長官には早くメモを見て、ここへ戻って欲しい。

現在、海保には『武器を使わずに中国艦隊を身体で止めろ』、海自には『護衛艦の艦隊は中国艦隊と直接対峙せず、魚釣島の南方で待機』という命令が出されたままだ。

これらの命令は〈内閣方針〉だから、有美にも、もちろん自衛艦隊司令部にも変更することはできない。そうする権限が無い――

いま、命令を変更する権限を持つのは、かろうじて古市官房長官ただ一人だ。連絡の取れない総理の代行を、一時的に担うことができる。

だが

『戦争になる、とはどういうことだね』

古市は手を止め、記者の方を見やる。

先ほども言われた『戦争になる』という言葉は、官邸の会見ルームではかなりの重みを持つ。聞き捨てならないのか、古市は鋭い視線を記者に向ける。

『それはどういうことだね』

『いまスタジオから、射手山俊太郎が直接お話ししますっ』

ＴＶ中央の記者は、手にしたスマートフォンを演壇へ突き出す。

『直接、言います。聞いてくださいっ』

いいから長官、メモを読んで。

拳を握り締める有美に

「危機管理監」

横から、スタッフの一人が呼んだ。

赤い受話器を手にしている。

「横田のＣＣＰからです。工藤先任です」

「貸して」

有美はスクリーンを見上げたまま、横向きに歩いて受話器を受け取る。

耳に当てる。

「はい、障子」

●東京　横田基地　地下
総隊司令部・中央指揮所

「障子さん、工藤です」

工藤慎一郎は相変わらず立ったまま、赤い受話器に言う。

目は、頭上を覆うような正面スクリーン――その一角に向けたままだ。

視野のほぼ中央、魚釣島のシルエットのやや左下――つまり島の南西の沖合いだ。沿岸からの距離は約五マイルか。

そこに、緑の三角形が一つ。先ほどから同じ位置に浮かんで、尖端だけを回している。

海面上のその一点で、旋回しているのだ。三角形の横に表示されたコールサインの記号は〈SVR1〉。

「セイバー・ワン――那覇救難隊のU125が、救難電波の発信源で救命浮舟を見つけました。先ほどから二四三メガヘルツで信号を出していたのは、そのディンギーのようです。パイロットが乗っているのも目視確認できています」

スクリーンを見ながら、一気に報告した。

ディンギーと呼ばれるのは、戦闘機の射出座席に内蔵された小型救命浮舟――圧縮空気で自動的に膨《ふく》らむ一人乗りの簡易救命ボートだ。

機体からパイロットが緊急脱出すると、まず射出座席に内蔵されたパラシュートが自動的に開き、水面または地面までゆっくりと降下する。下が水面だった場合、やはり座席に内蔵された救命浮舟が自動的に膨らんで、救援が来るまでのボートの役をする。一度は海面に突っ込むので、ずぶ濡れになるのは免《まぬが》れない。しかし膨張したディンギーにしがみつくか、這い上がることさえできれば、溺れる心配は無い。ディンギーには救難信号発信機が内蔵され、水に浸《つ》かると自動的に作動する。

『パイロットは男？　女？』

打てば響くように、受話器の向こうの障子有美は訊いて来た。

発見されたパイロットがシーサー・リーダー――舞島茜であるのかどうか。

それは工藤も早く知りたいところだったが
「まだ確認できていません」

工藤は頭を振る。

「セイバー・ワンからの報告では、ディンギー上のパイロット一名は動かない。上空を旋回しながらサーチライトを当てても、反応しない。ヘルメットを被ったまま動かないそうです。当該パイロットは着水した後、自力でディンギーに這い上がっているので、その時点では確実に意識はあったと考えられますが」

『男だか女だかは、分からないのね』

「夜間ですから」


工藤も、実はU125との連絡を受け持つ管制官を通し、同じ質問をしたばかりだ。しかしビジネスジェットを改造したU125は、ヘリコプターのように海面すれすれで停止することはできない。いち早く現場空域へ駆けつけ、生存者の存在を確認するのが使命だ。低空で旋回しながらサーチライトで照らし、生存者の人数を確認することはできるが、飛行服姿のパイロットがヘルメットまで被っていれば、性別など分からない。

いまのところ、F15のものと思われる救難信号は、この一件しか探知されていない。発見されたパイロットがどちらだとしても、シーサー編隊のもう一機は依然行方知れずということになる。

「しかし障子さん、不幸中の幸いですが生存者の漂流する位置は、待機中の第八護衛隊の四隻から近いのです」

工藤はスクリーン上で旋回する緑の三角形と、島の下方で尖端を真上に向けて待機している青い四つの舟形を見比べた。

第八護衛隊。〈ちょうかい〉を旗艦とする四隻だ。

近い──斜め直線で、十マイルと少し。

「たったいま、自衛艦隊司令部を経由し、第八護衛隊に対してただちにヘリを出してもらうよう要請したところです。那覇の救難隊のヘリでは、現場に到着するまでまだあと二十分かかります」

『いいわ、そうして』

「着水したと見られる中国民間機の位置も、だいたい分かっています。そちらへも海自のヘリを出してもらおうと思います」

『分かった、任せる』

障子有美は忙しそうに、ホットラインの通話を切ろうとしたが
『──あ、ところで工藤君』

何か思い出したように、訊いて来た。

『ちょっと一点だけ訊きたい。分かるかな』

「はい。何でしょう」

『兵装の話。あのね、空自のイーグルが装備している機関砲と、中国のＪ15が持っている機関砲は、違うものよね？』

「当然です」

『口径も、違う？』

「はい」工藤はうなずく。「わが方のバルカン砲は、口径二〇ミリ。中国のはロシア製のコピーですから基本的に二三ミリです。三〇ミリを持っているやつもありますが」

『同じものではないのね？』

「違います」

工藤は頭を振って明言する。

「少なくとも、中国機が二〇ミリを積んでいることはあり得ません」

『分かった、ありがとう。後でまた何か訊くかも知れない』

「いつでもどうぞ」


「先任」

横で一緒にスクリーンを見上げている笹一尉が、指さした。

「ところで、あれは何でしょう」

「ん」

工藤はホットラインの受話器を置くと、笹の指す方を見やった。

「どれだ」

「あれです」

「……？」

指されたのは、青い四つの舟形の——その周囲だ。

何だ。

よく見ると、赤い無数の点々のようなものが散って、浮いて見える。

たくさんある。

海自からのレーダー情報か……？　ここCCPの正面スクリーンで使われている正規のシンボルとは違う。

何だろう……？

「先任」

連絡担当幹部が、振り向いて告げた。

「ただいま、魚釣島南海上の第八護衛隊四隻の周囲に、漁船と見られる小型船が多数、集結しつつあるそうです。あのスクリーン上のイレギュラーな赤い点々は、護衛艦の水上レーダーが捉えたエコーだそうです」

「漁船……？」

工藤はスクリーンを見上げ、眉をひそめる。

「あれらは漁船か」

「はい」

「あの辺りに、うようよいるということは――中国漁船か」

「多分そうです」

横から明比二尉が言う。

「海保の指導で、残念ながら地元石垣《いしがき》市の漁船は、あの辺りに出漁していません。漁民の安全のためということらしいですが」

「どういうつもりでしょうね」

笹が言う。

「護衛艦の周囲に――たくさんいますよ。増えている」

●総理官邸地上階　会見ルーム

『官房長官。私はＴＶ中央〈報道プラットホーム〉のキャスター、射手山俊太郎です』

最前列の記者が、突き出すように持っていたスマートフォンを、自分の記者席のマイクに近づける。

そのスマートフォンから〈声〉が出て、記者席のマイクを通して会見ルームの空間全体に響く。

『私から、政権の代表である長官に緊急に質問があります。お答えください』

声は、高視聴率を稼ぐ報道番組の司会者のものだ。

演壇の古市達郎にも聞き覚えがあった。

しかし

「いや。ちょっと待って欲しい。この会見場では、身分を確認した入場者からじかに質問された場合にのみ応える規則となっている」

古市は頭を振る。

「あなたがたは、このようなルール破りは止めてもらいたい」

『都合の悪いことを訊かれそうだから、逃げるんですか古市さん』

「何」

『全国の視聴者が、いまこの時も固唾《かたず》を呑んで見ているのですよ。日本と中国が、戦争になるかどうかの瀬戸際《せとぎわ》なんです。答えてください、いいですか』

●インド領　上空
政府専用機

のそり。

大柄な影が、半開きの扉からミーティング・ルームの空間へ歩み入って来る。

そのだらりとした右手に、黒い自動拳銃。

（来た……）

ひかるは目を閉じ、気を失っているふりをした。

すると
この臭い……？

何かが、ひかるの鼻をつく。

横向きに寝そべったまま、鼻腔《びこう》に侵入した刺激臭に『うっ』と息を止める。

硝煙か。

男と共に室内に侵入して来た、この臭いは……知っている。曹候補の訓練で実弾射撃をした時に嗅いだ――

銃の火薬が発火した時に出る、硝煙の臭いだ。

やはり、撃ったんだ……。

ひかるは横向きにじっとして、意識を失っているふりを続けた。

総理と外務大臣は会議テーブルに突っ伏し、床には大勢の官僚やNSCのスタッフたちがそれぞれのいた場所で意識を失って倒れ、あるいは頽《くずお》れて転がっている。

その中の一体を演じた。

あの男が階段を降りて来た時。通路を走って後方客室へ逃げるのは間に合わない、とっさにミーティング・ルームへ飛び込んだ。こうするしかないと思った。

あの男――

(――――)

ひかるは目を閉じ、じっとしたままで耳に神経を集中した。

あの男は、常念寺総理の首席秘書官のはず……。

それが、飛行中の専用機の機内全体に何らかの工作をして――おそらくはガスでも充満させたのだろう、乗っている全員を眠らせてしまった。偶然に救急用酸素ボトルからエアを吸っていた、このわたしを除いて。

何をしようとしているんだ。

──『答は』
目を閉じた脳裏に、蘇る声。
ついさっき、コクピットの防弾扉の陰から男の動きを見ていた。
その時、ひかるの耳に入って来た言葉。

──『答は、コースの変更です』

独り言をつぶやく癖でもあるのか。

男は、自分でそう言いながら操縦席で何か操作していた。

ただ、機の操縦に使われる操縦桿やスラストレバーには手を触れず、自動操縦に任せていた。男が指先で、慣れぬ手つきで扱っていたのは中央計器パネルのキーボードだ。何かを打ち込む操作をしていた。

コースの、変更……。

(いったい)

考えかけた時。

ミシ、ミシと床を踏みしめる気配がした。近づいて来る——

「………」

ひかるは息を止める。

「おや……CAがいる？」

すぐ頭上で、声がした。

「変ですね」

のそり、とまた頭上で気配が動いた。

息が近づく。覗き込まれる……。

（……！）

ひかるは、ただじっとしているしかない。

目は閉じているが。すぐそばに立つ男が顔を近づけ、横向きに寝そべる自分を検分するように眺《なが》めるのが分かる。

見られている……。

気づかれるか——？

客室乗員がミーティング・ルームにいるのを『変だ』と言った。

通路でＡＥＤを使おうとしたのが、わたしだとばれたか……？

もしも気づかれたら。

(チャンスは、銃を向けられる瞬間だけだ)

合気道には『攻撃の型』が無い。『受け』の技のみだ。

敵が近くにいて、素手や凶器で襲いかかって来れば、対処できる――しかし離れた位置から銃で狙われたら、どうしようもない。

でも。

これだけ、息がかかるくらい近くて、さっき通路で床に向けて撃ったみたいにわたしを撃とうとしたら……。

(…………)

ひかるは目を閉じてじっとしたまま、耳だけに神経を集中した。男の銃を持つ右手との間合いを測った。

来る。

重たい棒のような物が、自分の頭上から、こめかみの辺りに向けられる。

(……くっ)

その時

グラッ

また床が傾いだ。

さっきよりも揺れが大きい。床全体が一度持ち上がり、それから斜めに傾いだ。

上昇気流を伴った揺れ……？

頭の上の方で、がちゃがちゃんっ、と瀬戸物の割れるような響き。

「おっと」

頭上で、屈むようにして覗き込んでいた男がバランスを取るのが、気配で分かった。

「――そうか、コーヒーカップ……」

男はつぶやいた。

「コーヒーを出前に来ていて、ガスを吸いましたか」

それきり、興味をなくしたように男の気配は頭上から消えた。

しかしまだ、ミーティング・ルームの中を歩き回っている。うろついている――寝転がる人々の身体を靴先で蹴るようにどけ、足の踏み場を作っている。

「――」

ひかるは、目を開けることはできないので、耳だけで様子を探った。

会議テーブルの方へ行く――

床に伝わるミシ、ミシという足音で分かる。

「常念寺総理」

男がまた、つぶやくように言う。

会議テーブルの方向だ。

「言っておきます。私の〈目的〉のためには、ここであなたをあっさりやってしまうのも簡単でいいのですが——いま死ぬのも八時間後に死ぬのも、同じですからね。やむを得ない場合を除き、自分の手は汚したく無いのです」

何だ。

総理に、話しかけている……？


「私は、歴史を造る」

男はまたつぶやいた。

「後世の歴史家と、日本人たちからは賞賛されるでしょう。特に、中世の日本人たちからはね」


ひかるには、すぐには理解できそうにないことをつぶやくと。

大柄な男の気配はまたミシ、ミシと床を踏みつけて歩き、やがてミーティング・ルームの空間を出て行った。

(――出て行った……？)

ひかるは、男の気配が外の通路へ完全に去ると、ゆっくり目を開いた。

ゆっくりと、息を吐くが。

すぐ息苦しくなり、大きく呼吸してしまう。

「――はぁっ、はぁっ……う」

まだ鼻をつく臭いがする。

硝煙の臭い。

顔をしかめ、上半身を起こした。

何か、脚に当たった。身を起こすと同時に、スカートのポケットに入っている角ばった物がひかるの脚を突くように押した。

「……？」

そうだ。

ここはミーティング・ルームだ……。

ひかるは見回す。目をしばたたくと、制服のスカートのポケットに入れたままの携帯を、指で摑んで引っ張り出した。

スマートフォンは、画面が暗いままだ。電源は入っていない。

（ここはミーティング・ルームだから。ネットが、通じるかも知れない）

携帯の横のスイッチを、親指で押し込む。

もし、ＬＩＮＥが通じてくれれば……。

「お姉ちゃんに、知らせられる」

3

●東京　永田町
総理官邸地上階　会見ルーム

『国民を代表して質問です。官房長官、華真社通信の報道によると』

会見ルームの天井スピーカーから、俳優が朗読するような声が響いた。

最前列に陣取る記者の一人が、手にしたスマートフォンを自分の席のマイクに近づけ、声を拾わせている。その腕に紅い〈ＴＶ中央〉の腕章。

『撃墜された貨物機の乗組員を救助しに行く中国政府の救助隊を、海上保安庁の巡視船が追い返そうとしている。これはどういうことですかっ』

ざわっ
会見ルームの空間が、またざわめいた。

『自衛隊が、中国の民間人を虐殺したのに、その被害者を助けに行く中国政府の救助活動を妨害するとは……！』

「――」

「――」

視線が、スマートフォンを手にした記者の背中と、壇上の古市達郎に集中する。

本当か？　おい本当か、と囁き合う記者もいる。

『私は驚きで、言葉も出ないほどだ。いつからこの日本という国は、こんなにひどい、非人道的な国になったのか。いや、これまで必死に隠して取りつくろって来たが、日本民族の「本性」がとうとう現れてしまったのか。二十万人の韓国人女性を性奴隷にして来た日本の――』

「ちょっと待って欲しい」

古市は遮った。

みずから怒鳴り声にならぬよう、意識して自制した。

また、この種の連中を相手にするのか――

だが、日本が民主主義の法治国家である以上、為政者が頭ごなしに「黙れ」と言うわけにはいかない。

古市は「黙れ」の代わりに「待って欲しい」という言葉を使った。

どのような人にも、等しく言論の自由を認めなくてはいけない。

「このような電話越しの対話で、国の正式な回答となる発言をするわけにはいかないのだが。あえて答えるとすると、いまあなたの言われた報道も事実関係が間違って伝えられている可能性がある」

『官房長官、あなたはさっきからずっとだが、あくまで中国が嘘をついていると言われるのかっ』

「嘘ではないかもしれないが、正確ではない」

古市は、会見ルームの空間を見回しながら言う。

「諸君も聞いて欲しい。いま、我々の得ている情報では、迫って来る『救助隊』というのは中国艦隊だ。民間機が撃墜されたという口実をもとに、中国は魚釣島への上陸を目論んでいる。しかし日本政府はあくまで平和的な手段で、自衛隊の武力を背景にせず、海保により退去を促している。海面に突入したとされる民間機については、海保および自衛隊によって捜索と救難を実施する」

しかし

『何を言うのですかっ』

　声は、言い返す。

『いいですか官房長官、どこの国でも、遭難した航空機の救助にまず真っ先に向かうのは軍隊でしょう。日本でも自衛隊が災害派遣に行く。そんなことは常識でしょう、あなたそんなことも分からないのかっ、救助隊が軍艦だからと言って「来るな帰れ」とは何ごとですかっ』

「だから救難活動は」古市は、声を抑えながら繰り返した。「海上保安庁と自衛隊によって、責任を持って行なう」

『だからといって、中国の救助隊に「来るな」と言うのは変でしょうっ⁉　救助活動は、人手があった方がいい。共同でやればいいのに決まっているではないですか』

「だから、いまも言ったように中国の目的は」

『目的……⁉　目的ってなんですか』キャスターの男は声を荒らげた。『自衛隊機によって理不尽にも奪われた中国の人たちの生命。そしていままさに海面で溺れかけ、奪われようとしている多くの人たちの生命を救うことの他に、目的があるとでも言うのかっ』

「だから魚釣島に上陸――」

『救助活動を行なう上で、必要があれば近くの陸地に前進基地を置くことは、これは当然なんじゃないんですか。あぁ、さっきから聞いていれば』

●六本木　TV中央
報道スタジオ

「官房長官、あなたは日本政府の代表として、自衛隊が中国の罪もない民間人を虐殺した事実を前にしても平然とし、謝りもしない。そして中国の救助隊を海保を使って追い返そうとしている。これは、どこかおかしい。中国の救助隊を追い返そうとするのは、何かが見つかるとまずいからなんじゃないですか⁉　あなたは、何か隠そうとしているっ」

射手山俊太郎の声が、決め台詞のように突きつけられたところで、オンエアの画面が会見ルームの中継からスタジオへ切り替わる。

第1カメラの上に、〈撮影中〉を示す赤ランプが点《つ》く。

「視聴者のみなさん」

射手山俊太郎は、そのカメラへ視線を向け直し、言った。

「いかがですか、聞いておられましたか。自衛隊機による中国民間人の虐殺という、国家による犯罪行為を犯していながら——あぁ、とても残念でなりません。古市官房長官からは謝罪の言葉の一つも無く、中国政府の救助隊を、海上保安庁を使って追い返そうとしていることについても、否定しませんでした」

「——」

羽賀聖子が、その横で下を向き、黙って頭を振る。

「羽賀さん」

射手山は、その顔を覗き込む。

「いかがですか」

「――あぁ」

羽賀聖子はうつむきながら

「何も言えません」

「あのように頑《かたく》なに、中国の救助隊を追い返そうとする。これは僕は、日本政府は何かを隠そうとしているんじゃないかと」

「私が、一番に危惧するのは」

「はい」

「起きてしまったことは、仕方ありません。今後、中国政府とあちらの国民のみなさんに対して、誠意ある謝罪と賠償をしなければいけないでしょう。それよりもいま、日本政府がもしも、現場海域に自衛隊を出して中国の救助隊を邪魔したら……。いまはまだ海保――警察力の段階でとどめていますが」

「軍事衝突に、発展しかねないと？」

「…………」

「羽賀さん——」

　射手山が言いかけた時。

「射手山さん、大変ですっ」

　オンエア中にもかかわらず、スタジオのフロア・ディレクターが丸めた台本と、メモのような紙を手に駆け寄って来た。

　画面に映り込んでしまうが、構わずに直接、手渡した。

「これを」

「——む？」

　射手山は、けげんそうな表情で受け取るが。

　渡された紙を一瞥するなり、その顔が険しくなる。

「こ、これは……この知らせは。何ということだ」

「たったいま、入った情報です」

　ディレクターは耳打ちする。

　同時に、台本と同じく手に持っている自分のスマートフォンを目で指す。

「沖縄からです。那覇の沖縄新報《しんぽう》ＴＶが、知らせてくれました」

●お台場　大八洲ＴＶ
　報道スタジオ

「新免さん、大変です」

〈ニュース無限大〉では、官房長官の会見の様子を中継で流している。

先ほどから、〈報道プラットホーム〉の射手山俊太郎が取材記者のスマートフォンを介して会見に割り込むという、スタンドプレーを始めた。その様子を中継しているとまるでライバル番組の宣伝をしてやっているようだ。

悔しいが、会見の中継である以上、仕方ない。

官邸からの中継映像を、新免治郎が腕組みをして見ていると。

チーフ・ディレクターが副調整室からの階段を駆け降りて、走り寄って来た。

「大変ですっ」

「どうした？」

新免は、〈報道プラットホーム〉のやり方に半ばあきれ、半ば感心しながら中継映像を眺めていた。

射手山め……。

いま、この『割り込み』でまた視聴率を取っただろう。

だが俺は、正攻法は崩さないぞ。

「向こうの瞬間視聴率の数字でも出たのか？　だが俺は、同じルール破りをやれと言われても、やらんぞ」

「いえ、そういうことではなくて」

チーフ・ディレクターが手にしているのは、自分の私物らしいスマートフォンだ。

その画面を差し出す。

「これ、見てください」

「？」

「いま、全国の報道各社に向けて、那覇の沖縄新報ＴＶからメールで『この動画を見ろ』と知らせて来ているのです」

「……何？」

沖縄新報ＴＶ……？

動画？

大八洲ＴＶの沖縄県での系列局は、八重山ＴＶだ（最近になって開局した新しいＴＶ局である）。

一方、沖縄新報TVは、沖縄県で圧倒的なシェアを持つ沖縄新報という新聞社が、古くから運営するTV局だ。

どこの大手の系列にも属していないが、TV中央とは関係が深いと言われる。

「『この動画を見ろ』って……？」

新免は、差し出されたスマートフォンの画面を覗き込む。

カメラは、スタジオを映していない。番組のオンエアは、官邸の中継を流しているから、この様子が視聴者に見られることはない。

「おい。この赤い枠、ユーチューブじゃないのか？」

「そうです」

「って、素人でも誰でも投稿できる動画サイトだろう。こんな――」

「いえ、よく見てください」

チーフ・ディレクターは画面を差し出し、強調する。

赤い横長のフレームには、動画が始まる前の三角形のアイコンが浮いている。その下に人間の上半身らしいシルエットが見える。

「私もいま再生してみて、驚いたんです。これは『中国民間機を撃墜した』と言われるパイロットですよ。航空自衛隊の」

「な」

新免は、目をしばたたく。

「何……!?」

ユーチューブに、ついさっき尖閣諸島の近くで中国民間機を撃墜したというパイロットが、動画を投稿しているのか。

しかし、どうしてそのパイロットが投稿した動画だと分かるのか。

現在、〈対領空侵犯措置〉に出動した二名のパイロットは、政府発表では行方不明だとされている。氏名も公表されていない。

沖縄の新聞系列のＴＶ局が、二名のパイロットの氏名を独自の情報網で調べ上げ、そのどちらかが過去にユーチューブへ動画を投稿していたのを見つけ出したのか……?

新免はそう思った。

ある意味、意欲的な取材とも言えるが……。

「で、それはいつのだ」

新免は訊く。

自衛隊の幹部は、国の機密を護ることに責任があるから、普通は動画サイトに投稿などしないものだ。

入隊する前の学生時代などに撮った動画でも残っていたのか……?

「いつの動画だ。ニュースとして価値があるものなのか」

「大ありです」

チーフ・ディレクターは、少し呼吸が速い。

「ただしこの動画に映っているのが、本人だとするならば、です。なぜなら」

「？」

「この〈告白動画〉がアップされた時刻。つい十分前なんです」

「……何」

新免が目を見開くのと同時に
『官房長官、官房長官っ』

官邸の会見ルームを中継するモニター画面に、また射手山俊太郎の声が響く。

●総理官邸地上階　会見ルーム

「私はまた地下のオペレーション・ルームへ戻り、現場の指揮に当たろうと思う」

ＮＳＣスタッフから手渡されたメモを見た古市は、空間を埋める報道陣へ告げた。

表情は変えず、ポーカーフェイスを保った。

内心は『まずい』と思った。しかしそう思っていることを、目の前を埋める報道陣には悟られないようにした。

至急、戻って欲しい――

障子有美からのメモの主旨は、こうだ。

魚釣島北方の海保の阻止線に、中国艦隊が迫り『進路を空けなければ攻撃する』と脅して来ている。

インド上空の政府専用機の総理とは、依然、連絡がつかない。防衛大臣もデリー市内で爆弾テロに巻き込まれて安否不明。〈政府方針〉を変更できる者がいない。

至急オペレーション・ルームへ戻り、新しい指示を出して頂きたい――

「諸君には」古市は報道陣を見回し、言った。「新しい事実が分かり次第、知らせます。三時間後くらいを目処《めど》に次の会見を開きます」

「それでは、これにて会見を終了いたします」

司会役の事務官が、古市の言葉をきっかけとして、場内へ向け宣言した。

「次の会見の開始時刻は――」

だが

『官房長官、官房長官っ』

また場内の空気を掻き回すような勢いで、スピーカーから〈声〉が響いた。

〈TV中央〉の腕章をつけた記者が、自分の記者席のマイクにスマートフォンを近づけている。

『待ってください官房長官っ』

●東京　横田基地　地下
航空総隊司令部・中央指揮所

「ん」

正面スクリーンを見上げていた笹一尉が、首を傾げた。

変だ、という表情。

「おかしいな」

「どうした」

工藤慎一郎は、連絡担当幹部から報告を受けていた。

那覇基地から知らせが届いていた。応援のF15二機が、間もなく発進するという。

二十分後には、二機は現場空域へ到達できる。

これで魚釣島上空の戦闘空中哨戒《CAP》を、四機態勢にできる――島の上空を四機で旋回させ、警戒に当たらせる。燃料の消費に合わせ、順次那覇から応援を発進させて、燃料の少なくなったペアと交代させれば、魚釣島上空を常時四機で固められる……。

いま、夜間にかき集められる兵力では、このくらいが精一杯だ。

そう思いながら、ふとスクリーンへ顔を上げた。

着水したパイロットの救助を依頼した海自の護衛艦のヘリは、現場に着いたか。

海自の第八護衛隊の四隻は、動き出していないか。

魚釣島の北側で阻止線を張っている五隻の巡視船は、まだ無事か……？　迫り来る中国艦隊は、どの辺りにいる……？

だが、真っ先に目に入ったのは、スクリーンを見上げてけげんな表情をする笹一尉の横顔だ。

「どうした笹」

「は」

笹一尉は、訊かれるとスクリーンの一角を指した。

魚釣島のシルエットの、やや下——南側の海面。

そこには先ほどから、青い四つの舟形シンボルが浮いている。尖端を真上——北に向けて、動かずに並んで待機している。

イージス艦〈ちょうかい〉を旗艦とする第八護衛隊の四隻だ。

「見てください先任。無数に浮かんでいた赤い点々が、なくなってしまいました」

「――――？」

見ると。

その通りだ。

つい数分前まで、四隻の護衛艦を表わす青い舟形シンボルの周囲には、何も無い空間を埋めるかのように無数の小さな赤い点々が集まり、浮いていた。

数を数えたわけではないが、百は超えていただろう。それら一つ一つは、護衛艦からの報告では『小型の漁船』だという。四隻の護衛艦が水上レーダーで捉えたエコー（反応）をデータリンクで横須賀の自衛艦隊司令部へ送り、その情報がさらにリンクされて、この中央指揮所のスクリーンにも表示される。

「さっきまでは、あそこに」

思わずつぶやくと。

「そうです」笹はうなずく。「四隻の周囲を埋めるかのように、ざっと百隻以上の漁船が集まっていたのですが……いま気づくと、一つ残らず消えているんです」

「データリンクの、一時的な不具合じゃないのか」

「いいえ、その可能性は低いです先任」

横から明比二尉が言う。

情報席の明比も、赤い無数の点々がふいに消え失せたことに気づいたのだろう、自分のコンソール画面にデータリンクの運用情況を表示させ、報告する。

「うちのデータリンクも、海自のデータリンクも、システムはいまのところ正常に走っています」

「じゃ」

スクリーンを見上げながら、工藤は眉をひそめる。

「どういうことだ」

「言えることは。百隻以上もの小型漁船が、突然、四隻の護衛艦のレーダーに映らなくなった」

明比はメタルフレームの眼鏡を光らせ、スクリーンを仰いで言う。

「客観的に言えるのは、それだけです」

「映らなく――」

そこへ
「先任」
南西セクター担当管制官が、振り向いて報告した。

「海自の護衛艦搭載ヘリが、漂流中のパイロットの位置へ到達しました。これより揚収《ようしゅう》にかかる模様です」

「分かった」

工藤はうなずいた。

「そのヘリと、直接の交信はできるか」

「は。周波数を調べて、上空のスカイネットに中継をさせれば可能です。少し時間は要します」

「頼む。繋いでくれ」

「はっ」

●総理官邸地下　オペレーション・ルーム

『官房長官、待ってください』

障子有美が見上げているスクリーンのウインドーで、射手山俊太郎の声が壇上の古市達郎を引き止めるように響く。

「…………」

しつこい……。

有美は見上げながら、唇を噛む。

いまは一秒でも早く、古市にはここへ戻ってもらい、〈政府方針〉を変更して海上自衛隊の護衛艦を魚釣島の北側へ進出させなくては。

それは『軍vs軍』の対峙になる。なってしまう。

常念寺内閣としては、望んだ展開ではないが、仕方ない。このままでは中国艦隊が魚釣島へ到達し、『救助』を名目に上陸されてしまう。

ひとたび上陸し、小規模でも、救助活動のためと称してベースキャンプのようなものを設営させてしまえば。もはや警告や説得では、彼らは出て行かない。ベースキャンプを足がかりに、たちまち大規模な軍事基地の建設にかかるだろう。

始まれば、南シナ海よりもペースは速いはずだ。何しろ、尖閣の島には初めから地面がある。埋め立てる必要がない。

しかし

『官房長官っ』

スクリーンのウインドーでは、TV中央の白い照明のスタジオで射手山俊太郎がしつこく呼びかける。

その横の、もう一つのウインドー——NHKの放送の画面では、会見ルームの様子が再び中継されている。

壇上にいた古市は、天井スピーカーから呼びかける民放キャスターの声には構わず、演壇から会見ルームの出口へ向かう。

（そうよ、早く戻って）

有美は、拳を握り締めた。

だが
『待ってください』

射手山俊太郎の声は、しつこく繰り返す。

『たったいま、極めて重要な情報が入った。〈犯人〉のパイロットの犯行声明ですよっ。これにつき政府の見解をお訊きしたい！』


何……!?

有美が眉をひそめるのと同時に、NHKの映す会見ルームの空気がざわっ、と動いた。退場しかけていた記者たちが足を止め、天井を見上げる。

「いま、何て――？」

そこへ
「危機管理監」

ネットを始め、マスコミの動向をモニターしていたスタッフの一人が席を立ち、駆け寄って来た。

「大変です。ユーチューブに、空自パイロットの〈告白動画〉が流れています」

「な」

「何っ」

横で門篤郎が、思わずという感じで声を上げる。

「おい、どういうことだ⁉」

「これを」

スタッフは、自分の私物か、スマートフォンを手にしている。

その画面を突き出す。

「これを見てください」

●インド領　上空
政府専用機　一階客室　ミーティング・ルーム

ゴォオオオ――

エンジンのくぐもった轟《とどろ》きが、床を伝わって来る。

(――――)

いま、どの辺りを飛んでいるのだろう。

時折、床が持ち上がるようにゆさっ、と揺れる。

上昇気流……？

気流の良くない空域を、飛んでいるのか。

（——あれから）

何分が経った？

ひかるは、依然として倒れた人々の間に横向きに寝そべり、身動きをせずにいた。

その姿勢のまま、手の中のスマートフォンが息を吹き返すのを待った。

何分、経った……？

頭の中で数える。

あの大柄な、のそりとした動きを見せる男。

首席秘書官の男が、ミーティング・ルームの扉の外へ姿を消し、どこかへ行ってしまってからどのくらい時間が過ぎたか。一分か。二分か……？

神経が興奮しているのか、時間の感覚がいつもと違う。黒い拳銃を手にしたシルエットが見えなくなってから、五分経った気もするし、三十秒しか経っていない気もする——

男はいったん姿を消したが、いつ戻って来るか。

分からない。

(――早く)

ひかるは、あの男が突然のそり、と扉の開口部へ姿を現しても大丈夫なように、寝そべる姿勢を変えずにいた。

ここにいるのではなく、どこか機内の別の場所に隠れ直した方がいいのかも知れない。ここを出て、どこか広い後部客室で隠れ場所を探した方がいいかも知れない……。でも専用機の機内で、無線インターネットが通じるのはこのミーティング・ルームと、ここよりも機首側の区画に限られる。

(電話は、通話できないみたいだ。さっき切れてしまったし)

でも、LINEさえ通じれば……。

インターネットに接続できれば、LINEのアプリを通して、姉の茜に連絡できる。LINEのアプリならネット経由で通話することも可能だ――

そうだ。

さっき首席秘書官の男は、ミーティング・ルームの中にはAEDを使おうとした者はいない、と判断して出て行った。

ある意味、しばらくはここが機内で一番安全かも知れない。

（携帯、早くＯＮになって）

寝そべった姿勢のまま、手のひらに収めたスマートフォンの画面をちら、と見る。

黒い背景に白いリンゴの形が浮かび、しばらくしてパスコードの入力画面になった。

「…………」

よし。

ひかるは唇を嘗め、身体の下にした左手を出して、携帯の画面に人差し指で四つの数字を入れた。

見ていると、画面は明るくなり、様々な色のアイコンが浮かび上がる。ＬＩＮＥの緑のアイコンもある。

ポン
ポポンッ
「う」

突然電子音が鳴り、ひかるは慌てて音を消す操作をした。

やばい……。

任務中に電源を入れることは通常は無いので、携帯会社からの知らせやニュース、ツイッターでリツイートされる頻度の高い情報をポップアップで知らせるリアルタイムのアプリなどは、音が出る設定のままで使っていた。
特輸隊の隊員が自分の携帯の電源を入れるのは、非番でプライベートの時間だけだ。
(よし、LINE——)
だが、ひかるが画面の緑色のアイコンを人差し指で突こうとした時。
同時に頭の上で、気配がした。
のそり。
扉の方で、影が動く。
(——うっ……)

4

●インド領　上空
政府専用機　一階客室　ミーティング・ルーム

ミシ
ミシッ

床を踏む音が、近づく。

(―――)

入って来た……。

あの男だ。

ひかるは反射的に眼を閉じ、身体のすべての動きを止めた。

さっきと同じに、気を失って転がっているのを装う。

だが
(………!?)

こっちへ来る……!?

嫌だ。

しかし足音の気配はミシ、ミシと近づく。

こちらへ来る。

迫って来る、大柄な秘書官の男。

見なくても分かる、その右手には黒い拳銃――おそらく出発前に燕木三佐がSPから預かり、コクピットのロッカーに保管していたものか……?　一丁の自動拳銃をぶら下げている。

男は数分前、その拳銃を通路の床へ向け、二発発射した。

硝煙の臭いが近づいてくる。

（……こ）

こっちへ、来ないで……！

ひかるは横向きに寝そべった姿勢のまま、右手のひらに包み込んだ携帯を、手の甲を外へ向けるようにして隠す。

そのままじっとして、息を止めた。

どうして、戻って来たの。

行ってしまって……！

しかし
「――――」

のそり、と体重のある存在がすぐ目の前に止まる。足を止め、見下ろしてくるのが気配で分かる。

「――やはり」

ぼそっ、という感じで男の声が言った。

「やはり君か。これは、君のだな」

ポトッ

すぐ目の前の床に、何かがおちた。

ごく小さな物。

何だ。

「コクピットの扉の前に、それがおちていた。君がおとして行ったものだ」

その言葉に

「………!?」

ボタン……!?

思わず薄眼を開け、目の前を見てしまう。

ボタン……!?

し、しまった……。

さっきコクピットの前で弾け飛んだ、わたしのシャツの――？

それを、この男が拾っていたのか。

ボタンの三つ取れた制服のシャツの胸を、自分はあろうことか男に向かって見えるように寝そべっていた。しまった。

（……くっ）

しかも『君のだな』と言われ、反射的に薄眼を開けてしまった。

ぬうっ、と右のこめかみの数十センチ上に、異様な圧迫感が被さる。

銃口を向けられた……⁉

「⁉」

ばれた。

もう芝居をしても無駄か。

唇を噛むのと同時に
「手の中の携帯を、寄こしなさい」

すぐ頭上で男の声が言う。

「右の手に、持っているな。寄こすんだ」


右のこめかみの三十センチ上に、銃口がある――

もう芝居はできない、目を開け、横眼で確かめると思った通りの位置に黒い銃口。

（……うっ）

鼻をつく硝煙の臭い。

どんな理由にせよ、男が指でトリガーを絞れば――その瞬間に自分の人生は終わる。

「…………」

ひかるは唇を噛んだまま、ゆっくりと、伏せていた右手を上げた。

瞬間的に、手の中の携帯がもぎ取られる。

くそっ……。

「ふん──LINEのアプリか。なるほど」

男の声が、頭上でつぶやく。

銃を下向きに構えたまま、片手でスマートフォンの画面を素早くあらためる。なるほど、という声が感心したような調子だ。

「ネットを使い、外部に連絡しようとしていたか」

「…………」

「君の名札と階級章は──」

男の視線が、こちらへ向けられる。制服のシャツの胸と、肩の階級章を見られる。

さっきはボタンが弾け飛んでいたことまで、意識できていなかった。シャツの合わせ目から、下着まで見えていたかもしれない。

やだ……。

「舞島三曹か」

「…………」

ひかるは、動けない。

銃口は、頭のすぐ上に突きつけられたままだ。


「では、問題です。舞島三曹」

男は言う。

銃口の位置はそのままに、頭上から問うた。

「答えなさい」

「……………?」

何だ。

今度は、独り言じゃない。

わたしに訊いている……?

「問題その1。〈中国人〉とは、何でしょう」

「…………」

何を言っているんだ……?

この男は、何をしているんだ。みんなを眠らせ――

ひかるは、寝そべった姿勢はそのままに、横眼で男を見上げた。

ぎょろりとした眼。

その眼が『解答しろ』と促す。

「……う」

でも、口を開いて話す余裕が無い。

かわりに、少しずつ呼吸が速くなる。じっとしていても肩を上下させてしまう。

「いいかね。〈中国人〉とは」

眼を合わせたまま男は言う。

「いま、共産党を支配している漢人《かん》たちのことではないよ。舞島三曹」

「大陸には」男は続けた。「全部で、五十六の部族がいる。漢民族は、その中の一つに過ぎない。〈中国人〉という名の民族は存在しない。〈中国人〉は文化的分類だ。学術的な定義は『漢字を使い交易する人』だそうだ。つまり」

「…………」

「君や僕、われわれ日本人も実は立派な〈中国人〉――いや、現時点では一番立派な中国人と言える。古来からの漢字文化、律令制度を保存して研究し、磨き上げ、いまのこの社会を作った。過去の歴史において日中戦争と呼ばれたのは、実は日本と中国の戦いではない、『中国人の中でどの部族が大陸の中央に出て、天下に号令するか』それを決する覇権争いの内戦だった。欧米列強が邪魔をしなければ、いま頃、大陸は中国共産党ではなく

〈和《わ》〉という帝国が支配し、人々は日本民族の統治のもと、安寧に暮らしていただろう」

「…………」

いったい、何をしゃべっているんだ……？

ひかるには、男の話す内容など、頭に入って来ない。

「……あ、あなたは」

ようやく、かすれた声が出た。

「何をするつもり」

「日本を、いまからでも正しい道へ戻す」

男の声は言い、さらに圧迫感が強くなった。

銃口が、さらに数センチ、ひかるの右のこめかみに近づく。

「それが世界のためでもある。その〈目的〉のために、多少の犠牲はやむを得ない」

「…………」

ぐらっ
床が持ち上がるように揺れ、頭上で男がバランスを取るのが分かった。
７４７の機体が、気流のうねりに揉まれている――
だが銃口はわずかに振れただけで、ひかるのこめかみに突きつけられたままだ。

「……わたしを、殺すの」

「君が無能なら、生かしておいても良かったが」

男の声は言った。

「君は、仲間がばたばた倒れるのを見て、とっさに何らかの方法でガスを吸わずにしのいだ。そしてAEDを使い、SPたちを蘇生《そせい》させようとした。この部屋でネットが繋がるのを知って、今度はLINEで外部に連絡しようと――君は有能すぎる」

「…………」

「いま死ぬのも、八時間後に死ぬのも同じだ。だから僕は自分の手は、なるべく汚したくないのだが――君を放っておけば、何をされるか分からない。排除する」

排除……!?

頭上で男が、無造作に指に力を入れる。

(!?)

そんな――

だがその瞬間
ポン
ポポンッ

男の左手で、またポップアップ音が鳴った。

「――――?」

一瞬だけ男の注意がそれた。


「くっ」

いまだ。

ひかるの中で〈勘〉のようなものが教え、手足が動いた。

寝そべった姿勢のまま右脚を蹴り上げた。スカートが抵抗になるが、男の右肩を横ざまに打撃する。同時に勢いを使って上半身を強引にずらした。

ドンッ
衝撃が、耳のすぐ横の床を叩いた。

それた……!

(……くっ)

ひかるは右向きに転がり、床を蹴り、低い姿勢に立ち上がる。そのまま男に身体の正面を向け、後ずさった。床に転がる官僚やNSCスタッフたちを踏んでしまうが、やむを得ない。

「ぬおっ」

男が唸り、間合い二メートルから銃口を振り向けた。蹴られても銃を取り落としてはいない。しかしベレッタ拳銃は重さ一キログラム近く、慣性が大きいから振り回して標的へポイントするには訓練がいる。

ドンッ

閃光。

「きゃっ」

左側へ床を蹴って避けるのと、目の前で閃光が炸裂《さくれつ》するのは同時だった。ひかるは右耳の真横から棍棒《こんぼう》で殴られたような衝撃を食らい、そのまま横向きに吹っ飛ばされた。

また床に転がる。

当たってはいない、当たっていれば意識など無い。

しかし

「――う」

棒で殴られたような衝撃に、頭がくらくらする。銃弾が顔のすぐ横を通過したか……!?

倒れたまま頭を振るが、上下の感覚が無い。

立ち上がれない……!

「この」

大柄な男は苛立つ声を上げ、左手に持っていた携帯を放り捨てると、両手で銃をホールドした。

銃口を、床に転がるひかるへ向けて来る。

(……………！)

ひかるは手足を振って、もがくように動くが、転がるのがやっとだ。頭がくらくらし、身体を起こせない。必死に手を動かす。

男がこちらへ——斜め下向きに銃口を向ける。両手で狙いをつけている。

ひかるの指先に何か触れた。硬い物——ノートパソコンか。スタッフの誰かのものか。

とっさに両手で、掴み取る。

だが
「死になさいっ」

男の声が叫び、引き金を引く気配。

その時
ぐらっ
ミーティング・ルームの床全体が、持ち上がるように揺れた。

●政府専用機　コクピット

ズザザッ

前面風防に何かが当たる音。

灰色の水蒸気の奔流《ほんりゅう》が、暗闇の前方空間から一斉に押し寄せ、ぶち当たっている。

二名の操縦士が倒れているいま、前方を見ている者はないが、星空はすでに灰色の水蒸気に塗りつぶされて全く見えない。

チカッ

風防の表面に、蒼白《あおじろ》い筋状の光が線香花火のように走った。同時に機体全体がぐうっ、と上方へ持ち上がり、左右の操縦席のプ《P》ライマリー・フ《F》ライト・デ《D》ィスプレー画面で高度スケールが急激に増加する。

ピーッ

〈ALT　ALERT〉という赤い文字メッセージが高度スケールの上に現れ、明滅した。『維持すべき高度から外れている』という警告だ。

横のナビゲーション・ディスプレーには、機体の位置を示す三角形シンボルの前方に、濃い赤色のウェザー・エコー（気象レーダーの反応）が巨大なアメーバのように被さっている。三角形はまさにその中へ突っ込もうとしている。

ピピッ

ピピッ
〈ALT　ALERT〉

風防ガラスに走る蒼白い光の筋は、氷の微粒子との猛烈な摩擦で生じる静電気の放電現象（セントエルモの火）だ。機体を持ち上げているのは強力な上昇気流——積乱雲に特有のものだ。

ピピッ
オート・パイロットがただちに高度を修正しようとして、自動的に操縦桿を前方へ動かした。

機首が下がり、ＰＦＤの画面上で機体姿勢を示すカモメ形のシンボルが、水平線よりも下側へ下がる。

しかし高度スケールは凄まじい勢いで増加し続け、機体の上昇は止まらない。

ぐがっ
さらに真下から突き上げられるように、コクピット全体が揺さぶられた。

「——」

左側操縦席の燕木志郎は、突っ伏した姿勢のまま動かない。

その目を閉じた顔に、警告メッセージの赤い色が反射して、明滅する。

ピピッ

ピピッ

『ジャパン・エアフォース〇〇一、ジャパン・エアフォース〇〇一、ディス・イズ・ムンバイコントロール』

天井スピーカーから声。

無線で呼びかけて来るインド人管制官の声だ。国際緊急周波数を使っている。

『イフ・ユー・リード・ミー、ターン・ライト・ヘディング一八〇・イミーディアトリー、トゥ・アボイド・サンダーストーム・クラウド（聞こえていたならばただちに右旋回し、積乱雲を避けるため機首方位を一八〇度へ向けよ）』

●インド領　上空

航空路R583

真夜中の大陸の上空に、黒々とした山のようなシルエットが盛り上がっている。

真っ黒い塊――ヒマラヤの高山よりもそれは遥かに高く、急速に山頂の部分を盛り上げていく。星空を隠してしまう。だが山ではない、深夜に高空の冷たい空気と、暖まった大地との温度差によって発達する巨大積乱雲だ。

一瞬、巨大な浮かぶ山は内部から真っ白く光った。

雷光だ。

ストロボのような雷光はすぐに消え、巨大な積乱雲は黒い山に戻る。

その『黒い山』のそそり立つ空間――暗闇の成層圏を、目には見えない航空路が貫いている。中東からインド亜大陸を横断して東アジアへ抜ける、空の大動脈だ。

赤と緑の航行灯を点け、深夜便の旅客機が何機も、十数マイルの間隔をとって往来している。

いま、それらの旅客機は管制機関からの誘導を受け、次々に航空路を外れて迂回《うかい》飛行に入る。そそり立つ巨大な黒い山の手前で、航行灯を明滅させる機影たちは右へ向きを変え、旋回して山の稜線をかわすように避けて行く。


だが、一機だけ針路を維持し、そそり立つ真っ黒いシルエットへまっすぐに突っ込んで行く機影がある。

雷光が閃《ひらめ》き、巨大積乱雲はまた内部から一瞬だけ真っ白く光った。

輝く、そそり立つ巨大な白い山――

その手前で閃光に照らされ、突っ込んで行く機影も一瞬、闇の中に浮き上がる。垂直尾翼に日の丸を染めぬいた白いボーイング７４７だ。

音速の八五パーセントという巡航速度で、７４７は積乱雲へ突っ込んで行く。

●政府専用機 コクピット

白い閃光がカッ、と前面風防からコクピット内部をさし貫いた。

ストロボを当てられたように、一瞬すべてが光と影になる。

ゆさゆさっ
上昇気流に揉まれ続け、オート・パイロットが高度維持のためさらに機首を下げる。

「――――」

だが燕木は、目を閉じたままだ。

操縦席の後方の床には山吹二尉が倒れ、突き上げるような揺れに、なすがまま転がっている。

『イフ・ユー・リード・ミー、ターン・ライト』

ぐがっ
さらに激しい突き上げ――上昇気流が襲い、コクピット内のすべての物が一瞬ふわっ、と浮き上がった。

●政府専用機　ミーティング・ルーム

ぐがっ
強く突き上げる揺れに、ミーティング・ルームのすべての物が一瞬ふわっ、と浮いた。

「うぉ」

両手でホールドした拳銃を発射しようとした瞬間、大柄な男は浮き上がってのけぞり、見当違いの向きへ銃口を振った。

ドンッ

（……くっ）

ひかるの頭のずっと上を銃弾は通過し、メイン・スクリーンに当たって音を立てた。

身体が浮く——

両手に摑んでいたノートパソコンも浮いた。ひかるはとっさに、手にしたA４サイズのPCを前方へ投げた。

男の方へ飛んだが、当たりはしない。秘書官の男はよろめきながらかわす。

しかしその隙に、ひかるはPCを投げた勢いで上半身を起こし、手をついてようやく立ち上がる。

「いやっ」

そのまま気合いを込め、床を蹴って跳んだ。

よろめきかけた大男の、重心——みぞおちの辺りを目がけ、姿勢を低くして頭から突っ込んだ。

男は右手に握った銃をこちらへ向ける。だが撃つのは間に合わないと知り、グリップ部分で殴ろうと振り下ろす。

しめた。

(………！)

ひかるは、振り下ろされた男の右手首を摑み取ると、ぶつかる勢いを利用して身体を入れ込み、上半身を屈めた。

思い切り、投げた。

「——えいっ」

ドンッ
投げられて宙を飛ばされる瞬間、男は銃をもう一発撃った。天井のどこかに当たって音を立てた。ほとんど同時に、大男が床へ仰向けに叩きつけられる響き。

窓の無いミーティング・ルームでよかった——

ひかるは一瞬、そう思うが。

考えている暇など無い、たったいままで男のいた位置から床を見回す。

(いまのうちだ)

ぐらっ
また身体が浮くような揺れ。

床が傾く。

踏ん張らないと、立っていられない……。

(わたしの、携帯……!)

どこだ。

傾く床には大勢の人たちが倒れ、転がっている。

分からない、見えない……!

だが
ポポンッ
またポップアップ音がした。

ひかるが自分のスマートフォンに入れている。世の中でリツイートされている話題が多い時に、自動的に知らせて来るリアルタイムというアプリの音だ。

あった……!

男が放り捨てた位置に、画面にアイコンを浮かび上がらせたスマートフォン。

ひかるは屈んで、摑み取る。

同時に背後数メートルの間合いで、男がうめきながら身を起こそうとしている。

「――ま、舞島三曹っ」

銃を向けて来る。

ひかるは構わず、また床を蹴った。走った。

「くっ」

床に転がる人たちにつまずきかけながら、ミーティング・ルームの出口へ。

●東京　永田町
総理官邸地下　オペレーション・ルーム

「これを見てください、危機管理監」

会議テーブルの横へ、駆け寄ってきたスタッフ――マスコミの動向をモニターしていたNSC情報班の若いスタッフは、私物らしいスマートフォンを突き出して見せた。

何だ。

「………!?」

「!?」

障子有美と、門は同時に覗き込む。

犯行声明……?

たったいま、会見ルームに響いたキャスターの声は確か、そう言った。

スタッフは〈告白動画〉だと言う。

「それは何なの」

有美は訊く。

「まさかシーサー・リーダーのパイロットが映っているとでも?」

「ユーチューブの動画です」

「ユーチューブ?」

「そうです」

スタッフは興奮した声で、画面を指し示した。

「見てください。那覇の沖縄新報TVが、ついさっきユーチューブのサイトで流れているのを見つけたそうです。それで、全国の報道各社へ盛んに知らせているのです。『今夜の撃墜事件の〈犯人〉が犯行声明を出している』と」

「な」

「何だと」

「映っている人物は、空自の飛行服を着ています。女子のパイロットで、『自分は尖閣諸島上空で中国の民間機を撃墜した』と話しています」

「――――」

「――――」

「再生します」

5

●インド領　上空
政府専用機　一階客室

「きゃっ」

通路へ飛び出すと、何かにつまずきかけた。

ひかるは前のめりに転びかけて、窓の一つに飛びついて身体を支える。

な、何に――⁉

何につまずいた。
一瞬だけ振り向き、ひかるは目を見開く。
SPの二人が……⁉
床に転がる二つのダークスーツ。それらのシャツを染める真っ赤な色が、目を射た。
だが
（追いかけて来る……！）

ミーティング・ルームの中から、大柄な男が追って出てくる気配。

見ている暇はない、ひかるは窓枠を突き放すようにして、走った。

ぐがっ
揺れる。大きく傾く。

どんな気流の空域を通過している――⁉　今度は機体が強く押し下げられ、走ろうとした足が宙を掻いた。

「あっ」

宙に浮く。

次の瞬間、ドシィンッと叩きつけられるような衝撃。

床に、叩きつけられる。

「うぉっ」

「……!?」

声がして振り向くと。大柄な秘書官の男が通路に出て、こちらへ銃を向けようとして滑るように転んだ。

赤い飛沫《ひまつ》が飛び散る。

血……!?

倒れた二名のSPの周囲が血だまりになっていて、滑って転んだのか。

「……くっ」

いまのうちだ。

ひかるは立ち上がり、通路を後方へ走った。

あの男が、さっき銃で撃ち殺したのか。眠ったままだったSPの二人を……!?

「はぁっ、はぁっ」

機体はロールするように揺れ続ける。

ドンッ

背後で銃声がして、ひかるの真横の通路の壁がバシッ、と削れた。

「……!」

あの男は、わたしも殺すつもりだ。

間合いは、どれくらい離した……？　十メートルくらいは後ろか⁉

逃げろ。

ひかるの本能が言う。

前方客室と後方客室を隔てるカーテンのようなパーティションを、頭から突っ込むようにくぐる。

さらに前方に、もう一枚のパーティションが見える。あそこから後ろは客席だ。

このまま行けば、最後部に女子休憩区画がある――そうだ、あそこへ駆け込めば扉をロックできる。

まっすぐに最後部まで走れば……。これだけ揺れ動く中で拳銃を標的に命中させるのは至難だ。訓練で撃った経験がある。十メートルも離れたら止まっている的《まと》でも難しい。

しかし

ドンッ

背後で発射音がして、パーティションを突き抜けた銃弾がひかるの頭のすぐ上をブンッ、と通過した。

衝撃波。

また棒で殴られるようなショック。

突き飛ばされるように、前のめりに転んだ。

「ぐわっ」

さっきほどの衝撃ではない、でも頭が割れる……。

「う」

すぐには立てない、やばい。

それでも、手足を動かした。肘と膝で床のカーペットを掻《か》くようにして身体を起こし、這って進んだ。

床はぎしぎしっ、ゆさゆさと揺れている。

燕木三佐が、気を失っているから……！

通常ならば気流の悪そうな空域は、機長が判断をして避けてくれるものだ。それが、できないのだ。

（……！）

すぐ目の前の左手に、カーテンが揺れている。ギャレーの入口だ。

背後に、パーティションをくぐって迫る気配。

もう、立って走れない――！

「くっ」

ひかるは這い進み、そのままギャレーの中へ転がり込んだ。

カーテンの下へ身を隠すのと、背後の通路で大柄な影がパーティションを突き抜けるように現れるのはほぼ同時だ。


隠れるのを、見られたか……!?

ひかるはまだ立てない。

すぐ目の前に、気を失った今村一尉が転がっている。

「うっ」

床に両手をついて、顔をしかめ、何とか上半身を起こす。ギャレーのスチールの作業台につかまって、後ろ向きに立ち上がる。

「はぁっ、はぁっ」

ぐらっ
機体が揺れ、ふらついて作業台に背中をぶつけるのと、カーテンを銃で払うようにして大柄な影が飛び込んでくるのは同時だった。

男が反射的に、床の今村一尉へ銃を向けた。

ドンッ

まるで布袋を裂くような音がして、今村一尉の制服のシャツから真っ赤な飛沫が飛び散った。

「……きゃあっ！」

気付いたら口から悲鳴が出ていた。

間合い一メートルの目の前で、男が気付き、こちらを振り向く。ぎょろりとした目をひかるに向け『そこにいたか！』という表情。

銃口が振られ、こちらへ向けられる。至近距離。

（！）

考えるより身体が動いた。小さい頃から実家の道場で稽古していた身体が、反応してくれた。とっさに身体を低くし、右手が男の拳銃を持つ手首を掴み取る。そのまま思い切り身体を沈め、自分の頭越しに後ろへ投げた。

「えいやっ」

ぶんっ

長年の稽古が助けてくれた。無我夢中の技だ。

男の声が「うぉっ」と叫び、重たいものがカーテンを突き抜けて通路へ吹っ飛ぶ。

どたたっ、と床に叩きつけられる響き。

「――はぁっ、はぁっ」

何か、武器は。

ひかるは肩で息をしながらギャレーの中を見回す。

わたしが投げたくらいで、参りはしないだろう。

アイスピックとか、ナイフは……⁉

しかし、食事サービスを終えた後の片づけも済んで、ギャレーの作業台の上には何も無い。調理用の器具も無い。小さい皿が一枚と、その上に食べかけのケーキ。フォークが一本だけ載っている。今村一尉が、報告書をつけながら食べていたのか。

あとは、すべて片づけて、残ったものや不要なものは捨てて──

「──はっ」

作業台の下の側面に、長方形のスチール製の蓋がある。Ａ４サイズ二枚分くらい。

ダストシュートか。

（………！）

ひかるはとっさに、作業台の上の小皿からフォークを摑み取ると、床を蹴った。

フラッパー式のダストシュートの蓋へ、頭から飛び込んだ。

●政府専用機　床下空間

どささっ
「――くっ」

ギャレーのダストシュートは、長方形の断面のダクトが真下へ向かって伸び、一階客室の床下空間に設置された大型のギャベッジ・バッグに繋《つな》がっている。

防水布製の、小さな部屋くらいのサイズのごみ溜めユニットが床下空間にあり、ダストシュートに捨てられたものはすべてこの防水ユニットに落下し、溜められる。基地に帰着した後に整備員が取り外して廃棄する仕組みだ。

真っ暗だ。

ひかるはごみ溜めの中へ、頭から突っ込んでいた。半ば以上に溜まっていた廃棄物が、クッションになってはくれたが――

「うっく」

暗闇の中で、顔をしかめる。

上半身を起こすと、廃棄物の上に顔が出る。呼吸はできる――

「はぁっ、はぁっ」

見上げる。

頭上で、フラッパー式の蓋――長方形の輪郭の部分だけが、かろうじて小さく、光を漏らしている。

蓋は、わたしの両肩が通るのがやっとだった……。
呼吸しながら、ひかるは思う。
(あの男の体格では、あの蓋を通り抜けるのは無理——う)
だが
ぱかっ
ふいに頭上で蓋が押し開けられ、長方形の開口部からぬうっ、と黒い拳銃が現れる。
銃口が、適当に見当を付けているのか、下へ向けられる。
ドンッ

閃光。

ひかるのすぐ真横で、廃棄物の堆積《たいせき》の中へ銃弾が突き刺さり、ゴミが飛び散った。

「うわっ」

あの男は、正気か。

この中を直接に覗くことはできないらしい、黒い銃を持った手が、適当に角度を変えて、また引き金を引く。

ドンッ
爆発するようにゴミが飛び散る。

ひかるは泳ぐようにゴミを掻き分け、ごみ溜めユニットの側壁に取りつく。

頑丈な防水布製だ。素手ではどうしようもないが――

「――くっ」

ひかるは手にしていたケーキ用のフォークを逆手に握り替えると、防水布の側壁へ振った。ザク、ザクッと思い切り突き立てた。

ドンッ
すぐ背後に銃弾が突き刺さり、ゴミが爆発的に飛び散る。

だが同時にブリリリッ、と手ごたえがして、分厚い防水布の側壁が裂けた。

大量の廃棄物とともに、ひかるはごみ溜めユニットの外側へ吐き出される。ほとんど同時にまた頭上でドンッ、と発射音がし、ひかるのいた場所を銃弾が貫いた。

がらがらがらっ

●政府専用機　一階客室　ギャレー

「やりましたか……?」

九条圭一は、ダストシュートの蓋を拳銃で押し上げ、真下を覗きにくそうに見た。

あのCA――舞島三曹といったか。スリムな小娘だったが。

二度も、投げ飛ばされた。自衛隊員はおおむね武道に習熟しているという。あんな小娘でも、俺を簡単に投げ飛ばす……。

さっきは至近距離から撃ち殺そうとして、引き金を引こうとしたら目の前から姿が消え、代わりに手首を摑まれ、気付いたら身体が宙を飛んでいた。

カーテンを突き破るようにして通路まで飛ばされ、床に叩きつけられたが背中を打っただけだ。ダメージはない。すぐに立ち上がり、ギャレーの中へ戻ると、ちょうどスリムなCAはダストシュートに頭から突っ込んで姿を消すところだった。

九条の体格では、ダストシュートの開口部に、頭と肩を入れることもできない。仕方なく手だけを入れ、真下へ向けて適当に銃を連射した。

床下が、ごみ溜めになっているのか――

長方形のダクトの下は、真っ暗で何も見えない。

廃棄物を搔き分けて動く気配がしていたが、四発撃った時点で気配がしなくなった。

「死にましたか」

九条は息をつくと、重い拳銃をスチールの作業台に置き、上着のポケットからスマートフォンを取り出した。

画面を指で突いて、情報ファイルを開く。

機体構造のファイルから、機体断面図を表示させる。

横向きの透視図を見ると、このギャレーの真下の構造は、廃棄物を溜め込むユニットになっている。床下貨物室にはまり込むような構造だが、ユニットに出入口のようなものは無さそうだ。

（――――）

撃たれまいとして、とっさにダストシュートへ飛び込んだが……。断面図を見る限りでは、一度飛び込めば、這い出すことはでき無さそうだ。

画面を元へ戻し、念のためにネットのページを開いてみようとする。

だが、ネットには繋がらない。

やはりミーティング・ルームよりも前方の、機首側の区画へ行かなければ、ネットには繋がらない。万一、下のごみ溜めであのＣＡが生きていたとしても、ＬＩＮＥのアプリを使うなどして外部と連絡を取ることは不可能だ――

九条はうなずき、スマートフォンを懐へ戻す。

「本当は、ネットも繋がらなくしてしまうのが確実なのですが」

息を整えながら、つぶやく。

「まだ、最終の重要ファイルを受け取っていないのです。私が生還するための」

生還するための、とつぶやきながら、思わず視線がギャレーの床に向く。

血だまりの中に、長身の女。

意識を失って倒れていた、客室乗員のチーフの女だ。あのＣＡと間違えて、撃ち殺してしまった。

（……四人、か）

自分で手にかけて殺した人数を、九条は頭の中で数えた。

いや。

どちらにしろ、あと七時間と少しすれば、この機に乗っている人間は、自分以外はすべて死ぬのだ。直接に手を下す者は別になるが、俺がそのようにさせるのだ――

「――問題です」

九条は肩で息をすると、作業台の上からベレッタ拳銃を取った。

グリップから弾倉を引き抜き、銃弾がまだあることを確かめて、叩くように戻す。

警視庁のＳＰが使う拳銃について、前もって調べた時。米軍でも使われているベレッタ拳銃は、自動拳銃の中では装弾数が多いと知った。その代わり重量が大きい。

「毛沢東《もうたくとう》は、何人殺したでしょう」

●政府専用機
　床下空間　前方貨物室

「はぁっ、はぁっ」

ひかるはアルミ合金製のレールが敷かれた床の上を、這い進んだ。

大量のゴミと一緒に、防水布の側壁から吐き出された。硬い金属の床の空間だ。

　ここは——

(前方の貨物室か……？)

　真っ暗で、初めは何も見えなかった。ゴミとともに吐き出され、とにかく場所を移動しようと、空間の開けている方向へ這い進んだ。

　作業用の常夜灯か、赤い小さな電球がポツ、ポツと天井にある。手に金属製のレールが触れる。これは、たぶん貨物コンテナをスライドさせて固定するためのレールか……。

　訓練で習ったばかりの機体の構造を思い出す。メインデッキの床下は、貨物コンテナを収容する空間——貨物室になっており、前方貨物室と後方貨物室に分けられている。

　這い進んでいると、床面はわずかに上り坂だ。つまり自分は機首に向かっている。いまいるところは、床下空間の機首側、前方貨物室ということになる——

　見上げると、天井は十分に高いところにある。

ひかるは側壁につかまるようにして、立ち上がった。

「――――」

見回す。

次第に、目は闇に慣れてくる。

機体の揺れも、小さくなり、おさまってきた。気流の悪い空域を抜けつつあるのか。

「やっぱり、前方貨物室だ」

民間エアラインの旅客機ならば、この空間に有償貨物を詰め込んだコンテナが収容され、レールに固定されて並ぶのだろう。

しかし訪問団を乗せた政府専用機は、積み込む貨物はせいぜい、スーツケースなどの手荷物だけだ。コンテナは数個あれば足りるのだろう、暗闇の空間はがらんとしている。

(とりあえず)

あの男が、追ってくる可能性はもうない。

ひかるは湾曲した側壁にもたれ、息をついた。

「――今村一尉」

口をついて、その名前が出た。

「一尉」

あの男が、撃った……。
自分は見ていて、何もできなかった。
二名のSPもだ。
あの男は平然と撃って、殺した。
思い浮かべると呼吸が速くなる。
(あの秘書官の男、何者なんだ……)
悲しむより、張り詰めた気持ちが『何とかしなくては』と言う。
いま死ぬのも、八時間後に死ぬのも同じ――？
確かに、あの男はそう口にした。
銃で撃たなくても、どうせみんな死ぬ……。
「何をする気――」
つぶやきかけた時。
ポポンッ
ひかるのスカートのポケットで、ポップアップ音がした。
「そうだ」
ミーティング・ルームを駆け出る時に、拾い上げた携帯はポケットにしっかり突っ込んでおいた。

この音は。

リアルタイムのアプリか……?

「ネット、通じるのか——ここ」

ひかるは天井を見回しながら、ポケットから自分のスマートフォンを取り出す。

暗闇の中で、画面が明るい。照明の代わりになるほどだ。

何か、浮かび出ている——

画面をあらためる。

(——やっぱり、リアルタイムのメッセージだ)

浮き出ている文字が目に入る。ここは機首に近い区画だから、床下でもネットの電波が入るのか……。

「………!?」

しかし画面を見たひかるの目が、大きく開く。

何だ。

浮き出ている文字。

『舞島茜が話題です』

（……これは）

これは何だ。

お姉ちゃんの、名前……？

思わず、目をこすった。

目の迷いか。

（いや）

確かに画面に浮かぶメッセージは『舞島茜が話題です』だ。

どういうことだ。

ひかるは眉をひそめる。

リアルタイムのアプリは、世の中で特に多くリツイートされている単語や話題を拾っては、自動的に『○○が話題です』とポップアップ・メッセージで知らせて来る。

人名ならば、芸能人や政治家の名前は出ることはある。

しかし――

「どうして、お姉ちゃんの名前が」

ひかるは画面の『舞島茜が話題です』を指で突《つっ》き、リアルタイムのアプリを開いた。

途端に
『舞島茜　テロリスト』

『自衛隊員がテロを働いた。恐ろしい』

『犯行声明　超気味悪い　舞島茜』

ツイッターのメッセージが、縦スクロールで大量に表示された。

さっきから度々、ポップアップ音が鳴っていたのは、ひょっとしてこれらのツイートが盛んにされていたからか……？

(何だ)

テロとか、犯行声明って何だ……⁉

ツイートの一つが、動画のサイトへリンクしている。

指で突く。画面が瞬き、ユーチューブのサイトに切り替わる。

「………！」

ひかるは息を呑んだ。

赤い枠──横長長方形のフレームの中に現れたのは、飛行服姿の上半身だ。ほっそりしたシルエットは、髪を後ろで結んでいる。

これは。

女子パイロットだ。

確かに、茜だ。

「お、お姉ちゃん」

でも、何だ。

この無表情――

違和感が、眩暈のように押し寄せた。

●東京　永田町
総理官邸地下　オペレーション・ルーム

『――私は舞島茜』

スマートフォンの画面に現れた、オリーブグリーンの飛行服姿。

髪を後ろで結んでいる。上半身がアップになっている。

背景は白い。

『私は航空自衛隊・第六航空団、第三〇八飛行隊所属の三等空尉、F15戦闘機操縦者』

「――」

「――」

『認識票は、この通りだ』

「――」

「――――」

有美と門、湯川が、再生される動画を覗き込む。

ユーチューブの横長のフレームだ。

上半身を撮影カメラに向け、髪を後ろで結んだ若い女――女子パイロットらしき人物は、細い鎖《くさり》のついた金属プレートを両手の指でつまみ、自分の胸の前に掲げる。

年齢は二十代だろう。

いや、舞島茜本人ならば、二十代の前半だ。

「この認識票の真偽、確認して」

障子有美は、画面に視線を集中させたまま、素早く指示した。

「これは本人なの」

「はっ」

湯川がうなずき、自分のパソコンで画像を確認するためデスクへ走った。


動画は続く。

『そうだ。本日の夕刻』

画面の女子パイロットは、カメラへ視線を向けたまま単調に続ける。

『那覇基地から〈対領空侵犯措置〉のため出動したシーサー編隊の編隊長は、私だ』

「――」

「――」

『私は魚釣島北方の領空へ接近した輸送機を、撃墜した。機関砲を使った。中国の民間機と知った上で、やった』

そこまで言うと、女子パイロットは口を閉じた。

カメラの方へ視線を向けたままだ。

数秒して、動画は終わる。

「――これだけ？」

有美は、情報班スタッフに訊く。

「動画は、これだけなの」

「そうです」

「これ、どこで撮られたものなの」

「分かりません」

情報班スタッフは頭を振る。

「沖縄のＴＶ局が、最初にこの動画を見つけ、報道各社に対して『見ろ』と盛んに知らせています」

「本物なら、シーサー編隊の編隊長がすでにどこかへ降りていて、何らかの理由で自分のしたことを〈告白〉していることになるわ」

「あるいはすでに撮影済みの動画を、タイミングを見計らってサイトへアップしたか」

スタッフは言う。

「アップしたのが本人とも限りませんが――」

「怪しいな」

門が横で、腕組みをする。

「この目つきは」

「目つき?」

「そうだ障子さん、これは」

門が、初めの状態に戻った動画の画面を指し示した時
「危機管理監」

背後で慌ただしい足音がして、しわがれた声が呼んだ。

古市の声だ。

「〈犯行声明〉とは、何だね」

6

●六本木　ＴＶ中央
〈報道プラットホーム〉スタジオ

「視聴者の皆さん」

射手山俊太郎がカメラに向けて『俺は義憤にかられたぞ』という表情を見せる。

「ご覧に、なりましたか」


〈報道プラットホーム〉でも、たったいまスタジオのスクリーンでユーチューブの動画が再生され、それが電波に乗せられて全国へ放送されたところだ。

動画のタイトルは『私が撃墜した。舞島茜』。サイトの再生回数のカウンターはすでに一〇〇万を超えており、ＴＶ中央が電波に乗せる以前にも多くの一般ユーザーが見ていることを示している。初めに『見ろ』と言い出したのは沖縄のＴＶ局だが、ツイッターなどの口コミで急速に話題が広まっている。

「何ということでしょう、全国の視聴者の皆さん」

カメラに向かう射手山の顔には、愁いと怒り、そして『信じられない』という表情が加わる。

「今夜スクランブルに出動させられた航空自衛隊の戦闘機パイロット——魚釣島の近海上空で、中国の民間貨物機を撃墜したその本人が、動画サイトに姿を現しました。そして『やったのは私だ』と告白しています。『民間機と分かっていてやった』と言っています。これは紛れもなく〈テロの犯行声明〉です。国から武器を持たされている自衛隊員が、テロを起こしたのです」

「…………」

「…………」

射手山の両隣に座る白髪の新聞編集委員のコメンテーター、そして羽賀聖子も『驚きに言葉も出ない』という表情。

特に羽賀聖子は、動画が再生された瞬間から『これはどういうこと?』という、疑いに近い表情の混じった顔だ。

その羽賀聖子に
「あなたも、驚かれたと思います」

射手山は同意を求めるように言う。

「大変なことになりましたね、羽賀さん」

「……え、えぇ――」

羽賀聖子は、少し戸惑ったようにうなずく。

「あの……。男でなく女なのですね、中国機を撃墜したパイロット」

「そのようです」

射手山はうなずく。

「名は、舞島茜三等空尉というらしい。いま、この本人の出自と背後関係についてスタッフが全力で調べています」

「それにしても許せないのは」

射手山はまたカメラに向かって言う。

「皆さん、許せないのは、たったいまの古市官房長官の態度です。官房長官は私の質問に答えず、逃げて引っ込んでしまいました」

●東京 永田町
総理官邸地下　オペレーション・ルーム

「とにかく」

短い動画を見終わった古市は、言った。

「この動画の真偽は別として、中国艦隊の魚釣島上陸は、阻止しなくてはならない」

「はい」

有美はうなずく。

「長官。現在、海自第八護衛隊の護衛艦四隻は、魚釣島の南側で待機しています。命令さえあれば、ただちに巡視船五隻と任務を替われます」

「うむ」

古市もうなずいた。

そこへ
「障子さん」

湯川が駆け戻ってきた。

「いまの動画に出ていた舞島三尉の認識票ですが、拡大して確かめましたが本物です。『AO』で始まる十二ケタの認識番号も、防衛省データベースにある舞島茜本人の番号と一致しています」

「つまり、動画は本人ということ？」

「はい。普通に考えれば」

「いまは、それはいい」

古市は遮った。

「とにかく政府方針は、変更せねばならん。いま、私の一存で決め、総理や閣僚たちの了承は後で取る。海自を前面に出し、〈海上警備行動〉で対処させる。ただちに自衛艦隊司令部へ命じてくれ」

「はい長官」

だがそこへ
「危機管理監」

会議テーブルから、赤い受話器を握ったスタッフが呼んだ。

「自衛艦隊司令部からです。緊急です」

「貸して」

有美は歩み寄ると、ホットラインの受話器を受け取る。

ちょうどいい、呼び出す手間が省ける――

「はい、障子」

だが
『危機管理監ですかっ。深刻な事態です』

回線の向こうから、連絡担当幹部《リエゾン》の二佐は早口で訴えて来た。

呼吸が荒い。

何が起きたのか。

『魚釣島南方の第八護衛隊四隻が、行動不能です』

「——え？」

●東京　横田基地　地下
航空総隊司令部・中央指揮所

「先任、これはどういう——」

地下空間の静かなざわめきの中。

明比二尉が、情報席のコンソールに向かって首を傾げる。

「——変だな。艦隊からの情報が、全然更新されない」

「どうした」

工藤が覗き込むと。

「これです」

明比は、自分の情報画面を指す。

そこには自衛隊全体のデータリンクシステムの稼働情況が、枝分かれする一枚の図となって表わされている。

明比はその端の方の一か所を指す。枝の一本が切れ、赤くなっている。

「海自の第八護衛隊——護衛艦四隻とのデータリンクが、途切れているんです」

「どういうことだ？」


工藤は正面スクリーンをちらと仰ぐ。

頭上、地下空間を覆うような大スクリーンの中央は、魚釣島。

その島のシルエットの北方から、赤い舟形の群れが近づく。くさび形のような隊形。

赤い舟形の群れは、横向きに阻止線を作る五つの白い舟形の列に、いまにも尖端を接触させようとしている（Ｐ３Ｃ哨戒機や、その他の手段によって位置情報を得ているので数や位置については正確ではないという）。

「第八護衛隊の四隻が、いまからでも全速で島の北側へ廻り込めば。領海には入られるが、上陸は阻止できるんだぞ」

「は。それが——」

明比は繰り返して情報を更新しようとするが、赤く途切れた部分はそのままだ。

「——ついさっき、赤い無数の漁船が消えてしまった頃から、護衛艦四隻からのレーダー索敵情報は更新されていません。つまり平たく言えば、四隻のレーダーが現在、使えなくなっている可能性が高い」

「使えない……？」

「おそらく、先ほど赤い無数の点々——漁船の群れがスクリーンから消えたのも、あれは消えたのではなくて、探知する護衛艦四隻のレーダーが何らかの理由で無効になったものと思われます」

「四隻、いるんだぞ」

工藤は眉をひそめ、正面スクリーンを仰いだ。

「護衛艦四隻、全部のレーダーが無効……？」

「はい」

明比はうなずく。

「そう考えるしかありません」

「………………」

「先任、それだけでなく、データリンクの通信そのものも無効化されている可能性が高いです。なぜならデータリンク自体が正常なら『レーダー不調』というメッセージを送って来るからです」

「おい」

工藤は振り向くと、連絡担当幹部を呼んだ。

呼びながら、自分の席の赤い受話器を取る。

「連絡担当、自衛艦隊司令部へ繋いでくれ」

「それが先任」

連絡担当幹部はヘッドセットのイヤフォンを手で押さえながら、振り向いて告げた。

「いま、呼び出してみたのですが。横須賀のホットラインが現在、話し中です。艦隊司令部リエゾンが、どこかと話しています」

●総理官邸地下　オペレーション・ルーム

「行動不能……!?」

有美は、艦隊司令部リエゾンの言葉に眉をひそめた。

「護衛艦が行動不能――って、どういうこと」

『ドローンです。やられました』

「ドローン……!?」

赤い受話器の会話は、先ほどから天井スピーカーにも出すようにしてある。

有美の驚く声に、周囲から視線が集まる。

いまの言葉。

ドローンです、やられました……?

(いったい)

どういうことだ。

しかし
『現場からの報告によりますと』

理解し切れないままの有美へ、連絡担当幹部は続ける。

『第八護衛隊の四隻――護衛艦〈ちょうかい〉、〈すずつき〉、〈しまかぜ〉、〈きりさめ〉の四隻の周囲をびっしりと埋めていた一〇〇隻以上の中国のものと見られる小型漁船から、先ほど、一斉に無数の小型飛行物体が舞い上がりました。大群です。それらは空中を飛び、四隻の護衛艦の上部構造へ突っ込んで来ました。小型飛行物体は、無線操縦と思われる模型サイズのヘリ――つまりドローンです。とても数えられませんが推定で一〇〇〇基を超すドローンの群れが、報告者の話によると「まるでウンカのように」襲いかかって各艦の対水上レーダー、対空レーダーシステム、通信用アンテナを備えたマスト等に殺到、おそらくC4プラスチック爆薬でしょう、次々に自爆して電子索敵装備や通信装備を破壊してしまいました』

「――――」

有美は、受話器を握ったまま声が出ない。

まさか。

模型のヘリに襲われて、やられた……⁉

〈ちょうかい〉は最新鋭のイージス艦だぞ……。

『その上』

横須賀にいる海自のリエゾンは続けた。

『もう一方で、各艦のタービン・エンジンの吸排気口にもドローンの群れが殺到、一基が外側の防護ネットを破壊すると後続が次々に内部へ侵入、機関室で爆発しました』

「危機管理監っ」

有美が絶句していると、情報集約センターの方からスタッフがメモを手に、駆け込んで来た。

「海保から緊急通信です。中国艦隊が砲撃を開始、〈くだか〉は被弾、現在炎上中！」

「――――」

「被害は？」

息を呑む有美の横で、代わりに古市が訊く。

「は、それが中国艦からの砲撃が激しく、被害を把握する余裕がないとのこと」

「やむを得ん」

古市がうなずく。

「海保に、身体で止めてもらうほか無い。官房長官として自衛艦隊司令部へ指示する。巡視船五隻に警告射撃を許可。自分がやられた場合の正当防衛に限り、相手に直接、当てても構わん」

「——長官」

「護衛艦が使えないのでは、やむを得ない」

●六本木　ＴＶ中央
〈報道プラットホーム〉スタジオ
「ご覧ください。これが、中国の災害救助隊の最新の映像です」

射手山が、資料映像を再生させながら説明する。

それは数年前に四川《しせん》省で起きた地震の際の、ニュース映像だ。

「オレンジの出動服の隊員たちが、地震の被災者を救助しています。この救助隊が現在、魚釣島海域へ急いでいるわけです」

「しかし」

編集委員のコメンテーターが言う。

「この救助隊の人たちを、海保が邪魔するとは」

だがそこへ
「射手山さん、大変ですっ」

フロア・ディレクターが横から駆け寄って、紙を差し入れる。

「いま、届きました。華真社通信からの最新の緊急ニュースです」

「……むうっ」


「視聴者のみなさん、信じられません」

射手山は、渡されたメモから目を上げると『信じられない』という表情になった。

「たったいま、海保の巡視船が、中国の救助隊の船に向かって機関砲を発射し始めました。甲板に出ていた救助隊の隊員からは負傷者も出ているようです。あっ、映像もある……？　映像もあるのか。流してくれ」

射手山が指を鳴らす。

オンエアの画面が、暗い海上を映した動画にすぐ切り替わる。

「ううむ――これは、メモによると救助隊の船に同乗している華真社通信の記者が撮影し、リアルタイムで送って来ているものだそうです」

上下に揺れ動く、暗い画面の奥には、白い船体が横向きに――撮影者へ舷側を向けた格好で止まっている。間合いは五〇〇メートルほどか、その白い船体の船首部分から時折、花火のような閃光が連続して撃ち上がる。

閃光は暗い夜空で放物線を描き、撮影者のいる甲板へもパラパラと落下して来た。悲鳴が上がり、乗組員が逃げ惑う。

「あぁっ、何ということだ、撃たれて倒れた人もいる」

●東シナ海
魚釣島北方海域　領海線の近く
中国南海艦隊　ソブレメンヌイ級駆逐艦〈杭州《こうしゅう》〉

同時刻。


「よし、いいぞ」

記者の男がうなずくと。

血糊《ちのり》でシャツを真っ赤に染めた甲板要員たちがむくっ、むくっと立ち上がり、次々に駆逐艦の艦内へ退避して行く。

記者の男のカメラは、その動きは映さず、再び暗い海上へ向けられる。

実は、この〈杭州〉を含む中国艦隊に対して機関砲を撃っているのは、前方で阻止線を形成していた五隻の巡視船〈りゅうきゅう〉、〈おきなわ〉、〈うるま〉、〈くだか〉、〈はてるま〉のうち最後尾にいた〈はてるま〉一隻だけだった。残る四隻は中国艦からの砲撃を受けてすでに大破炎上、次々に沈みつつあったのだが華真社通信の記者のカメラはそれらを絶対に映さなかった。

最後尾の〈はてるま〉は、記者にこの映像を撮らせるため、わざと沈めないで残されたのであった。

「よし。『日本の海上保安庁が先に発砲した』という証拠は、世界に向け発信した。甲板の〈惨状〉も撮影した」

記者の横で監視している共産党の政治将校が、うなずいた。

「これで十分だろう。あそこに残してある一隻も、沈めてしまえ」

「はっ」

後ろに控えていた政治将校の部下が、威儀を正してうなずく。

「ただちに、艦橋《かんきょう》へ伝えます」

「それから、分かっているだろうが海面に生存者が漂流していたら、機銃掃射で皆殺しにするのだ。後で余計な〈証言〉をされては困るからな」

「ははっ」

●六本木　ＴＶ中央
〈報道プラットホーム〉スタジオ

「うぅむ」

射手山は動画を見て腕組みをし、唸った。

オンエアの画面は、華真社通信から送られて来る『生中継』とされる映像だ。機関砲を夜空へ撃ち上げる巡視船と、甲板で血まみれになって苦しむ救助隊員の様子が、代わる代わる繰り返されている。

「これはひどい」

「海上保安庁は、なんてひどいことをするんでしょう」

コメンテーターも唸る。

その横で
「すみません、すみません」

羽賀聖子が、泣き始めた。

「私たちの与党が——自由資本党が、常念寺政権がどこか狂ってしまっているのだわ」

羽賀聖子は「あぁ」とハンカチで目頭を押さえながら立ち上がると、耐えられない、という感じでカメラの前から退出してしまう。

「あっ、羽賀さん」

●TV中央　報道フロア
来賓用化粧室

「はぁっ、はぁっ」

羽賀聖子は、ハンカチで目頭を押さえるふりをしながらスタジオを駆け出ると、通路を走り、報道フロアの来賓用女子化粧室へ飛び込んだ。

人けは無い。

ここは、オンエア中の時間帯には、ゲスト以外の者には使わせない——

昔はTV中央の現役の局員だった聖子は、それを知っている。

駆け込むと、洗面台を前にして、バッグから自分のスマートフォンを取り出す。

急いで画面をタッチし、記憶させてある番号を呼び出そうとする。

「あ」

手が滑った。一度間違ってから、ようやく所望の相手の番号をタッチする。

「――ちょっと、どういうこと⁉」

通話の相手が出るなり、羽賀聖子は問い詰めるように言った。

声は低くしているが、その分、語気は強い。

「あの自衛隊機のパイロットが女……⁉　そんなこと聞いてないわっ」

その問い詰めに、通話相手は何か応えたようだが、すぐに
「お黙り」

聖子は相手を制してしまう。

「私だって〈告白動画〉をここで初めて見せられて、驚いたわよ。どうするのよっ、これからの段取りが狂うじゃないの」


一人きりの化粧室で、洗面台を前にして立つ女。

ピンクのスーツ姿の他には人けは無い。

しかし、用心しているのだろう、通路を通りかかった者にでも会話を聞かれてはならないと、女は声を低くしている。

低く叱責《しっせき》するような声が、人けの無い化粧室に響く。

「いいわ。とりあえず〈作戦〉は進めていて頂戴《ちょうだい》」

羽賀聖子は、少し怒鳴って気持ちが落ち着いたか、あらためて通話相手に命じた。

「それから、例の〈最終情報ファイル〉。あれはどうなっているの――？　そうよ。政府専用機の最高機密」

通話相手が答えを渋ったのか、聖子は「いいこと」と念を押した。

「あの男が、専用機をあの場所へ持って行ってくれること――それが今回の〈作戦〉の最大のポイントなのよ。でもあの男は、私の子飼いでも何でもない。ただの無派閥の優秀な財務官僚なだけ。それが妙な理想を口にして、私のところに『協力したい』と近づいて来た」

羽賀聖子は視線を斜め上へ向け、何かを思い出す表情になる。

「初めは、二重スパイかと疑ったわ。でもあの男は、私の目から見ても、どうみても頭がおかしい。本気で自分の『考え』を正しいと信じて、実行しようとしている。歴史を変えるとか、そのためには報酬すら要《い》らないとか言っている。だから脱出手段を――自分だけは生命が助かる方法を教えて安心させてやらないと、土壇場で裏切りかねないわ」

7

●魚釣島　南方沖一〇マイル
日本領空内
海上自衛隊護衛艦〈すずつき〉所属・対潜ヘリコプターSH60K

同時刻。


「おかしいな」

意外に、近い水面だった。

母艦である護衛艦〈すずつき〉の後部飛行甲板を飛び立って、直線で一五マイル。

発艦前に『この者を救助せよ』と簡単にブリーフィングされた救助対象者――生存者の存在は、すぐ確認できた。

SH60Kにも、救難電波の発信源の方位を簡便に測定する計器がある。発艦してすぐに信号の来る方向へ機首を向け、着陸灯を点けっぱなしにして飛んだ。

護衛艦の艦載ヘリは救難が主任務ではないが、このように救難信号をトレースしながら飛ぶことは初めてではなかった。

低空で五分も巡航すると、ライトに照らされる前方の黒い海面が、入浴剤のような緑色に変色し始めた。

ダイマーカーだ。

その色を見た瞬間、急減速してホヴァリングに入った。

戦闘機のコクピットから搭乗者がベイルアウトし、海面に着水して救命浮舟が自動的に膨らむと、同時に周囲の海面へダイマーカーと呼ばれる着色剤を放出する。

捜索機は、海面の色の変わっているところを捜せば良い。

夜間だったが、比較的簡単に見つけられた。

後は拾うだけだ——


発見した生存者の揚収作業——機体を海面すれすれに低く降ろし、三〇フィートでホヴァリングしながらの吊《つ》り上げ作業も、速やかに終わった。

もともと生存者は救命浮舟に乗っていた上に、飛び込んだダイバーが浮舟によじ登って揺さぶると、すぐに目を覚ました。降ろされたホイストに自力で身体を固定できたことが大きい。

浮舟に乗って漂流していた生存者は、航空自衛隊の戦闘機パイロットらしい。海面から吊り上げられる訓練も受けていた（前に民間人も救助したが、その時は大変だった）。全体に救助はスムーズに運んだ。

しかし

海面高度から機を上昇させながら、左側操縦席で機長の山本巧《やまもとたくみ》三佐は首を傾げた。

「おかしいな。本艦から、応答がないぞ」

低空でホヴァリングする間、海面での救助の様子はコクピットの横に突き出した数枚のバックミラーで見ることができる。

着陸灯の光芒《こうぼう》に照らされ、ホイストに吊られたダイバーと、オリーブグリーンの飛行服姿が抱き合うようにして上がって来る。機体左サイドの側面扉へ呑み込まれる——それを確認すると、機長は「揚収完了、帰投する」と短く無線に告げ、上昇に入った。

ところが、母艦である〈すずつき〉の飛行指揮所から応答がない。

繰り返し呼んでみたが、同じだった。

護衛艦〈すずつき〉が応答しない。

「どうしたかな」

「私の方で、呼んでみましょう」

副操縦士が、右席の無線を使い、同じ周波数で〈すずつき〉の飛行指揮所を呼び出すが結果は同じだ。

「変ですね」副操縦士も首を傾げる。「この機の無線が何らかの原因でいかれたか、あるいは母艦の無線が――」

「機長、あれは何でしょう」

二人の操縦士がセンター・ペデスタルの無線コントロール・パネルへ視線を向けている間、横向きのセンサー席から前方を見ていたセンサーオペレーターが声を上げた。

「水平線です。火と煙のようなものが見えます」

「何」

「？」

山本三佐と副操縦士も、前方空間へ視線を向け直す。

そこへ
『機長、鮫島《さめじま》一曹です』

ヘルメット・イヤフォンに別の声がした。

たったいま、救出のため海面へ降りたダイバーだ。

後部キャビンから機内インターフォンで呼んで来た。

『いま、拾い上げた空自の白矢《しらや》三尉ですが。至急、そちらで機長と話したいと言われています』

どうしますか――？　という口調だ。

「あぁ、そうだな」

山本は水平線に見えて来た赤黒い光――何だろう、遠くから望む山火事のようにも見える――に目を凝らしながらうなずいた。

「しかし、すぐ母艦に着くんだ。挨拶なら、着艦してからでいいと言ってやれ」

『は。それが――』

『機長、白矢三尉です』

インターフォンの話し手が、いきなり入れ替わった。

通話用ハンドセットをもぎ取るようにして、入れ替わったのか。

『お忙しいところ、恐れ入ります。ぜひお話ししたいことがっ』

「あぁ、分かった」

山本は、少しうるさそうにうなずいた。

視線は外へ――水平線へ向けたままだ。

赤黒い光はちらちら揺らめき、横に広がる。次第に大きくなる。

何か、燃えているのか……？

海面近い低空では、水平線への見通し距離は約一五マイル。つまり、救助活動をしていた位置からは、母艦〈すずつき〉を含む第八護衛隊の四隻の陣容はたとえ昼間だったとしても見えないことになる。

「あまり相手にはできんが。来るなら来てもいいぞ」

『はいっ』

大声で返事をするので、山本はヘルメットの上から耳を押さえた。

元気だけはいいやつだ……。

「しかし、どうしたんでしょうね」

副操縦士が、前方を見て言う。

「まさか、先ほどから艦隊を取り囲んでいた中国漁船の群れが、集団で火災でも起こしているとか――」

「まさかな」

山本は頭を振る。

「とにかく、近づいていけば分かることだ」

そこへ

『――スカイネット・ゼロワンよりシーガル・セブン』

また別の声が、イヤフォンに入る。

まったく、聞き覚えはない。

誰だ……？

スカイネット？

『シーガル・セブン、聞こえますか。こちらはスカイネット。空自のE767です。上空を警戒中』

「あぁ」

山本はうなずき、応答する。

空自のAWACSか。

三〇〇〇〇フィート以上の高空で、この一帯を監視しているはずだ。

それが、どこかで我々の艦隊指揮周波数を調べ、直接に呼んで来たのか。

「こちらシーガル・セブン、聞こえます。ラウド・アンド・クリア」

『良かった』

なぜか、E767――スカイネット・ゼロワンのコールサインを名乗る声は、ほっとした感じになる。

『では、急で申し訳ない。シーガル・セブンはただちにメイク・ワンエイティ・ターン、ただちに一八〇度回頭し、引き返してください』

「――えっ⁉」

山本三佐は、イヤフォンに聞こえた声に、目をしばたたく。

一八〇度回頭しろ……？

何を言うのか。

「あぁ、どういうことか」

『シーガル・セブンですね、こちらは横田ＣＣＰ』

また別の声が、割り込むように被さった。

今度は誰だ。

『いま、上空のスカイネットに中継させ、横田の航空総隊中央指揮所からコールしています。私は先任指令官の工藤二佐』

「あ、あぁ。どうも」


山本は、操縦桿を握ったまま口ごもる。

横田の中央指揮所……？

ずいぶん、次々と話しかけられる――

その間も目は、水平線から徐々に近づいて来る赤黒い炎と煙に向けられている。

(何だ)

何が燃えている……?

艦隊のいる辺りだぞ……?

まるで煙幕でも張られたようだ、水平線から手前が、潤《うる》んだようになって見えない。

『横須賀の自衛艦隊司令部に照会し、そちらの搭乗割を調べさせてもらいました』

先任指令官を名乗る声は、せわしなく続けた。

『シーガル・セブン、機長の山本三佐ですね。自衛艦隊司令部からの命令を伝えます。ただちに一八〇度回頭し、戻ってください。それ以上、母艦に近づいてはいけない』

「……えっ⁉」

それでも山本は、言われたことが理解できない。

なぜ航空自衛隊の、横田基地の要撃管制官が、俺に指示をして来るんだ……?

しかし

『よろしいですか』

声は畳みかける。

『第八護衛隊の四隻は、すでにかなりのダメージを受け航行不能、通信不能の状態です。あなたがたの母艦〈すずつき〉は指示を出すことができません。代わって自衛艦隊司令部からの命令を、私が中継して伝えている。了解できたら、とりあえず止まってください。

それ以上近づいたら危険だ』

「――え」

いま、何と言った……。

航行不能、通信不能……!?

「航行不能とは」

『説明している暇はありません。それ以上近づいたら、あなたがたもやられる。ただちにその位置で止まるのです』

それ以上近づいたら、というのは、AWACSのレーダーではこのSH60Kの位置も捉えられているのだろう――

「――――」

「機長」

副操縦士が、絶句する山本を見た。

どうするんですか……？　と問うている。

「――あ、あぁ。分かった。いえ、分かりました。停止します」

●魚釣島南方海上

対潜ヘリコプターSH60K　シーガル・セブン

キィイイイン——

海面上一〇〇〇フィートの高度を直進していた淡いグレーの対潜ヘリは、ぐうっと機首を起こすと、身をひるがえすようにして前進速度を殺し、その位置でホヴァリングに入った。

闇の中に、双発タービンエンジンの排気音が響く。

●シーガル・セブン　コクピット

「何だ……?」

左側のサイドウインドーを母艦の方向へ向けるようにして、山本は機体をホヴァリングに入れていた。

機の姿勢を安定させた上で、横を見やる。

帯状の火焔《かえん》らしきものが上がっているのは、三マイルほど離れた闇の奥の海面だ。煙の幕に覆われ、よく見えない。

「燃えているのは、まさか」

『山本三佐、そこから艦隊の様子が見えますか』

「いったい、どういうことです」

『先ほど、あなたが発艦した直後です。およそ一〇〇隻の漁船から、およそ一〇〇〇基のドローンが一斉に舞い上がり、第八護衛隊の四隻に襲いかかったのです』

「――――!?」

『C4爆薬をくっつけた、一〇〇〇基のドローンです。護衛艦の装甲を貫通するのは無理だが、レーダーやアンテナマストを破壊するには十分な攻撃力です。おまけに防護ネットを突き破って機関室にまで侵入し爆発したらしい』


「な」

何だって……!?

『漁船の群れは、すぐ逃げ散ったのか、あるいはその水域に留まっているのか不明です。ドローンもまだたくさん飛び回っている可能性がある。空中に機雷が撒いてあるようなものだ。いくらヘリでも、闇夜に出会《であ》い頭《がしら》では避けようがないでしょう』

「……そ」

それはそうだが……。

母艦〈すずつき〉の皆は、無事なのか。

ここから見える、火と煙の幕の向こうなのか……？

『艦隊の様子は見えますか』

「い、いや」

山本は頭を振る。

「まるで煙幕を張られたようで、よく見えません」

『大量の、粗悪品のプラスチック爆薬が爆発し、燃えているのです。無理もない』

「………」

『よろしいですか。いま、あなたがたと無線で連絡できるのは我々だけだ』

工藤と名乗った先任指令官は続ける。

階級は向こうが上だし、多分防大の先輩になるのだろうが、指揮系統の違う同士なので言い方は丁寧だ。

『ほかに、第八護衛隊の四隻と、横須賀自衛艦隊司令部との間で唯一通じているコミュニケーション手段は、各艦の艦長あるいは幹部乗員が使う衛星携帯電話だけです。当初、各艦とも大混乱していましたが――』

そこへ
「機長っ」

大きな声がして、後部キャビンから誰かが入って来た。

「失礼します」

●東京　横田基地　地下
航空総隊司令部・中央指揮所

「――現在はドローンの襲撃もいったん鎮静化し、各艦とも消火と救護活動に全力を挙げている模様。人的損害は、各艦とも現在調査中です」

工藤慎一郎は、正面スクリーンを見上げながら、自分のヘッドセットのブームマイクに続けた。

その視線は、魚釣島南方に並ぶ四つの青い舟形、その手前の位置で停止している青い三角形シンボルに注がれている。三角形の識別記号は〈ＳＧＬ７〉。

「よろしいですか。では横須賀からの命令を伝えます」

いま、正面スクリーンでは、一方の魚釣島北側に、バツ印のついた白い舟形が五つ並んでいる。赤い舟形の群れ（七つある）はくさび形の隊形を維持して、白い舟形を左右へ蹴散らすように、魚釣島へ迫っている。

「まずいです、シーサー編隊四機、敵艦隊のＳＡＭの射程内に入る」

明比二尉が自分の情報画面を見ながら、問われなくても報告する。

「このままではスカイネットもだ」

工藤は『分かっている、ちょっと待て』と言うように人差し指を立て、自分のヘッドセットのマイクに続ける。

「山本三佐。そちらに、たったいま海面から引き揚げて頂いたサバイバー——生存者がいますね。私の指揮下にある航空自衛隊のパイロットだ。那覇基地のスクランブルのアサイン表によると、白矢三尉だと思うが」

『——えぇ、ここにいます』

無線の向こうの声はうなずく。

『けがも無いようだ』

「何よりです」

工藤は思わず、話しながら頭を下げる。

貴重な証言者を、よく迅速に拾ってくれた……。

「では、そのパイロットを乗せて、そのまま下地島へ向かってください」

『下地島へ？』

「そうです」

工藤はうなずきながら、本来は指揮命令権のない相手に向かってものを頼むのは大変だ——と思った。

（……ったく、大変なことになった）

横須賀の自衛艦隊司令部とホットラインが通じて連絡がつき、リエゾンを通して、第八護衛隊の〈ちょうかい〉以下四隻の護衛艦があろうことか『漁船から飛び立ったドローンにやられた』と分かったのは十分前。

一方、島の北側で阻止線を形成していた五隻の巡視船が、中国艦隊からの砲撃を受けてすべて大破炎上し沈没したらしいことも、その後で知らされた。

巡視船五隻が砲撃されて沈没……。

中国は正気か。

軍艦七隻（推定）で巡視船五隻を撃沈し、島に上陸して占領したりすれば。

これは立派な『戦争』だ。

一方で、それならば『俺の出る幕はもうすぐなくなる』とも思う。

いったい、巡視船五隻に海上保安官が何人乗っていたのか……？

船乗りではないから見当もつかないが。

これは明らかに、総理大臣から〈防衛出動〉が発令される事態だ。

海保では防げなかった。このままでは島が占領されてしまう。

自衛隊は、憲法と自衛隊法に基づいて行動する。迫って来る外国勢力に対して、武力を行使できるのは、内閣総理大臣が〈防衛出動〉を発令した場合のみに限られる。

現在は〈海上警備行動〉が発令されてはいる。しかし〈海上警備行動〉は『治安の維持を目的とした行動』を命じるもので、治安を乱そうとする外国勢力に対して警告射撃は実施できるが、実際に当てることはできない。対象をまともに攻撃したければ〈防衛出動〉の発令を待つしかない。

そして、いったん総理から〈防衛出動〉が発令されれば。

陸・海・空の三自衛隊は、規定により市ヶ谷にある防衛省本省の〈統合幕僚会議〉によって一括運用、コントロールされる。

ここCCPは、平時において日本の防空の指揮を執るが、有事においては自衛隊全体を一括して動かすので、指揮権は市ヶ谷に取られてしまう。CCPは、決められた作戦命令を現場へ伝達するための『中継所』になる。

後で責任を問われるような重要な判断は、市ヶ谷の統合指揮所に詰める統幕議長と幕僚たちが行なう。工藤は、市ヶ谷で出された命令を現場へ降ろすだけの、連絡係にさせられるだろう。

（だから）

俺のいまやるべき仕事は、作戦指揮を市ヶ谷に取られる前に、現場でやっておくべき作業をできるだけ済ませてしまうことだ――

「下地島空港の駐機場へ、白矢三尉を降ろしてください。こちらは那覇から下地島へ複座のＦ15か、Ｔ4を迎えに出します。一刻も早く、引き取りたいのです」

『分かりました』

「先任」

対潜ヘリの機長が納得してくれ、命令に従う意志を見せてくれるのと入れ違いに、連絡担当幹部が振り向いて告げた。

「官邸からホットラインです。赤1番に出てください」

「分かった」

「先任」

同時に横で、笹一尉が言う。

「築城《ついき》のＦ２部隊を、いますぐ那覇まで進出させましょう。手遅れになっちゃまずい」

「うん、その通りだ」

工藤は自分の席の赤い受話器を摑みながら、うなずく。

「笹、お前の方で連絡担当を通して、まず第七航空団へ打診しろ。おそらく向こうでは、何らかの準備を始めていると思う」

「はい」

「頼む」

工藤は指示しながら、受話器を耳に当てる。

「はい、工藤――」

『工藤君』

受話器を取るなり、障子有美の声が言った。

『ごめん、突然で』


「いえ」

工藤は頭を振る。

突然なのは、いつもだ。

「ちょうど、報告しようと思っていたところです。ただいま救出に成功したシーサー・ツー――白矢三尉ですが。そちらで出された指示通りに下地島へ運ばせます。二十分かそこらで到着すると思います。出迎えには那覇から複座のジェット機を出させます」

『分かった、ありがとう』

回線の向こうで、有美はしかし上の空のようにうなずく。

工藤は「あれ？」と思う。

一時は、あんなに『早く捜索しろ』とうるさかったはずだ。

もう、脱出したパイロットの証言を、ゆっくり聞いている場合ではないのか。

『それとは別に、お願いなんだけど』

障子有美はいつになく早口だ。

『いま、魚釣島の上空にF15が四機いるわね』

「はい」

工藤はうなずきながらスクリーンを仰ぐ。

中国艦隊が近づいて来る……。島の真上も、間もなく〈敵〉の対空ミサイルの射程内に入ってしまう。

四機は、避退《ひたい》させるか……？

F15は、〈遼寧〉の艦載機に対しては有効な抑止手段だが――SAMが相手では、ただ撃たれるだけだ。

「那覇のF15を四機、いま、CAPで廻らせていますが」

『その四機で、中国艦隊を阻止できないかしら』

「えっ」

●東京　永田町
総理官邸地下　オペレーション・ルーム

「ごめん、驚かせて」

有美はホットラインの赤い受話器を握り締め、回線の向こうの後輩に頭を下げた。

会議テーブル頭上のメイン・スクリーンには、画面の上方——真北の方角から尖端を真下へ向け、くさび形隊形で接近する赤い七つの舟形が浮かんでいる。ＣＣＰの正面スクリーンと同じ情報を表示させている。

「イーグルに対艦攻撃能力が無いのは、承知してる」

有美は言いながら、会議テーブルをちらと見た。

席の一つに、古市達郎が深く腰かけている。老眼鏡を卓上に置き、背もたれにもたれて憔悴したようにスクリーンを見上げている。

無理もないか……。

みずから『盾になれ』と命じて、盾になった巡視船五隻が沈められたばかりだ。

何人死んだ。

いや、何人殺した——

「でも、ほかにいま、戦力が無いわ」

『障子さん、無理です。相手はおそらく空母〈遼寧〉を中核とする機動部隊ですよ』

「沈めてくれと言うんじゃない。少しでも、侵攻を遅らせてくれればいい」

『百歩譲って、いったん離脱した後、超低空で海面上を忍び寄って機関砲で撃つという手はありますが』

「機関砲……？」

『そうです。イーグルの携行するAAM3は熱線追尾の空対空ミサイルで、ジェット機の排気熱にロックオンするようにできているから使えない、使えても威力は小さい。かえって二〇ミリ機関砲弾を大量にお見舞いする方が効果的です。海面すれすれを忍び寄って、艦橋など上部構造物を狙って破壊できれば、さっきの漁船のドローン・アタックと同様、〈敵〉の索敵通信能力を削ぐことができる。もっとも七隻もいるのでは気休めですが』

「それを、やってみてもらえないかしら」

『では、〈防衛出動〉ですね？』

「いいえ。あの」

有美は頭を振る。

「〈防衛出動〉は――まだちょっと、発令できそうにないの」

『発令できない……？』

工藤の戸惑う声が、天井スピーカーから響く。

オペレーション・ルームのスタッフたちの視線が、自分と、会議テーブルの椅子にぐったりともたれる古市達郎に集まるのが分かる。

そうだ。

〈防衛出動〉発令は、総理の専権事項だ。

「ごめん」有美は受話器の向こうにまた頭を下げる。「〈防衛出動〉はまだ発令できません。何とか現状の〈海上警備行動〉の範囲内で、実施できないかしら。つまり相手に先に発見させて、先に撃たせて、それをかわして接近して正当防衛で――」

『障子さん』

工藤が声を荒らげた。

『あなた、正気でおっしゃっているんですか』

「駄目かしら」

『そんな一四〇パーセント死ぬような命令、誰が出せるんですか。あなたの言われていることは、戦時中の特攻と何も変わりませんよっ』

「――――」

『言い過ぎました。すみません』

「いいわ。ごめんなさい。確かに、あなたの言う通りです」

『とにかく、現在こちらでは築城のF2部隊を那覇へ進出させるよう、根回しを進めています。〈防衛出動〉が発令されたらただちに全力で出撃できるように。そのようにしておきます』

それだけ言うと、工藤は忙しそうに向こうから通話を切ってしまった。

「――――」

有美は受話器を見つめ、唇を噛む。

ホットラインの通話が切れると、天井スピーカーからはTV放送の音声が低く流れる。

先ほどからメイン・スクリーンにウインドーを開いてモニターしている報道番組だ。

『もう一度、映像を見てみましょう。ご覧ください、海上保安庁の巡視船が、中国救助隊の船に向かって発砲しています』

『ひどい。海上保安庁は、なんてひどいことをするんだ』

「障子さん」

ふいに、後ろから肩を叩かれた。

もちろん、声で分かる。

「門君……?」

「どうしました。その顔」

黒い上下に包んだ痩身は、そういえば少しの間、姿が見えなかった。

どこかへ席を外していたのか。

「官房長官も」

「門君」

有美は睨みつけた。

「あなた情況を、ウォッチしていなかったの？」

「見ていましたよ」

門は肩をすくめる。

「巡視船五隻撃沈、護衛艦四隻行動不能――もっとも護衛艦の方の被害は、中国の民間人の漁民が義憤にかられて起こしたテロ事件、〈犯罪〉ということになる可能性が高いが」

「…………」

「それなのにマスコミは『自衛隊機のパイロットがテロを起こした』『海保が先に中国の救助船に向けて発砲した』と言い続けている。いまこの瞬間も」

「…………」

「睨まないでください」

有美が見返すと、門は『降参』するように両手を肩の高さに挙げた。

その右手にスマートフォンが握られている。

「ただフケていたわけじゃない、ちょっと確かめていた」

「何を？」

「那覇基地に、情報源があるんです」

「？」

「調べてもらっていた。当日の舞島三尉と、白矢三尉の二人の行動についてだ」


行動を、調べていた……？

どういうことだ。

「何か、情況を好転させるのに有益な情報でも？」

「動画があまりに不自然なので、俺なりに調べていた。いろいろと」

「だから、何か分かったの」

「いろいろ分かりましたが──一番の情報は、じゃんけんで決めていたそうです」

「……？」

「その二人が、ですよ」

門は手のひらの携帯の画面に、あのユーチューブの動画を出して見せる。

「この動画に出ている舞島三尉と、白矢三尉は同期生だから、どちらが先任ということはない。今晩のアラート待機も、待機に入る前に那覇の飛行隊のブリーフィングルームで、じゃんけんをして『どちらが編隊長になるか』決めていたという。それを見たという証言がある」

「……それが?」

「つまり、今夜のシーサー・リーダーが舞島茜だったのは偶然によるもので、二分の一の確率で、中国貨物機を『撃った』ことにされていたのは白矢英一《えいいち》だったかも知れない」

「…………」

「もしも〈敵〉が、あらかじめ舞島茜を拉致して薬漬けなどにして、出動した時にテロを起こすように仕込んでいたとしたら。『編隊長をじゃんけんで決めよう』なんて言いませんよ。あたしがやる、とか主張させるはずだ。なぜならスクランブルの編隊行動では、二番機になってしまうと基本はやや離れた位置で見ているだけになるのだという。一番機の編隊長でないと、ぶつけたり撃ったりはできない」

「つまり」

門は、スマートフォンの画面を有美に向けて突き出した。

「こいつは――この動画は事前に撮られていたものじゃない。事件が起きた後で、〈敵〉の組織が何らかの手段で舞島茜を拉致して、自白剤のようなクスリを使うなどして無理やりにしゃべらせ、撮ったものだ」

「……ということは」

「動画が撮られた場所に、舞島茜は監禁されている――あるいはもう、殺されてしまったかも知れないが。そこを突き止めて急襲できれば」

ブーッ

門が言いかけた時。

その手の中の携帯が、盛んに振動した。

ブーッ

「――はい、門」

門は画面の表示をあらためると、有美に目で会釈してから耳につけた。

情報を得たばかりの、那覇基地内にいるという情報源の人物なのか。

しかし。

有美は思った。

舞島茜が海面へ不時着せず、どこかの密室で無傷のままで動画に姿を現している。

ならばいったい、どこへ着陸したというのか。

(いや、それよりも)

常念寺総理と一切、連絡が取れない状態で。

どうやって〈防衛出動〉を発令すればいいのか。

やはり、本人が『死亡あるいは欠格している場合』の規定を準用して、官房長官に臨時総理代理になってもらうしかないか……。

そう考えかけた時。

「——何っ⁉」

門が珍しく、ストレートな驚きの声を上げた。

「な、那覇基地が——爆弾テロに……⁉」

同時に
オペレーション・ルームのあらゆる情報席で、携帯の振動音や情報の着信するアラームが一斉に鳴り始めた。

第Ⅳ章 尖閣上空10vs1

1

●沖縄県内 某所

「――――」

うっすらと、まぶたが開いた。

薄暗がりだ。

ぼうっ、と何か蒼白い光が見える……。

ここは……

ここは、どこだ。

蒼白い、小さな光源に浮かび上がる空間。

横倒しになった視界が、像を結ぶ。

(――私は……)

その途端
「……うっ」

ふいに苦痛が襲い、舞島茜は目を見開いた。
腹が。
灼ける……!?
胃の辺りに灼けるような痛みを覚え、横になったまま思わず腹を抱えようとするが
ジャラッ
何かが邪魔して、手を腹へ持っていけない。
何だ。
ジャラララッ
「う、うぐ、げほっ」
気づくと、コンクリートの床に横倒しになった姿勢のまま、吐いていた。

胃液と空気ばかりを、吐き散らす。

「げほっ」

吐き気はしたが、胃の中には何もなかったらしい、口から出たのは胃液ばかりだ。

自分の姿勢——身体の右側を下にして、横たわっていること。右の頰を押しつけている冷たい硬い表面は、コンクリートらしいことが分かって来た。

そして

ジャラッ

(何だ、この——)

腰の後ろに両腕を回され、その位置で左右の手首を拘束されている。

これは。

「……大丈夫?」

どこかで、声がした。

(——)

どこだろう。

後ろか。

両手は動かせないが、もがけば身体の向きは変えられそうだ――

「うっく」

苦労して、茜は両手を後ろに拘束されたまま、寝返りを打った。

横倒しだった世界が、反転する。

どさり

何だ、ここは……。

あらためて、自分のいる空間――拘束され、閉じ込められているらしい場所の異様さに目を見開く。

自分がいるのは『鉄格子』の内側だ。

床も壁も、天井も地肌むき出しのコンクリート。地下室なのか……？　光源はどこかにある蒼白い光が一つだけだ。床から天井まで鉄製の格子が嵌まっていて、空間を仕切っている。

「…………」

身体の向きを変え、声の主を捜すと
「こっちよ」

声が呼んだ。

隣の檻《おり》——なのか……?

弱い光源の下、薄ぼんやりと人のシルエットがある。

格子を隔てて、隣の区画——檻と言った方が当たるだろう——隣の檻に閉じ込められているようだ。

「そう、こっち」

女の声だ。

茜は目をしばたたく。

いったい。

ここは何なんだ。

私は、どうしてここに——拘束され、閉じ込められているんだ……?

その時

——『これを』

ふいに脳裏に、声が蘇った。

男の声。

――『これを見てくれないか』

この声は。

――『ああ、それから舞島三尉。これを見てくれないか』

同時に首筋に、鈍器で打たれた時の衝撃が蘇る。

「……うっ」

思わず、顔をしかめた。

そうか。

感覚と共に思い出して来た。

私は、機体を降りた駐機場で、鈍器のようなものでいきなり首筋を殴られ……。

殴ったのは――

「大丈夫？」

女の声が、また頭の上で訊いた。

「無理しなくていいよ」

声は若い。

歳《とし》も近いだろう。

「……いい、大丈夫」

茜はようやく口を開いて応えると、勢いをつけ、上半身を起こした。

「うっ」

身体は起き上がったが――

何だ、この眩暈《めまい》……。

身を起こしたとき、一瞬だが上下が分からぬような強い眩暈を感じた。

くらっ、とする。

「大丈夫？ あなた、薬を盛られたんだわ」

「え」

茜は顔をしかめ、眩暈が去るのを待つと、目を上げた。

間合いは一メートルあまりか、一枚の鉄格子を隔てて隣の檻に、横座りになった女の子のシルエットがある。

ジーンズ姿か。髪はボブカットのようだ。

異様な空間の中だが、語り口はゆっくりとしていて、声は低めだ。

「あなた、航空自衛隊のパイロットね」

ボブカットの影は、鉄格子の向こうから茜を見て、言った。

そうか。

茜は、自分が飛行服のままであることに気づく。

腰の辺りに、コルセットのように締めつける感覚。腹に巻いていたGスーツも装着したままだ。

本当に、殴られて気を失った時のまま、ここに倒れていたのか……。

（…………）

茜は素早く、周囲を見回す。


機動隊員に殴られて、倒れたのだ。

警察署の中だろうか。

ここは留置場か……？

「冗談じゃない」

「そうよ」

目の前の影は、うなずく。

「冗談ではないわ。あなた、いまテロリストとして全国で有名よ」

「……えっ？」


テロリスト……!?

訊き返そうとした時。

同時にガチャッ、と金属の重たい扉が開かれる響きがした。

錆《さ》び付いた蝶番《ちょうつがい》が鳴る。

蒼白い光が、斜め長方形に空間に差し込む。

（誰か、入って来る……？）

茜は目の前の若い女と、扉の音がした方向を交互に見た。

すると
「――奴らが来る」

暗くて、顔はよく見えないが、低い声の語り口に意志の強さを感じる。

影だけの女は、声をさらに低めた。

「あなただけでも、隙を見て、何とかして逃げて」

「えっ」

訊き返す暇もなく

カツ、カツと硬い靴底がコンクリートを打つ響きがして、茜の入れられた檻の正面に、二つの人影が立った。

蒼白い光が、どこかから差し込んでいる。

薄暗くても、仁王立《におうだ》ちになってこちらを見下ろす二つのシルエットの、服装は目で確かめられる。長身、分厚い胸板――肩幅と胸の厚さは、身につけた装具のせいでさらに強調されている。黒い胸部に『ＰＯＬＩＣＥ』の白い文字。黒いプロテクターを、両腕、両足にも装着している。さすがに屋内だからヘルメットは着けていないが……。

（……機動隊員）

思わず、睨みつけると

「ふん」

逆光のようになって顔は見えないが、仁王立ちになった一人が鼻を鳴らした。

「目が覚めたようだな」

こいつは――

あの時の、リーダー格の男とは違う。もう少し若い。

「――」

あんたたち。

いったいどうして、この私を——

茜は、そう訊こうとした。

どうして監禁しているんだ。

隣の檻に入れられた女性が『テロリストとして有名』とか、口にした。

それは、どういうことなんだ……!?

だが
「あんたたち、沖縄県と中国と両方から給料もらって、いい身分ね」

当の隣の檻の女が、揶揄《やゆ》するように言った。

「いつから沖縄県警は、副業がＯＫになったのかしら?　番組で取りあげたいわ」

「黙れっ」

がしゃん、と隣の鉄格子が鳴った。

もう一人の隊員の男が、外から格子を蹴ったのか。

「舞島茜」

仁王立ちになった隊員の男は、茜から目を離さずに言った。

「目が覚めるのを待っていた。来い」

言いながら、腰ベルトから黒い自動拳銃を抜き、銃口を茜の眉間《みけん》に向けた。

「下手な真似はするな」

●沖縄県　某所
地下室

「しかし、女だとはな」

銃を突きつけられたまま、留置場のような檻ばかりの空間から、分厚い鉄扉を一枚くぐらされると。

古い蛍光灯《けいこうとう》に照らされた、窓のない部屋に出た。

茜は、部屋の中央に立たされた。

(――ここは……?)

後ろ手を拘束している金属物――多分手錠だ――もそのままだ。

蛍光灯と、白い壁ばかりの部屋。

さっきの蒼白い光は、この部屋の蛍光灯の灯りが、留置場区画へ漏れていたものか。

大型のＴＶが一方の壁際に置かれ、後は三方の壁に向かって隙間なくパソコンや事務用電子機器類がずらりと並ぶ。

窓がなく、壁ばかりなのは、ここも地下室なのだろうか。

「困ったものだ」

奥の壁際のパソコン用デスクから椅子を回し、立たせた茜を爪先から頭のてっぺんまで嘗め上げるように見たのは、あの機動隊のリーダー格の男だ。

やはり三十代か。

体格は、茜をここへ『連行』した二名よりも一回り大きく、脂《あぶら》ぎった感じだ。

（――――）

どこかに、時計は。

茜は『男にじろじろ見られるのは嫌だ』という体《てい》を装って、室内のあちこちへ目を走らせた。すると稼働中のパソコンの画面の隅とか、さまざまなところに時刻表示がある。

03：23……？

いま、午前三時過ぎ……。

すると、あれから――

考える茜の横で
「段取りが狂いましたね」

茜に銃を突きつけたまま、若い隊員がうなずく。

「あれは、どうしますか」

「どうにでもするさ」

リーダー格の男は、どうでもいい、というように手を振る。

「俺たちは、当面の仕事を片づけるだけだ。おい、舞島茜」

「……………？」


リーダー格の男は椅子にかけたまま、ずいと乗り出した。

「いいか。いまから、お前に『遺書』を書かせてやる」

「……………!?」

茜は、リーダー格の男を睨み返すが。

立っていると、少しくらくらする。

（……く）

白い壁に囲われた部屋全体が、歪むような感じだ。

薬を盛られた——そう隣の檻の女が言っていた。

その茜に
「おい、どうした」

リーダー格の男は面白そうに言った。

「まだクスリで酔っ払っているのか?」

すると「ははは」「ははは」と周囲を取り囲む男たちが笑った。

(――――!)

茜は本能的に、自分の周囲にいる呼吸器の数――いや、みぞおちの数を数える。

四つ。

眩暈を振り払うようにして、把握する。

目の前のリーダー格の男、私に銃を突きつけ『連行』して来た男とそのサブの男、そして背中の方でデスクに向かい、何か作業している男……。

合気道で道場に立つ時。

敵に取り囲まれた設定で、自分がまずすべきなのは敵――倒すべき人間の呼吸器がいくつ、どの位置で呼吸しているか、摑むこと。

そして、その呼吸をしている喉の下の方には必ずみぞおちがあり、そこが人間の身体の『動きの開始点』だ。

人間の身体は、みぞおちに重心があるから、人体が動く時にはどんな動きであろうと、まずみぞおちが動き出し、それに続いて肩、手足などほかの各パーツが動き出す。

みぞおちの動きさえ摑んでおけば、敵に初動で後《おく》れることはない——

実家の道場で、中学三年から親に代わって師範代をしていた茜は、自分の周囲を襲撃役の練習相手に囲まれた瞬間、呼吸の気配から『倒すべきみぞおちの位置と数』を耳で摑む。それらを頭の中にインプットし、摑み続ける訓練をして来た。

こういう場面では、本能的にそのようにする。

「——」

一瞬、目を閉じる。

頭の中にインプットする。

倒すべきみぞおち、四つ……。


「おい」

リーダー格の男は椅子の上で足を組んだ。

「どうした。遺書とか言われて、ショックで倒れそうか」

また「ははは」「はは」と笑い声が立つ。

「……いいえ」

笑い声を耳に入れながら、『緩い』と感じた。

こっちは、身長一六四センチの細い女の子一人だ。

茜は、顔だけは、男たちに気圧《けお》されているふうを装った。

「わけが、分からないわ。どうして私が、遺書を書かなければいけないの」

「なぜなら、そう決まったからさ」

リーダー格の男は、手にした一本のボールペンで、自分が向かっていたパソコンの画面を指した。

「そういう〈命令〉が、さっき来た」

「……………？」

命令……？

男が背にしている大型ノートＰＣの画面を見やる。

ここで、この男たちは命令を受けた、というのだろうか。

「よく分からないわ」

「よく分からないだろう」

リーダー格の男は、ボールペンを手にして振りながら笑った。

また男たちが笑った。

「いいか舞島茜」

リーダー格の男はボールペンで茜を指すようにした。

「お前はいま、ちょっとしたスターだ。ネットで検索されるワードの上位に来ているんじゃないのか。いいものを見せてやろう」

男はキィ、と椅子を回してＰＣに向かうと、何か操作した。

画面に、動画サイトが現れる。

見慣れた赤い枠――

「これが、全国的に有名なお前の〈告白動画〉だ」

「………!?」

茜は、息を呑んだ。

『私は舞島茜』

自分が、カメラに向かってしゃべっている。

『私は航空自衛隊・第六航空団、第三〇八飛行隊所属の三等空尉。Ｆ15戦闘機操縦者』

無表情に、認識票を胸に掲げて見せる。

『認識票は、この通りだ』

「…………」

ハッとして、首から下げている認識票がまだあるのか、確かめようとするが両手首は後ろで拘束されたままだ。

一分間ほどで、動画は終わる。

「…………」

「驚いたか」

リーダー格の男は、ボールペンで手のひらを叩きながら言った。

「お前は、中国の民間機を撃墜するというテロを働いた後、下地島へ強行着陸して島内へ潜入した。そして橋で宮古島へ渡ると深夜の繁華街で婦女暴行事件を起こし、警察の手によって射殺される『予定』だった。ところがお前が女だったものだから、段取りが狂った。仕方なく、お前は〈後悔と反省の遺書〉を書いた後、自殺することになった」

「…………」

何だって……。

息を呑む茜の前で、男は足を組んだまま「おい」と命じた。

「舞島茜三尉に、テーブルと椅子を用意して差し上げろ」

「はっ」

「書きやすいテーブルだぞ。直筆で、遺書を書いてもらうんだからな」

睨みつけていると。

立ったままの茜の目の前に、折畳み式の簡易テーブルが置かれ、背後にパイプ椅子が広げて置かれる音がした。

「座ってもらおう」

「………………」

「座れ」

リーダー格の男はボールペンでテーブルを指した。

同時に銃を持つ男が、斜め右前に立って銃口を茜に向け「座れ」と重ねて言った。

「………………」

茜は、仕方なく腰を下ろす。

後ろにいた男――服装は確かめていないが、同じ沖縄県警の機動隊の服装なのだろう。

「ほら、引いてやるよ」と言いながら茜のために椅子を引き、座ると位置を調整する。

「文言は考える必要ない、俺が作っておいた」

リーダー格の男は、ＰＣデスクの上からＡ４の紙を一枚取り上げ、茜の前に置いた。

「この通りに書け。面倒だが、お前さんの直筆の筆跡が必要なんだとさ」

茜は、男を見返す振りをして、ＰＣデスクを見た。

乱雑にものが置かれている。

その横に、撮影用のカメラと三脚のセットが立てかけてある。

(私に、薬を注射したか、無理やり呑ませたか——)

胃の不快感を思い出すと、強い薬を呑まされたのかも知れない。

しかしいったい、どうやってあんな動画を撮った。

全然、記憶がない。

自分が憶えているのは、下地島空港の駐機場——あの暗闇のフィールドで、乗って来たF15イーグルの機体を降りた直後、隙を突かれて横から鈍器で殴られた。

そうして、気を失う瞬間までだ。

(そうだ)

白矢は。

無事に、どこかへ降りられたのか。

目で素早く探ると。

「!?」

男のノートPCの脇に、見慣れた財布と携帯が並べて置いてある。

(——私のだ……)

どちらも、茜が飛行服の脚ポケットに入れていたものだ。

ここへ運び込まれる過程で、取り上げられたのか。

携帯は、ケーブルらしきものでPCと結ばれている。中にある情報でも、盗もうとしているのか。この連中は本当に警官なのか……？

「さぁ、何をしている」

男の声が目の前で言う。

「書け」

「そんなこと言ったって」

茜は言い返す。

「後ろに手錠されてたんじゃ、書けない」

「そりゃそうだ」

リーダー格の男はとぼけたように笑った。

「おい、手錠を前に替えて差し上げろ」

リーダー以外の三人の男が、一斉に動いた。

銃を持つ男は、茜の右前、間合い五〇センチで銃口を向け続ける。

後の二人が、背後の左右から一本ずつ茜の腕を摑んで押さえつけ、一人がカチャカチャッ、と音をさせて茜の背中で手錠のロックを外す。
（……！）

だが
「小隊長」

その時、別の声がして白い壁の一画の扉が開き、同じ出動服に黒プロテクター姿の男が姿を現した。

五人目……。

茜は、細めていた呼吸を、ゆっくりと元に戻す。

動き出すのは止めにし、目と耳で注意深く探る。

新たに入室して来た男は、スマートフォンを手にしている。

「ツイッターが騒がしいです。例の先生の〈緊急会見〉、始まってるみたいですよ」

「おう、そうか」

リーダー格の男はうなずいた。

「こんな夜更けに、ご苦労だな。ＴＶつけてくれ」

〈緊急会見〉……？

いま、そう言ったのか。

何か政府の発表でもあるのか。

尖閣諸島の上空は、いまどうなっている……。

横目で、壁際の大型TVがつけられるのを追うと、その間に茜の腕は左右に立つ二人の男によってテーブルの上に出され、再び素早く手錠がかけ直される。

チャッ、と円形の鍵束を腰に戻したのは、先ほどサブで『留置場』へついて来た男だ。その腰ベルトの位置だけ、茜は横目で素早く頭に入れる。

『――内閣総理大臣臨時代理にご就任、まずはおめでとうございます』

横長のTV画面が、ぱっとピンク色に明るくなる。

画面の右横には〈総理官邸より中継〉の縦向きテロップ。

画面下側には、隅に〈NHK〉のロゴマーク。中央には漢字をいくつも繋げた長い肩書きが二つも、テロップになって並んでいる。

〈特別安全保障担当大臣〉〈兼　内閣総理大臣臨時代理　羽賀聖子〉

何だ……。

画面にアップになっているのは、カールした長い髪にピンクのスーツを着た女性政治家らしい人物だ。派手な顔だち。年齢は四十代か。

羽賀聖子……。

名前は、聞いたことがある気がする。

『ええ、夜も更《ふ》けて参りました。記者さんたちお疲れ様です』

女性政治家は、ニュースでよく見かける総理官邸の会見ルームのような場所にいるのか。演壇に立っているところを、斜め下からあおってアップにしたような映像だ。

『私の就任の報告にお集まり頂き、恐縮なのですが用語は正しく使ってください。よろしいですか、まず私が就任したのは〈特別安全保障担当大臣〉、その上で総理から指名を受けたのが〈内閣総理大臣臨時代理〉です。臨時代理は、あくまで総理がご不在の間に代理をするもので、総理が専用機で羽田へ着かれたら、その時点で肩書きは消えます』

『では、現時点では〈臨時代理〉でよろしいのですね？』

『はい』

『羽賀さんがつい先ほど、政府専用機の機上にある総理から緊急に〈特別安全保障担当大臣〉と〈内閣総理大臣臨時代理〉を指名されたのは、やはり目の前に迫っている中国との戦争の危機が理由なのですか』

『それは、何とも申せませんが』

女性政治家が、カールした髪の頭を振る。

『ただ、今夜わが国の自衛隊員が起こした許し難い卑劣なテロのお陰で、大勢の罪もない中国の人たちを死なせてしまいました。死に追いやってしまった。日本はまた、計り知れない罪を犯したのです。わたしたちの日本が悪いのです。ここは何としても、中国との間で戦争にだけはならないように——謝っても謝り切れるものではありませんが、どうか怒りの矛《ほこ》をおさめて戦争にだけはしないでください、謝罪と賠償を受け入れてくださいと、早急に交渉をしていかなければならない。これは私に限らず、閣僚、与党議員のみなさんが等しく考えているところではないでしょうか』

「よう」

ぱち、ぱち

リーダー格の男は、足を組んだままゆっくりと拍手した。

「羽賀先生、名調子」

2

●東京　永田町

総理官邸地上階　会見ルーム

午前三時半。

「羽賀大臣」

フラッシュが盛んに焚かれている。

深夜にもかかわらず、撮影用ライトで真昼のようにされた空間には、大勢の報道陣が詰めかけていた。

演壇に立つのは、ピンク色のスーツに、カールした長い髪の女。

羽賀聖子だ。

記者の質問が続く。

「今回の〈特別安全保障担当相〉就任への総理からの辞令は、電報で受け取られたとのことですが」

「そうですね」

壇上の女性政治家は、鷹揚《おうよう》な感じでうなずく。

「電報で、頂きました。常念寺総理は、現在、政府専用機でちょうど――南シナ海を横断していらっしゃるところかしら。電波の通信状態が必ずしも良くないとのことで、電話ではなく電報で辞令を頂きました、異例かしら?」

「あ、いえ」

記者は頭を振る。

「ただ、最近珍しいように思えましたので」

「その点については、内閣法制局長官を呼んで、手続き上問題が無いことを確認してもらっています。はい次の方」

「自衛隊那覇基地で数時間前に起きた爆弾テロについてですが」

次に指名された記者が訊く。

「那覇基地では依然として、大火災が継続中とのことです。これはまさに現在、中国との緊張が高まっている情況ですが、どのように見ておられますか」

「ええ、これはですね。私がついさっき担当相に就任し、臨時代理の指名を受けたばかりですので、とりあえず早急に警察による調査を進めるよう、指示をしています」

羽賀聖子は、大きな目でぐい、と戒《いまし》めるように記者席を見回した。

「皆さん、このような局面で、憶測でものを言うのは適当ではありません。調査結果が出されるまでは、誰がしたとか、どこの国がさせたとか、軽々しく言うべきではありません。あくまでこの件はテロ――〈犯罪〉として処理していきます」

「羽賀大臣、それでは――」

盛んに手が挙がり続ける。

（――――）

その様子を、演壇の横の引っ込んだ位置で、障子有美は立ったまま見ていた。

この、報道陣の数……。

明け方前の午前三時半なのに、先ほどの官房長官の会見の時よりも多いくらいだ。

あの女が、自分で呼んだのか。

「……本当に」

本当に、あの電文は総理のものだったのか……？


先ほど唐突に、〈ボス〉が変わった。

その時の違和感は、払拭《ふっしょく》できていない。

（……総理から〈辞令〉が来て、法制局長官が認めてしまったら、官僚である私は従わないわけには行かない）

理屈では、そうだが――

思い出す。

四時間ほど前のことだ。

――

沖縄の自衛隊那覇基地で連続した爆発があり、海・空自衛隊機が駐機場で炎上しているその一報が、複数のチャンネルからオペレーション・ルームへ入って来た。

軍民共同で那覇空港としても運用される那覇基地で、最終便が到着して閉館した民間側ターミナルから何者かが大挙して乱入、警備員を殴り倒して駐機場へなだれ込むと、駐機していた機体に片っ端から爆薬を仕掛けて爆破し始めた。

警備会社からの情報では、乱入したのは数十人単位であり、風体は『米軍基地に反対する市民運動をしている人々によく似た人々』という報告だが、警備員の証言や防犯カメラの映像から言えるのはそこまでで、犯人グループはまだ一人も警察に捕まっていないので確かなことは何も言えない。

折しも、航空自衛隊では築城基地から対艦攻撃を得意とするＦ２戦闘機の部隊を那覇へ進出させ、〈防衛出動〉の発令と同時に使用できるよう準備していた。那覇基地の炎上で、それができなくなったばかりか、尖閣へ応援のＦ15を出動させることもできなくなってしまった。

沖縄県警の機動隊が警備しているはずの那覇空港で、どうして数十人規模の犯人グループが突入できたのか。

どうして、まだ一人も捕まっていないのか。

その辺りも分からない。確かなことは、那覇基地の駐機場には、民間機エリアと自衛隊機エリアの間にフェンス等は無いので、暴徒と化した犯人グループは民間機エリアから自衛隊機エリアへ容易に侵入し、海上自衛隊と航空自衛隊の哨戒機・戦闘機にも襲いかかって、片っ端から爆破して行ったらしい——ということだ。

滑走路上でも爆発が起き、基地は黒煙に包まれ、被害の把握すらまともにできていない状態だ。

オペレーション・ルームにいた有美は、門と共に情況の把握に窮していたが

「危機管理監」

そこへスタッフの一人がプリントアウトを手に、駆け寄って来た。

「たったいま、政府専用機から電文が入りました。今度は総理の名前です」

政府専用機から電文メッセージ……？

そう言えば、専用機のコクピットから唯一発信できるという通信手段——電文によるメッセージを、ここオペレーション・ルームでも送受信できるようにさせておいた。

コクピットにいる機長の燕木三佐から、何か報告か。

「機長から、何か言って来た？」

「いえ、ですから」

スタッフは有美に、手にした紙を示す。

「今回は、総理みずからが発信されているようです」

「見せて」

それが〈辞令〉だった。

「これは——」

有美は一瞥して、眉をひそめた。

門と、会議テーブルから立ち上がった古市官房長官も覗き込んだ。

「長官」

「読んでみなさい」

「はい」

有美は、日本語のプリントアウトを読む。

漢字が多い。

「内閣総理大臣より。以下を古市官房長官へ命ずるので、ただちに措置を取られたい。

一、羽賀聖子代議士を特別安全保障担当大臣に任ずる。

二、同時に、羽賀聖子特別安全保障担当大臣を内閣総理大臣臨時代理に指名する。

内閣総理大臣　常念寺貴明」

「——」

「────」

しばらくは、覗き込んだ数人で絶句していた。

何だ、これは……。

「……〈辞令〉、のようにも見えますが。長官」

「うぅむ」

官房長官へ命ずる、と名指しされた古市は眉をひそめる。

「確かに、総理は閣僚を、口頭や電話で任免《にんめん》することはよくあるが────しかし」

「でも、これは……」

有美も言葉を濁らせる。

こともあろうに『羽賀聖子を内閣総理大臣臨時代理』に……？

内閣総理大臣臨時代理は、総理が国内で職務を執行し切れない時に、臨時に権限を代行させる役職だ。普通、閣僚の中から総理がその都度《つど》、必要に応じて指名する（指名がない時は筆頭閣僚である官房長官が必要に応じて代理になる）。

有美は、連絡のつかない常念寺に代わって、ここは古市達郎に臨時代理となってもらい、古市に〈防衛出動〉を発令してもらおうと考えていた。

その矢先だった。

「怪しいな」

門が苦笑する。

「この〈辞令〉を出して来たのは、本当に常念寺総理ご自身ですか？」

「――――」

「――――」

それは有美も思った。

常念寺総理が、専用機の機上からこんな〈辞令〉を突然、出して来たのか。

さっきまで、古市と二人で『あの女に気をつけろ』とか、言い合っていたばかりではないのか。

やはり。

連絡の取れなくなっている政府専用機。

何かがおかしい……。

だが
「危機管理監っ」

別のスタッフが、地上階との連絡エレベーターの方から駆けて来た。

「大変です、羽賀聖子代議士が来られ、ただいま地上階の警備ステーションで『オペレーション・ルームへ入れろ』と強弁されています」

「断って」

有美は即座に頭を振る。

「ここは、部外者入室禁止」

「し、しかし」

チン

エレベーターホールの方で音がして、扉の開く気配と共に慌ただしい足音がした。

何人かが、入って来る。

(……………!?)

有美は入口の方を見やる。

まさか――

だが
「オペレーション・ルームの皆さん。ご苦労様」

カツ、とヒールの音を床に打ちつけると、先頭の女が立ち止まった。ピンクのスーツの腰に両手を置き、顎を上げて、オペレーション・ルーム全体を睥睨《へいげい》するように見た。

羽賀聖子だ。

その後ろに、取り巻きか部下か、十人近い男たちがざざっ、と立ち止まる。

「――ちょっと」

有美はプリントの紙を放り捨てると、走って羽賀聖子の前に割り込んだ。

「部外者は入室禁止です。出てください」

「部外者？　ふっふ」

昭和時代の女優のような女は、含み笑いをした。

「私は部外者かしら？　〈辞令〉が来ているはずよ。総理から」

「ど――」

どうして、それを………⁉

驚く有美の横で
「羽賀代議士。確かにあなたを大臣へ任用する〈辞令〉が来ている。しかしNSCとして、本物の総理からの〈辞令〉と認めるわけには、まだいきません」

門が言う。

「電文メッセージ――電報というのは電話と違って『なりすまし』がききますからね」

「そう言うと思って」

羽賀聖子はパチ、と指を鳴らす。

「内閣法制局長官を、お連れしたわ」

「?」

「………!?」

聖子の後ろに控えていた中から、男たちに促され、五十代の官僚が進み出て来た。

（……………）

有美は目を見開く。

法制局長官……。国会でよく見かける、内閣法制局の長官その人だ。

「さて、その〈辞令〉」

羽賀聖子が、顎で促すと。

後ろに控えていた男たちの中から一人が素早く動き、床におちていた〈辞令〉のプリントアウトをサッと拾い上げて聖子に手渡した。

「ありがと。さて長官」

羽賀聖子は、手にした電文メッセージを法制局長官へ差し出す。

「この〈辞令〉の真偽を、判定してくださらないかしら」

「――――」

「――――」

警備員を呼んで、追い出そうかとも思ったが。

内閣法制局長官まで引っ張って連れて来て、〈辞令〉の有効性を確かめさせるという。有美は羽賀聖子の造った場の空気に、呑まれてしまった。

「あぁ、憲法では、『国務大臣の任用は総理大臣が行ない、天皇が認証する』とあります。任用する時の辞令に形式はありません。総理が電話で口頭で伝えるだけでも十分に有効です」

法制局長官は、表情も変えず、淡々と言った。

羽賀聖子の取り巻きに連れては来られたが、特に聖子の支配下にある家来、という印象ではなかった。

「〈辞令〉を出して来たのが総理本人だったか、確かめる必要が生じたことも、憲政史上ありません。いたずら電話で官邸に呼ばれて行っても、呼ばれた本人が恥をかくだけで、国に実害はないからです」

「今回の〈辞令〉は、どうかしら?」

聖子が腕組みをして、訊く。

「電文を打ったのが総理本人かどうか、確かめる必要はあって?」

「確かにこの場合、総理の指名がなければ〈臨時代理〉は官房長官がされるのが順当ですから、政府組織内で疑義がある場合は、電報というのはなりすましが可能ですから、確かめた方がいいでしょう」

法制局長官は、NSCのスタッフたちを見回すと
「この電文が、政府専用機から発せられたものであることは、確かですか」

「はい」

湯川がうなずく。

「我々で、システムを繋ぎました。その〈辞令〉が現在飛行中の専用機のコクピットから発せられたものであるのは、確かです」

「では、総理が専用機に乗られているのも確かですから、いくつか質問をして本人確認をすればよろしい」

法制局長官はうなずいた。

「ここから、電文で専用機を呼べますか」

こうして、政府専用機のコクピットにいるという『常念寺貴明』を名乗る人物と、内閣法制局長官の間で、電文メッセージによる質問のやり取りが始まった。

「まず、こう打ってください」

通信コンソールに向かった湯川に、法制局長官は指示した。

「〈辞令〉を出した人に尋ねます。あなたは誰ですか」

すると
『内閣総理大臣　常念寺貴明』

数秒置いて、メッセージが返って来る。

法制局長官は、簡単な質問から始めていった。

「よろしいですか。このやり取りは公的な証拠にもなるので、まず現在の日付と時刻から確認します。いま、日本時間で何月何日の何時何分、何秒ですか」

『二〇XX年XX月XX日　日本時間二三時三二分　三〇秒』


このようなやり取りから始まり、質問は常念寺貴明を特定するために、個人的な事項にも及んだ。中学二年生の時の担任教師の名前とか、質問は法制局長官がランダムに考え、返って来た回答をNSCスタッフが大急ぎで実際の情報と照合した。

その結果
「うむ」

法制局長官は、うなずいた。

「電文の向こうにいる人物が常念寺総理ではないという、決定的な証拠はありません」

●総理官邸地上階　会見ルーム

白いライトの下のざわめき。

「羽賀臨時代理」

深夜だというのに真昼のような会見ルームでは、記者の質問が続いている。

「臨時代理は、就任早々の決定で、尖閣諸島の周辺からまず自衛隊をすべて退却させたとのことですが。いまのままでは、中国に島を占領されてしまうのではないですか」

「それは戦争を防ぐためです」

壇上の羽賀聖子は、ぴしゃりと言う。

「自衛隊がそこにいるから、衝突が起きるのです。いなければ起きません」

（――――）

有美は演壇の袖で、受け答えする羽賀聖子を見ていた。

しゃべりには、淀《よど》みがない。

大手キー局のアナウンサーだったという、職歴のせいなのか。あるいは、よほど事前の準備ができていたのか……。

電文の向こうにいる人物が常念寺総理ではないという、決定的な証拠はない――

四時間ほど前、オペレーション・ルームで内閣法制局長官がそう認めた時。

羽賀聖子の行動は速かった。

「そこをおどき」

聖子は、目の前で邪魔するように立っていた有美を押し退《の》けると、カツカツとヒールを鳴らして会議テーブルへ向かった。その中央の、通常は総理の座る席にどかり、と腰かけると脚を組んだ。

「たったいまから、この私が内閣総理大臣臨時代理です」

地下空間に響き渡る声で、宣言した。

「私のところへ、情報をお持ち」


すると、羽賀聖子の連れていた十人ばかりの男たちが一斉に駆け散って、オペレーション・ルームの各情報コンソールについていたNSCスタッフに「どけ」「どけっ」と口々に言うと、席から押し退け始めた。

「何をしているの。やめなさいっ」

有美は怒鳴った。

何だ、この連中は——

年代からいって、自分と同じかやや下だが——キャリア官僚じゃない。東大の卒業生で同年代の官僚ならだいたい知っているが、顔も見たことのない連中だ。

「オペレーション・ルームで、ＮＳＣ職員でない者が機密に触れるのは許されない。やめないと国家機密保護法違反で逮捕させますよ！」

「――」

「――」

有美の語気の荒さに、その場の全員が振り向き、注目する。

だが
「危機管理監」

会議テーブルで、羽賀聖子が脚を組んだまま髪をかき上げる。

「この私が、いいと言っているのよ」

「いいえ。たとえ総理臨時代理であっても」

有美は頭を振り、言い返す。

「総理本人であったとしても、資格のない者に機密に触れさせる権限はありません」

「――そう」

羽賀聖子は、壁際に立って見ている内閣法制局長官の方をちらと見て、うなずいた。

「いいわ。ではあなたたちスタッフを、そのまま使いましょ」

カールした髪の聖子が顎で促すと。

各情報コンソールでNSCスタッフを押し退けようとしていた男たちが、立ち上がり、下がった。

「そこ、勝手にUSBを差した」

有美は、目についた不審な行動を指さして咎めると、元通りの席に着く部下のスタッフたちに注意を促した。

この連中は。

ひょっとして……。

訝る暇もなく

「では官房長官」

高飛車に、呼びつける声が響く。

「官房長官、聞いていますか。私の声が聞こえて?」

「――――」

古市達郎が、我慢強さを想わせる無表情で、会議テーブルの羽賀聖子を見やる。

その古市を、聖子は「ふふ」と笑う。

「あなたがいくら嫌だとしても。いまはこの私が、あなたの〈ボス〉なのよ官房長官。お分かり?」

「────」

羽賀聖子はヒールの足で、会議テーブルの裏側をドンッ、と蹴った。

「返事っ」

「────はい、総理臨時代理」


我慢強くうなずく古市に、羽賀聖子は「それでいいのよ」と笑った。

「それでいいわ官房長官。では早速、総理臨時代理として命じます。自衛隊を、いますぐ尖閣諸島周辺から──それだけじゃ生温《なまぬる》いわね、沖縄本島よりも東側へ撤退させなさい」

「──どういう」

「戦争を防ぐために決まっているでしょうっ」


（────）

演壇では、質疑応答が続いている。

有美は会見ルームの演壇の脇で考えていた。

昨夜の、そもそもの発端となった中国民間機の撃墜事件。

あれは自衛隊機がやったことにされて、終わってしまうのだろうか……？

舞島茜が、民間機を撃ったということにされて……？

有美は唇を噛む。

〈証拠〉を、探し出して白日《はくじつ》にさらすチャンスはあったのだ。


（――あの残骸……）

魚釣島の周辺は、いま、どうなっているのか――

有美は、腕組みした右手の指を細かく動かした。

あの残骸は、いまごろどうなってしまっているのか……。

自衛隊機に機関砲で撃たれた、と中国側が主張する民間貨物機。

救難信号を発していたということは、海面に落下したのだ。

もしも中国の主張通り、テロを働いたのが航空自衛隊のシーサー・リーダー――舞島茜であったとすれば。

落下した機体には、二〇ミリ機関砲弾の弾痕があるはず。

しかしもしも。

撃ったのが舞島茜でなく、中国機だったとすれば。工藤の話によれば、機体表面に残っている弾痕は、二三ミリもしくは三〇ミリだという。これは専門家に鑑定させれば、すぐに分かるだろう。

しかし、魚釣島周辺はおろか先島諸島一帯から、羽賀聖子の命令で空・海自衛隊は撤退をさせられ、いまやあの海域は中国のやりたい放題だ。

自分がもしも中国側の指揮官だったら。邪魔な自衛隊がいなくなったのだ。魚釣島周辺の海面へ落下した貨物機の機体を何よりも早く探し出し、爆破処分させるだろう。それで〈証拠〉は何も無くなる。

「………」

唇を嚙んでいると、誰かに肩を叩かれた。

「……長官？」

有美の横に立っていたのは、古市だった。

「すまなかった」

古市は、小声で言った。

「私のせいだ」

「長官の？」

有美は、訊き返す。

何のことだろう。

「長官が、別に謝られることは」

「いや」

古市はスキンヘッドの頭を振る。

「私が、もっと早く、臨時代理になることを申し出て、法的手続きをするべきだった。そして自衛隊に〈防衛出動〉を発令すべきだった」

「…………」

「自分の出した指示で、巡視船五隻が撃沈され、それで意気阻喪《いきそそう》した。短時間でも、茫然自失して取るべき措置の時期を逸した。許されないミスだ」

「長官」

有美は自分でも、もう少しで空自機に〈特攻〉を命じるところだったのを思い出す。

戦いで負けが込むと、人間はああなってしまうのか。

「でも長官。きっと、島を占領されずに済む方法は、あるはずです」

「うん」

古市はうなずく。

演壇の方を見上げる。

「あの〈パンダ羽賀〉が臨時代理と言っても、総理が戻られるまでの話だ。専用機は間もなく、台湾の辺りだ。午前八時には羽田に着く、それまでの辛抱だ」

「……はい」

「よろしいですか。私は、国民の皆さんにお約束します」

壇上では、羽賀聖子が声を張り上げる。

「絶対に、絶対に、戦争にだけはしない、と」

3

●沖縄県　某所
地下室

同時刻。


『私は、国民の皆さんにお約束します』

一方の壁に置かれた横長TVの画面で、四十代の女性政治家が声を張り上げている。

生中継だという。

『絶対に、絶対に、戦争にだけはしない、と』

「――」

「――」

室内には、黒いプロテクターの出動服の男たちがいる。

その数、五人。

舞島茜の座らされている折畳み式の簡易テーブルは、長方形の室内空間のほぼ中央に置かれている。正面にはリーダー格の男。やや右横に、銃を手にした男。

リーダー格の男は、本来は奥の壁のパソコン作業用デスクで使う椅子を反対向きに回して、茜に身体を向け、脚を組んでいる。

茜の右前方にいる若い男は、立ったまま、黒い自動拳銃を茜の顔に向け続けている。

（――）

茜は、努めてゆっくりと、手を動かした。目の前に置かれたプリントアウトの『手本』通りに、紙の上に筆跡を記した。

私は、罪もない中国の人々を、自分の手で大勢殺してしまいました――

両手首を手錠で拘束されているから、書きづらい。だからゆっくりでも、あまり不自然ではない……。

ゆっくりと手を動かしながら、視野の中を観察する。特に右前方で、銃を構えている男。黒い銃身は、観察するとすぐに機種が分かる。スイス製のシグ・ザウエルP230――航空自衛隊で採用している自動拳銃P220と同系統の銃だ。似た拳銃を、自分も訓練で撃った経験がある。

あの銃口を、何十分も同じ位置にポイントし続けるのか……？

一瞬だけ、気の毒な感じがした。

若い男は、銃の重みを支えるように左手をグリップの下に当て、両手撃ちの持ち方だ。それでも、茜の顔に向けられた銃口が、わずかずつだが揺れている。

「おい、早く書け」

苛立つように若い男は言うが

「手錠がかかっているから、これ以上早くできない」

茜は言い返す。

「ちっ」

男は短く、何か悪態《あくたい》をついた。言葉は聞き取れない。この地方の独特の言葉なのか、あるいは外国語だったか――

『――臨時代理。自衛隊を沖縄本島までいったん後退させて、今後はどのように中国と交渉していかれるのですか』

横長のTVは、ちょうど茜の座らされているテーブルの真横の壁にある。

視野の端に、ピンクのスーツの女の上半身が入り込む。

『心配はありません。私の中国との太いパイプを使い、国家主席とじかにお話しする機会を設けて、戦争を回避してもらいます。そのために、いま外務省に指示して、動いてもらっているところです』

フラッシュの白い光が、盛んに瞬く。

深夜だと言うのに、報道の特別番組か——

知らせに来た男は『例の先生の会見が始まる』とか言っていた。官邸かどこかから、生中継しているらしい。

『こちらに戦争をする意志がないことを示すため、自衛隊を下げたのです。元はと言えば、現場の一人の心ない女子自衛官が、罪もない中国の民間の人々を虐殺するという、許されない卑劣なテロを働きました。それが今回の事態の原因だったのです』

「…………」


茜は、目の前に置かれた『手本』を見やる。

その文面。

私は、罪もない中国の人々を、自分の手で大勢殺してしまいました。許されない罪を犯してしまいました。罪を償うため、みずから生命を絶ちます。舞島茜

「………」

リーダー格の男は、茜の前にこの『手本』を置き、この通りに書け、と命じて来た。

茜自身の筆跡が必要だ、と言った。

書き終えたら、私をどうするつもりだ――

「おい、手が止まってるぞ」

リーダー格の男は、回転椅子にふんぞり返るようにして脚を組み、腕組みをしている。

壁の横長ＴＶを見やりながら、視野の中に茜の様子を入れて、監視している。

「………」

「書けって言ってるんだ」

「書き終えたら、私をどうする」

「黙れ」

リーダー格の男が顎で促すと、若い男が銃口をぐうっ、と茜の顔に近づける。

グリスの臭いがする。黒い銃口が目の右横、間合い三〇センチ。

「手を動かさないと、いますぐ死ぬことになるぞ」

「……分かった」

茜はうなずき、拘束された右手の指で再びボールペンをつまんだ。

軸の黒いペンは、先ほどリーダー格の男が『使え』と貸して寄こしたものだ。

『皆さん。それくらいしなくては、駄目なのです』

羽賀聖子の声が続く。

『こちらが悪いのです。犯人は舞島茜という女子隊員らしいですが、この犯人の自衛隊員のしたことで、私たち日本人はこれから未来永劫《えいごう》、中国の人たちに許しを乞いながら生きていかなくてはならなくなったのです』

「………………」

茜が、ゆっくり手を動かし始めると。

リーダー格の男も、目をＴＶ画面に向ける。

間もなく、指定された文言を書き終わる。

この男にとっても、一仕事が終わるのだろう……。

茜は背中にも注意を向ける。

いる――呼吸している喉が二つ、三つ……。立っている。私を後方から監視する役目なのだろうが――屈強の機動隊員が五人いるという、数に恃んだ〈気の弛み〉は隠せない。いつしかＴＶ画面の方へ、注意が逸《そ》れ出している。

『臨時代理。先ほど、常念寺総理の政府専用機が羽田へ到着すれば臨時代理の役職は消滅する、とのことでしたが』

記者の質問の声。

『常念寺総理が着かれたら、やはり国家主席と会談するのは総理になるのですか』

『そうですね』

羽賀聖子の顔が、さらにアップになる。

フラッシュが焚かれる。

『もちろん、そうですが――』

「もちろん、そうですが」

リーダー格の男が、引き取るように言った。

「総理は、その時にはこの世にいないのさ――くっくっ」

「……おい」

得意げに笑う男に、茜は声をかけた。

「ちょっと、これを見てくれないか」

「？」

次の瞬間。
ザクッ
何かが肉に突き立つ鈍い響きと共に、男が悲鳴を上げた。

「ぎゃーっ！」

同時に、目を押さえてのけぞるリーダー格の男を突き飛ばすようにテーブルが蹴られ、手錠をかけられたままの茜が立ち上がる。

「お、おま――」

若い男が銃口を押しつけるように向けるのと、茜がリーダー格の男の目から引き抜いたボールペンを銃口へ正確に突っ込むのは同時だ。

ガシッ
「――うっ」

銃は、銃身に異物が詰まると発火した瞬間に爆発する。弾丸が出る前に機関部が爆発してしまう、撃てない。

ボールペンを銃口に突っ込まれ、一瞬、男がそれに気を取られた隙をついて茜は身体を沈め、若い男の懐へ入り込むと真下から顎へ向かい、思い切り頭突きした。

がつっ
「ぐわ」

銃を保持した右手首が目の前に。

とっさに、手錠をされた両手で男の右手首を掴み取ると、ぶつけるように身体を入れ、投げた。

「てやっ」

ぶんっ、と唸りを上げて若い男の身体は宙を飛ぶ。

その瞬間、男の右手が握っていたはずの自動拳銃は、魔法のように茜の手錠をされた両手に移っていた。

目を突かれたリーダー格の男が、起き上がり、唸りを上げて襲いかかって来る。腰の黒い警棒を抜いている。

「………！」

茜は銃口に突っ込んだペンを歯でかじって抜き取ると、両手で拳銃をスイングさせ、向けた。安全装置が外れていることも、最初の一発が薬室へ送り込まれていることもさっき確認済みだ。

〈ＰＯＬＩＣＥ〉の白い文字を狙い、撃った。

パンッ

「ぎゃっ」

茜の鼻先で警棒が空振りし、リーダー格の男は再度仰向けに吹っ飛ばされ、壁に叩きつけられた。

がしゃがしゃんっ、とパソコンや機器類が壊れて散る。

うぉおっ、という声にならない叫びを背中に感じ、茜は振り向いた。だが倒すべきみぞおちの位置は、最初から耳で摑んでいる。

振り向くと同時に、一番近いみぞおちへ銃口がぴたりと合った。

照準を、わずかに上へずらす。

パンッ

「ぎゃあっ」

死にはすまい――

機動隊員や陸自普通科隊員の着ける防弾プロテクターは、九ミリ拳銃弾は貫通させないという。

貫通はさせないが、着弾の衝撃はもろに受け止めることになる。至近距離から胸に一発食らえば、工事用ハンマーで思い切り殴られたのに等しい。

パンッ

パンッ

三人目、四人目の〈ＰＯＬＩＣＥ〉の文字を狙い、正確にヒットさせた。機動隊員たちは飛びすさって避けようとしたが、動く標的へ見越し射撃することにかけては、茜はプロだった。二人とも仰向けに吹っ飛び、床に転がる。

投げ飛ばした若い男が起き上がりかけるのを、最後にパンッ、とヒットさせて撃ち倒した。

「はぁ、はぁ」

茜は呼吸を止めずに、倒した中で一番近い男に駆け寄る。

〈POLICE〉と白抜きになった胸の中央に弾痕。ショックを受け「うっ、うっ」と泡を吹いて痙攣《けいれん》している。

その男の腰を見る。蓋付きのホルスターがある。拳銃を入れてあるのか。

こっちは、私一人だ。

やむを得ない――

「ごめんよ」

茜は、手にした銃口を、仰向けで痙攣する男の左の大腿《だいたい》部に向けた。そこにもプロテクターが張り付くように覆っている。

引き金を引いた。

パンッ

ぎゃっ、と凄まじい悲鳴を上げ、男がのたうち回った。

今度も、弾丸は貫通はしなかっただろう。しかしプロテクターを強打され、おそらく複雑骨折したはずだ。これで立ち上がれない。

茜は次々に、倒した男たちに『とどめ』を刺した。

大腿部を撃たれるたびに「ぎゃーっ」「ぎゃあっ」と凄まじい悲鳴が上がる。

「ええい、うるさい」

茜は叱りつけた。

「殺されないで済むだけ、有難いと思いなさいっ」

三人、脚を撃つと、弾丸が尽きた。

そうか、八連発か――

茜は、泡を吹きながら痙攣している次の男に屈み込むと、銃を床に置き、その男の腰の蓋付きホルスターをこじ開けた。蓋は、止め金を回さないと開けられない（日本の警察の装備は安全第一だから、急な襲撃には対応できない）。手錠をされているから、開けにくいが何とかして蓋を開く。

「弾丸をもらうわ」

ホルスターから銃を取り出し、グリップの横のボタンで弾倉をリリースして外す。

拳銃、小銃の取扱いは訓練で数回やっただけだが、憶えていた。

弾倉を拾い、スチャッ、と慣れている方の銃へ入れ直し、遊底をスライドさせて最初の一発を薬室へ送り込む。

「う、うぐ、うぐ」

ショックで痙攣し、動けないらしい男は、でも横目で茜の動きを追っていた。何をされるのだ……!? という恐怖の表情。

その男は、腰に鍵束も提げていた。小さい輪につけた手錠の鍵、そして太くて大きいのは〈檻〉の鍵だろう。

「これ、もらう」

鍵束を外す。右の中指を小さい輪に入れ、太く大きい鍵は口にくわえた。

その時、背後のどこかでみぞおちの動く気配がした。

振り向いた。

壁に叩きつけたはずのリーダー格の男が、上半身を起こし、震える手で自分の拳銃をこちらへ向けるところだ。

「――くっ」

茜は片膝をついた姿勢から両手で銃を向け、撃った。

三発。

今度はプロテクターに覆われたところを狙ってやる余裕がない。パン、パン、パンッ、と連続して上半身を撃った。

「ぐ、ぎゃっ」

リーダー格の男は吹っ飛ぶように転がる。

「しょうがないな、正当防衛だ」

茜は立ち上がると、仰向けに転がって泡を吹いている男を見下ろした。

「あんたも。追って来られたら、困るんだ」

「う、うぐ、ぐ——」

パンッ

●地下室　留置場

茜は手錠の嵌まったままの両手に拳銃を保持し、右の中指に小さな鍵束、口に太い鍵をくわえて鉄の扉をくぐった。

肩で重たい扉を押すと、古い蝶番が鳴った。

蛍光灯の照らしていた部屋から、留置場らしい暗がりに再び足を踏み入れる。

(いったい)

いったいここは、どこなんだ……。

銃を保持したまま、注意深く見回す。

もしもここが、どこかの警察署の地下だとしたら——

（——）

耳に神経は集中させている。しかし、天井の上で何者かが動く物音——気配はない。

妙に静かだ。

ここが警察署の地下だとしたら……。あれだけの悲鳴と銃声が響けば、深夜だってただでは済まない。地上階には、寝ずに勤務している警察官がいるだろう。

たったいま倒した五人の機動隊員は、何者なのか……？　偽の警察官だったのか、あるいは本当に沖縄県警の機動隊に所属する正規の隊員なのか——

それも分からない。ただ、銃を始め、装備は本物のように思えた。

三か月前に遭遇した〈事件〉では、北朝鮮の工作員が、山陰《さんいん》地方で正規の警察官として勤務していた。そういうことも、あるかも知れない。

「——」

一刻も早く、脱出したいが。

それでも茜は、留置場の〈檻〉へ戻った。

「これ、受け取って」

手錠に、銃を手にした茜が鉄格子の前に立ち、口にくわえた鍵を差し出すと。

〈檻〉の中に立っていた女は、ただ息を呑んだ。

「…………」

言葉が、出ないようだ。

女はジーンズの上下。ボブカットの髪は初めに見た時の通り。銃の発射音と悲鳴がしたから、驚いて立ち上がったのか。その右腕の袖に腕章をつけている。暗くて、まだ文字は読み取れない。

「これ、お願い」

茜は繰り返した。

もしもどこかから大勢の新手が襲って来た場合に備え、銃を手放すわけには行かない。〈檻〉の鍵は、閉じ込められている本人に渡して、格子の間から自分で手を回して開けてもらうほかない。


「……あなた」

「いいから。私、銃を離せない」

「わ、分かった」

ジーンズの女は、拳銃に驚いたようだったが。茜の口から鍵を受け取ると、すぐ格子の間に手を回して解錠した。

金属音がして、鉄格子が開く。

茜は、右の中指で保持していた鍵束も女に受け取ってもらい、ようやく手錠の輪も外してもらった。

「あ、痛」

銃を握る右の手首を、思わず左手でさすった。

手錠をしたままで、ずいぶんぶん回した。あざになっている。

「あなた——あの奴らは？」

「倒した」

「えっ」

「逃げるの、手伝って欲しい」

茜は目を上げて、言った。

「話はその後」

ゆっくり話す暇はない。

●東京　横田基地　地下
航空総隊司令部・中央指揮所

同時刻。


「――どうなってるんだよ、いったい」

工藤慎一郎は、先任席から正面スクリーンを振り仰いだ。

中央指揮所の地下空間は、同じように静かにささめいているが。

気のせいではないだろう、空気は重苦しい。

四時間ほど前には、中国艦隊が魚釣島へ迫るのを何とかして食い止めよう――そういう熱気のようなもので地下空間は沸き立っていた、と言っていい。

いまは、それはない。

（――――）

工藤は、唇を嚙む。

見上げる視野の中央に、魚釣島のシルエットがある。それは先ほどのままだ。

しかし島の上空を旋回していた四つの緑の三角形――四機のF15も、島の南側で高空を旋回しながら監視に当たっていた緑の三角形――E767も現在は姿がない。

代わりに、島の上空をゆっくり旋回しているのは、赤い四つの三角形だ。

赤い――友軍でない飛行物体。

それらがいまは、島の上空を自分たちの領空であるかのように、悠々と旋回している。

E767を本島付近まで退却させてしまったので、いま、それらの三角形シンボルは宮古島や与那国島《よなぐにじま》などに設置された地上レーダーサイトが探知したターゲットだ。AWACSが解析したわけではないので、赤い三角形四つは、その機種までは分からない。三角形シンボルの横に表示される速度・高度のデータも粗い数値だ。

「〈遼寧〉艦載機のJ15でしょうね、あれは」

笹が、隣で言う。

工藤も笹も、いまは自分の席に座っている。

ぐったりとした身体の重さ。

四時間ほど前、『〈防衛出動〉の発令は無し、全自衛隊は沖縄本島まで後退せよ』と命令が出た。本省の統合幕僚会議からだ。

理由など訊くこともできなかった。

「そうだろうな、多分」

工藤はうなずく。

どうして、〈防衛出動〉が発令されなかったのか――

正面スクリーンには、先ほどまで表示されていた赤い舟形の群れ――中国艦隊の位置も、もう表示されていない。海自がP3C哨戒機を下げてしまったから、海面上の艦船の位置と動きは摑めなくなってしまった。

「――上陸、されちまったのかな」

「どうでしょうね」

「スカイネットは?」

「下がりました。本島の南です」

「そうか」

「待機させていますが――いくらE767でも、那覇基地がこのまま使えないと、九州の新田原《にゅうたばる》まで燃料補給のため引き返さないといけなくなります」

「そうか……」

工藤は、息をつく。

この重苦しい感じを、徒労感というのか……?

認めたくはない。

認めたくはないが――

「どうなるんだろうな、これから」

「先任」

最前列の管制卓から、南西セクター担当管制官が振り向いた。

「やはり、四機とは連絡がつきません」

「本当か」

南西セクター担当が言う『四機』とは、先ほど魚釣島上空から撤退させた戦闘空中哨戒任務の四機のF15のことを指す。シーサー・スリーから始まる番号の四機だ。

那覇基地が、市民活動家と見られるグループに爆破され、現在も消火活動が続いている。滑走路でも爆発が起きており、使用不能だ。

撤退を命じたシーサー・スリー以下四機は、燃料が少なくなっていたが、那覇へ戻っても降りられなくなった。やむなく、宮古島に隣接する下地島の民間用訓練飛行場へ臨時着陸するよう指示した。

四機は指示を了解して、下地島へ向かった。無事に着陸するところまではスクリーン上でも確認できた。

ところが、その後、無線連絡がつかなくなってしまった。下地島空港は夜間は運用されず、国土交通省の職員も引き揚《あ》げてしまって施設は無人となるらしい。空港の通信施設を借りて連絡して来ることはできないだろうが、イーグルにはバッテリーで作動する無線もある。呼び出して、四機ともがまったく応答しないというのも、変だ……。

「……とりあえず、あそこにはF15に燃料を補給する施設もない。四機はどのみち、戦力としては当面使えないから、放って置くしかないか」

「海自のシーガル・セブンも降りているはずなんですが」

隣の席で、笹が言う。

「あそこへ降りて、那覇からの連絡機を待ってくれ、と頼んだきりです」

「そうだったな」

だが、シーサー・ツー——白矢英一三尉を海面から拾ってくれた海自護衛艦所属の対潜ヘリは、上空のスカイネット——Ｅ７６７に通信を中継してもらっていたので、Ｅ７６７が後退していなくなった現在、ここＣＣＰから呼び出すこともできない。

貴重な証言をしてくれるはずだった白矢三尉は、いまごろ、真っ暗な駐機場で待ちぼうけを食らっているのだろうか。

「しかし、どうして」

工藤はぽつり、とつぶやいた。

口に出しても、仕方のないことだが――

「どうして、出なかったんだろうな」

「〈防衛出動〉命令、ですか」

笹が言う。

「僕も、そう思います」

「笹」

「はい」

「俺たちは、もちろん政治に口は出せない。シビリアン・コントロールだからな。しかし〈防衛出動〉がどうしてなかなか出せないのか、理由くらい教えて欲しかった」

「先任」

するとと横の情報席から、明比二尉が小声で言った。

「どうも、総理が交代するみたいですよ」

「……………?」

工藤は、明比の席を見やった。

明比は、また自分の情報画面の隅にウインドーを開き、地上波のＴＶ放送を映し出している。

「総理が交代――って、どういうことだ」

「これ、見てください。官邸から生中継だそうです」


徹夜勤務のせいで、俺は頭が少しぼけたのか……？

工藤は、明比の言う『総理が交代』の意味が分からない。

「見せてくれ」

しかし、こんな深夜に報道番組が中継をしているのか……。

自分のヘッドセットを、また明比の情報席の予備ジャックに繋ぎ、画面を覗き込む。

「……？」

工藤の表情が、険しくなる。

何だ。

〈内閣総理大臣臨時代理〉……？

何だ、これは。

「何だこの女――」

「先任」

明比は、声を低めた。

「自衛隊を下げろと命令したのは、その女らしい」

「……‼?」

工藤は絶句する。

「――ば、馬鹿を言うな」

「でも、自分でそう言っているんです」


どういうことだ。

唐突に、閣僚でも何でもない女の政治家がTVに現れ『自分は〈内閣総理大臣臨時代理〉だ』と名乗る。

何か「平和」とか「戦争にしない」とか、カメラに向かって口にしているが、工藤の頭には言葉が入って来ない。

われわれ自衛隊を、この女の政治家が、沖縄本島まで下がらせた……？

あの、魚釣島が占領されるかどうかという大事な瞬間にか。

「常念寺総理は、いったいどこへ行かれたんだ」

工藤は小声で、早口で訊いた。

思わず、わめきたくなるのを抑える。

指揮官の俺が、スタッフたちを不安がらせたり混乱させてはいけない。

「どうして、この女が総理の〈代理〉をやっているんだ」

「私も、よく分かりません」

「分からないって――」


（――――）


待て。

工藤は、目をしばたたく。

待てよ……。

脳裏に、ふと声が蘇る。障子有美の声だ。ホットラインの受話器越しに『〈防衛出動〉は出せないの』と、俺にすまなさそうに言った……。

障子さんだ。

（――俺に、〈特攻〉みたいな攻撃をやらせろと要求して来たり……。あの辺りから、障子さんはおかしかった）

何か、俺たちに隠していたのか。

総理の乗る政府専用機に、何かが起きていたのか……？

「明比。政府専用機は、いつごろ戻るんだ」

訊くと。

「はい」明比二尉は情報画面を素早く操作する。「空幕にある予定表では、羽田への到着は〇八〇〇《マルハチマルマル》——今日の午前八時です。いまごろはだいたい、台湾の辺りでしょう」

「無事で、飛んでいるのか」

「いまのところ、変わった情報は、ここには——」

「しかし総理が無事ならば、〈臨時代理〉とか置くわけがない。政府専用機の機上から、指揮を執ればいいいんだ。〈防衛出動〉だって、発令できたはずだ」

「それは、そうです」

「何か、起きているのかも知れない。何かの手段で、専用機の現在位置と、無事を確かめられないか」

「台湾を離れないと、われわれの防空レーダー覆域には入って来ませんが」

明比は少し考えるが、すぐに情報画面をネットに繋ぎ、ウェブサイトを開いた。

「そうです。マニア向けに、〈フライトレーダー24〉という民間のウェブサイトがあります。航空機が国際機関にフライトプランを提出して、航空交通管制用自動応答装置を働かせて飛んでいれば、このサイトのマップ上に便名と位置がリアルタイムで出るのです」

「本当か？」

「航空機が自動的に出す信号を拾うのです。最近のマニアは、凄いですよ」

「専用機も、出せるのか」

「やって見ます」

4

●沖縄県　某所
地下室

「……………!」

留置場から、蛍光灯の照らす部屋へ戻ると、ジーンズの女は大きな目を円くした。

照明の下で見ると、茜よりも少し歳上だ。彫りの深い、沖縄でよく見かける美形だ。

袖の腕章は〈八重山ＴＶ　報道〉。

「これ……あなたがやったの」

つぶやくように言った。

機動隊員たちは、床に転がったままそれぞれ脚を抱えるようにし、うめきながらのたうち回っていた。

「一対五だから」

茜は頭を振る。

「やむを得なかった。全員、立てないようにした」

「…………」

「ここで、〈遺書〉を書かされていた」

茜は、床におちていたA4の紙切れを拾い上げると、破いた。

「書き終わったら、私を殺すつもりだったらしい」

「…………」

「この連中は、何なの」


「うまく説明できない」

女は頭を振る。

「とにかく、逃げましょう」

「あ、ちょっと待って」

茜は手で制した。

逃げ出す前に――

「携帯を、持っていく」

部屋の奥のパソコン用デスクへ駆け寄った。

デスクの上に、さっき見かけたスマートフォンがある。

リーダー格の男が使っていた大型のノートPCと、ケーブルで繋がれている。

外し取ると、やはり茜の携帯だ。

個人情報でも盗むつもりだったのか……？　すぐそばに、身分証を入れた財布もある。

さらにその横にもう一台のスマートフォン。

「これは、あなたの？」

「あっ、助かる」

女は駆け寄って、茜から携帯を受け取る。

スマートフォンは社用のものなのか。裏面に、〈八重山TV　与那覇〉とネームが張り付けてある。

「そうだ」

TV局の人間なのか。

女は、目敏《めざと》い感じだ。パソコンデスクの上の壁に、車のキーがいくつも吊るされているのを見つけ、片っ端から摑み取った。

「これ、もらって行こう」

そうか。

五、六個ある黒いキーを全部、ジーンズの上着ポケットへねじ込む女を見て、茜は感心した。近くに、このキーで動く車があるに違いない。

「脚ができた。行こう」

だが
「あ。ちょっと待って」

茜は、また手で制する。

広げられたままの大型ノートＰＣの画面。そこに浮かぶ画像に目を引きつけられた。

さっきまでは、ＰＣの画面の中身にまでは注意が行かなかったが――

何だ、これは。

（――航空路図、か……？）


違和感を持った。

これは何だろう。

画面に映し出されているのは、ＣＧの地図だ……。

覗き込む。

（……？）

眉をひそめる。どうして、こんなものを画面に出していたのだろう。横長のフレームに入っているのは、台湾と南西諸島の全域だ。

中国大陸の南海岸と台湾の島が、海峡を挟んで向かい合っている。その上に何本も伸びている線は、たぶん航空路だ。青い線の上に〈A1〉、〈R583〉、〈R595〉などと記号や番号が振られている。

那覇基地へ赴任してから任務につく前のブリーフィングで、沖縄の周辺の民間航空路についてはレクチャーを受けた。民間航空路に不用意に近づいたりしないための教育だったが、その時に習った内容だから、憶えている。

しかし、これは。

（…………）

茜は、画面のCGの航空路図に目を見開いた。

よく見ると、全体に無数の小さな『飛行機』が、散っているのだ。フレーム左端の台湾北部から、日本本土と沖縄の方向へ何本も伸びる航空路――その線の上に、小さな飛行機の形が無数に列をなしている。それぞれに、識別コードのような小さな文字と数字が添えられている。

これは、ウェブサイトなのか。

画面の上側には〈FLIGHT RADAR 24〉というタイトル。

「………!?」

これは。

「舞島さん」

女が呼んだ。

「舞島さん、行こう」

「…………」

一刻も早く、ここを出て逃げなければ。

それは分かっている。ここがどこなのかも分からない、〈敵〉が何者なのかも分からないのだ――

だが

（……これは何だ）

一つの赤い色が、茜の目を引いていた。

〈勘〉のようなものが『それを見ろ』と教えている。

このシンボルは。

ウェブサイト（マニア向けに、航空路上の航空機の便名と位置を表示して見せるサイトがあるらしい、とは聞いたことがある）の航空路図の上に、一つだけ、赤く着色された飛行機の形――航空機シンボルがある。

これは、最初から一つだけ赤く着色されているのか。あるいは、このＰＣを使う者が、この一つのシンボルにだけ色をつけたのか……。

赤い航空機シンボルの脇に浮かぶ識別コードは、〈JAF001〉。

「……JAF001――ジャパン・エアフォース・ゼロゼロワン？」

ハッ、として茜は室内を振り返る。

目茶苦茶《めちゃくちゃ》に散らかっている。

出動服にプロテクター姿で、床でうめいている男たち。

「――――」

ジャパン・エアフォース・ゼロゼロワンは、総理を運ぶ時の政府専用機のコールサインだ（それ以外の任務飛行では〈シグナス・ゼロワン〉というコールサインを使う）。

常念寺総理が、数日前に政府専用機でイラン訪問へ向かったことは、TVの報道で知っている。

その専用機には、妹のひかるが客室乗員として乗務しているらしい――らしい、というのは、自衛官は自分の任務を家族にも話すことができないからだ。でも、LINEの連絡が、ここ一週間ばかり取れない。準備期間も考えると、ひかるがイラン訪問の専用機に乗って行ったことは、ほぼ確かだ。

しかし。

この連中が、どうしてウェブサイトを使って、イランから帰って来る政府専用機の現在

位置なんかを見ていたんだ……⁉

――『いないのさ』

「――――」

聞きたくない声が、耳に蘇る。

男の声。

――『総理は、その時にはこの世にいないのさ』

「くっ」

「舞島さん……⁉」

女の声が、咎めるように呼ぶが。

茜は気づくと、壁際に叩きつけられて転がっている機動隊のリーダー格の男に駆け寄り、片膝をついていた。

ひゅう、ひゅうという呼吸音。

「おいっ」

茜は男の襟首を掴むと、揺さぶった。

「おい、総理がこの世にいなくなるって」

だがリーダー格の男はすでに白目を剝き、意識が無いようだ。

「くそ」


さっき、確かにこの男は言った。

総理は、その時にはこの世にいない……。

パソコンデスクに戻り、画面をもう一度見る。

「舞島さん、何をしてる？」

「ひょっとしたら、大変なことになる」

「え？」

「これは、政府専用機だ」

赤い小さな飛行機の形。

動きを、拡大して見るには……？

こうか。茜はマウスを掴み、画面のカーソルを赤い小さな〈ＪＡＦ００１〉に合わせる。右クリックで『拡大』を選ぶ。

ピッ

すると画面が、ズームアップした。赤い〈ＪＡＦ００１〉は、ちょうど台湾北部の台北の上空を通過している。拡大したので、動きが見える。針路をやや右へ振り、航空路〈Ｒ５９５〉に入るところだ。台北と宮古島を一直線に結ぶ航空路だ。

ピピッ

「――おいっ」

茜は今度は、部屋の中央に倒れている若い男の傍らへ駆け寄ると、右手に握った拳銃の銃口で顎をぐりっ、と小突いた。

「おい、あそこで倒れている男が見えるか」

銃口で小突き、無理やりリーダー格の男が見えるようにする。

「……ひ、ひっ」

「正当防衛で、仕方がなかった。もうすぐ出血多量で死ぬ。残念だけど、私には助けることができない。私の質問に答えなければ、お前も同じになる」

「ひ⁉」

「お前も、私を殺そうとした。だからすでに正当防衛が成立している。いますぐ死にたくなければ、質問に答えろ」

●沖縄県　宮古島市
　市街地

　一分後。


　茜は、TV局の職員らしい女と連れ立って地上へ出た。

　地下室の空間の一方の壁には、別の扉があり、開けると縦穴のような空間だった。上方へ、鉄製の螺旋《らせん》階段が続いていた。

　先ほど五人目の機動隊員が姿を現した入口だ。

　茜が先に立って上った。螺旋階段を駆け上がり、天井を塞いでいた円い鉄製の蓋を撥《は》ね上げると、いきなり冷たい外気の底へ出た。

（マンホール……？）

　空気が冷たい。見上げると、壁の間に細長い星空。

　ビルの立ち並ぶ一角の、裏路地だろうか。

　古いビルの壁面と、壁面に挟まれたような狭い路地だ。マンホールは、その地面に口を開けていた。

　茜は円い開口部の縁に両手をかけ、アスファルト舗装の地面へ出た。

後に続くTV局の女からノートパソコンを受け取り、地面に置いてから、手を貸して引き上げた。

マンホールの蓋を、蹴って元へ戻した。


「あっちが、建物の表だと思う」

今度は女が先に立ち、壁面に挟まれた路地を一方へ進んだ。

注意深く進んだが、深夜のせいか。

周囲に人の気配はまったく感じない。

二車線の道路に面した、ビルの正面らしい場所へ出る。

車の通行する音も聞こえない。

青黒い街路に、信号機の赤色の光が反射している。

ピッ
女が、手にした黒い車のキーで、ビルの前に駐まっている何台かの車体を片っ端から指すようにする。

ピピッ
一台が反応して、黄色いハザードランプを明滅させた。

「これに乗れる」

「分かった」
茜は、ロックの解除された白いツーボックスのワゴン車へ走った。
腕には、地下室に置いてあったノートＰＣを抱えている。拳銃はベルトに差した。
「……ここは？」
車の助手席に乗り込む時、ビルの全体が視野に入った。
見上げると、古い三階建てのビルだ。
この建物の地下に、閉じ込められていたのか――？
灯りは、ついていない。
通りに面した二階の部分に、古い感じの看板が掛けられている。
（………？）
茜は、眉をひそめる。
〈沖縄新報　宮古支局〉
何だ、ここは……。

「出すよ」
女がエンジンをかけ、車をスタートさせた。

●宮古島市　郊外

市街地を数分で走り抜けると、一面に灯りの無い田園地帯に入った。

女は車を脇道へ入れた。闇の中にもこんもりと黒い、小さな森がある。木々の間へ乗り入れると、車を止めた。

「はぁ、はぁ」

エンジンを止めると、肩で息をしながら、ようやく茜の方を見た。

「私は、与那覇さくら。八重山TVの報道記者。よろしく」

初めて、名前をちゃんと聞いた。

ここへ来るまで、名乗り合う余裕も無かった。

この人は、与那覇さくらというのか──

「私は──」

茜は、自分を指さしかけるが。

名前は、知られているようだ。

「私は舞島茜。でも、私は民間機を撃ったりしてない。テロなんかしてない」

「それは」

与那覇さくら、と名乗った歳上の報道記者は、言葉を呑み込む。

大きな目で、茜を見た。

「私も信じたいけれど」

「さっき、ビルの看板に〈宮古支局〉って書いてあった」

茜は訊く。

「ここは、宮古島なんですか」

「そうらしい」

「そうらしい――って……」

「私も、目が覚めたら〈檻〉の中だった」


与那覇さくらは、茜に話してくれた。

さくらは八重山市に本拠を置く地元TV局の、報道記者だ。

昨日は、県内で基地に反対する市民運動を取材していた。夜の全国ネットのニュース番組で、〈特集〉として報道させてもらう予定だったと言う。

それが、ある場所でいきなり背後から殴られ、気を失った。

気がついたら、あの留置場の〈檻〉にいたと言う。

「ここが宮古島らしいこと、自衛隊がスクランブルに出て、問題を起こしたらしいこと、中国の民間機を、止めるのも聞かずに自衛隊機――あなたが撃った。そして民間人を大勢殺し、救助に向かう中国の船を海保が撃った。〈檻〉の中で、壁に耳をつけて聞いていたら――奴らの話している内容やTVの音声から、だいたい分かったわ」

「…………」

「驚いたのは、あなたが運び込まれて来たこと」

「私は、司令部からの指示で、下地島に降りたんだ」

茜は、思い出して言う。

「そうしたら、あの連中がいた。不意をつかれて――」

「その司令部の指示って、本物だったの」

「…………」

茜は頭を振る。

「分からない。那覇の団司令とは、面識は無かったから」

「下地島は、ここから橋で繋がっている」

さくらはうなずいた。

「奴らは、あなたを拉致してアジトに運び込んで、薬を呑ませ、あの〈告白動画〉を撮った」

「…………」

茜は、まだ胃の辺りに強い不快感がある。

むかむかする感じだ。

「でもね」

さくらは言う。

「奴らは、最初はあなたを女子だと思っていなかった。だからあなたが私を『婦女暴行』したように見せかけて、私を殺すつもりだったらしい」

「……えっ」

「テロを起こした自衛隊員が、地上へ降りて、今度は地元女性を暴行して殺す。そういう筋書きだったのに、できなくなった。あなたが女だったから。段取りが狂った——って、悔しがってた」

「………………」

茜は、絶句するしかない。

「あの連中は、何者なの」

「沖縄の警官よ」

与那覇さくらは、ぼそりと言った。

「いったい、どれくらいの数が、ああなってしまっているのか——私たちにも分からない。地元のマスコミも報じないし、調べようとしない。真実を伝えようとしているのは、八重山にある私たちの局だけ」

「…………」

「ねぇ舞島さん」

「茜、でいいです」


「じゃ、茜」

与那覇さくらは、大きな目で茜を見た。

「あなたが戦っているのを見て、私も勇気が出た。何とかしたい」

「…………」

「中国の貨物機を撃ったのは、あなたではないのね」

「私じゃない」茜は頭を振る。「私は、止めようとした。撃ったのは中国のJ15」

「何か、証拠は？」

「機体の残骸があれば――あの貨物機の残骸を引き揚げれば、弾痕で分かる」

「でも、魚釣島の周囲の海は、いま中国がすべて押さえているわ。〈パンダ羽賀〉が、TVの会見で『自衛隊は本島まで下げた』って」

「〈パンダ羽賀〉……？」

「そういう渾名《あだな》。親中派の親玉のような政治家よ。マスコミでは有名」

「そうなんですか」

「何か、あなたの無実を晴らす方法はないかしら」

「それよりも」

茜は、自分の膝に抱いていたノートPCを開いた。

休眠モードになっていた画面が、明るくなる。

警察が使っているノートPCだから、屋外でも自動的にモバイル回線に繋がるらしい。

3Gの電波を捕まえている。

〈FLIGHT　RADAR　24〉のサイトが、再び立ち上がる。

「何とか、急を知らせて。政府専用機のコースを変えさせないと」


機動隊の若い男が、銃口を押しつけられてしゃべった内容――

その話は、こうだ。

政府専用機は常念寺総理の一行を乗せ、間もなく台北から宮古島上空を通過する航空路で帰って来る。

その航空路――おそらく画面上の〈R595〉だ――は尖閣諸島の上空を通過する。

ところが、魚釣島上空は現在、中国が『領空』を宣言しており、島から半径一二マイル以内を通過しようとする航空機は、〈領空侵犯〉とされ、すべて撃墜される。中国艦隊の空母〈遼寧〉が載せている戦闘機が、緊急発進して撃ちおとすのだと言う。

常念寺総理は東シナ海の空に散り、替わって羽賀聖子が総理の〈臨時代理〉として中国国家主席と会談して、戦争を回避する。回避してもらう代わりに、尖閣諸島は未来永劫、中華人民共和国の領土になってしまう。

尖閣が中国の一部になったら、次は沖縄だ――

「あと一時間もしないうちに、専用機は来てしまう。早く、知らせないと」

でも。

誰に、どうやって知らせればいい……。

●東京　横田基地　地下
航空総隊司令部・中央指揮所

「おや、変だな」

南西セクター担当管制官が、思わず、という感じで声を上げた。

「予定されていたコースと違うぞ――先任」

「どうした」

インターフォンで呼ばれ、工藤慎一郎も先任席から視線を上げる。

工藤は、政府専用機がわが国の防空レーダーの覆域に入って来るのを『いまかいまか』と待っていた。

専用機は、どうやら無事で日本へ向かってはいるらしい――

明比が開いてくれたウェブサイトで、それだけは確かめられたが。

疑念は残り続けていた。

(どうしてなんだ……?)

どうして、常念寺総理は機上でみずから指揮を執らないのか。

通信環境でも、悪いのだろうか……? ホットラインで官邸のオペレーション・ルームをコールし、訊いてみようとしたが、障子有美は席を外しているという。

問いただしたかったが、訊けない。

指揮所の正面スクリーンに機影が現れるまでは、与那国島のリモート通信局からのUHF無線も通じない。待つしかなかった。

ところが

「専用機――ジャパン・エアフォース・ゼロゼロワンは台北を通過しましたが。予定外の変針をしました」

　担当管制官は異状を報告した。

「予定の航空路〈A1〉に乗りません」

「何だと」


　工藤は、正面スクリーンを見上げて眉をひそめる。

　横長の広大なスクリーンの、その左端——台湾北端の台北上空から、確かに緑の三角形が一つ、真東へ向けて進むところだ。

　三角形の識別コードは〈JAF001〉。

「おい、このコースは——」

　工藤は、現れた緑の三角形が進む方向を見やる。

　真東へ——スクリーン上を、左から右へ、真横に進んでいく。

　これは、台北から宮古島を経由して本土へ戻る航空路だ……。

（……う）

　工藤は、目を剝く。

　緑の三角形が進む先に、スクリーン中央を占める魚釣島がある。

　島の上を、赤い三角形が四つ、旋回している。

「――おい、やばいぞ。ただちに呼び出して、針路を変えさせろ」

「はっ」

だが
「駄目です、先任」

南西セクター担当管制官が、振り向いて告げた。

「〈JAF001〉は、コード7600を発信しています」

「な、何」

「『無線送受信不能』を知らせるコードです。政府専用機に、無線は通じません」

5

●沖縄県
宮古島市　郊外

「そうだ」

茜は、目をしばたたいた。

思いついた。

急を知らせるのに、一番ふさわしい人がいる――

頼りになる人だ。

「橋本《はしもと》空将補――空将補にかければ」

「……茜？」


けげんそうに見る与那覇さくらに「ちょっとごめん」と断り、茜は自分の携帯を取り出して、スイッチを入れる。

現在、親のいない身の茜にとって、第六航空団司令の橋本繁晴《しげはる》空将補は上司であるだけでなく、父親代わりのような存在だ。

小松基地近くの地元の合気道の道場では、兄妹弟子の間柄でもある。茜にとって、自衛隊の中で最も信頼できる、頼りになる人だ。

空将補に電話をかけて、報告をして――空将補から空幕へ働きかけてもらえれば、政府専用機のコースを変え、尖閣上空を回避させてくれるだろう。

黒い画面に、白いリンゴの絵が浮き上がる。

「――――」

スマートフォンが起動するのを待つのが、もどかしい。

ところが

ポポンッ

いきなり画面に現れたメッセージに、茜は目を見開く。

〈舞島ひかるが話題です〉

何だ。

「……何だ、これ」

●東京　永田町

総理官邸地上階　会見ルーム

「〈臨時代理〉」

一枚の紙を手にした背広姿の男が、会見ルームの袖の入口から駆け込んで来た。

そのまま、障子有美の見ている目の前を通り過ぎ、ライトの当たっている演壇へ駆け上がる。

見ない顔だ――

（――――）

障子有美は、その姿を目で追う。

背広の男は、手にした紙を、横から演壇の羽賀聖子へ差し出す。

「〈臨時代理〉、外務省にたったいま入った連絡です」

質問は続いていたが、そろそろ会見を打ち切る潮時だ。

会見が済めば。またあの羽賀聖子が地下のオペレーション・ルームへ降りて来て、主のように振る舞うのだろうか――

有美は、胃の辺りがむかつき始めた。

「あぁっ、何ということでしょう」

演壇では、羽賀聖子がテンションの高い声を上げる。

「こ、国家主席が、国家主席が私とならばすぐに電話会談したいと、そのように連絡して来られましたっ」

羽賀聖子は、カメラに映るようにか、入電したメッセージをひらひらさせた。

「国民の皆さん、私、羽賀聖子はただいますぐに外務省へ移動し、中国国家主席と早速、戦争を回避するための話し合いに入りますっ」

「障子さん」

腕組みをして見ている有美に、背中から声が呼んだ。

「障子さん、ちょっと、これを見てください」

「――何？」


振り向くと、湯川が立っている。

差し出すようにしているのは、スマートフォンだ。

「動画サイトです」

「動画サイト……？　また？」

「驚かないでください」

湯川は近寄って来ると、有美の周囲に羽賀聖子の取り巻きや部下が立っていないことを目で確かめ、スマートフォンの画面を素早く差し出した。

「舞島茜の、妹のひかるを名乗る人物が、動画を投稿しています」

「妹？」

「はい」

「姉は無実だ、とか……」

「いえ」

湯川はさらに近づくと、声を低めた。

「妹の舞島ひかるは、空自の特輸隊の客室乗員です。政府専用機に乗っているんです」

「え」

有美は、目で訊き返す。

いま、何と言った……!?

「どういう」

「これを見てください。いま現在の、専用機の機内の様子です。門班長の言われる通り、乗っ取られているらしい。舞島ひかるが犯人に隠れて、隠し撮りして実況しています」

「ちょっと」

●総理官邸地上階　廊下

「最初から、見せて」

湯川の袖を引っ張って廊下へ出ると、有美は促した。

会見ルームはにぎわっているが、廊下には人気はない。

「信憑性はあるの、その動画」

「あります」

湯川は眼鏡を指で上げ、うなずく。

「舞島茜の妹のひかる——三等空曹ですが、調べました。特輸隊に所属しているのは事実です。まだ新人ですが、今回の首相イラン訪問飛行の随行客室乗員に選抜され、乗務しています。顔も確かめました」

「………」

本当なのか。

何かの、いたずらではないのか。

湯川の話が本当ならば、その舞島ひかるは、飛行中の専用機の機内から動画サイトへ動画を投稿していることになる。

そんなことが——

半ば疑いながら、有美は受け取ったスマートフォンの画面をタッチし、再生させる。

『——わたしは舞島ひかる』

だが、肩までに切りそろえた髪の、制服のシャツ姿の女子自衛官が口を開くと。

「………！」

思わず、目を見開いていた。

「こ」

この声は……。

――『はい。こちら総理の携帯』

（同じ声だ……）

まさか。

ミーティング・ルームで、着信した携帯を取ったのは、この子か……⁉

画面の女子隊員は続ける。

『航空支援集団、千歳基地特別輸送隊所属の三等空曹です。わたしは政府専用機客室乗務員として、常念寺総理のイラン訪問飛行に随行しました。いま、その機内にいます』

「………」

『政府専用機は、テヘランを発って日本へ戻る途中、乗っ取られました。犯人は首席秘書官の男です』

「九条圭一です」

横から、湯川が指摘する。

「本当だとするならば」

●宮古島市　郊外

『常念寺総理以下、乗員と乗客はすべて眠らされました。犯人はピストルを持ち、二名のSPは射殺され、わたしも撃たれました』

「――――」

暗闇に止めた車の助手席で、茜は手の中の動画に見入った。

スマートフォンの電源が入るなり、リアルタイムのアプリが働いて、現在最もリツイートされている情報を画面に表示して来た。

〈舞島ひかるが話題です〉

舞島ひかる。

見間違いか……？　と思ったが、リアルタイムのアプリを開いてみると、いまこの瞬間、リツイート数の一位だ。

『舞島ひかる』『茜の妹？』『テロリストの妹？　可愛いけど』『政府専用機がやばい』『乗っ取りやばい』

ツイートのいくつかに、動画サイトがリンクされている。

動画のタイトルは『舞島茜の妹　ひかる　専用機は乗っ取られています』

すでに『舞島茜』が検索ワードの上位だから、これは自然に引っかかって出て来るタイトルだ。ユーチューブに繋がると、サイトにアップされたのが七分前なのに、すでに再生五万回を超えている。

『幸い、負傷はしていません。専用機からは、ネットを除いて、外部との連絡ができなくなっているようです』

かすれているが、しっかりした声だ。

動画は、どこかにスマートフォンを置いて、上半身が映るようにして撮っている。話しているひかるの背景は、構造部材がむき出しになった側壁のようだ。

貨物室か、どこかか……？

「それは誰？」

与那覇さくらが、横から覗き込む。

「自衛隊の人？」

「私の妹」

「えっ」

「専用機に乗って、いま、こっちへ」

茜は動画を再生させながら、膝に開いたノートＰＣの画面にも目を走らせる。

政府専用機の現在位置……。

『わたしは、四時間ほどかかって、犯人の目を盗みながら機内の各所を撮影しました』

ひかるの声が続ける。

『いまから、お見せします』

●総理官邸地上階　廊下

『ここは、一階客室のミーティング・ルームの入口前の通路です』

揺れ動く画面に、舞島ひかるの声が被さる。

あらかじめ撮った動画に、後から解説を加えている。

『警護官が二人、倒れています。犯人に拳銃で撃たれたのです』

「──う」

有美は、のけぞりそうになる。

床が映し出される。

血溜まりじゃないか……!?

『犯人は、いま、別のところにいるようです。いまのうちに、ミーティング・ルームの中を撮影します』

「────」

「────」

有美と湯川は、二人で画面を注視する。

画面が切り替わる。

『ここはミーティング・ルームの中です。このように、常念寺総理、鞍山外務大臣、豊島経済産業大臣以下、スタッフの全員が眠らされています』

「────」

「────」


床を埋めつくすような、倒れた人々の群れ。

撮影するカメラは、揺れながら薄暗い空間へ踏み込む。

奥に、オペレーション・ルームと似た会議テーブルがある。

『常念寺総理です』

回転椅子に、のけぞるようにして意識を失っているのは常念寺貴明だ。

「…………」

「…………」

『特殊な催眠ガスのようなものを吸わされているらしく、揺り起こしても起きません』

常念寺の姿が、見下ろす角度でアップになる。

会議テーブルの情報端末の蒼白い光が映り込む。

『わたしだけが、偶然、ガスを吸わずに済んだのです。でも犯人に見つかり、追い回されて撃たれました。逃げきれたのは、運が良かったのです』

「どうりで」

有美がつぶやくと
「誰も電話に出ないはずです」

湯川がうなずく。

画面が切り替わる。

『これは、コクピットの扉です。二階客室の、階段を上がったところから撮っています。犯人はいま、あの中にいるようです。扉は防弾で、四桁の暗証コードを入れないとロックは解除できません』

「――――」

「――――」

『犯人は、コクピットで機長と副操縦士を眠らせると、機のコンピュータの設定を変えた模様です。何をしているのか、よく分かりません。分かりませんが「あと少ししたら自分以外は全員死ぬのだ」と言っていました』

「――ちょっと」

有美は、指で動画を止めた。

「どうしました？」

湯川は、最後まで見ないのか……？　という表情になるが

「巻き戻す」

有美は言い置いて、動画を少し戻す。

ミーティング・ルームの、常念寺の上半身をアップにした場面だ。

「これ、見て」

「？」

有美に指摘され、湯川は覗き込むが

「これ――って、どれです」

「情報端末の画面」

「え？」

「時刻表示。見て。これ、日本時間よね」

有美は動画を止める。

「湯川君、この時刻に見覚えは？」

「え」

「舞島ひかるは、犯人の目を盗みながら四時間かかって撮った――そう言ったわよね」

静止画となった画面の隅に、常念寺の席に設置された情報端末の画面が映っている。

四桁の時刻表示が、蒼白い光を放つ。

「私は憶えてる。二三時三二分。特徴ある数字の組み合わせだから、憶えてた」

「……あ」

湯川は、ハッと目を見開く。

「これは――まさか。では、コクピットで電文メッセージに応えていたはずの常念寺総理は」

「ここで寝てた」

「…………」

「法制局長官を呼んで。門情報班長も」

有美は叱りつけるように命じた。

「早くっ」

●宮古島市　郊外

『犯人が何をしたいのか、分かりません。でももうすぐ「自分以外はみんな死ぬ」と言っていました』

画面は、ひかるのアップに戻る。

『政府専用機は、いま、乗っ取られて、皆が眠ったまま飛行中です。わたしには、どうすることもできません。助けてください』

「──」

「──」

まるで、茜がこの動画を見ることを期待したのか。

最後に、ひかるはカメラへ目を上げると、言った。

『お姉ちゃん、助けて』

「さくらさん」

茜は動画サイトの画面を閉じると、運転席の与那覇さくらを見た。

「下地島は、宮古島と橋で繋がっているって、本当ですか」

「本当よ」

「どのくらいで、行けますか」

「えっ……？」

与那覇さくらは、驚いたように見返した。

「行く――って」

「私の機が、置いてある。燃料も少しならある」

茜は開いたPCの画面を、さくらに示した。

「専用機はいま、この航空路をまっすぐにこちらへ向かって来る。このままでは尖閣諸島の真上を通ります。あそこにはいま、〈遼寧〉の艦載機がうようよしている。機動隊員が話した通りになります。向こうから領空侵犯の言いがかりをつけられ、撃墜されます」

「…………」

「妹を、助けに行く。力を貸して」

●東シナ海　上空
政府専用機747－400

同時刻。

「――やっと来ましたか」

機長の燕木の身体も、後方の床の上へどけて、九条圭一は操縦席に座っていた。

前面風防の光景は、一変している。

明るくなって来ている。

濃い藍色から、次第に明るいインクブルーへ変わりつつある。

東へ向かって飛んでいるから、急速に前方から夜が明けて来るのだ。

「最後の秘密の情報」

九条の手にしたスマートフォンに、ネット経由で情報ファイルが送られて来た。

それは、待ち望んだ〈政府専用機の秘密〉だった。

大柄な男は、のそりと立ち上がった。

「間に合いましたね。これで脱出できる」

立ち上がって、親指で画面をスクロールした。

〈非常用脱出ポッド〉

〈ハッチ暗証コード〉

〈使用法〉

必要な情報が、そろっているのを確かめると。

男はうなずき、携帯をポケットにしまった。

腰の後ろに差し込んだ拳銃を抜くと、コクピットの防弾扉に歩み寄り、覗き穴から通路の様子を見て、開けた。

内側から開く時には、四桁のコードも必要ない。

「さて、脱出です」

●政府専用機　床下
前方貨物室

「――――」

構造部材がむき出しの側壁にもたれ、ひかるはうずくまっていた。

自分が、やり方を調べながら必死になってアップした動画。

それは、いま、動画サイトで多くの人に見られているようだ。

でも。

専用機は飛び続け、自分はあの大柄な男の追跡の手を逃れて、床下貨物室に隠れている。その情況に変わりはない。

（――お姉ちゃん……）

茜は、どうしたのだろう。

あの動画――

不自然な〈告白動画〉が、サイトにアップされ、猛烈な勢いで見られていた。

本当に姉ちゃんが、中国の民間機を撃って、混乱の元を造り出したのか……？

「……そんな」

つぶやきかけた時。
ブルルルッ
ふいに、ひかるの胸で携帯が振動した。
音は、出ないようにしてある。
シャツの胸ポケットから取り出すと、ＬＩＮＥ通話の着信だ。
画面に現れている名は〈舞島茜〉。
「……⁉」
お姉ちゃん……⁉
ひかるは急いで、画面の『着信』をタッチする。
『――ひかる、大丈夫かっ』

姉の声がした。

茜だ。

あの動画の、うつろなしゃべり方ではない——

「お姉ちゃん」

『大変だったな、よく頑張った』

茜の声は言った。

『そちらの情況は、だいたい分かった。いまから助けに行く』

「…………」

『聞こえているか』

「うん」

『いいか、その専用機はいま、尖閣諸島へまっすぐに向かっている。だが尖閣は中国の機動部隊に占拠され、魚釣島の上には中国機がうようよいる。このまま飛行すれば領空侵犯の言いがかりをつけられて撃墜される』

「…………」

『ひかる。何とかして、コクピットへ行け。飛行コースを変えるんだ』

「……え、でも」

『このままでは』

●伊良部大橋《いらぶおおはし》

潮風が、猛烈に吹きつけている。

「このままでは、音速の八割で飛んでいたら、あとおよそ一五分で魚釣島の半径一二マイル圏内へ入ってしまう。奴らに、撃墜の口実を与えてしまう」

明るくなっていれば、景色は良いのだろう。

視界を遮るものが何も見えない。

浅い海の上を一直線に伸びる橋の上を、車は疾走していた。

ハンドルを握っているのは与那覇さくら、茜は助手席で携帯を耳に当て、専用機の機上にいる妹のひかると通話していた。

「いいか、コクピットに入ったら、操縦席について、まず無線を二四三メガヘルツに合わせて聞くんだ。前にも一度やったから、分かるだろう。そうしたら——あ」

プツッ

だが唐突に、ＬＩＮＥの通話は切れてしまった。

切れた……。

茜は、すぐにかけ直すが、駄目だ。念のため、普通の携帯電話の回線でもひかるを呼んでみるが、繋がらない。

「どうした?」

さくらが訊く。

「LINEが切れた」

茜が言うと
「私だって、電話、かけたいわ」さくらは前方に集中しながら言う。「あなたとこうして一緒にいること自体、スクープなんだから」

「代わってあげたいけど。道が分からない」

「それはそうだ」

車が橋梁《きょうりょう》の繋ぎ目を乗り越え、どんっ、と跳ねる。

前方は真っ暗だ。

二人で話し、〈敵〉に発見されるのを防ぐため、無灯火で走ることにした。

夜明け前の闇の中だ。

土地鑑のある人間が、集中して運転しなければ、たちまちどこかにぶつかるだろう。

窓を一杯に開け、音も聞きながら走った。

「さくらさん、一つ、思い出した」

茜はふと思いついて、言った。

飛行場につけば、またイーグルの機体に乗る。

妨害もあるだろう。ただちに発進できるように、エンジン・スタートの操作手順を頭の中でおさらいしようとして、思いついた。

「大事なこと」

「何を？」

「〈証拠〉」

「え」

「私の機のガンカメラ」

茜は、右手で操縦桿を握り、中指でトリガーを引く真似をする。

「こうして機関砲のトリガーを半分引くと、カメラが作動する。昨夜の格闘戦で、中国のJ15が、私の目の前で民間機を撃つ場面がたぶん映ってる。ディスクを取り降ろせば、動かぬ証拠になる」

「有難い。それ、うちの局にちょうだい」

「生きて帰れたら、あげるわ」

6

●東京　横田基地　地下
航空総隊司令部・中央指揮所

「ジャパン・エアフォース・ゼロゼロワン、ディス・イズ・ヨコタＣＣＰ」

南西セクター担当管制官の声が、天井スピーカーに響く。

「ジャパン・エアフォース・ゼロゼロワン、イフ・ユー・リード・ミー、ターン・ライト・ヘディング・ワン・エイト・ゼロ、イミーディアトリー。ジャパン・エアフォース・ゼロゼロワン、ドゥ・ユー・リード・ミー⁉」


「駄目か」

工藤はまた立ち上がって、正面スクリーンを仰いでいた。

くそっ……。

やはり、専用機は無線が通じないのか。

緑の三角形〈ＪＡＦ００１〉は、先端を真横――東へ向けたまま、じりじりと進む。

無線も駄目か。

遠方からの、衛星経由のデータ通信ができないだけではなく、普通のUHF無線も使えないのか……？

「先任、まずいです」

笹が言う。

「専用機は、魚釣島へまっすぐ近づいている。このままでは中国艦隊の連中に、領空侵犯で撃墜する口実を与えます」

「口実があったってなくたって、奴らはやるだろうさ――連絡担当」

工藤は連絡担当幹部を呼ぶ。

「那覇基地は、まだ使えないのかっ」

「駄目です」

連絡担当幹部が、振り向いて頭を振る。

「滑走路も誘導路も全部、燃えた残骸で塞がれており、発進不能です」

「くそ」

工藤は拳を握り締める。

「先任、下地島に降りている四機も、依然として応答しません」

別の管制官が報告してきた。

「変です。パイロットが機を降りてしまっているのではないでしょうか」

●沖縄県　下地島
下地島空港

「見えた」

与那覇さくらの運転は、荒かった。

ラリー並みのコーナリングを繰り返して、パイナップル畑の只中《ただなか》を突っ走ると、やがて前方に管制塔のシルエットとフェンスの連なりが、星空を背景に見えて来る。

「下地島の飛行場。前に取材した時は、民間の訓練飛行も減って、暇そうにしていたけど――あうっ」

車が段差を飛び越え、跳ねたのでさくらは舌を噛みそうになる。

「ゲートは？」

茜は訊く。

もう、ノートＰＣは後ろの席へ置いてしまった。シートベルトをきつく締め、踏ん張るようにしてつかまっていないと、天井に頭をぶつけそうだ。

「施錠《せじょう》されているの」

「たぶん。でも自衛隊の基地じゃないから、大したことない。予算も減らされてるから、職員通用口の辺りは錆びてぼろぼろになってた」

さくらはいいながらハンドルを切り、車の後輪を滑らせるようにして、最後のコーナーを曲がり切った。

前方には、空港の周囲を囲う金属製のフェンスと、閉じられたゲートがある。闇に目が慣れると、フェンスの周囲の畑の中に、あちこちに看板らしきものが見える。飛行場を自衛隊に使わせるな、と主張する市民団体の立てたものか。

「じゃ」

茜は、腰の後ろに手を回すと、自動拳銃をベルトから引き抜いて、車のグローブ・ボックスへ入れた。

「打ち合わせ通りに、お願い」

「分かってる」

ハンドルを握りながら、さくらはうなずく。

「妹さんと、日本の未来をお願い」

「ごめん、危険な目に遭わせて」

「そんなことない、生命《いのち》を救われた。それに」

「?」

「スクープ取れば、東京のキー局に行けるかも知れないし――行くぞ、つかまれっ！」

●下地島空港　駐機場

前面風防に、閉じた金網のゲートがうわっ、と迫ると同時に激しいショック。

ずばっ
「く」

「ぎゃ」

だが気づいた時には、軽くジャンプするようにして、ワゴン車は飛行場の敷地内へ突入していた。

さくらがハンドルを切る。車は滑りながら左へ九〇度、ターンする。

（………!?）

何だ。

茜は横Gをこらえながら、目を見開く。

（イーグルが）

イーグルがほかに四機もいる……!?

さらに、駐機場の端の方にはヘリらしいシルエットも駐まっている。

いつの間に、こんなに……。

「一番、手前の機体の横で降りて」

さくらが声を上げる。

「分かった」

茜はうなずく。

「一、二の――それっ」

さくらはハンドルを切り、車をまた横滑りさせる。

同時に茜はシートベルトを外し、ドアを開いて車の外へ転がり出た。

ざざざっ

「――くっ」

コンクリート舗装の上に、叩きつけられた。身体を回転させ、衝撃を吸収した。

ワゴン車は姿勢を立て直すと、駐機場の端に沿って、まっすぐに走っていく。ライトを点ける。みるみる小さくなる。

おい、おいっとあちこちで呼び合う声。

「…………」

回転する身体を止め、伏せたままで見回すと。

いる。

あちこちに、機動隊員らしい黒い影が立っている。

やはり、奴らの仲間がいるのか。

駐機場に駐まっている全部で五機のF15を、警備しているのだろうか――？

黒い影たちは、疾走していく車の方に注意を向けているようだ。

茜は、ちらと腕の時計を見る。

急がなくては。

「くっ」


立ち上がると、走った。

偶然だろうか、ゲートを入ってから一番近い位置に駐機していたのが、茜の乗って来たF15の機体だ。機首ナンバーと、赤いヘルメットがキャノピーに掛けて置いてある。

茜は姿勢を低くし、機体へ走った。脚立がコクピットの縁に掛けてあるのも、数時間前に降りた時と変わっていない。

しかし
（――）

茜は、ふと隣の機体を見た。
十数メートル、向こうだ。
その機首ナンバー。
外見は、同じF15Jだが――
ヘルメットがキャノピーに掛けて置かれ、脚立が機首に添えられているのも同じ。
だが
(あれは、データリンク付きだ)

素早く、その機体の様子を目で探る。機首ナンバーは新しい、MSIP改修機だ。

武装は、AAM3を四発つけている。

きっと、戦闘空中哨戒のために、那覇基地が応援に出した機体に違いない。

機体の沈み具合を、目で見極める。

重量は――AAM3が二発多いのを計算に入れても、燃料を私の機よりは多く積んでいる。たぶん六〇〇〇ポンドくらいはある……。

「よし」

あっちにしよう。

●F15J　コクピット

茜は隣の機体に駆け寄ると、脚立を駆け上って、コクピットへ飛び込んだ。

どさり、と身体がシートに納まるのと同時に、右手を計器パネルの下側へやってジェット《J》・フューエル《F》・スターター《S》の始動ハンドルを引く。

キィイイイ——

かん高い回転音が響き始めるのと同時に、コクピットから見る視界の奥でボンッ、と派手なオレンジ色の炎が上がった。

車を止めて、エンジンはかけたまま、拳銃でガソリンタンクを撃ち抜けば。

きっと大爆発が起きる。

茜が発進する間、〈敵〉の注意を引きつけるため車を駐機場の反対側で爆発させよう、と提案したのはさくらの方だ。

拳銃は、旅行先のハワイで撃ったことがある、という。

どのくらいの爆発になるかは分からないが、機動隊は消火にかかるだろう。注意を引きつけている間にエンジン・スタートして飛び上がれ、と言う。

空に上がれなければ、ここまで来た意味はない。

茜は、有難く提案に乗ることにした。

（有難い、ＩＮＳが立ってる）

機体システムには内蔵バッテリーが繋がり、慣性航法装置《INS》は自立していた。おそらくこの機体のパイロットは、すぐにまた飛び立てるように準備をしていた。

いったい、どうして機体を降りたのか。

いや、降ろされたのか——

考えている暇はない。

キィイイイッ、とＪＦＳはかん高い唸りを上げ、規定回転数に達する。

「スタート、ナンバー・ツー」

茜はつぶやきながら、左手を左右一体型のスロットル・レバーに掛け、レバーの前面についたフィンガー・リフトレバーを引き上げた。

ドンッ

右エンジンが着火した。

この時になって、周囲から駆け集まる気配がした。

この機がエンジンを始動しているのに気づいたか。

「面倒だ」

片側だけでも、飛び上がれる。

右エンジンの排気温度計がピークを指してから、下がって来る。

電源が、自動的にエンジン駆動ジェネレーターに切り替わり、油圧が上昇して、計器パネルのシステム警告灯が消灯していく。

カンッ
茜の左横のどこか――機体の表面に何かが当たる音。

パンッ、という銃声が遅れて聞こえる。

（銃で撃たれてる）

くそ。

カンッ
パキッ

拳銃弾など、機体にはどうということはないが、コクピットを狙って来るだろう。茜は左手で計器パネル左上のマスター・アームスイッチを押し上げて入れる。
ピッ
〈MASTER　ARM　ON〉
同時にヘッドアップ・ディスプレー《HUD》が目を覚まし、茜の目の前に機体の姿勢表示と速度・高度のスケールを表示させた。HUDの左下に〈MASTER ARM ON〉の黄色い表示。

「キャノピー、クローズ」

右手でキャノピーの開閉レバーを下げる。

涙滴《るいてき》形の風防が下がって来る。

風防が完全にクローズするのを待たずに、茜は両足を踏み込んでパーキング・ブレーキをリリース、スロットルを前へ出すと同時にスロットル・レバー前面にあるフレア・ディスペンサーのスイッチを中指で弾いた。

（――――！）

一瞬、目をつぶる。

●下地島空港　駐機場

片側のエンジンをいきなりスタートさせた一機のF15は、黒い出動服の機動隊員たちが駆け集まる寸前、ブレーキを解放してつんのめるように走り出した。

同時に、その主翼の後縁の辺りから真っ白い、眩《まばゆ》い花火のような閃光が迸《ほとばし》った。

「うわ」

「うわぁっ」

闇に目が慣れていた機動隊員たちは、全員が両手で目を押さえ、その場に転がった。

双尾翼のイーグルは、そのまま機首を右へターンさせ、滑走路へ出ていく。

●政府専用機　一階客室
通路

「――ここですね」

ゴォオオ、と低いエンジンの唸りが通路を包んでいる。

九条圭一は、スマートフォンに表示させた機内平面図を頼りに、一階客室の通路を最後尾まで歩いて来た。

この先に、目当ての設備があるはずだ。


「女子休憩室、女子休憩室、と――」

政府専用機の、最大の機密。

それは総理大臣専用の緊急脱出装置――非常用脱出ポッドだという。

アメリカのエアフォース・ワンには装備されているらしい。

もしも専用機が外敵の攻撃を受け、万一撃墜されるような危険にさらされても。

総理大臣ただ一人を何とかして生き残らせるため、この747には機体の後尾――垂直尾翼の真下に当たるセクションに、秘密の〈脱出装置〉を備えているのだ。

それは一人乗りの救命カプセルで、機体後尾から射出されると、自動的にパラシュートを開いて海面へ着水する。もしも下が地面だとしても、着地の衝撃をかなり吸収してくれる、という。

ただ、これは乗員でも知る者が少ない、政府専用機最大の機密だから、その所在や操作法、入口のロックを解くキーコードなどは中国の工作員も調べるのに苦労したようだ。

「脱出ポッドに乗り込む扉には、表向きには〈女子休憩室〉と表示されている――よし、ここですね」

九条圭一は、通路の最後尾にある扉を前にすると、うなずいた。

この〈女子休憩室〉というダミーの表示をした扉の向こうに、自分一人がこの機から脱出できる非常用脱出ポッドがあるのだ。

キーコードも、操作法もネット経由で、情報ファイルとして送られて来た。

ここへ来る途中で、通信機器室へ寄り、機内のネットもすべて使えなくした。

あの姿をくらました客室乗員――舞島三曹が、何か邪魔をしようとしても、もう手も足も出まい……。

桁の番号を入力した。

「入口の番号は」

九条はスマートフォンの画面に表示させた情報の通りに、扉の面にあるキーパッドに四桁の番号を入力した。

●政府専用機　一階客室
前方　通路

「―――」

ひかるは、前方貨物室から梯子を上がると、天井の蓋を注意深く押し上げた。

床下の貨物室からは、整備用のハッチを通って、機体前方の通路の床へ出られるようになっている。

さっきも、機内の様子を撮影するために、この『出入口』を使ったのだ――

ハッチの蓋を押し上げ、隙間から覗くと、機体後方へ向かう通路の様子が見える。

あの大柄な男の姿は――

（――見えない）

大丈夫だ。

隙間から見通すと、ミーティング・ルームの入口の辺りに二人のＳＰが倒れている。

そのほかには、特に何も見えない。

ひかるは注意深く、ハッチの蓋を押し上げて通路の床に出た。

ゴォオオ――

膝をついて、素早く見回す。

動くものはない。

でも。

（コクピットへ、行け――って）

ＬＩＮＥの通話が切れる直前、茜は言った。

いまから助けに行く。お前は、コクピットへ行け。

でも、どうやって。

あの男は、いまもコクピットを占拠しているのかもしれない。

メインデッキ――一階客室に姿が見えないのであれば、きっとコクピットにいるのだろう。あの入口の防弾扉は、電磁ロックされていてキーコードを知らないと開かない……。

（……………？）

その時。

ひかるの視野に、何かが映った。

オレンジ色のもの。

「そうだ」

ハッ、と思いついて、走った。

●東京　横田基地　地下
航空総隊司令部・中央指揮所

「ジャパン・エアフォース・ゼロゼロワン、イフ・ユー・リード・ミー、ターン・ライト・ヘディング・ワン・エイト・ゼロ、イミーディアトリー！」

天井スピーカーからは、専用機へ国際緊急周波数を使って必死に呼びかけ続ける担当管制官の声。

しかし
（やはり、応答はないのか……）

工藤は正面スクリーンを見上げ、拳を握った。

スクリーンに拡大される尖閣諸島。

その中央の魚釣島のシルエットへ、スクリーンの左手から真横へ、まっすぐに近づく緑の三角形〈ＪＡＦ００１〉。

「まずいです」

隣で笹が言う。

「あと五分で、専用機は魚釣島の半径一二マイル圏内に入ります」

「先任」

もう一人の管制官が声を上げた。

「魚釣島上空で旋回していた中国のJ15らしきターゲット四つ、編隊行動を取って移動を開始。機首を西へ向けます」

同時に正面スクリーンで、島の上空をただぐるぐる回っていた赤い三角形四つが、尖端を左方向へ揃って向けると、移動を開始した。

（まずい……！）

●政府専用機　二階客室
通路

「はっ、はっ」

ひかるは狭い階段を駆け上がり、二階客室へ出た。

ゴォオオオ——

エンジンの低い唸りの中、細い通路が前方へまっすぐに続く。
十数メートル先の行き止まりに、カーテンに覆われ、コクピットの防弾扉がある。
コクピットへ行って、機の針路を変えないと。
この専用機は尖閣諸島へいまも近づいていて、中国の軍用機が襲って来る、という。
針路を変えなければ——
「はぁ、はぁ」
ひかるは息をつくと、また走った。
脇にはオレンジ色の防水パッケージを抱えている。
倒れた二名のSPの傍らから、拾い上げたものだ。
(AEDの電気ショックが、効くのかどうか分からないけど……)
あの防弾扉のロック機構にパッドを貼り付け、電気ショックを与えれば。
電磁ロックが焼き切れて、扉が開くかもしれない。
駄目かもしれない。でも——
「やってみるしか」

茜とLINEで話してから、何分が過ぎたか。
茜は、「およそ一五分で魚釣島の半径一二マイル圏内」と言っていた。

中国の艦隊が、魚釣島を占領しているのか……？

自衛隊は、何をしていたんだ――!?

●政府専用機　一階客室

最後部　女子休憩室

カチリ

ロックが外れ、〈女子休憩室〉とプレートのついた扉が手前へ少し開いた。

「開きましたね」

九条はうなずくと、スマートフォンを手にしたまま扉を開き、照明のおとされた薄暗い空間へ足を踏み入れた。

だが

「……………？」

大柄な首席秘書官は、眉をひそめた。

何だ、ここは――？

キュイイイッ
ひかるは、防弾扉の金属製のノブの上下に、銀色のパッドを貼り付けた。

ロック機構は、この辺りの内側にあるはず――

ワイヤーを伸ばして下がり、膝をつくと、電源の入ったＡＥＤ本体の操作セレクターを『ＭＡＮＵＡＬ《手動》』にする。

操作法は、任用訓練で憶えたばかりだ。本来は人体の胸にパッドを貼り付け、停まりつつある心臓にショックを与えて動かすための救命機器だが。手動操作で電気ショックのエネルギーを放出することも可能だ。

あの男が、中にいたら――

電圧調整ダイヤルを〈ＭＡＸ〉に回しながら、ひかるは思った。

扉が開いて、突入に成功したら。

拳銃を持つ男と格闘して、操縦席を奪うしかない。

でも、今度は簡単には撃てないはずだ。

コクピットの内部を思い起こし、突入した時の立ち回りを考えた。

操縦席の前は、風防ガラスだ。銃弾が当たれば、割れるかもしれない。窓に穴が開けば急減圧が起き、猛烈な気圧差で人間などたちまち吸い出される。

総理の秘書官をやっていたのなら、そのくらいの知識はあるだろう。わたしが窓を背にするようにして戦えば……

キュィイイッ
『離れてください、離れてください』

AED本体のチャージ・ランプが赤く明滅した。

機械の音声が警告した。

ひかるは起動ボタンを押すと、下がった。

バンッ
破裂するような衝撃音と共に、白煙が立ち込めた。

「……………!?」

手のひらで顔をかばいながら、見やると。

白煙の向こう、分厚い防弾扉がゆっくりと、自重で手前へ開くところだ。

(開いたっ……………!)

ひかるは床を蹴った。

AEDの本体も床で焼け焦げ、白煙を上げている。

その横の方、通路に転がっている緑色のボトルが目に入った。

これは。

救急用酸素ボトルだ。さっき催眠ガスが機内に充満した時に、わたしが使っていたものか……!?

ひかるはとっさに拾い上げ、ボトルのネック部分を両手で持ち、防弾扉の内側へ駆け込む。

そうだ、煙とともに突入して、これで殴りつければ。

だが

ゴォオオオ――

（………!?）

コクピットに入ったところで立ち止まり、ひかるは大きな目を見開く。

誰もいない。

あの男は、いなかった。

『――ジャパン・エアフォース・ゼロゼロワン』

天井のスピーカーから、声が響く。

『ジャパン・エアフォース・ゼロゼロワン、ジャパン・エアフォース・ゼロゼロワン、ドウ・ユー・リード・ミー⁉　ディス・イズ・ヨコタCCP』

7

●東京　横田基地　地下
航空総隊司令部・中央指揮所

「ジャパン・エアフォース・ゼロゼロワン、ディス・イズ・ヨコタCCP」

南西セクター担当管制官は、必死に呼びかけ続ける。

「ジャパン・エアフォース・ゼロゼロワン、応答してくれ。こちらは横田CCP」

しかし
地下空間の頭上に被さるような正面スクリーン。その視野の中で、緑の三角形〈JAF001〉は尖端を右へ向けたまま、中央の魚釣島のシルエットに近づく。

一方、島の真上にいた赤い四つの三角形は左向きに回頭を終え、そろって緑の三角形へ真っ向から近づく。

「く、くそっ……」

工藤は拳を握り締めた。

自衛隊は、すでに上からの命令によって、尖閣諸島周辺から撤退し、沖縄本島付近まで後退させられている。工藤の指示で専用機を救援に行かせる戦力は、無い。

どうすることも、できないのか——!?

だがその時
『よ、横田ＣＣＰ、聞こえますか。こちらジャパン・エアフォース・ゼロゼロワン』

別の声が、荒い呼吸と共に天井スピーカーから響いた。

ざわっ

途端に、地下空間全体が驚きの空気に。

管制官全員の視線が、例外なく頭上のスクリーンへ注がれた。

(……な)

工藤も目を見開く。

何だ、この声は。

いきなり聞こえて来たのは——

(女の子の声……!?)

耳の迷いではないのか。

しかし

『聞こえますか。2番UHFの、二四三メガヘルツで応えています。こちらは政府専用機、ジャパン・エアフォース・ゼロゼロワン』

「き、聞こえる」

南西セクター担当管制官が、頭上を見上げながら応答した。

「こちらはCCP。君は誰だ」

『わたしは』

声の主は、呼吸を整えるようにしながら応える。

『わたしは客室乗員、舞島ひかる三曹です。機長以下、操縦要員は倒れています』

●尖閣諸島上空　三一〇〇〇フィート

政府専用機　コクピット

「やむを得ず、操縦席についています」

ひかるは左側操縦席にいた。

意を決して突入したコクピットには、だが動くものは無かった。

燕木と山吹は、操縦席の後方の床に転がされ、左右のシートは無人だった。

自動操縦が働いているのか、操縦桿は小刻みに動いて、機の姿勢を保っているようだ。前面風防の青黒い景色も安定して、動かない。

左側のシートが、誰かが席を立った形跡のまま、一杯に後ろへ下げられていた。

天井からは、無線で呼びかけて来る声。『ジャパン・エアフォース・ゼロゼロワン』というのは、この政府専用機のコールサインだ……。総理を乗せて飛ぶフライトでは、この機はそう呼ばれるのだ――そう燕木に教わった。

コースを変えないと、中国機に攻撃される――

一杯に後ろへ下げられた操縦席に、ひかるはスカートの脚で滑り込んだ。天井のスピーカーからは盛んに呼びかける声。横田CCPというのは、確か、総隊司令部の中央指揮所だ。助けてもらえるかも知れない。

無線交信用のヘッドセットは、横の窓枠のフックに掛けてあった。

ひかるはヘッドセットを頭に掛けると、無線の送信ボタンを探した。

三か月前、あの〈事件〉の時にも、やったことがある――計器パネルのグレアシールドにある〈PTT〉というボタン。これだ。

「機は、乗っ取られています。操縦席を何とかして取り戻しました。助けてください」

●東京　横田基地　地下
航空総隊司令部・中央指揮所

舞島ひかる三曹……!?

工藤は、目を見開く。

本当か。

「おい、マイクを貸せっ」

工藤は、南西セクター担当管制官に断ると、自分のヘッドセットの送信スイッチを握った。

だが同時に
『ウォーニング、ウォーニング！』

また別の声が、国際緊急周波数をモニターするスピーカーから響いた。

怒鳴り声だ。

『アンノン・エアクラフト、アンノン・エアクラフト、ディス・イズ・チャイニーズ・エアフォース。ユー・アー・アプローチング・チャイニーズ・テリトリー。ゲット・アウト、オア、ユー・ウィル・ビー・シャットダウン！』

獰猛《どうもう》な犬が吠えるような、低い声だ。

赤い三角形——J15戦闘機の声か。

（く、くそ……！）

まずい。

「舞島三曹」

工藤は頭上の緑の三角形を見上げ、訊いた。

「マイクを代わった。こちらはCCP先任指令官だ。確認するが、君は本当に舞島ひかる三曹か」

『——は、はい』

天井の声は、戸惑う感じで応える。

『その通りです』

「よし、分かった」

分からないが、分かった。

おちつけ。

工藤は自分に言い聞かせる。

これは、不幸中の幸いか……？

その『舞島ひかる』という名を、知っている。特輸隊の客室乗員で、三か月前の〈政府専用機強奪事件〉で活躍してくれた。ただ一人、無線でアドバイスを受けながら専用機を操縦して、襲い来る北朝鮮の戦闘機編隊から逃げ切った。

舞島ひかる三曹本人は、意識していないかも知れない。しかし航空自衛隊幹部の間では密かにその名は有名だ。

工藤は、『機長はどうなったんだ』とも訊きたい。

しかし訊いている暇はない。緑の三角形〈ＪＡＦ００１〉は尖端を真東へ向け、この瞬間にも魚釣島へ近づく。

四つの赤い三角形が、対向して近づいて来る。

双方の間合いは――目測でも、二〇マイルもない。

（接触まで……）

相対接近速度を、素早く暗算する。マッハ〇・八と〇・八で互いに近づけば――

あと一分半か。

「舞島三曹、よく聞け。いいか、ただちに針路を変えなくては、撃墜されてしまう」

工藤はヘッドセットのブームマイクを握るようにして、頭上の緑の三角形へ言った。

「旋回させるんだ。右がいい。オート・パイロットの外し方は分かるかっ」

『――は、はい……』

また天井から、戸惑う声。

●政府専用機　コクピット

「……自動操縦を、外す――」

ひかるは、シートについた自分の胸の前で勝手に小刻みに動いている舵輪式の操縦桿を見た。

オート・パイロットを外す……

これは、どうやって外す――手動にするのだったか……。

（……どうやれば）

三か月前に、一度やったはずだ。

どこかにボタンが。

どこだ……？

おそるおそる、操縦桿を握ろうとするが
「うっ」

その時、金色の光がひかるの目を射た。

眩しい……!?

顔をしかめる。

金色の光線が前面風防からまともに差し込んで来た。ひかるは思わず両手で顔を覆った。

何だ。

（……朝日⁉）

前面視界の遥か向こう、青黒かった水平線から、朝日が昇り始めた。

●東京　横田基地　地下

航空総隊司令部・中央指揮所

「舞島三曹、君は、三か月前にやったことがあるはずだ」

工藤はスクリーンを見上げながら、マイクに呼びかけた。

「操縦桿を握って、自動操縦の解除ボタンを探せ。どこかにあるはずだ」

だが

『…………』

天井スピーカーからは、荒い息だけが聞こえる。

舞島ひかる本人とて、まさか生涯の間にもう一度、その席に座ることになるとは思っていなかっただろう。無線に聞こえる息づかいは、迷っている感じだ。

く、くそっ……。

工藤は唇を噛んだ。

こんな時に、誰か操縦のエキスパートがいて、助言をしてくれれば――

そこへ

「先任っ」

南西セクター担当管制官が、振り向いて叫んだ。

「〈敵機〉が増えます」

「――な、何っ」

驚いて、見やると。

(――!?)

工藤は息を呑む。

スクリーンのほぼ中央、魚釣島のやや右側だ。

何もない海面から湧くようにして、赤い三角形が新たに二つ、姿を現している。

二機……?

新たに、二機か。

これらも、同じJ15か……? いままで低空にいたものが上がって来たのか（E767がいないので、既存の防空レーダーだけでは島の上空の低い高度の様子は探れない）、あるいは海面にいる空母〈遼寧〉から新たに発艦して来たのか。

その二機だけではなかった。赤い三角形は、さらに続いて二つ現れた。

新手は四機か……!?

新しく出現した四つの三角形は、そろって尖端をスクリーンの左——真西へ向け、島の上空を飛び越していく。

「いや」

工藤は次の瞬間、目を剝いた。

もう二つ、現れた。

さらに新しく出現した二つの赤い三角形も続いて尖端を真西へ向け、進み始める。

スクリーン上を、左手から進んで来る緑の三角形〈ＪＡＦ００１〉。

それに真っ向からぶつかるように、襲いかかって行く赤い三角形の群れは、前後に連なりながら十個。

「全部で、十機だと……!?」

「先任」

横で笹が言う。

「奴らは、専用機をやるつもりです。領空侵犯を警告するだけなら、戦闘機を十機も一度に上げて来るはずはない」

「あれは、おそらく〈遼寧〉の全戦力です」

情報席で、明比が画面を検索して言う。

「〈遼寧〉に積まれるJ15艦上戦闘機は、当初は総勢十五機の態勢でしたが。その後、訓練中のアクシデントで失われるなどして、数が減っている。昨夜のトラブルでも二機失ったとすれば、数は合います。あれで全部だ」

「…………」

「先任、昨夜と同じことをやる気だ」

笹がスクリーンを指して言う。

「昨夜の事態もきっと、謀略だったのです。きっとまた音声の〈証拠〉とかを録音して、『中国領空を侵犯した日本政府専用機が、警告しても退去しなかったから撃墜した』とかマスコミを使って強弁するつもりだ」

「……もともと」

工藤は唸った。

「もともとあそこは、奴らの領空じゃない」

「舞島三曹」

工藤はスクリーンを見上げながら、辛抱強く呼んだ。

ここは舞島ひかるに、何とかして逃げてもらうしか――

「オート・パイロットは、まだ解除できないかっ」

●政府専用機　コクピット

『〈敵〉は十機だ。熱線追尾ミサイルの射程まで、あと三〇秒だ』

「――くっ」

ひかるは、眩しさをこらえながら、両手で操縦桿を握った。

その時
『ひかる』

ザッ、というノイズと共に、ヘッドセットのイヤフォンに別の声が入った。

『いいか。操縦桿を握ったら、親指に当たるボタンを押せ。右か左か、どっちかだ』

「………!?」

この声は。

ひかるは目を見開きながら、両手の親指で操縦桿の握りの側面を探る。すると右の親指に突起が触れた。

これか……!?

「くっ」

押す。


ヴィヴィヴィ、と警告音が鳴って、小刻みに動いていた操縦桿が動きを止めた。

握ると、動く感じだ。

「外れた」

両方の手で操縦桿を握っているから、無線の送信スイッチ——グレアシールドの〈PTT〉スイッチが押せない。

だが
『ひかる、操縦桿にも無線のスイッチがある。人差し指か中指で、握れるはずだ』

声は教えてくれた。

操縦桿にも無線のスイッチ……。左の人差し指に何か触れる。グリップの前側の部分に、ボタンがあった。

これか。

「お姉ちゃん」

ひかるは送信スイッチを握りながら、ヘッドセットのマイクに応える。

「外れた。オート・パイロットが外れたっ」

●総隊司令部・中央指揮所

「何だ」

工藤は、目を見開いた。

「何だ、いまの声は」

「先任っ」

笹が、スクリーンの一方を指す。

「あれを見てください」

同時に地下空間全体が再びざわっ、と驚きの息で満ちた。

緑色の三角形が一つ。魚釣島の右手――島の東側の空間にフッ、と現れたのだ。

「〈ＳＲ05〉――シーサー・ファイブ……!?」

三角形の傍らに表示された識別コード。

でも、女の声……?

驚いている暇はない。

「ま、舞島三曹っ」工藤は無線に怒鳴った。「右だ、右へ旋回させろっ」

8

●尖閣諸島上空　三一〇〇〇フィート
政府専用機　コクピット

「――くっ」

旋回、右だ……！

ひかるは両手に握った舵輪式の操縦桿を、右へ回した。

途端に
ぐうっ、と前面視界が左向きに回転した。青黒い水平線が傾き、強烈な朝日が左向きに移動する。

身体が、シートに押しつけられる。

●尖閣諸島上空　三一〇〇〇フィート

尾翼に日の丸を染めぬいた白い747は、少しふらついた後、右主翼の高速用補助翼を上げ、同時に左主翼の高速用補助翼を下げてぐううっ、と軸廻りに右へロールした。

操縦席で操縦桿が一杯に切られたのか、さらに右主翼上面のフライト・スポイラーが半分立ち上がって、機体のロール運動をさらに強めた。

バンク角がたちまち四五度を超え、急旋回。

ザァアアッ

●政府専用機 一階客室
最後部

「——う、うわぁっ」

ぐらっ
窓の無い〈女子休憩室〉の暗がりがいきなり傾き、床に向かって強いGがかかった。

な、何だ……⁉

九条圭一は、左右に三段ベッドの並ぶ狭い空間で脚を滑らせ、床に叩きつけられた。

「ぐわ——くそっ」

押しつけるようなGに抗して、上半身を起こす。

こ、これは。

「中国軍の攻撃が、始まりましたか」

急いで、脱出しなければ。

しかし総理専用の非常用脱出ポッドは、いったいこの部屋のどこにあるんだ……!?

●東京　永田町

総理官邸地下　オペレーション・ルーム

「あっ、障子さん」

障子有美が、古市達郎と共にエレベーターを出ると、先に地下へ下りていた湯川雅彦が呼んだ。

「見てください。専用機が旋回して、逃げようとしています」

オペレーション・ルームのメイン・スクリーンには、横田CCPの正面スクリーンの画像と同じものが映し出されたままだ。

尖閣諸島周辺の、情況――

「――あれは」

息を切らし、早足で下りて来た有美は眉をひそめる。

スクリーンでは、魚釣島の手前まで来ていた緑の三角形〈JAF001〉がいま、尖端を右回りに回し、針路を変えようとしている。

魚釣島の上空から、緑の三角形に対向して、横向きに襲って来る赤い三角形の群れ。どうなっている。

専用機……!?

いま、そう言ったか。

「湯川君。あれは、政府専用機なの!?」

スクリーンの〈JAF001〉は、ジャパン・エアフォース・ゼロゼロワンか。

有美は防衛官僚出身だ。その略号と、意味は分かる。

しかし。

いったい、どうしてあんなところにいる……?

あれに常念寺総理らの一行が、乗っているのか？

「そうです。専用機です」

湯川がうなずく。

「僕も驚きました。政府専用機はいつの間にかコースを変更し、台北から魚釣島の上空へまっすぐに向かっていたのです」

「中国の謀略か」

後ろから、古市が言った。

「障子君。君の言った通り、首席秘書官の九条圭一が専用機を乗っ取って、コースを変えさせたというのは本当なのか」

「官房長官」

有美は古市に向き直ると、言った。

すでに内閣法制局長官には説明がつき、門篤郎にも連絡がついて、手配が廻っている。有美の見つけた〈証拠〉が法制局長官に認められ、もはや羽賀聖子は〈内閣総理大臣臨時代理〉ではない。先ほど官邸を出て、外務省へ向かっているようだが、おそらく外務省の庁舎へ入る前に身柄を押さえられるだろう。

国会議員には、警察に逮捕されない特権があるという。しかし今回の場合、羽賀聖子には外国の勢力と結託して政府専用機を乗っ取らせ、内閣総理大臣に取って代わろうとした嫌疑がかけられている。

「長官、危機管理監として、進言いたします。規定に則り、〈内閣総理大臣臨時代理〉に就任されてください」

するとー

「──うむ」

古市はうなずいた。

「遅きに、失したかも知れんが。総理の代理として、力を尽くそう」

「長官」

「長官っ」

オペレーション・ルームのスタッフたちが、古市の周囲に駆け集まって来る。

地下空間からは、先ほどまで許可証も無しで入り込んでいた所属不明の羽賀聖子の部下たちが、いつの間にか姿を消していた。

「長官」

スタッフたちが、口々に訴える。

「自衛隊は現在、羽賀聖子の命令によって、沖縄本島まで後退させられています」

「このままでは、危ないです」

「島も占領されます」

「――分かった」

古市は再度、うなずいた。

全員の視線が、集中する。

「諸君。私は内閣総理大臣の代理として、このわが国の危機に際し、陸・海・空の自衛隊に対し〈防衛出動〉を発令しようと思う」

●東京　横田基地　地下

航空総隊司令部・中央指揮所

「専用機、右へ回頭しますっ」

南西セクター担当管制官が声を上げる。

「旋回している、針路が変わる」

だが

『ウォーニング、ウォーニング！』

吠えるような声は、天井スピーカーから響く。

『アンノン・エアクラフト、ユー・アー・インベイジング・チャイニーズ・テリトリー。ゲット・アウト、オア、ユー・アー・シャットダウン！』

「もう魚釣島の一二マイル圏内には入らないぞ⁉」

管制官の一人が、思わずという感じで声を上げるが
「無駄だ」工藤は唸る。「奴らは、専用機が奴らの〈領空〉に侵入したことにして、ああやって警告を繰り返しながら撃ちおとすつもりだ」

そこへ
『CCP、聞こえますか。こちらはシーサー・リーダー』

別の声が、天井スピーカーから響く。

アルトの女性の声。

工藤は、ハッと我に返る。

「先任、この声は、スクリーンのシーサー・ファイブです」

別の管制官が報告する。

「下地島へ降りていた機体です。指揮周波数で呼んでいます」

「し、しかしなんで──」

この声は。

『専用機の救援に向かっています』

無線越しの声は、思い出したが、どう聞いても舞島茜のボイスだ。

それがどうしてシーサー・ファイブに……?

(いや)

そんなことは、この際、どうでもいい。

「南西セクター、俺が話す」

●尖閣諸島上空
F15J　コクピット

ゴォオオッ
「CCP、こちらシーサー・リーダー」

茜は、顔に密着させた酸素マスクの内蔵マイクに言った。

乾燥したエアを、両肩を上下させて吸い込む。

ピッチ角一五度で上昇している。前面視界は、青黒い空だけだ。下地島の滑走路を片方の右エンジンだけで離陸して——三分は経ったか。

もう片方の左エンジンは、機を上昇させながら空中でスタートさせた。

前にもやったな、同じこと……。

だが今回は、三か月前の〈事件〉の時とは違い、腰にGスーツを装着している。

スーツに圧縮空気を供給するエア・チューブは、左エンジンをスタートさせた後、自分で左手を座席の下へ伸ばして、手探りで機体側コネクターにねじ込んだ。

うまく繋げているか、分からないけど――

「ＣＣＰ、聞こえますかっ」

二台の無線は、ＵＨＦの１番が指揮周波数、２番が国際緊急周波数の二四三メガヘルツにセットしてある。

空中始動させた左エンジンが安定し、いま、左右両方のエンジンはミリタリー・パワーに達した。排気温度も安定――アフターバーナー無しの最大推力だ。

機体がビリビリと震えている。

いつの間にか、三〇〇〇フィートまで上昇している。もうすでに空自の防空レーダーには映っているはず。

茜は操縦桿を前へ押し、機首を下げる。

身体が浮く。

もう夜は明けかかっている、青黒い水平線が機首の下から姿を現す。

操縦桿で、自分の目の高さに水平線を止め、機を水平飛行に入れながら茜は横田ＣＣＰを呼んだ。

「ＣＣＰ、こちらはデータリンクができます。〈敵機〉の位置をください。レーダーを使いたくないんですっ」

『あ、あぁ』

するとヘルメットのイヤフォンでノイズがして、声が応えた。

少し戸惑った感じ。

『シーサー・リーダー、君はシーサー・リーダーか？』

「はい」

『分かった。こちらはＣＣＰ先任指令官。詳しい話は後だ、いまからそちらのマップにデータを送る』

●東京　横田基地　地下
航空総隊司令部・中央指揮所

「ただちに、あのシーサー・ファイブ――いやシーサー・リーダーへレーダー情報をリンクしろっ」

工藤は命じた。

複数の管制官が「は」「はっ」と応え、管制卓でキーボードを操作する。

その間にも、正面スクリーンでは真下――南の方角へ回頭した緑の三角形〈JAF001〉へ、赤い三角形の群れが前後しながら接近していく。先頭の赤い三角形が、〈JAF001〉を追うように尖端の向きを左へ振る。

間に合うか……⁉

スクリーンの右手を見やると、海面から湧くように現れた緑の三角形〈SR05〉は、魚釣島の上空へさしかかるところだ。

工藤は、唾を呑み込む。

「先任」管制官が振り向いて報告する。「スクリーンのシーサー・ファイブはただいまよりコールサインを変更。以後、シーサー・リーダーと呼称します」

「データリンク、繋がりましたっ」

●尖閣諸島上空

F15J　コクピット

（来た）

下地島で乗り換えたこのF15Jは、MSIP改修機だ。

ピッ

茜は右手で操縦桿を握りながら、左手を計器パネル左側の大型液晶画面へ伸ばす。

昨夜、乗っていた在来型F15Jとは、コクピットのディスプレーが違う。

いま、目の前の計器パネルの左側には、旧型のレーダー・ディスプレーに替わり、大型のバーチカル《V》・シチュエーション《S》・ディスプレー《D》画面がある。

茜が押しボタンで〈MAP〉を選択すると、VSDのカラー液晶画面は、自機を中心に三六〇度の周囲の情況を表示する戦術マップになる。

MSIP改修機では、この戦術マップに、地上の防空サイトやAWACSからレーダー監視情報をリンクしてもらえる。つまり、自分で機首の索敵レーダーを働かせなくても、要撃管制官がスクリーン上で見ているのとほぼ同じ情報が機上でも見られる。

しかし

(………!?)

茜は、マップ上に浮かび上がった絵に、目を見開く。

何だ、この数は……。

画面の中心には自機を表わす三角形のシンボル。

画面のてっぺんに『W』の文字――いま、この機は真西を向いて飛んでいる。

その自機シンボルを中心に、同心円で表わされる距離レンジの四〇マイル前方の辺りを、左向きに――つまり真南へ向かって移動している緑の菱形が一つある。表示コードは〈JAF001〉。ジャパン・エアフォース・ゼロゼロワン、政府専用機の747だ。

地上の車の中で見た時、専用機は東へ向かって飛んでいたが――妹のひかるが操縦席につき、オート・パイロットを外すのに成功し、機を旋回させているのだ。

菱形シンボルに『30400』『M0・8』という数字が寄り添う。地上の三次元レーダーが計測した飛行高度と速度のデータだ。高度の数値は減りつつある。ひかるが急旋回をして、機首が下がっているのか。

その緑の〈JAF001〉を追うように、赤い菱形が前後に列をなして移動して行く。目で数えると、その数は――

「――十機……!?」

だが。

赤い菱形の群れと、表示された速度（亜音速だ）、そして自分との間合いを瞬時に目で測って、茜はうなずいた。

追いつける。超音速なら……！

反射的に左手が動いた。

兵装管制パネルの『増槽投棄』スイッチを叩くように押す。

どうせ増槽はすでに空だ。機体がフワッ、と軽くなるのを感じながら左手をスロットル・レバーへ戻し、ミリタリー位置からノッチを越えて最前方までぶち込むように出す。
アフターバーナー、点火。
ドンッ
背中を叩く衝撃と共に、突き飛ばされるようにイーグルが加速する。
「く――ひかるっ」
茜は送信スイッチを国際緊急周波数に切り替えると、戦術マップの緑の菱形に目をやりながら、酸素マスクのマイクに呼んだ。
だが同時に
ピピッ
マップ上に『IEWS　WRNG』という赤い文字が現れ、明滅する。
(………!)
さらに自機シンボルの三角形の後方に、オレンジ色の菱形が出現する。
二つ。
ピーッ
オレンジの菱形には〈SAM〉の文字。それらの高度を示すデジタル数値が、猛烈な勢いで増加する。

●東京　横田基地　地下
航空総隊司令部・中央指揮所

「中国艦隊が、対空ミサイルを発射！」

南西セクター担当管制官が、声を上げる。

「シーサー・リーダーは、中国艦隊の直上付近を通過した模様。発射されました、二発行きますっ」

「くそっ」

工藤は、正面スクリーンを見上げて歯嚙みした。

緑の〈SR01〉――識別コードを変更した、シーサー・リーダーを示す三角形は魚釣島の直上を飛び越して、赤い三角形の群れを追う。その速度表示は『M1・0』を超えるところだ。

しかしその後方、海面近い低空から、オレンジの三角形が二つほぼ同時に出現すると、高度表示の数値を猛烈な勢いで増やしながら緑の〈SR01〉を追う。

ミサイルか……!?

中国艦隊の対空ミサイル駆逐艦が、発射したのか。

まずい。

このままではやられる。

「シーサー・リーダー」

工藤はマイクに叫んだ。

「SAMが行くぞ。やむを得ん、チャフを撒いて避退しろっ」

だが

「シーサー・リーダー、避退しません」

担当管制官が、振り向いて叫ぶ。

「加速しながら、まっすぐ行きます」

「何っ」

●尖閣諸島上空

アフターバーナーに点火したF15Jは、双発ノズルから火焔を噴きながら加速する。

ドンッ

音速を超え、翼端から一瞬だけ衝撃波の筋を曳《ひ》く。

さらに加速する。

すでに東シナ海の夜は明け、イーグルの背にする水平線には金色の強烈な光を放つ太陽が昇り始めている。

青黒かった下界は、昨夜と同じ気象状況だ。太陽が照らすと、海の上を一面に覆う低い層状の雲が、乳白色の絨緞のように広がる。

ズバッ
ズバッ
その低い層状の雲の絨緞を突き破り、白熱した火焔《かえん》を噴き出す小物体が二つ、空中へ跳び出して来た。

二つの小物体は白い火焔の筋を曳き、そのままほぼ垂直に天空へ駆け昇って行く。

●尖閣諸島上空
F15J コクピット

ピピッ

（ミ、ミサイルかっ……!?）

茜は、戦術マップの自機の後方に出現したオレンジの菱形二つに、目を見開く。

やばい。

反射的に、左手の中指でスロットル・レバー前面のチャフ・ディスペンサーのスイッチを弾こうとしたが。

待て。

その時。茜の中で〈勘〉のようなものが言った。

待て、間合いを見ろ。

「………………」

ピピッ
ピピッ
見ろ──って……。
しかし
（そうか）
茜は、目をしばたたく。
（データリンクのお陰で、後ろのミサイルの位置は分かる。スピードも──）

エアを吸い込みながら、目で測った。

読め。

〈勘〉は言う。

駄目だと思っては駄目だ。道場で敵に囲まれた時と、同じだ。

「はぁ、はぁ」

来る。

背後から、オレンジの菱形二つ。

そして前方、画面の一番上を、左横へ逃げて行く緑の〈ＪＡＦ００１〉。斜めに追って襲って行く赤い菱形の群れ、十個――

見切れ。

（――――）

はぁ、はぁと茜は肩で息をした。汗が目に入り、また目をしばたたく。

動きを、見切れ。

考えたのは、一瞬だった。

「……………！」

次の瞬間、茜は指を元へ戻すとスロットル・レバーを握り、右手で操縦桿を押した。

アフターバーナーは全開のまま。機首を下げてアンロード、最大加速……！

「ひかるっ」

同時に叫んでいた。

「いまから行くぞ。操縦桿を一杯に押して、逃げろ」

●政府専用機　コクピット

『操縦桿を押せ、機首を下げて急降下で逃げろ』

ひかるのヘッドセットに、また姉の声が響いた。

『いまから助けに行く』

「――お姉ちゃん……!?」


ひかるは、左側操縦席から思わず振り向く。

どこか後ろの方から、姉が駆けつけて来る――そんな感じがしたのだ。

だが機の後方など見えるわけもなく、コクピットの後方と、焼け焦げた防弾扉が見えるだけだ。

『いいか』

茜の声は続ける。

『奴らは、熱線追尾ミサイルを持ってる。機首を下げて、スロットルをアイドルへ絞れ。急降下して、海面近い雲の中へ逃げ込むんだっ』

「わ」

ひかるは、どこかにいるはずの姉にうなずいた。

「分かった、お姉ちゃん」


機首を下げて、スロットルをアイドルに……。

ひかるは右手で握った四連スロットル・レバーを手前へ引き絞る。

グォオオ――

どこかでエンジンが、唸りを低くする。

同時に左手で握る操縦桿を、前方へ押した。

身体がフワッ、と浮く感覚と共に、前面風防で機首の下から水平線が上がって来る。

●F15J　コクピット

茜は、機首を下げて加速効果が最も得られる姿勢――アンロードの状態にした。

水平線がぐうっ、と上がって額の上の位置に。

ヘッドアップ・ディスプレーの高度スケールがするすると減り始め、反対に速度スケールが凄まじい勢いで増え始めた。

ズゴォオオッ
風切り音がコクピットを包む。

(マッハ一・四——)

速度が増える。

マッハ一・四六、一・五七、一・七九、一・九五——

ズゴォオオオッ

『シーサー・リーダー、シーサー・リーダー、何をやっているっ』

イヤフォンにＣＣＰの声が入るが。

「はぁ、はぁ」

茜は、応える余裕が無い。

マップ上に目を走らせる。背後から追いついて来るミサイル——オレンジの菱形二つ。

でもこれらは海面から上がって来た、よく見ると、速度はそんなに大きくない、私の一倍半程度——

（――――）

前方の赤い菱形の群れ。その最後尾の一機は、五マイル前方だ。

茜は目を上げ、ヘッドアップ・ディスプレーの上側に、目視でもその機影――双尾翼の後ろ姿を捉えた。

いた。

小さなシルエット。昨夜と同じ機種――Ｊ15だ。〈遼寧〉の艦載機か。

ちらと、バックミラーに目を上げる。金色の太陽がちょうど真後ろにある。眩しくて、ミラーがまともに見られない。

よし、私は太陽を背にしている。加速するため機首を下げて降下したから、あいつよりも下にいる。索敵レーダーの電波も出していない。

向こうにだって、空母の対空レーダーで誘導が行なわれているだろう、でもこちらはたった一機、それも艦上からミサイルを撃たれ、普通なら間もなく撃ちおとされるか、チャフを撒いて逃げ去るかだ。

速度スケール、マッハ二・二〇、二・二四。

イーグルは、快速だ。双尾翼のＪ15のシルエットは、後ろ下方から見たアングルで茜の風防のすぐ上に迫って来る。さらにそのすぐ前方に、もう一つのＪ15。

向こうからは死角だ、振り向いたって眩しくて何も見えまい。

ピピッ

ピピッ

だがマップ上の『ＩＥＷＳ　ＷＲＮＧ』も真っ赤に明滅する。オレンジの菱形が、自機シンボルにほとんど重なる。

ミサイルが二つ、ほとんど真後ろに――

いまだ。

「ついて来い、ミサイル……！」

茜は叫ぶと、操縦桿を引き、アフターバーナー全開のまま機首を上げた。

「くっ」

叩きつけるような下向きＧ。

同時にヘルメットの目庇《まびさし》のすぐ上に見えていたＪ15の後ろ姿が、ヘッドアップ・ディスプレーの真ん中を吹っ飛ぶように下がり、機首の下へ消える――いや茜のイーグルがＪ15の真後ろ下方から上昇し、被さるように追いついたのだ。

「いやっ」

操縦桿を左へ倒す。

前方視界がクルッ、と回転し逆さまに。ロシアのＳＵ33をコピーしたＪ15の機体上面が視界の左側から現れると、ぶつかるような近さで茜のキャノピーに被さった。
そのまま、背面姿勢で追い越す。

●尖閣諸島上空

ブワッ
J15の編隊最後尾の一機を、ライトグレーのF15イーグルは後ろ下方から追いつくと、瞬間的に機首を上げてその背中に被さり、同時にクルリと背面になった。
J15の垂直尾翼を、背面になったイーグルの垂直尾翼の先端が間隔数十センチでこするように追い越し、そのまま前方へ跳び抜ける。
涙滴型キャノピーの中で、J15の搭乗員は何が起きたのか分からないのか、ヘルメットの頭が慌てて見回すように動くが。
そこへ真後ろから白熱した閃光を曳く物体が襲いかかり、二つほぼ同時にJ15の機体に突き刺さると瞬時に爆発した。
ドンッ
ドカンッ
『ギャァアアッ』

9

●尖閣諸島上空
F15J　コクピット

『ギャァアアッ』

やったか……!?

茜はちらとバックミラーに目を上げるが、視野は太陽と爆発の火球で眩しく、後方の様子は分からない。

火球は二つ。

眩しくて見えないが、J15の搭乗員が操縦桿の送信スイッチを握り締めて悲鳴を上げたのか、国際緊急周波数に断末魔の声が響き渡った。

戦術マップ画面で『IEWS　WRNG』の警告メッセージが消えた。

グォッ
考えている暇も無い。

すぐ前方から、少し先を行くＪ15の機影が迫って来る。

追いついていく。

あの機の搭乗員は驚いて、周囲を見回しているだろう。

だが太陽と爆発を背にして、目の前のこいつからも、私の姿は見えないはず。

「――――」

茜は機体を背面から順面に戻し、操縦桿を押して機首を下げた。

機動をして速度はおちたが、まだだいぶこちらが速い。次のＪ15の真下を、くぐって追い越した。

構わない。

一番に、相手にしなければならないのは――

(こいつだ)

戦術マップ画面の上、緑の菱形に追いつこうとしている赤い菱形が、二つ。

『ウォーニング、ウォーニング！』

国際緊急周波数は、たったいまの悲鳴でいったん静かになったが。

再び吠えるような声が響く。

『ユー・アー・インベイジング・チャイニーズ・テリトリー！』

十機の先頭を行くペアだ。

叫んでいるのが、先頭の隊長機か。

〈領空侵犯〉を口実にして、専用機を撃つつもりか。

昨夜、この連中の仲間が、自分たちで中国の民間機を撃墜した時のように——

「そうは」

茜は、先頭の二つの赤い菱形を睨む。

間合い、近づく。もう一〇マイル。

目を上げる。

左手でスロットルを絞る。熱線追尾ミサイルAAM3を撃つには、マッハ一・四が制限速度だ。

推力を絞った左の親指で、スロットル・レバー横腹の兵装選択スイッチをカチリと引き、火器管制モードを〈ショート《S》レンジ《R》・ミサイル《M》〉に。

ヘッドアップ・ディスプレーにFOVサークルが浮かび出る。

マスター・アームスイッチはすでに〈ON〉になっている。

今度は機首の索敵レーダーが働き出す。操縦桿で機首をやや左へ向けながら、前方の空間で左へ旋回していく機影を目で捉える。いた……！　マッハ一・四。推力を戻す。同時に左手の中指でマップ上のカーソルを動かし、正面に入って来た赤い菱形を挟んで、クリック。

ピッ

ロックオンした。

「させるかっ」

ヘッドアップ・ディスプレーに〈AAM3　IN　RNG〉の文字が明滅。

茜は右手の人差し指で、トリガーを引き絞った。

ドシンッ

「フォックス・ツー！」

叫ぶと同時に、左主翼の下から白い棒のようなものが閃光を曳きながら跳び出した。

前方の空間へ吸い込まれる。

ロケットモーターの閃光が飛び去るのを目で追う暇もなく、茜の手は動いた。〈敵〉の二番機に対しても同じ操作を素早く繰り返し、AAM3を発射。

ドシンッ

●東京　横田基地　地下

航空総隊司令部・中央指揮所

「戦闘です」

南西セクター担当管制官が、興奮した声を上げた。

「戦闘が始まりましたっ」

だが言われるまでも無い、地下空間の正面スクリーンでは、赤い三角形の群れの只中に乱入した緑の〈ＳＲ01〉が、連続して『ＦＯＸⅡ』の表示を瞬かせた。

戦闘機がミサイルを発射すると、自動的にデータリンクに信号が発せられ、スクリーン上で分かるようになっている。

「赤一〇番、敵のミサイルにより撃破。赤一番、二番、シーサー・リーダーのＡＡＭ３により撃破。すでに三機を撃墜」

便宜上、識別名をつけたスクリーン上の赤い三角形が、たちまち十から七つに減った。だが緑の〈ＳＲ01〉に追い越された数個の赤い三角形が、その背後に回り込んで、食らいつこうとする。

「先任、後ろから襲われます」

笹が声を上げる。

「やばいです」

だが
「いや、簡単にはやられん」工藤は頭を振る。「シーサー・リーダーは——舞島茜は奴らの群れの中に入り込んで、乱戦になった。奴らは簡単には撃てない。下手に撃てば味方に当たる。中国艦隊も、もう対空ミサイルは撃てない。味方を撃ちおとしてしまう」

「先任」

連絡担当幹部が、振り向いて叫んだ。

「市ヶ谷の幕僚監部からです。たったいま、〈防衛出動〉が発令されました」

●尖閣諸島上空
F15J　コクピット

「フォックス・ツー！」
茜は叫ぶと、〈敵〉の三番機——逃げる747へいまの時点で最も近くにいるJ15をロックオンし、トリガーを絞った。
ドシンッ
AAM3が跳び出していく。

左へ旋回する視野の中で、７４７を追いかけていたＪ15が反対側へ急反転しながら、尾部から花火のような閃光を放出した。

フレアか。

しかしＡＡＭ３はまったく騙《だま》されず、スピン・ターンのように軌道を変え、もがいて右方向へ逃げようとするＪ15のシルエットを精確にヒットした。

パッ、と火球が膨張する。

（やったか）

だが同時に
ピピッ
またマップ画面に『ＩＥＷＳ　ＷＲＮＧ』の文字。

自機シンボルの真後ろに、一機が食らいつこうとしている。『ＩＥＷＳ　ＷＲＮＧ』は、味方でない勢力の射撃管制レーダーに照準されたことをパイロットに警告するメッセージだ。

「――くっ」

茜はバックミラーに目を上げる。

二機、重なるようにして来る……。

茜が四機（一機は〈敵〉のミサイルによるものだが）を撃破してから、ようやく、何が起きているのかを把握したのか。

〈敵〉が、反撃に出始めた。

六機のJ15も、たぶん〈遼寧〉からレーダー管制を受けているのだろう。背後に回り込んで来る二機が、茜を墜とせ、と命じられて指向されたのだろう。

こちらも、データリンクで〈敵〉の布陣の様子は摑める。

茜は風防のフレームのバックミラーと、マップ画面を交互にちらっ、と見る。

（私を二機に追わせて、その間に別の四機で専用機をやるつもりだ……）

自分が向こうの指揮官なら、そう命令する。

思った通り、マップ上をほかの四機が二機ずつ二手に分かれ、茜の周囲を迂回するかのようにして南方向へ——緑の〈JAF001〉の逃げる方向へ行く。

そうはさせるか。

「くっ」

茜は左側へ行く二機の方へ、操縦桿を倒すと機首を向けた。

アフターバーナー全開。

急加速で、追いついていく。
ピピッ
ピピッ
マップ上の『IEWS　WRNG』が激しく明滅する。
二機から、同時に熱線追尾ミサイルでロックオンされている――
機首が南へ向き、もう太陽は眩しくない。ミラーの視野の中で、二つの双尾翼のシルエットが踊るように位置を合わせる。
茜はミラーと、前方から迫る二機のJ15のシルエットを交互に見る。
まだだ。
（ついて来い……！）
前方の二機も、茜に追われているのを管制官から警告されたのだろう、双発エンジンのアフターバーナーに点火し、急加速しようとする。
ピピピピッ
ピピピッ
マップ上の警告メッセージが激しく明滅、同時にミラーの視野の中で二つのシルエットが、同時に主翼の下から白い閃光を瞬《また》たかせた。
（……撃った）

いまだっ……。

ぐるっ
さらに左の親指でスピードブレーキのスイッチをクリック。

茜は左手でスロットルを絞ると、右ラダーを踏み込み、同時に操縦桿を左へ倒した。

「こなくそっ」

●尖閣諸島上空

二機のＪ15に背後に迫られ、同時にミサイルを撃たれた瞬間。

そのタイミングを見切ったように、イーグルの機体はアフターバーナーを切った。

双発のノズルから火焔が消え、同時に双尾翼の流麗な機体は宙でクルッ、と弾かれるようにひっくり返った。ひっくり返るだけでなく、軸廻りに激しく回転しながら真下へ『落下』した。

後方から見る者がいれば、その姿がいきなり回転し、空間のその位置から瞬間的に『消えた』ようにしか見えないだろう。

ブンッ

ブンッ
後方のJ15二機から発射された二発の中国製ミサイルは、〈標的〉としてロックオンしていた熱源を見失った。
しかしすぐに、前方で盛んにアフターバーナーを焚いている二つの熱源を『発見』したので、引き続きそれらを追った。再発見した〈標的〉に、たちまち着弾した。
ドカンッ
ドカッ

『ギャァアアアッ』

無線にまた悲鳴が響き、国際緊急周波数には声にならないどよめきのようなものが電波を介して伝わった。

味方を撃墜してしまったJ15の二機は、何が起きたのか分からず呆然とするかのように飛んでいたが。

二機の搭乗員がまったく気づかないうちに、いったん下方へ消え去った日の丸をつけたF15が魔法のように現れて、二機の後ろ下方にスッ、と占位した。

パパパッ、と機関砲の火線が閃き、二機のJ15はノズルから爆発を起こして宙でひっくり返ると、あっと言う間におちて行った。

●F15J　コクピット

「──はぁっ、はぁっ」

舞島茜は、激しく呼吸していた。

いま使った〈必殺技〉──わざと機体を発散運動に陥らせる〈技〉は、昨夜も使った。

茜が訓練中に編み出したものだ。緊急の時に、使えるよう鍛錬している。

しかし凄まじい衝撃とGがかかり、茜の身体にもダメージを与える。

昨夜は、機体を降りてから眩暈が出てふらつき、立てない状態になった。

でも、まだだ。

息をつきながら、顔を上げる。

（あと、二機……！）

マップ上を、緑の〈JAF001〉が逃げて行く。

高度は『一〇〇〇』を切り、間もなく海を覆っている低層の雲に入るだろう──

東シナ海の空には、日が昇ったためか、白い塔状の積雲があちこちでもくもくと盛り上がり始めている。

「……ひかるっ」

茜は左手でスロットルを最前方へぶち込むと、操縦桿で機首を次の二機へ向けた。

ズゴォオオッ
（燃料は……？）

ちらとエンジン計器パネルへ目を走らせるが、ぼやけてよく見えない。

どうせもう、ほとんど無い……。

「はぁっ、はぁっ」

ひかるを助けるまで、もてばいいんだ。

酸素マスクの中で激しく息をつきながら、前方を行く二機のうち先行する一機をロックオンする。だがまだ間合いは遠い、ＡＡＭ３の有効射程に入らない。

しかしその向こうには、もう白い７４７の後ろ姿が見えている。

二機のＪ15は、アフターバーナーを焚いて追いすがっていく。

（駄目だ）

もう、奴らの射程に入る。

こちらが追いつく前に、撃たれる……！

「くそっ」

「ひかる」

茜は、無線に怒鳴った。

「ひかる、聞いているか」

『聞いてる、お姉ちゃん』

イヤフォンに、声が返ってきた。

『もう少しで、雲に入るよ』

「もう、間に合いそうにない」

茜は言った。

間に合いそうにない――などと怖がらせてはいけない。

でも、もう気を使っている余裕も無い。

「いいかひかる、私が追いつく方法が、一つだけある」

●政府専用機　コクピット

『ひかる、いいか』

姉の声は告げた。

『私が合図したら、思い切り操縦桿を左へ切って、左ラダーを踏み込め』

「わ——分かったっ」

ひかるは操縦桿の送信ボタンを握って、応える。

「お姉ちゃん、スロットルはどうしたらいい……？」

『そのままだ。アイドルのまま』

「えっ」

●F15J　コクピット

「いいかひかる、この操作で機体は左九〇バンクに入って、急旋回をしながら失速するだろう」

茜は早口で、言い聞かせた。

「機体は石ころのように落下して、下の雲へ突っ込む。そうしたら今度はバンクを戻し、思い切り機首を下げて、パワーを全開にしろ。後は飛行機が、勝手に回復する」

『そんな、お姉ちゃん』

「いいから」

茜は、前方約七マイルに近づく二機のJ15、そしてさらにその三マイル向こうに浮いて見えている７４７の後ろ姿を見て、言った。

「必ず、助けてやる。合図をしたら、言う通りにやるんだ。一、二の――」

茜が合図するのと、二機のＪ15が同時に主翼下から二発ずつのミサイルを放つのは同時だった。

「三！　やれっ」


すると視界の奥で、白い７４７は長大な主翼を大きく左へ傾け、優美な上面形をほとんどこちらへ見せるとほぼ九〇度のバンクで垂直旋回に入った。

遠目にも巨大なシルエットが真横へ向く。上向きの揚力がほとんどゼロになり、推力もアイドルまで絞られていたはずだ。巨人機は次の瞬間、下方に見えている層状の雲の上面へすとん、と吸い込まれるように消えた。

たったいままで巨人機のいた空間を、白い四本の火焔の航跡が直線状に通過した。

ピピッ
ヘッドアップ・ディスプレーで黄色い〈ＡＡＭ３　ＩＮ　ＲＮＧ〉の表示。

茜は、ＨＵＤ上でＦＯＶサークルに囲われる機影目がけ、トリガーを引き絞った。

「フォックス・ツー！」

ドシンッ、と衝撃を残して右翼の下からＡＡＭ３が跳び出して行く。
これでミサイルは、全部使った。
前方の〈敵機〉を目で追う。
ＡＡＭ３にロックされた一機は、放っておけばいい。
もう一機が、左急旋回で逃げる……。
「くそっ」
茜は、操縦桿を左へ倒して左急旋回、敵の旋回の内側へ食い込むようにして追う。
左の親指で兵装選択を〈機関砲《GUN》〉にする。
だが、その時。

ヒュンヒュンヒュ
ふいに、機体を押す推力がなくなった――そう感じると。
ヒュヒュヒュ
左側計器パネルで電力、油圧警告灯が一斉に点灯し、排気温度計の針が左右そろってゼロを指した。
エンジンの排気温度がゼロになったのではない、表示するための電力が切れたのだ。
「し」

茜は、目を見開く。

「しまった、フレーム・アウト……!?」

燃料切れかっ……。

前面視界を、最後のJ15のシルエットが逃げて行く。

(くそっ……!)


茜はやむを得ず、油圧が切れて重たくなった操縦桿を右へ取り、機体を水平に戻すと滑空の姿勢にした。

まずい、あの最後の一機に、ひかるが襲われたら……。

だが
『シーサー・リーダー、聞こえるか』

ヘルメット・イヤフォンにCCPの声。

無線はまだ、バッテリーの電力が残っていれば使える。

『シーサー・リーダー、よくやった。最後のJ15は避退していく』

「最後の奴は、逃げて行くのですか!?」

信じられない。

訊き返すと
『そうだ』
先任司令官は、無線の向こうでうなずいた。
『急いで戻って行く。中国艦隊のものと思われる周波数で、何か、意味不明の交信が飛び交っている。艦隊で異変が起きたらしい』

●東京　横田基地　地下
航空総隊司令部・中央指揮所

十五分後。


「先任」

連絡担当幹部が、振り向いて報告した。

赤い受話器を手にしている。

「海自の自衛艦隊司令部から通知してきました」

「何だ」

工藤は、すっかり赤い三角形のいなくなった正面スクリーンを仰ぎながら訊いた。

緑の〈JAF001〉は、一時はかなりの低高度まで一気に急降下して、CCPの全員をはらはらさせたが。

その後、姿勢を立て直して、東向きに順調に飛び始めた。

〈SR01〉――シーサー・リーダーの舞島茜は、燃料の切れた機を脱出して、無事に海面へ着水したことが確認されている。

とりあえず、政府専用機は当面、助かった――

そう思って、一息ついていたところだ。

しかし魚釣島は、これからどうなってしまうのか……。

「は。報告によりますと」

連絡担当幹部は、海自のリエゾンから通知された内容を、読み上げた。

「〈防衛出動〉の発令により、中国艦隊の監視に当たっていた潜水艦〈そうりゅう〉以下二隻が魚雷を発射。魚釣島を航行中だった、空母〈遼寧〉含む中国艦隊七隻を全部、撃沈しました。以上です」

エピローグ

●東京　お台場
大八洲ＴＶ〈ニュース無限大〉スタジオ

その夜。

『――海上保安庁・特殊警備隊の空からの突入により、ここ下地島空港は、テロリスト集団から奪還されました』

〈ニュース無限大〉のオンエアが始まった。

この晩のヘッドラインのトップは、外からの中継――沖縄県の下地島にある民間用訓練飛行場・下地島空港からの生のレポートだった。

慌ただしい一日だった。

早朝、一時は〈内閣総理大臣臨時代理〉を名乗った衆議院議員・羽賀聖子の逮捕に始まって、羽田に到着した政府専用機では『機内で起きた殺人事件』の容疑者として現職の総理秘書官が逮捕され、日中の沖縄では飛行場を占拠していた外国工作員と見られる集団と、海上保安庁特殊警備隊との間で銃撃戦まで起きた。

それでも、ＮＨＫを始めＴＶ中央、中央新聞などの主要メディアは羽賀聖子の逮捕も、現職秘書官の逮捕も沖縄で起きた銃撃戦もなぜかまったく報道しようとしなかった。

ＮＨＫは、あれだけ〈内閣総理大臣臨時代理〉の就任会見を深夜にわたって中継したのに、朝になって羽賀聖子が逮捕されると『そんな人間、いましたっけ』という感じで、まったく話題にも出さなくなった。

その一方で、ＴＶ中央では、依然として昼の情報番組で『自衛隊機が中国民間機を撃墜した』というニュースだけは流し続け、コメンテーターが『日本は謝罪と賠償をするべきだ』と言い続けていた。

舞島茜三尉の〈告白動画〉も、ＴＶ中央のワイドショーではまだ流し続けていた。

それを横に、新免治郎は、大八洲ＴＶの臨時報道特別番組のキャスターとして一日中スタジオに立たなくてはならなかった。

次から次へ、ニュースは入って来た。

舞島ひかるが動画サイトに投稿した動画により、政府専用機は秘書官によって乗っ取られていたのではないか、と憶測されたが、政府からの正式発表はまだ無かった（政府筋によると『常念寺総理が事実関係の確認をしようとして、その作業に手間取っている』とも伝えられた）。

一日が終わり、午後十時からはようやく自分の番組――〈ニュース無限大〉の時間だ。

新免は少しほっとした気分で、画面の向こうで生のレポートをする系列局の報道記者に呼びかけた。

「与那覇さん」

ほっとしている理由の一つは、昨夜から行方が分からなくなっていた八重山ＴＶの与那覇さくら記者が、下地島空港で解放された人質の中に見つかったからだ。

凄い体験をしたようだ。

外国のテロリスト集団に捕まっていて、負傷までさせられ、海保の特殊警備隊の突入で助かって出て来たのなら、本人の話すこと自体がスクープだ。

だがそれだけでなく、与那覇さくらは番組開始前に行なった慌ただしい電話の打ち合わせの中で『もっと凄いスクープがある』と言う。

これは楽しみだ。

「テロ集団――外国の勢力と見られるテロリストに、そちらの空港は占拠されていたのですね？」

『はい、そうです』

モニター画面の向こうで、彫りの深い琉球美人の記者はうなずく。

『彼らは、一説によると中国の工作員であり、昨夜同時進行で発生していた「自衛隊機による と言われている中国民間機撃墜事件」にも関係している、また私がじかに耳にした情報で、今朝逮捕された羽賀聖子代議士の指示によって活動していたという疑いも持たれています』

「それは、凄いな……」

●沖縄県
下地島空港　駐機場

「私の後ろをご覧ください」

与那覇さくらは、カメラに向かい、右手にマイクを持ち、そのマイクで自分の立つ位置から後方を指し示した。

左手は、包帯をして肩から吊っている。

また頬にもすり傷があり、額にも包帯を巻いていた。

手当ては、明るくなってから空港にヘリで突入して来た海上保安庁の特殊警備隊がしてくれた。あの黒いプロテクターの機動隊員たち十数名は、銃撃戦の末に逮捕され、空港の施設内に監禁されていた航空自衛隊のパイロット、海上自衛隊のヘリ搭乗員たちもさくらと共に解放された。

「この駐機場に、航空自衛隊のF15戦闘機が四機、海上自衛隊の対潜ヘリコプターが一機、まだ駐まっています。これらの機体は、魚釣島周辺で起きたとされる『中国救助隊と海保の衝突』に関係していて、未確認の情報ですが中国の救助隊と言うのは救助隊ではなく、魚釣島を占領するために襲って来た人民解放軍の機動艦隊だったのではないか、とも言われています。『自衛隊機が中国民間機を撃墜した』と言われる事件は、実は中国側の自作自演であり、魚釣島周辺に機動艦隊を派遣するための口実を造っていたのだ、とも言えます」

そこまで話すと、さくらは口を閉じて間を置き、カメラの向こうのキー局のキャスターが頭の中を整理する時間を作った。

今夜の最大のスクープのネタは、もちろん『あの映像』だ。

機動隊員のグループが逮捕され、自衛隊のパイロットたちと共に解放されると。

さくらは真っ先に、駐機場にある一機のF15の機首ガンカメラの映像を見せて欲しい、とパイロットたちに頼んだ。

初めは『機密だから許可できない』と言われてしまったが、その後で、パイロットの中で一番若い白矢英一三尉の携帯に連絡が入った。

白矢三尉が『許可が出たからいいよ』と言って、昨夜舞島茜が乗っていたというF15の機首セクションから、映像ディスクを取り降ろしてくれた。

「空幕の上の方の、知らない人からの連絡だったんだけど。何でも、常念寺総理が『公開しろ』って指示したんだと。本当かな」


「新免さん、いえ、放送をご覧の全国のみなさん」

さくらは続けた。

「これから電波に乗せてお見せするのは、昨夜の〈中国民間機撃墜事件〉での、生の映像です。舞島茜三尉のF15イーグルが、中国の戦闘機を必死に止めている映像です。撃ったのは中国の戦闘機です。みなさん、これが真実だったのです」

●北海道　千歳
航空自衛隊千歳基地　特別輸送隊

三日後。

昼休み。


「舞島二曹」

舞島ひかるが休憩室のソファで、新しくもらった階級章を制服に縫いつけていると。

事務の幹部が、顔を出して呼んだ。

「君に、お客さんだ。面会だ」

「………?」

ひかるは、顔を上げた。

何だろう。


「わたしに、ですか？」

「そうだ」

事務幹部は、うなずいた。

少し小声になる。

「中央の、偉い人らしい。失礼がないように」

「…………」

ひかるはこの日、二等空曹になった。
朝、突然に辞令をもらった。
早い昇進だ。嬉しくないことはない。
でも、亡くなった今村貴子一尉の部隊葬が、昨日済んだばかりだ。
気分は、重かった。
空幕による事情聴取も、二日間続いた。
(また偉い人が会いに来た――って)
どういうことだろう。

あれから。
あの空中での戦闘。
姉の言う通りに操縦して、巨大な747が失速に入って――
失速からの回復操作は、バンクを戻して、機首を下げ、パワーを出すことだと言う。
ひかるは雲の中、前が見えない状態で必死で操縦した。
何とか、海面には突っ込まないで済んだのだった。
水平飛行に入れ、しばらく飛んだ。

天井スピーカーの無線も静かになり、中国の戦闘機の声は聞こえなくなった。後は横田のCCPの指示に従って、東へ向けて飛んだ。中国艦隊の脅威はもう無いから、安心しろと言われた。

そのうちに、気を失っていた燕木三佐と山吹二尉が、床で目を覚ましてくれた。


あの犯人は——

あの男。

ひかるを撃ち殺そうと追いかけた首席秘書官の男は。結局、機体最後部の女子休憩室に押し入って『非常用脱出ポッドはどこだ』とか、意味不明のことをわめいているところを目覚めた客室乗員たちに見つかり、寄ってたかって取り押さえられて縛られた。

政府専用機は、目覚めた燕木に操縦され、残りの燃料で飛行を続けて無事に羽田空港へ到着したのだった。

●特別輸送隊　応接室

「舞島二曹、入ります」

申告をしてから、ドアを開けて入室すると。

応接室の白いカバーのソファから、二人の人物が立ち上がった。

誰だろう。

女性と、男性……。

三十代だろうか、二人とも背が高い。

見覚えはない。

「…………」

ひかるは、大きな目をしばたたく。

誰だろう。この人たち――？

「舞島ひかる二曹ですね」

背の高い女性が言った。

この人はどことなく、今村一尉と雰囲気が似ている。

宝塚の男役出身女優みたいな感じ……。

「じかにお会いするのは、初めてですね。私は障子有美。内閣府危機管理監」

「…………」

ひかるは、ぽかんとしてしまう。

内閣府の、偉い人……なのか。

「あ、どうも」

慌てて、遅れて会釈を返した。


「お礼を言いに来たの」

障子と名乗った女性官僚は、固く微笑した。

「あなたの働きで、わが国は救われました。いえ、誇張じゃない」

「そうだ」

隣に立つ長身の男も、うなずく。

声が、かすれている。この男は黒ずくめの痩身で、不精髭がある。偉い人と聞いたけれどラフな感じだ。

「舞島ひかる二曹」

「はい」

ひかるは、ちょっと身を引くように会釈した。

不精髭の男（かっこいい感じだが、得体が知れない）が、ひかるの爪先から頭のてっぺんまでをじろっ、と見たからだ。

でも、すぐに目をそらす。

「二曹、俺は礼を言うだけでなく、実は君に頼みがあって来た」

「……はい？」

「こちらは、国家安全保障局の門篤郎情報班長」

障子有美が、紹介してくれた。

「NSCって、聞いたことある？」

「は、はぁ」

「舞島ひかる二曹、今回の〈事件〉での君の働きは、素晴らしかった」

門と呼ばれた男は、目をそらしたまま、頭の後ろを掻いた。

癖だろうか。

「聴取の報告書も見た。第一級の働きだ。凄い」

「………」

ひかるは、男を見返す。

背が高いから、見上げる感じだ。

ほめられているみたいだけど――

何を頼まれると言うのだろう。

「NSCでは」

男は続けた。

「現場でオペレーションをするスタッフが、足りないんだ。優秀なスタッフが」

「舞島さん」

障子有美が言う。

「この人が、どうしてもあなたに頼みたいって」


「え」

ひかるは聞き返す。

「頼みって、何でしょう」

すると
「舞島二曹、君の特輪隊の仕事は、もちろん続けてもらって構わない。君は優秀な客室乗員だそうだ。ここの司令にも釘を刺された。飛行機には乗り続けてくれ」

男はかすれた声で、早口で言った。

「はい」

ひかるはうなずく。

あんな目には、遭ったけれど。

仕事に対する意志は、変わらない。

飛行機には乗り続けるつもりだ。

「もちろん乗り続けるつもりです」

「うん」

男はうなずいた。

そして門篤郎は、初めてひかるの目を見ると、言った。

「その上で、頼みたいんだ舞島二曹。君に、国の仕事を手伝ってもらえないだろうか」

著者注・この作品はフィクションであり、登場する人物および団体名は、実在するものといっさい関係ありません。

TACネーム アリス 尖閣上空10vs1

一〇〇字書評

切・り・取・り・線

購買動機（新聞、雑誌名を記入するか、あるいは○をつけてください）

□（　　　　　　　　　　）の広告を見て	
□（　　　　　　　　　　）の書評を見て	
□ 知人のすすめで	□ タイトルに惹かれて
□ カバーが良かったから	□ 内容が面白そうだから
□ 好きな作家だから	□ 好きな分野の本だから

・最近、最も感銘を受けた作品名をお書き下さい

・あなたのお好きな作家名をお書き下さい

・その他、ご要望がありましたらお書き下さい

住所	〒				
氏名		職業		年齢	
Eメール	※携帯には配信できません	新刊情報等のメール配信を 希望する・しない			

この本の感想を、編集部までお寄せいただけたらありがたく存じます。今後の企画の参考にさせていただきます。Eメールでも結構です。

いただいた「一〇〇字書評」は、新聞・雑誌等に紹介させていただくことがあります。その場合はお礼として特製図書カードを差し上げます。

前ページの原稿用紙に書評をお書きの上、切り取り、左記までお送り下さい。宛先の住所は不要です。

なお、ご記入いただいたお名前、ご住所等は、書評紹介の事前了解、謝礼のお届けのためだけに利用し、そのほかの目的のために利用することはありません。

〒一〇一－八七〇一
祥伝社文庫編集長　坂口芳和
電話　〇三（三二六五）二〇八〇

祥伝社ホームページの「ブックレビュー」からも、書き込めます。
http://www.shodensha.co.jp/bookreview/

祥伝社文庫

TAC《タック》ネーム アリス 尖閣上空10 vs 1《せんかくじょうくうじゅったいいち》

平成29年 2月20日 初版第1刷発行
平成29年 3月15日 第2刷発行

著 者 夏見正隆《なつみまさたか》
発行者 辻 浩明
発行所 祥伝社《しょうでんしゃ》
東京都千代田区神田神保町 3-3
〒101-8701
電話 03（3265）2081（販売部）
電話 03（3265）2080（編集部）
電話 03（3265）3622（業務部）
http://www.shodensha.co.jp/

印刷所 堀内印刷
製本所 ナショナル製本
カバーフォーマットデザイン 芥 陽子

Printed in Japan ©2017, Masataka Natsumi ISBN978-4-396-34267-8 C0193